岩　波　文　庫
32-526-3

赤　と　黒

上

スタンダール作
桑原武夫
生島遼一　訳

岩波書店

Stendhal

LE ROUGE ET LE NOIR

1830

はしがき

スタンダール(Stendhal)という筆名で知られているアンリ・ベール(Henri Beyle)は、一七八三年一月二十三日、フランスのグルノーブルに生まれた。父シェリュバンは高等法院の弁護士で市の助役もつとめ、家は貴族ではないが、かなり裕福なブルジョワだった。父はアンリ少年を上流子弟らしく育てようとし、近所の子供たちと自由に遊ばせず、厳格なジェズイット僧侶のライャンヌを家庭教師にした。アンリ七歳のとき母アンリエットが死んだあとは、家庭の支配権は母の妹セラフィーというオールド・ミスににぎられ、この「三者の圧制」に苦しんだ少年は、家庭が牢獄のように感じられたと後に回想している。さいわい、アンリにはやさしい守護者があった。母方の祖父アンリ・ガニョンがそれで、町の最高の知識人で自由主義的精神をもっていたこの医師が、最愛の孫に古典的教養と啓蒙思想の洗礼をあたえたのであった。また、ガニョンの姉エリザベートという老婦人は、理想主義者でロマンチックな気質のもちぬしで、父や叔母を俗物視していただけに、その影響も大きかったことをスタンダールは認めている。保守的で厳格

な家庭にそだちながら、彼の一生の特色となる権威や束縛にたいする反抗心はこのころから顕著で、十一歳のときルイ十六世処刑の報をきいて歓声をあげたという逸話などを自伝中に語っている。

革命政府によって新教育制度が実施され、グルノーブルにもガニョンを創立委員長として、エコール・サントラルが開設されると、一七九六年アンリはそこに入学し、啓蒙主義と科学思想を幼ない頭脳につよく吸収したらしいが、とくに数学を愛し優秀の成績を示した。当時、散髪の時間をさえ惜しんでこの学問にうちこんだのは、数学のみが、「自分の二つの敵、偽善とアイマイの存在を許さぬ」と信じたからだそうだ。

一七九九年、アンリは理工科学校受験のためということでパリに出る。しかし、受験せず、観劇と劇作につとめた。モリエールのような劇作家になる、というのが少年時代から青年時代を通じての彼の野心であった。翌年、親戚のピエール・ダリュ伯爵の世話で陸軍省に入り、やがてナポレオン軍に従ってアルプスをこえてイタリアに行き、竜騎兵少尉となった。ダリュはナポレオンの信頼あつく兵站《へいたん》総司令にまでなった人物、ベールはその庇護の下に種々の職についてヨーロッパ各地を転々とした。有名なモスコー退却のときは沈勇を示し、コサック兵に追撃されつつ毎朝ヒゲを剃ることをかかさなかったというのが彼の自慢である。参議院書記官、サガン司政官その他の職につき、官吏と

して前途はひらけていたが、一八一四年、「ナポレオンとともに」没落した。

この年八月より約七年余、愛するイタリアのミラノに滞在し、音楽・絵画・演劇をたのしみ、イタリア独立運動を策する自由主義文士と交わり、彼の最大の恋といわれるメチルド・ヴィスコンチニを熱烈に愛したが、警察から危険人物視され、恋にやぶれて、ついに一八二一年ミラノを去った。

この間に数々の著述あらわれる。『ハイドン、モーツァルト、およびメタスタシオ伝』(1814)、『イタリア絵画史』(1817)、『ローマ、ナポリ、フィレンツェ』(1817)。この第三作よりスタンダールと署名しはじめた。パリに帰ってからも、『恋愛論』(1821)、『ラシーヌとシェイクスピア』(1823, 1825)、および小説第一作『アルマンス』(1827)を刊行し、若干の文名はえたが、大きな反響はなかった。

一八三〇年七月革命起り、新政府によってトリエステ領事職をあたえられ、翌年ローマに近い法王領チヴィタ・ヴァッキアに転任し、死ぬまでこの職にいたのである。『赤と黒』(Le rouge et le noir)はこの領事職に赴任の直後、同年十一月に出版されている。

その後、任地にあって、あるいはパリに帰省中に、『リュシアン・ルーヴェン』『パルムの僧院』(1839)、『ラミエル』等の小説、『エゴチスムの回想』『アンリ・ブリュラール伝』といった自伝的著述、そのほかを書き、一八四一年末から病気療養のため賜暇でパ

リに滞在中、翌四二年三月二十二日街路で倒れ、翌日死去、モンマルトル墓地に埋葬された。五十九歳。

生前発表された作品のほか、一生に書いた未発表原稿、日記、手紙までを収録するディヴァン本全集は七十数巻に達し、「紙をインクで黒くすること」を無上の快事とした平生の言葉が偽りでなかったことを示している。晩年『パルムの僧院』がバルザックの称讃の的となった以外、世間的成功からきわめて縁遠かった作家だが、「一八八〇年および一九三五年に読まれる」ことを期待した予言は、みごとに適中した。

『赤と黒』が神学生ベルテの事件に筋書を借りていることはよく知られている。一八二七年七月二十二日、スタンダールの郷里グルノーブルに近い小村ブラングの一聖堂で、ミサがおわるころ、アントワーヌ・ベルテという青年が地主の妻ミシュー夫人をピストルで狙撃した。この美青年は貧しい鍛冶屋のせがれで、司祭の好意で教育され、才智のおかげでミシュー家の家庭教師となり、夫人と恋におちたため家を出た。しばらく神学校でまなんだ後、つぎにはコルドン家に雇われたが、ここでも令嬢と問題をおこして追われた。こうして立身の道をふさがれた彼は、憤りと嫉妬から、ミシュー夫人を射ち自殺をくわだてた。夫人の傷は致命傷でなかったが、十二月にグルノーブル法廷は死刑を

宣し、翌年二月処刑された。この事件の公判記録が『法廷新聞』に連載されたのをスタンダールは読んだわけである。もちろん、実在人物ベルテ青年の性格は、スタンダールが小説中に創造したジュリアンのそれとはけっして同じものではなかった。そのことは今日も残っている公判記録を読んでも十分わかる。が、小説の筋立にこの事件がモチフになっていることは右に略記したことだけでも明らかであろう。

ここに注意すべきことは、ベルテ事件のほかにも、当時スタンダールが着目した別の犯罪事件があったことだ。この小説に先立って発表した『ローマ散策』(1829)中に、これまたフランスの一地方で最近に起ったラファルグという男が愛人を嫉妬から殺した事件について、大そう長い記述がある。スタンダールはこのイタリアの紀行文中にわざわざこれにふれて、「パリの上層階級がつよく物を感じる力を失いつつある今、情熱は(ラファルグのような)小市民階級の青年たちのあいだで、おそるべきエネルギーを発揮しつつある……」と記し、《よき教育》と《極端な貧しさ》が、今後は力づよいエネルギーをもつ人物を生むこと、ナポレオンもその一例であるといっている。『赤と黒』執筆以前に、すでに人間のエネルギーと貧しさ、あるいは階級の観念をむすびつける考えが生れつつあったこと、ラファルグ犯罪事件に注目した直後にベルテ事件を材料として小説を書きはじめたこと、これは大へん興味ふかいことである。

『赤と黒』執筆の日どりや進行状況については、資料不足で正確なことがわからない。ただ、『ローマ散策』の自家本に「一八二八年。十月二十五日から二十六日への夜。マルセーユ、だと思う。『ジュリアン』の着想」というノートが記入され、ほかにも一八二八年に着想したという意味のノートがいくつか発見されている。だが、調査の結果、彼がマルセーユに滞在したのは、明らかに一八二九年のことであり、この事実から推して、『赤と黒』(原名『ジュリアン』)は、二九年十月マルセーユで最初の着想をえ、そのとき簡単な素描がつくられ、パリに帰ってから一八三〇年にわたって継続執筆されたものと、今日推定されている。書くことの早いスタンダールとしては、この作品の特に第二部完成にはかなり手間どった形跡があり、一八三〇年に入って生じた若干の事実(たとえばユゴー作『エルナニ』初演やバレー『マノン・レスコー』上演など)が加筆されている。副題に「一八三〇年年代記」とつけられているが、このように三〇年代に入って起った事柄もとりいれられるし、かつまた三〇年の大事件七月革命の誘因ともなった社会事情を語っているという見方もできるが、実際に描かれているのは二〇年代の王政復古期であることをいいそえておく。

『赤と黒』は一八三〇年十一月十三日出版された(作者は六日に任地トリエステにむかって出発している)。この作品が当時どういうふうに世間から迎えられたか。一般読者

はいうにおよばず、指導的批評家からさえ、この小説のもつ新しさ、時代に先んじた独創性は理解されなかった。評壇の諸雑誌はあるいは黙殺し、あるいは酷評した。一般に、レナール夫人の純情な性格などには好意をもたれたが、マチルドことにジュリアンの性格は読者をはげしく反撥したらしい。なかには主人公の言行のうちに作者自身の道徳的無感覚を見ようとするものもあった。スタンダールと親しかったメリメでさえ、この青年人物を「ありえないような性格」と評した。「じっさい！　私がかつてあなたの窓にはしごで上ったことがありますか」そんな言いわけを女友だちのアンスロ夫人に作者が書かねばならなかったほどだ。今日の読者ならたやすく感じうるところの、ジュリアンという人物の《若々しい率直さ》《自然さ》《潔癖な正義感》などを当時の弱々しく感傷的な古い人物性格になれた読者は見ぬくことができず、もっぱら偽善とか野心とか、この青年の演じる《役割》の面ばかりを見ようとした。また、ジュリアンにのみならず、この小説全体にスタンダールが投げこんでいる《自己》の正しい深い意味を洞察することも、まだ『アンリ・ブリュラール伝』その他作者の自己を知るに必須な資料を欠いていた当時の読者には困難だったのである。

『赤と黒』がフランスの心理小説として劃期的な新しさ、鋭さをもつものであること

は定説のようになっているが、同時に副題の示すように、当時の反動的で憂鬱な社会をきわめて的確に描いた社会小説であることも忘れてはならない。スタンダールには一八二五年ごろから、現代フランスの政治・社会的概観を書きたいという意図があった。ディヴァン全集で『イギリス通信』という題でまとめられた数巻にはそのような文章がたくさん見られる。やがて、これを小説において描きたいという考えをもつにいたった。「私は若いとき伝記(モーツァルト、ミケランジェロ)を書いたが、それは一種の歴史だった。私は後悔している。真実は、とりあつかうことの大小にかかわらず、ほとんど到達しがたいものと思われる、少くとも多少詳細な真実は。トラシー氏が私にいった、ひとはもはや小説においてでなければ真実に到達しえないと……」これは一八三四年になってからの反省であるが、すでにそれより十年以前に、このような考えは徐々に結晶しつつあったらしく思われる。彼は、当時たくさん書かれていた、社会裏面をしんらつに諷刺した風俗小説の類につよい関心をもち、現にそのなかのピカールの『誠実な人または馬鹿』(1825)、モルトンヴァルの『新タルチュッフ』(同年)、ラモット・ランゴンの『知事さん』および『一月二十一日または父親の呪い』や、その他の実話のたぐいを、『赤と黒』の創作のために利用した。たとえば「ヴェリエールにおける国王」の章は、『知事さん』の二章を巧みに用いている。これらのものを材料としつつ、スタンダール

のいつも鋭い歴史感覚は、彼が一度も反動派サロンに足をふみいれた経験がないというような制約をのりこえて、この反動期の社会絵図をみごとに表現しえたのであった。もとより、バルザック風の微に入り細をうがつといった精密な外形描写にはとぼしいが、簡潔なデッサンがかえって時代の精神を端的にとらえたということができる。そして、バルザックでさえまだその傑作を発表していないときに書かれたことを思うならば、『赤と黒』のフランスにおける社会小説としての歴史的価値は大きく、また階級の観念をこれほど鋭く小説化したものとしては最初の作品といっていいであろう。

なお、『赤と黒』という題名についてはさまざまの解釈がおこなわれ、運命が赤と黒によって決せられるルーレット・ゲームに人生をたとえたのだといった説さえある。小説のはじめの方でジュリアンが聖堂で錯覚によって血の色を見るところがあり、黒服をまとう神学生が血を流させるといった出来事の象徴と見る人もある。ポール・ブールジェは「赤」は軍服、「黒」は僧衣をあらわすと解釈した。この考えは今日でももっとも流布しているようである。スタンダール自身の残したノートによると赤は共和主義者を意味したらしい。後に書いた未完小説『リュシアン・ルーヴェン』を『赤と白』と題しようとしたことがあり、そのとき「赤」をもって共和派のリュシアンを、「白」をもって王党派のシャストレ夫人を示すつもりだった。われわれはこの説を採用する。赤はジ

ュリアンの共和主義精神を、黒は僧侶階級を示していると見ていいと思う。しかし、いずれにせよ、赤を大革命後の共和政府から帝政時代へかけての英雄的な精神の横溢した活気のある時期のシンボルと見、黒は僧侶や陰謀がはばをきかした王政復古の陰鬱な時期のシンボルと見て対立する二つの精神や時代を色わけしていると感じればいいのではなかろうか。

『赤と黒』のエディションは多数あるが、われわれが翻訳テクストとして用いたのは、スタンダール生存中の修正を加えて校訂されたシャンピオン版に主としてより、初版そのままに翻刻されたアンリ・マルチノ校訂のディヴァン全集本および、この系統に属する最近出版のガルニエ・クラシック版とプレイアッド版を参照した。

この翻訳初版が昭和九年に刊行された際、落合太郎先生から種々御教示をうけ、お世話になったのである。そのことはいつまでも先生に深く感謝しなければならない。その後、数回修正を加えたが、このたび新仮名づかいに改めた機会に、全体にわたってできるかぎり新しい修正を加え、用語もなるべく平易なものに改めた。

一九五八年五月

訳　者

目 次

赤と黒　上

――一八三〇年年代記*――

真実、おそるべき真実。

ダントン

出版者より

この作品がまさに発表されようとしたとき、あの七月の大事件*が勃発して、すべての人々の頭を空想的なたのしみにはほとんどふさわしからぬ方向にむけてしまった。われわれはこの原稿が一八二七年に書かれたものであると信ずる理由がある。

第一部

第一章　小都会

いまのよりましな連中を
数千一緒に入れてみたところで、
籠は陰気になるばかりだ。

ホッブス

ヴェリエールの小さな町はフランシュ－コンテ*のもっとも美しい町の一つにかぞえることができる。赤瓦の、とがった屋根の白い家々が丘の斜面にひろがっていて、そこへ勢いよく成長した栗の木の茂みが、丘のごくわずかな起伏までもくっきり描き出している。ドゥー川が、昔スペイン人に築かれ今はもう廃墟になった、町の城壁の下数百尺ばかりのところを流れている。

ヴェリエールは、北方を高い山でかこまれているが、それはジュラ山脈の一支脈であ

る。のこぎりの歯のようなヴェラ山のいただきは十月初めて寒さの来るころから雪におおわれる。山からほとばしる急流は、ドゥー川へ落ちるまでにヴェリエールの町をつらぬいて、多くの製板小屋に動力をあたえる。きわめて簡単な工業だが、これが市民などというよりも、むしろ百姓に近いここの住民の大多数の生活を、幾分らくにしているのだ。しかし、この町をゆたかにしたのは製板小屋ではない。ナポレオン没落後、ヴェリエールのほとんどすべての家の表構えが改築されたといわれるくらい、一般に暮しがらくになったのは、ミュルーズ*出来と称するまがいのさらさ製造のおかげである。

この町へ一歩ふみこむと人々は、恐ろしいかっこうをした騒々しい機械のひびきに、どぎもをぬかれるだろう。急流の水が動かす車輪の力によって持上げられた数十の重い鉄鎚《てっつい》が、道のしき石を踊らせるほどの地ひびきを立てて落下する。この鉄鎚の一つ一つが毎日何千と数えきれぬくらいの釘を造り出すのだ。生きいきしたかわいい娘たちが、この巨大な鉄鎚の打つ下へ鉄片をさし出すと、それがたちまち釘に変る。一見いかにも荒っぽいこの仕事は、瑞西《エルヴェシ》とフランスを分つこの山間へ、初めて足をふみ入れた旅客を最も驚かすものの一つである。大通りを上ってゆく人々の耳をつんぼにするこのりっぱな製釘工場は誰のものかと、ヴェリエールへやってきた旅客がきくと、土地の人はまだるっこい調子で答える――「ありゃ町長さんのもんでさあ」

ドゥー川の岸から丘の頂まで上るこのヴェリエールの大通りで、旅客がほんのしばらくでも足を休めていると、きっと一人のいそがしげな、尊大なふうをした大男が現われるのを見かけるにちがいない。

その男の姿を見ると、皆がすばやく帽子をぬぐ。ごま塩頭で、ねずみの服をきている。彼は数個の勲章の佩用者《はいようしゃ》なのだ。額がひろく、わし鼻だが、全体として一種ととのった容貌をしている。だから一見したところ、町長らしい貫禄とともに、五十近くの人にも見かける、あの一種の愛敬《あいきょう》をさえたたえていると思うかも知れない。だがパリの旅客はすぐに、何となくあさはかな機転のきかぬ一種の自己満足と、うぬぼれの態度が不愉快になってくるだろう。結局、この男の才能は貸した金は実にがっちり支払わせるが、借りた金はできるだけおそく支払うということだけだということがわかる。

ヴェリエール町長レナール氏とは、こういう人物だ。彼は重々しい足どりで道を横切って町役場にはいり、旅客の眼から消えてしまう。が、旅客がさらに散歩をつづけて、道を百歩ばかり上ってゆくと、外観のかなりきれいな邸宅と、家にそうた鉄柵ごしにりっぱな庭園が眼につくにちがいない。その向うには、ブルゴーニュをかこむ丘陵にかぎられた地平線が眺められるが、それは眼の保養にあつらえ向きにできたようだ。この眺望は旅客に、つまらぬ金銭問題の悪臭紛々たるあたりのふんいきをしばし忘れさせてく

れる。彼はもうそろそろこの不愉快なふんいきのために息苦しくなりかけているころなのだ。

旅客はこの家がレナール氏のものだと教えられる。ヴェリエール町長が、こんなりっぱな切石造りのすまいを近ごろ新築したのも、彼があの大製釘工場から得たもうけのおかげだ。ひとのいうところによると、彼の家はスペイン系の旧家で、ルイ十四世の征服よりずっと昔からこの地方に定住していたらしい。

一八一五年以来、彼は工業家たることを恥としている。一八一五年にヴェリエールの町長になったからだ。幾段ものテラスになってドゥー川の岸まで下っている、この宏大な庭園のあちこちを支える石垣も、鉄の取引*のほうでレナール氏がうまくやったおかげでできたものなのだ。

ライプチッヒ、フランクフルト、ニュールンベルクなど、ドイツの工業都市をめぐるあの絵のように美しい庭園を、フランスに求めてはいけない。フランシュ＝コンテでは、石垣をたくさんつくればつくるだけ、また積み重ねた石で自分の地所をふさげばふさぐだけ、それだけ多くの尊敬を隣人に要求してもよい、ということになっている。石垣だらけのレナール氏の庭園も、彼がいくつかの小さな地所を金にあかして買占め、その上に造ったものだというので、一そう評判が高いのだ。たとえばヴェリエールの町へはい

ってきたとき、ドゥー川の岸近く奇妙な場所にあるので、きっと諸君の眼をひいた製板小屋――『ソレル』という名が、屋根の上にのっかった看板に、でかい字で書かれているのに諸君は気がつかれただろう――あの製板小屋にしても、六年前までは、今レナール氏の庭の四番目のテラスの石垣が築かれている場所を占めていたのである。

いつもの傲慢さにもにず、町長さんはいじわるで頑固な田舎者の老ソレルを向うにまわすと、いろいろとかけひきをしなければならなかった。その小屋をよそへ移すことを承知させるためには、ルイ金貨をどっさりやらねばならなかった。製板小屋の動力のもとになる公用河川のほうは、パリでの自分の勢力を利用して、それを迂回させる許可をやっと得た。この恩典は一八二*年の総選挙後、彼にあたえられたのだ。

彼はソレルに、五百歩ばかり下流のドゥー川の岸に、一アルパンに対して四アルパンの割で土地をやった。そしてこの位置はモミ板の取引には、ずっと有利だったのに、ソレル老――彼が金をこしらえてから皆がそう呼ぶようになったのだが――は、隣人が焦躁と土地所有欲にかられているところへうまくつけこんで、六千フランの金をうまうまとまきあげた。

この協定が土地の利口な人々の非難の的となったのはほんとうだ。かつて、それは今から四年前のある日曜のことである、町長の制服を着用して御堂から帰るときにレナー

ル氏は、三人の息子にとりまかれた老ソレルが自分を見てにやにや笑っているのを遠くから見かけた。このにやにや笑いが町長さんにはっきり不覚をさとらせたが、もうおそい。もっと有利に交換できたものをと、この時以来レナール氏はそのことばかり考えている。

ヴェリエールでみんなから尊敬されようと思ったら、石垣をたくさんつくることも必要だが、それと同時にパリへ出かけるために春のころジュラの山路を越えてくる石工が、イタリアからもってくる設計をけっして採用しないことである。万が一そんな新しがりをしようものなら、その向う見ずの普請気ちがいは一生おっちょこちょいの折紙をつけられて、フランシュ＝コンテの世評を左右するあの賢明着実な連中から永久に見放されてしまう。

事実、この賢明な連中がこの土地でじつに不愉快な専制政治をしいている。パリとよばれるあの大共和国で生活したものが小都会の暮しがやりきれないのは、この不愉快な言葉のためである。世論の専横は、（しかも何という世論か！）フランスの小都会においても、アメリカ合衆国においても、同様に愚劣なことだ。

第二章　町　長

権力！　そんなものはつまらぬものじゃありませんか。愚者の尊敬、小児の感嘆、富者の羨望、賢者の侮蔑。

バルナーヴ*

レナール氏が運よく、行政官としての名声をあげたのは、ドゥーの流れから百尺ばかりの高さで、例の丘のすそをからむ散歩道に巨きな石垣が必要になったためである。ここは絶好の位置を占めていて、眺めはフランスでももっとも美しいものの一つだが、惜しいことに毎年春になると雨が道の上に溢れて、雨溝がほれ、歩けなくなってしまう。この不便を皆が痛感するようになった結果、レナール氏がぜひとも、高さ二十尺、長さ三四十間の石垣をつくらねばならぬことになって、それが彼の治政を不朽にしたというわけだ。

この石垣の胸壁——前々内務大臣がヴェリエールの散歩道の計画に絶対反対を表明したので、レナール氏はこの問題のためにパリへ三回も出むかねばならなかったが、その

石垣の胸壁も今ではちゃんと地上四尺の高さにできあがっている。おまけにこの頃は、現任前任すべての大臣連をばかにするように、切石をはって装飾までしているのだ。

　前の夜あそんできたパリの舞踏会のことを思いうかべつつ、青味がかった美しい灰色の大石材によりかかって、私は幾度ドゥーの谷に目をそそいだことだろう！　かなた、左岸には五つ六つの折れ曲った枝谷があり、その底にはささやかな水流がごくはっきりと見わけられる。それが滝また滝と奔流して、ドゥー川に落ちてゆく。この山間では陽は焼けつくようだ。陽が頭上から照りつけるとき、このテラスで旅人の夢想をまもるものは、みごとに成長したプラタヌスの樹ばかりである。この樹の速かな成長と、青味がかったその美しい緑は、町長さんが市会の反対を押しきって、散歩道の幅を六尺以上も拡張した結果、あの巨きな石垣のむこうに作らせた埋立地のおかげなのだ(彼は極右党《ウルトラ》で、私は自由主義者だが、このことに関しては私は彼に讃辞を呈するものだ)。そしてこのために彼やヴェリエール貧民収容所の良所長ヴァルノ氏は、このテラスがサン-ジェルマン-アン-レー*のそれに匹敵するという意見をいだいているのである。

　私の考えでは、このCours de la fidélité(忠誠散歩道)——この公式名称を大理石板にほりつけたところが、二十ヵ所たらずある。そしてそのおかげでレナール氏は、勲章をまたも一つもうけたのだ——について非難すべき点は、たった一つしかない。私が非難

したいのは、あの勢のいいプラタヌスをぎりぎり一ぱい刈りこませる当局の野蛮なやり口だ。樹の頭を低く、まるく平に刈りこんで、ごくありふれた野菜か何かのようなかっこうにしてしまわないで、イギリスで見かけるようなりっぱな姿に成長させてやるのが一番いいのだが。しかし町長さんの意志は圧制的だ。町有のあらゆる樹木は年に二回、情けようしゃもなく枝をはらわれる。土地の自由党の連中は、助任司祭マスロン師が刈りこんだ枝葉を自分のものにする習慣になって以来、お上の植木屋の鋏の入れかたが一そうひどくなったというが、それは邪推というものだろう。

このマスロンという若い僧侶は、シェラン師および附近の数人の司祭連の目付役として、数年前ブザンソンから派遣されたのだ。ヴェリエールに隠退していた、イタリア侵入軍の一老軍医正——町長の説によると、彼は生前急進派《ジャコバン》で同時にナポレオン党だった——が、かつてこの美しい樹木の定期的な乱暴な刈りこみについて、町長に苦情をいったことがある。

「わたしは影をたいせつにしたい」とレナール氏はレジョン・ドヌール佩用者に向って語るのにふさわしい威厳をもった口調で答えた。「わたしは影をたいせつにしたい。それに、美しい影をつくるために、わたしの樹を刈りこませるのです。それに、樹木というものには、そのほかに用途があろうとは思われません。あの有利なクルミの樹のように、い

い収入《もうけ》にならない限りは」

「収入《もうけ》になる」――これこそヴェリエールにおいて万事を決定する重大な言葉である。そしてまたこれだけの言葉によって、いつも大多数の住民の脳裡にあることが言いつくされているのだ。

「収入になる」――この言葉が、諸君の眼にはあんなに美しく映じたこの小都会において、万事を決定する規準となるのだ。町をめぐるさわやかな深い谷々の美に心をひかれてくる他国のひとは、最初この町の住民は「美」に対する感受性に富んでいると思う。事実彼らは自分たちの国の美しさをしょっちゅう口にしているのだし、彼等がその美しさを大いに尊重していることは否定できない。だが、それはこの風景美が、他国の人々を引きつけて、その落す金で宿屋がもうけ、またそれが入市税というからくりで町に収益をもたらすからに他ならない。

朗らかな秋の日、レナール氏は妻に腕をかして「忠誠散歩道」を散歩していた。重々しい夫の言葉に耳をかしながら、レナール夫人の眼は、たえず気づかわしげに三人の男の子の挙動にそそがれていた。十一ぐらいに見える一ばん上の子はともすると胸壁に近づいて、登りたそうな顔をする。するとアドルフという名がやさしい声で呼ばれるので、子供はその野心的な企てを断念するのだ。レナール夫人は三十ぐらいに見えるが、まだ

なかなか美しい。

「きっと後悔することだろう。あのパリっ子の先生は」とレナール氏は、ふだんよりずっと青い顔をして腹立たしげにいった。「おれには王様の側近に知合いがないわけじゃなし……」

しかし、これから二百ページにわたって田舎の話をしようと思っている私ではあるが、冗漫な田舎の対話と、そのいわゆる巧みなやりとりを書きつらねて、諸君を悩ますような野暮なまねはよしたいと思う。

ヴェリエール町長にそんなに嫌われたパリの紳士というのは、アペール氏にほかならない。二日前にこの男は牢獄やヴェリエール貧民収容所ばかりか、町長そのほか土地の主だった地主たちによって無報酬で経営されている慈善病院の内部にまで、うまうまとはいりこんだのである。

「だって」とレナール夫人はおずおずいった。「そのパリの方が、いったいどんなあなたの迷惑になることをしたりできますの？　だって、あなたは誠心誠意、貧しい人々のためを計っていらっしゃるんですもの」

「あいつはただ悪口を言いふらしにやって来たんだ。いずれ自由主義の新聞にいろんな記事をのせるんだろう」

「そんな新聞、あなたは一度もお読みにならないじゃないの」

「だがひとの口からそういう急進派《ジャコバン》の記事の噂がわれわれの耳にはいってくる。すると、そういうことが、こちらの心を乱して、われわれがよいことをするさまたげになるんだ。(註) このわしは司祭のやったことをけっして許さないぞ」

(註) 実話である！

第三章　貧しいものの幸福

徳高く策を弄することなき司祭は、村にとって神というべきである。

フリューリ

このヴェリエールの司祭は、八十歳の老人だが清浄な山の空気のおかげで、鉄のような健康と性格をもっていた。この人には牢獄、慈善病院、また貧民収容所でさえ、好きな時にいつでも視察できる特権があった、ということを先ず知っておかねばならない。パリから司祭に紹介されてきたアペール氏は、手ぎわよく朝の正六時というのにこの不思議な町にやってきて、早速その足で司祭の宅を訪ねたのだった。

貴族院議員で、この地方一番の大地主のラ・モール侯爵の紹介状に眼を通しながら、シェラン師は考えこんでいた。

「わしは年もとっているし、土地の人にも好かれている」とやがて彼はつぶやいた。「あの連中もめったなまねはしないだろう！」すぐにパリの紳士の方へ向きなおって、この年にもにず、多少の危険をおかしてりっぱな行為をやろうとする喜びに、眼をはげ

しくかがやかしながら、

「さあ、わしといっしょに来なさるがよい。しかし、典獄やことに貧民収容所の監視人のまえでは、あたりのものについて、いっさい批評がましいことをいわぬようにしていただきたい」

アペール氏は相手がりっぱな人物であることを知った。この尊敬すべき司祭の後について、彼は牢獄、慈善病院、収容所を訪れ、いろいろ質問を試みたが、あやしげな答弁に接しても、少しも非難がましい言葉をはこうとはしなかった。

この視察は数時間かかった。司祭は彼を昼食に招いたが、アペール氏は手紙を書かなければならぬからといってことわった。彼はこの親切な人に、これ以上めいわくをかけたくなかったのだ。三時ごろ二人は貧民収容所の視察をおわって牢獄へもどって来た。そこには背丈が六尺もある、がにまたの巨人のような典獄が門の前に立ちはだかっていた。卑しい顔つきが恐怖のためにとても醜かった。

「ああ、もし!」と彼は司祭の顔を見るとすぐいった。「そこにあなたといっしょの方はアペールさんじゃございませんか」

「それで?」

「実は昨日から厳命されておりますので。知事さんのお使いの憲兵が夜中馬を飛ばせ

てやってきて、アペール氏を牢獄の中へ入れてはならぬという命令がございまして」

「いかにも、ノワルーさん、わしといっしょの旅のお方はアペールさんにちがいない。だが、あなたはわしが夜でも昼でも好きな時に好きな人をつれて、牢獄へはいることができる特権をもっていることは御承知だろうな」

「承知しております、司祭さま」と典獄は、棒で叩かれるのがこわさに言うことをきくブルドッグのように、頭をたれて低い声でいった。「ただ、司祭さま、わたしには妻子があるのでございます。万一このことが上申されたら首にされてしまいます。この職のほかには生活の道がありません」

「職を失ってこまるのは、わしとても同じことです」と次第に激しい口調で、良司祭が答えた。

「大へんなちがい！」と典獄は激しく答えた。「あなたは、司祭さま、誰でも知っております。八百フランの年収があり、りっぱな不動産があり……」

こういう事実が、じつにさまざまに曲解され、誇張されて、二日前から小都市ヴェリエールに、あらゆる悪感情の渦を巻かせていた。それはげんに今も、レナール氏とその妻の間に起った小競合いの種になっていたのだ。その日の朝、彼は、貧民収容所長ヴァルノ氏を伴って、司祭の宅へ行って、最も激しい不満の意を表明してきたのだった。だ

れ一人として後だてをもたぬシェラン師には、彼らの言葉のもつ効果がはっきりと感ぜられた。

「よろしい! それじゃわしは、八十の年にもなって、このあたりでやめられる三人目の司祭になるというわけですな。この土地へきてから五十六年、町のひとはみんなわしが洗礼してあげた――この町もわしのきたころは、ただ大きい村というのに過ぎなかったが。毎日わしは若い人たちの結婚式をやっているが、その人たちのお祖父さんも昔わしが結婚させたのだ。ヴェリエールはわしには、家族のように思えるが、それと別れるのがこわさに、良心をまげたり、良心に背くような振舞いはしたくない。あの客人に会ったときも、わしはこう思った――このパリからきた人は、ほんとに自由主義者かも知れん。自由主義者というのがそもそも多すぎる。しかしそれにしろ、このひとが町の貧民や囚人に、一たいどうして不利益なことをしたりすることができよう、とね」

レナール氏の、ことに貧民収容所長ヴァルノ氏の、非難がますます激しくなってきたので、

「よろしい! 免職にしていただこう」と声をふるわして老司祭は叫んだ。「だがやめさせられても、わしはやはりこの町で暮しますぞ。御ぞんじのとおり、四十八年前にわしは、年収八百フランの畑地を相続しておる、その収入で暮してゆく。わしは、みなさ

ん！　自分の地位を利用して不正な金をためたりはしませんぞ。職を奪うというような話を聞かされても、わしがそんなにびくつかぬのは、恐らくそのためだろうが」

レナール氏は夫婦仲むつまじく暮していた。しかし妻が「そのパリのお方が、一たいどうして囚人に不利益なことをしたりすることができましょう」とおずおず繰返していったとき、彼は何と答えていいかわからず、すっかり腹をたてようとした刹那、妻が大きな声で叫んだ。二番目の子供が、テラスの石垣の胸壁の上へ登ったところだった。そしてこの壁は、向う側のブドウ畑から二十尺以上もの高さがあるのもかまわず、その上を走っているのだ。子供を驚かして、かえって落すようなことはあるまいか、彼女はそれがこわさに声をかけることすらできなかった。しかし子供も自分の勇敢な行為に得意になっていたものの、ふと母の顔を見ると真青なので、散歩道へ飛びおりて母の方へ駆けて来た。子供はひどくしかりつけられた。

この小さな出来事が会話の向きを変えた。

「わしはどうあっても、製板所のせがれのソレルをうちへつれてきたいんだ」とレナール氏はいった。「子供たちもそろそろわしらの手に負えなくなってきたから、あれに監督させよう。一人前の若い僧侶、とまあいってもいい男で、ラテン語もよくできるから、子供に力をつけてくれるに違いない。しっかりした人物だと、司祭もいっていた。

三百フランやって、食費はこっちで持ってやろう。ただ思想方面は、わしも少々疑いをもっていた。というのは、あれは、従兄弟だとかいって、ソレルの家へ居候に来ていた、例のレジョン・ドヌールの老軍医正の秘蔵っ子だったんだからな。あいつは実際、自由派の廻し者だったにちがいない。山の空気が喘息によくきくから、などといってたが、そんなことはべつに証拠があるわけではなし。イタリア戦争のときはブオナパルテ*の部下で、どこの戦にも出たのだが、そのくせ、帝政問題が起ると、「反対」の署名をしたといううわさだ。この自由主義者がソレルにラテン語を教えてやり、また自分が持って来たあのたくさんの本をくれてやったんだ。だからわしはあの製板所のせがれをうちの子供につけようなどとは、まったく考えもしなかった。だが司祭は――この人と一生の仲たがいをしてしまったあの騒動のちょうど前日のことだよ――このソレルは、神学校へはいるために三年前から神学を勉強している、とわしにいった。してみると、あれは自由派じゃない、ラテン語学者なんだ」

「この話には、も一つ都合のいいことがあるんだ」とレナール氏は、ずるそうな様子で、妻の方をうかがいながら言葉をつづけた。「ヴァルノの奴、この間四輪馬車《カレーシュ》用に、ノルマンディ種のいい馬を二頭買ったばかりで、すっかり鼻を高くしているが、先生まだ子供に家庭教師は雇っていないからね」

「あの方、ほんとにあたしたちの人を横取りするかも知れませんわ」

「じゃ、お前はわしの考えに賛成してくれるんだね」とレナール氏は、ふといま妻がいいことを言ったのに、感謝の微笑をおくりながら、いった。さあ、「これで話はきまった」

「まあ！　あなたって！　ずいぶんてっとり早くお決めになること！」

「わしには決断力がある、このわしには。司祭にもそこは十分わからせてやったが。隠してみても始まらない、この町でわれわれの周りにいるのは自由派ばかりだ。そういうさらさ商人たちがみんなわしをねたんどる、それは確かだ。中には成金になった奴も二三ある。そうだ、そういう連中に、レナール様の御子息が専任家庭教師につれられて、散歩にゆくところを見せてやらなくちゃ。威厳を示してやるんだ。わしの祖父さんも、小さいときは家庭教師があったと、よく話しておられた。百エキュ（一エキュは三フラン）かかることはかかるが、それくらいのことは、われわれの身分を保つためには、必要な出費と思わなくちゃならん」

　この突然な決心を聞かされて、レナール夫人はすっかり考えこんでしまった。彼女は背丈が高く姿がよくて、この山間の人がいうとおり、土地の美人だった。身のこなしには、どこかうぶな若々しいところがあった。パリの人の眼からみると、無邪気でぴちぴちしたこの素直な美しさには、いささか肉感的なものを思わすほどの力があったのかも

知れない。だが夫人は、もし自分がそんな方面で成功したことを知ったら、さぞ恥ずかしがったことだろう。おしゃれしようとか、気取ろうとか、そんな気はてんでなかった。金もちの収容所長ヴァルノ氏が彼女に言いよったが、ものにならなかったという噂もある。これが彼女の貞操にすばらしい光輝をそえることになった。というのは、このヴァルノ氏というのが太い黒い頰髯を蓄えて、色艶のいい顔をした、頑丈な体格のりっぱな若者で、地方では美男子《いいおとこ》と呼ばれる、粗野で、あつかましくて、騒々しい連中の一人だったからだ。

しんから内気で、はた目には大へんむら気な性格をもったレナール夫人は、ことにヴァルノ氏のいつもせかせかした態度とばか声がきらいだった。ヴェリエールの町の人々が楽しみにしていることに、まるで近寄ろうとしないものだから、あの女は家柄を鼻にかけているんだという評判をたてられた。彼女はそんなつもりではなかったが、町の人々がだんだん自分の家へ近寄らなくなるのは、大へん嬉しかった。つつまずにいってしまえば、夫に対して少しも策略がなく、パリやブザンソン出来のきれいな帽子を買ってもらえる絶好の機会を、いつもむざむざと取逃すので、彼女は町の夫人連からは愚かな女だと思われていたのである。ただ一人で勝手にわが家の美しい庭をさまよってさえおれば、彼女にけっして不満はなかったのだ。

世慣れない彼女は、夫を批評したり、夫をいやだと考えたりするほど思い上った気持には、かつて一度だってなったことはなかった。はっきり自分の胸に問うてみたわけではないが、夫婦の間にこれ以上やさしいまじわりはないものと思っていた。彼女は子供たちの将来のことを話すときの夫が一ばん好きだった。レナール氏は長男を軍人に、次男を裁判官に、三男を僧侶にするつもりだった。要するに、彼女は自分の夫が、自分の知っているどの男よりも、ずっとましだと思っていた。

この妻の判断はまちがっていない。ヴェリエール町長は、伯父ゆずりの半ダースばかりのしゃれのおかげで、才智があり、ことに上品だという評判をえていたのだ。伯父のレナール老大尉というのは、大革命前にオルレアン公の歩兵連隊に勤務していて、パリへ出ると、公のサロンへ出入することを許されていた。彼はそこで、モンテッソン夫人、*有名なジャンリス夫人、*ならびにパレーロワイヤール*の改築者デュクレ氏に出会ったものである。こういう人物が、レナール氏の話す逸話には、二たこと目に出てくる。しかしこんなに話すに骨の折れる思い出ばなしは、だんだん彼にはめんどうになってきた。そして少し以前から、彼はオルレアン家に関する逸話は、よほどの場合のほかは話さなくなった。その上、彼は金銭に関する話のときは別として、大変いんぎんだったから、ヴェリエールで一ばん貴族的な人物だと見なされていたのももっともである。

第四章　父と子

そして、そんなふうだとしても、
それが私の罪だろうか？

マキァヴェルリ

（うちの家内はなかなか頭がいい！）ヴェリエール町長は、その翌朝六時、ソレル爺さんの製板小屋の方へ下ってゆくときにそう思った。（夫の威厳を保つために、ああはいっておいたものの、天使のようにラテン語をよく知っているという、あのソレルの小坊主を、もしもこっちのものにしておかなかったら、あの収容所長の奴め、ちっとの間もじっとしていない男だから、ほんとにわしと同じ考えを起して、横取りしかねない、そこまではこのわしも考えていなかったんだ。そんなことにでもなったら、あいつさぞかしうぬぼれた口調で子供の家庭教師のことを喋べくるこったろう！……だが、この家庭教師も一たんわしの所へきたら、僧衣《ころも》をつけるようになるだろうか）

レナール氏は、この疑問に夢中になっていたとき、ふと、六尺近くもある一人の田舎

者が、あけがた近くから大そう精を出して、ドゥーの流れに沿うて曳船路の上に置いた材木の寸法を取っているらしいのを、遠くから見かけた。男は町長さんが近づいてくるのを見て、あまりうれしそうなふうをしなかった。それは、材木が通り道をふさいでいるし、またそこに置くことは規則違反だったからである。

ソレル爺さんは――その百姓というのが彼だったのだ――せがれのジュリアンに関するレナール氏の奇妙な申出に大へん驚いたが、またそれ以上に喜びもした。にもかかわらず彼は、例の悲しげに不満そうな、また無関心の様子で、町長の言葉を聞いていた。こうした態度によって、この山間の住民は、彼らの奸策を巧みにおおいかくすすべを心得ているのだ。スペイン統治時代に奴隷だった彼らには、いまだにエジプトの農奴のような顔つきが残っている。

ソレルの答えは、最初の間は、彼がそらんじている尊敬を表わすあらゆる定り文句の長々しい暗誦にすぎなかった。彼の容貌が生まれつきもっている偽善の、というよりむしろ横着そうな様子をなお一そうはげしく感じさせる、拙い微笑を浮べながら、こんな無用の言葉をくりかえす間にも、年老いた百姓の頭は油断なく働いて、一体どうしてこんなりっぱな人が、あのろくでなしのせがれを自分の家に引取ろうなどという気になったのか、その理由をつかもうとした。彼はせがれのジュリアンが大嫌いだった。しかも

そのジュリアンのために、レナール氏は年三百フランという思いもかけぬ給料を出したうえに、食事ばかりか衣類までそえてやろうというのだ。この衣類についての最後の要求は、ソレル爺さんが巧妙に、とっさにもち出して、これまたレナール氏にうんと言わしたのだった。

この要求に町長は驚いた。(わしの申込みをきいたら、もちろん大喜びに喜ばなきゃならんはずだのに、そうでないところを見ると、ほかからも申込んだ奴があるに違いない。そしてヴァルノの奴でなけりゃ、誰がそんな申込みをするものがあろう) レナール氏はソレルをせきたてて、その場で話をきめさせようとしたがだめだった。このずるい老百姓は頑としてそれをこばんだ。せがれにも相談したい、というのだ。地方では金持のおやじが文無しのせがれに、形式以外に相談らしいことをすることがありでもするかのように。

水車製板小屋は流れに沿うた一つの納屋である。屋根は四本の太い木の柱の上に造られた木組で支えられている。納屋の中央、八九尺ばかりの高さの所で、一つの鋸が上下しているのが見え、また一方きわめて簡単な機械装置が材木をこの鋸の方へ押してゆく。鋸を上下させ、また板にする材木を鋸の方へ徐々に押してゆく、この二重の機械装置を動かすのは、水流によって回転する一つの車輪である。

工場へ近づくと、ソレル爺さんは例の破鐘《われがね》声でジュリアンを呼んだ。誰も答えるものがない。大きな斧をもった、巨人のような二人の兄息子が、これから鋸の方へ運ぶモミの幹を角材にしているのが見えるばかりだ。材木の上に引いた黒いすじ通り一分もはずすまいと、一心になって斧を打ち下すたびに、大きな木片が飛び散った。父の声は彼らの耳にはいらなかったのだ。おやじは納屋の方へ足を向けた。内へはいって、ジュリアンがおるべきはずの鋸の傍をさがしたが、いない。まだそこから五六尺も上になる、屋根組みの梁の一つに馬乗りになっているジュリアンを見つけた。機械の運転の見張りなどはほっておいて、本を読んでいる。これ以上老ソレルを怒らすものはなかった。彼はジュリアンが、兄貴どもとはすっかり違って、力仕事に適しない弱々しい身体つきをしていることは、まあどうにか我慢するとして、この読書癖というやつは辛抱がならなかった。彼自身は字が読めなかったのだ。

ジュリアンを二三度呼んでみたが、むだだ。鋸の騒音のためというより、若者は本に夢中になっていて、父の恐ろしい声が耳にはいらなかった。とうとうおやじは年とは思えぬほどの身軽さで、鋸にかかっている材木の上へ飛乗り、それから屋根を支えている横木の上へよじ登った。恐ろしい一撃が、ジュリアンの手にしていた本を小川の中へはたきとばした。頭の上に同様の烈しい第二撃をうけて彼は平衡を失った。今にも十三四

尺下に活動している機械の槓杵《てこ》の真直中へ転落して、身体を圧しつぶされようとした。が、まさに落ちんとした刹那、父の左手が彼をひっつかんだ。

「何だ、怠けもの！　鋸の番をする時でも、相変らずろくでもない本が読みたいのか。そんなものは晩に読め。司祭さんのとこへ時間つぶしにゆくときに読むなら、手前の勝手だ」

ジュリアンは、ひどく殴られて気が遠くなり、ずいぶん血も出ていたが、鋸のそばのきめられた持場へ近づいた。彼が眼に涙をたたえていたのは、肉体の苦痛のためよりも、愛読書を失ったためであった。

「おりてこい、こん畜生、話があるんだ」

機械の騒音はまたしてもジュリアンが、この命令を聞きとるのを妨げた。さきにおりていた父は、また機械の上まで登る労力を嫌って、クルミをたたき落す長い竿をさがしてきて、それでせがれの肩を打った。ジュリアンが下へおりるのも待ちきれないで、ソレル爺さんは荒々しく追いたてて、彼を家の方へ急がせた。（一体おれをどうしようというんだ！）と若者は思った。通りすがりに、彼は自分の本が落ちた小川をじっと眺めた。それはあらゆる本のうちで、彼が一ばん心を打ちこんだ『セント―ヘレナ日記*』だった。

彼は頬を紅くして眼を伏せていた。見たところ弱々しい十八九の小柄の若者で、わし鼻の、ととのってはいないが美しい顔立ちだった。静かなときには、思慮と情熱を示すその黒い大きな眼は、この瞬間、世にも恐ろしい憎悪の色に燃えていた。濃い栗色の頭髪が、ごく低くまではえ下っているので、額が狭くて、怒ったときにはいじわるそうに見える。数かぎりなく変化のある人間の容貌のうちでも、これ以上目立った特徴で異彩を放つものは、おそらくまたとなかろう。そのすんなりと釣合いのとれた体つきは力よりもむしろ身軽さを物語っていた。ごく幼いころから、その恐ろしく沈んだ様子と、ひどく青白い顔をみて父親は、この子は育つまい、育ったところで一家の厄介ものになるばかりだと思っていた。家で皆からばかにされていた彼は、父と兄とを憎んでいた。日曜に町の広場で、みんなと遊ぶときにも、彼はいつもぶたれてばかりいたのだ。

彼の可愛い顔が、少女仲間の幾人かから優しい言葉をかけられるようになってから、まだ一年とはたっていなかった。弱虫というので皆からばかにされていたジュリアンは、かつてプラタヌスの問題で町長に文句をいった、あの老軍医正を心から愛していた。

この軍医はときどきソレル爺さんにせがれの日当を払ってやって、彼にラテン語と歴史、つまり自分が知っているだけの歴史——一七九六年のイタリアにおける戦争の話——を教えてやったことがあった。死にぎわに彼はジュリアンに、自分のレジョン・ド

ヌール勲章と休職年金の未収額および三四十冊の書物をゆずりあたえた。それらの本のうちで一ばん貴重なものがいましがた、例の町長の権力によって曲げられた「公用河川」の中へはねとばされたのである。

家の中へはいるやいなや、ジュリアンは父のがっしりした手で肩をつかまれるのを感じた。またいくつかぶん殴られる覚悟をして、彼はふるえていた。

「まっすぐに、わしのいうことに返事しろ」老百姓の荒々しい声がジュリアンの耳のそばで叫ばれると同時に、その手は子供が鉛の兵隊を回転させるように、ぐるりと彼を向き変らせた。

ジュリアンの涙にみちた黒い大きな眼は、彼の心の底まで読みとろうとする、この老木挽きの鼠色の小さな眼とにらみ合った。

第五章　交　渉

時をおくらせることによって、彼は事件を好転させる。

エンニーウス

「さあ、できるもんなら、正直に返答してみろ、本きちがいめ！　いったい手前は、どうしてレナールの奥さんと近づきになったんだ。いつ話しかけたんだ」

「話なんか一度だってしたことはありません。だいいちお寺のほかであの奥さんに会ったことは一度もないんです」

「しかし手前は奥さんをじろじろ見たりしたことがあるんじゃろ。図々しいやつだ！」

「いいや！　お父つぁんも知ってのとおり、僕はお寺では神さまにしか眼をとめやしません」とジュリアンは、また頭をぶん殴られないようにするにはこれにかぎると思って、偽善的な様子でつけ加えた。

「だが、これには何かわけがあるにちがいない」といじわるい百姓はいい返した。そしてちょっと口をつぐんでから、「だが手前なんかにゃ何を聞いたってむだだ、根性ま

がりめ！　ほんとのことをいってやる。すぐ出てってもらうんだ。手前がいなけりゃ、わしの鋸だってずっと調子がよくならあ。手前の取入ってる司祭さんか誰かだろう、手前にいい口を見つけてくれたんだ。さあ荷物をこしらえてこい。レナールさんのとこへつれてってやる。手前はあすこの子供の先生になるんだ」

「それでいくらもらえるんです？」

「食べて着物をもらって、それに三百フランの給料だ」

「下男になんかなるのはいやです」

「ばか！　誰が手前に下男になれといった。わしが自分のせがれを下男にしたがってる、とでもいうのか」

「でも、誰といっしょに食事するんです！」

この問いには爺さんもめんくらった。しゃべりつづけるうちに、何か不用意なことを言いそうな気がした。彼はジュリアンがしゃくにさわった。食い辛棒め、と責めたてて、さんざんに罵った。そしてジュリアンを残して他の息子に相談しに出て行った。

しばらくしてジュリアンは、彼らがめいめい斧によりかかって相談しているのを見た。長いあいだ彼らをじっと見つめていたが、何も見当がつかないので、ジュリアンは見つからないように製板小屋の向う側へ行って腰をおろした。彼は自分の運命を一変しよう

とする、この思いがけない話について熟考したいと思ったが、心がうきうきと落着かないのを感じた。彼の空想はひたすらに、レナール氏のりっぱな邸宅の有様を描き出そうとあせるのだ。

（だが召使といっしょに食事をさせられるくらいなら、むしろそんなものはすっぱりあきらめた方がいい。おやじは強制しようとするだろう。死んだ方がまだましだ。十五フラン八スーの貯金がある、今夜逃げ出そう。憲兵に見つかる心配のない間道づたいに、二日かかればブザンソンへ出られる。そこで兵隊になろう。そして、もしやむをえなければ、スイスへ越してもいい。だがそうなると、もう立身出世の望みもなくなる。野心もすてなけりゃならない。どんなことでも意のままのあの結構な僧職にも、おさらばだ）

召使といっしょに食事することをそんなにいやがるのは、ジュリアンの自然の心ではなかった。彼は出世のためなら、もっとつらいことでもやっただろう。彼はこういう嫌悪を、ルソーの『告白』から教わったのである。これこそ彼の想像力が上流社会を心に描くための唯一の種本であった。これにナポレオン軍の戦報の集録と『セント＝ヘレナ日記』とが加わって、彼の聖典をなしていた。彼はこの三冊の本のためになら、死をも恐れなかったろう。彼はこれ以外のどの本も決して信じていなかった。老軍医正の言葉

を信じて、このほかの世の中のすべての本は虚偽であり、ただ立身出世の手段のためにぺてん師どもが書きあげたものだと彼は考えていた。

熱情的な心とともにジュリアンは、極めてしばしば愚鈍と結びついている、あの驚くべき記憶力の一つをもっていた。自分の将来の運命がその人にかかっているのをよく知っていた彼は、シェラン老司祭に取入るために、ラテン語の『新約聖書』を全部暗記していた。彼はまたメストル氏*の『法王論』も覚えていたが、両方ともまるで信じてはいなかった。

何か黙契でもあるかのように、ソレルとそのせがれとはその日じゅうお互に言葉をまじえるのを避けた。日暮ごろ、ジュリアンは司祭の家へ神学を習いに行ったが、さっき父のうけたあの奇妙な申込みのことを洩らすのは慎重じゃないと考えた。(おそらくこれは罠《わな》かも知れぬ。そんなことは忘れてしまったような顔をしているにかぎる)

翌日、早朝レナール氏は老ソレルを呼びにやった。ソレルは一二時間またせたあげく、門口から一言ごとに頭をぴょこぴょこ下げて、いろいろ弁解を試みながらやってきた。文句のありったけを聞いているうちに、ソレルはせがれがこの家のあるじ夫婦といっしょに食事すること、ただお客をする日は、子供たちだけと別室で食べることになっていることを理解した。町長さんの方が本当にあせっていることが判ってくるにつれて、ま

すます文句をつけたい気持になりながら、しかも一方猜疑と驚きにみたされたソレルは、せがれのねる部屋を見たいと言い出した。それは極めてさっぱりとしつらわれた大きな部屋だったが、その中へはすでに三人の子供たちの寝台がはこびこまれようとしていた。

こうした状況は老百姓にとって一道の光明であった。彼はすぐさま落着きはらって、せがれのもらう着物を見せてほしいといった。レナール氏は机を開けて百フラン取り出した。

「この金で、息子さんを羅紗屋《らしゃや》のデュランのところへやって、三つ揃いの黒服をつくらせたらいいでしょう」

「それで、せがれをお邸から下げるような場合にでも、やはり」と百姓は鄭重な口の利き方をすっかり忘れてしまっていった。「その黒服はあれに頂けるんで」

「もちろん」

「それなら結構でございます！」とソレルは間ののびた声でいった。「そうしますと、あと一つだけ話を決めればよろしいわけで。あれに下さるお金の高を」

「何だって！」とレナール氏は腹立たしく叫んだ。「昨日から話はきまってるじゃないか。三百フランあげる。それでたくさん、いやおそらくたくさんすぎると思っているくらいだ」

「そりゃあなたのほうの言い値ですよ。それに間違いはありませんがね」と老ソレルはなお一そうゆっくりした口調でいった。それから、レナール氏をまともにじっと見つめながら、フランシュ-コンテの百姓をよく知らぬ人なら驚かされる一種の頭の働きによって、つけ加えた。「よそにもっといい口がありますからな」

この言葉をきくと、町長の顔色がさっと変った。しかし彼は冷静を取りもどした。そして、それからまる二時間のあいだ、ただの一言も不用意には口にされぬ、すきのない会話を交えたあげく、百姓の狡滑さは、生きるためにそれを必要とせぬ富者の狡猾さに打勝った。ジュリアンの新生活を規定すべき多くの事項がすべて決定された。彼の給料は四百フランと決められたばかりではなく、毎月一日に前払いしなければならないことになった。

「よろしい！　三十五フランわたすことにしよう」とレナール氏はいった。

「きっちりした金高になるように、町長さまのようにお金があって、気前のよいお方は」と百姓は猫なで声でいった。「三十六フランまで奮発していただけますでしょうな」

「よし！　だがもうこれで打切りだ！」

今度は憤怒が彼に決然たる口調をあたえた。百姓はこれ以上図にのると危いと見てとった。すると今度は、レナール氏の方が攻勢に転じた。彼は最初の一月分の三十六フラ

ンを、息子に代って受取ろうとあせっている老ソレルには、絶対にわたすまいとした。彼はこの交渉で自分の演じた役割を、妻に話さねばならぬということに気がついたのだ。

「さっき渡した百フランは返してくれたまえ」と彼はふきげんにいった。「デュランには貸しがある。わしが息子さんをつれて行って黒羅紗をたたせることにする」

この手きびしい一撃を食らってからは、ソレルは用心ぶかくまた例の鄭重なお定り文句をならべはじめた。それがたっぷり十五分かかった。やっと、もうこの上もうかることは確かにないと見きわめをつけると、彼は引下った。その最後の挨拶は次の言葉で結ばれた。

「すぐさませがれをお屋敷へつかわすことにいたしましょう」

町長さんの管轄内の連中が、彼のごきげんをとろうとする時には、彼の家をこう呼ぶのである。工場へ帰って、ソレルはせがれをさがしてみたがだめだった。どんなことになるかも知れぬという不安から、ジュリアンは真夜中に家をぬけ出していた。彼は自分の書物とレジョン・ドヌール勲章を安全な場所に移しておきたいと思って、ヴェリエールを見おろす高い山に住んでいる彼の友人で、フーケという若い材木商人のところへ、それをすっかり持ちこんだのだった。

彼が再び姿を現わしたとき――「怠けものめ！」と父が叫んだ。「手前には、長年食

いしろを前貸ししてある勘定だが、いつになったらわしに返してよこすりっぱな心がけになるか、知れたもんじゃない！　手前のぼろをまとめてさっさと町長さんのとこへ行ってしまえ」

ジュリアンは殴られないので驚いて、急いで出て行った。恐ろしい父の眼のとどかぬ所までくると、彼は足どりをゆるめた。御堂へ参詣に行っておく方が、自分の偽善に役立つだろうと考えた。

諸君はこの言葉をきいて驚かれるか？　この百姓のせがれの心は多くのまわり道をへた後ついにこの恐るべき言葉に到達したのである。

彼がまだごく幼いとき、イタリアから帰還してきた第六連隊の竜騎兵*が白い長外套をまとい、長い黒い毛のついた兜《かぶと》をかぶって、彼の父の家の窓の鉄柵に軍馬をつなぐのを見てからというもの、彼は軍人生活に夢中になってしまった。その後も老軍医正が聞かせてくれる、ロディ橋*、アルコーレ*、リヴォーリ*の戦話に聞きほれた。彼はこの老人が、その十字勲章の上にそそぐ燃えるような眼差しを見逃さなかった。

しかしジュリアンが十四歳のとき、ヴェリエールに一つの御堂の建立が始められたが、それはこんな小さな町には壮麗すぎるといってもいいくらいのものだった。とりわけそこには四本の大理石の柱があって、それを見るとジュリアンの胸は躍るのだった。この

柱は、この地の治安判事と、「修道会《コングレガシヨン》」＊の間諜だと言われている、ブザンソンから派遣された若い助任司祭との間に、じつにはげしい反感を呼びおこしたというので、この地方で有名になった。判事はその地位を失いそうになった。少くとも一般ではそう思っていた。ほとんど二週間目ごとにブザンソンへゆき、また人のうわさでは、司教猊下のお眼にかかっているという僧侶と衝突するようなまねを、この判事はあえてしたのではなかったか。

そうこうする間に、たくさんの家族をかかえたこの治安判事は、幾度も公平を欠くような判決を下すようになり、それがいつも『立憲新聞』＊を購読している人々に対してそうだった。善良派が勝利を占めたのだ。実際のところ、それはたかだか三百または五百フランの金高の問題であるにすぎない。ところで、この些少な罰金を、ジュリアンの名づけ親になる釘屋が払わねばならないことになった。この男はすっかり怒って叫んだ。「何という変りようだ！　二十年以上も昔から、あの判事はほんとに誠実な人だと言われてきたのに！」ジュリアンを愛した軍医正はすでにこの世にいなかった。

にわかにジュリアンはナポレオンのことを口にしなくなった。彼は僧侶になるつもりだという態度を明らかにした。そして彼がいつも父の製板小屋の内で、司祭に貸してもらったラテン語の聖書を一心に暗記している姿が見かけられた。この人のよい老司祭は、

ジュリアンの進歩に感心して、彼に神学を教えるために一晩をすっかり費すことが幾度もあった。ジュリアンは彼の前では、敬虔な感情しか示さなかった。あんなに青白い、またあんなに優しい、女の子のような顔をしていながら、立身出世がかなわぬならむしろ死を選ぼうという確乎たる決意を秘めていると、誰が見ぬきえたであろう。

ジュリアンにとって立身出世とは、まずヴェリエールを去ることを意味した。彼は故郷を憎悪した。そこでは何を見ても、彼の想像力が働かなかった。

ごく幼いころから、彼はよく興奮して夢中になることがあった。そういう時に彼は、いつかは自分もパリの美しい婦人たちに引合わされる日がくるだろうと、うっとり夢想するのだった。何かはなばなしい振舞いによって、婦人たちの注意をひくこともできるだろう。ボナパルトはまだ貧しかったが、あの輝かしいボーアルネ夫人の愛をかち得たように、自分もああいう婦人の一人に、どうして愛されないことがあろう。ずっと以前からジュリアンは、名もなく金もない一中尉ボナパルトが剣をもって世界の主となったということを、おそらく一時といえども忘れて過したことはなかった。このことを思うと、自分で誇張して考えている不幸の数々も慰められ、またうれしいことがある折には、その楽しさが倍加されるのであった。

御堂の建立と治安判事の判決ぶりを見て、ジュリアンは急にさとるところがあった。

ある一つの考えが頭に浮かんで、数週間まるで夢中になった。熱情的な人は何か新しいことを考えついたと思うと、それにすっかりとらわれてしまうものだが、彼もそのとおりだった。

（ボナパルトの名が世に鳴り響いたのは、ちょうどフランスが外敵の侵入におびえている時だった。だからこそ武勲は必要でもあり、また流行でもあったんだ。今日では、四十歳の僧侶で十万フランの給料、つまりナポレオン軍の有名な中将たちの三倍もらっているのが幾人もある。彼らにはまた補助をする人間が入用になってくる。あの治安判事をみるがいい。あれだけ頭がよくて、今まであんなに正直だった彼、しかもあんなに年輩の彼が三十そこその青二才の助任司祭のごきげんをそこなうのがこわさに、恥も外聞も忘れているじゃないか。僧侶にならなくちゃならない）

かつて、それはジュリアンが神学を学びはじめてからもう二年もたって、すっかり行いすましている頃のことだが、胸に燃えている焔がにわかに外に溢れ出たために、思わず本心のばれたことがあった。それはシェラン師の許で催された僧侶たちの晩餐会で、この良司祭がジュリアンを教育上の驚異として紹介したときのことだが、彼はどうしたはずみかナポレオンを熱情的に讃美してしまったのである。そこで彼はモミの材木を動かそうとして脱臼したのだといって、自分の右腕を胸にゆわえつけて、二月の間そのま

まの窮屈な姿勢をつづけた。この体刑がおわってから、彼はやっと自分の罪を許したのだった。十九といっても見かけが弱々しいので、せいぜい十七にしか見えないこの青年が、いま小さな包みを小腋《こわき》にかかえてヴェリエールの宏荘な御堂の中へはいってゆく。

　御堂はうす暗く、人のけはいもなかった。何か祭礼があったらしく、建物の窓はすべて暗赤色の布でおおわれていた。そのために太陽の光線が射すと、大へん荘重な、宗教的な感じをあたえる、まばゆいばかりの色彩を呈した。ジュリアンは身ぶるいした。御堂の中にただ一人で、彼は一ばんりっぱそうに見える席に腰をおろした。その席にはレナール家の紋章が打たれてあった。

　ジュリアンは跪台《プリ・デュウ》の上に、印刷された紙片がちょうど読んでくれといわぬばかりに置いてあるのに気がついた。それに眼をとめて、読んでみた。

『＊＊＊日ブザンソンにおいて刑に処せられたるルイ・ジャンレルの死刑並びにその最期に関する顛末《てんまつ》』

　紙は破れていた。裏面には行の最初の二字が読まれた。それは「第一歩」だった。

「いったい誰がこの紙をこんなところへ置いたんだろう?」とジュリアンはいった。そして溜息をついて附けたした。「可哀そうに、不幸な奴だ。この男の家名は俺の家名と語尾が同じじゃないか*」そして彼はその紙片をしわくちゃにした。

御堂を出ようとすると、聖水盤のそばに血が流れている、そう思ったのはそこにまかれた聖水だった。窓をおおう赤い帳《とば》りで水が血のように見えたのだ。ジュリアンは内心びくついたことが恥ずかしくなった。

「おれは臆病者なのか、武器をとれ！」

この言葉は老軍医正の戦話にしょっちゅう出てきたので、ジュリアンには勇ましくひびくのだった。彼は立上って足早やにレナール氏の家へ向った。

いくらりっぱに決心していても、さてその家が二十歩さきに見えるか見えぬに、彼は非常に気おくれがして何ともしようがなかった。鉄格子は開いていたが、なんだか厳めしく思われた。この中へはいらなきゃならないんだ。

ジュリアンがこの家へくることになったために、心が落着かないのは、ただ御当人ばかりじゃない。極端に内気なレナール夫人は、見知らぬ男が職務の命ずるところだなどといって、しょっちゅう自分と子供たちの間にじゃまをするようになるのだと思うだけでも、すっかり心が混乱してしまうのだった。彼女は今まで子供たちは自分の寝室でいっしょにねかすことにしていた。その日の朝、子供たちの小さな寝台が、家庭教師にあてがわれる部屋の方へ運ばれてゆくのを見たとき、彼女はずいぶん泣いたものだ。せめて一ばん幼いスタニスラスーグザヴィエの寝台だけでも、自分の寝室へ運びもどしてく

れるように、良人に頼んでみたが、聞き入れられなかった。

いかにも女らしい心のこまやかさ、それがレナール夫人の場合には極端なところまで行っていた。彼女は、ただラテン語――この野蛮な言葉のおかげで、子供たちがさんざん鞭《むち》でぶたれるのだろう――そんなものを知っているというだけの理由で、子供たちをしかりつけようとする、頭髪にくしもまともに入れないような、粗野な男のじつにいまわしい姿をあたまに描いていたのであった。

第六章　倦　怠

私はもうわからない、私は何であるか、
そして何をしているのか。

モーツァルト『フィガロ』

レナール夫人は、男の眼のとどかぬところでは、いつもきまってそうなのだが、きびきびとしかもものやさしく、庭に面した客間の出入窓《ポルト・フネートル》をひらいて出ようとした、そのとき、まだ子供っぽさのぬけきらぬ一人の年若い田舎者が、真青な、いま泣きやんだばかりの顔をして、入口の扉の前に立っているのを認めた。汚れめのないシャツを着て、紫羅紗《らしゃ》のさっぱりした上衣を小腋《こわき》にかかえている。*

この百姓の子の色があまり白く、また眼があまりやさしいので、いささか小説趣味のレナール夫人は、最初、これは少女が変装して、町長さまに何かお願いにやってきたのかもしれぬ、と思ったくらいだった。入口の扉の前でもじもじして、思いきって呼鈴に手をのばすことさえできないらしい、この可憐なものに彼女は同情した。夫人は家庭教

師が来るためにうけたつらい悲しみもしばし忘れてしまって、近よって行く。扉の方を向いていたジュリアンは、彼女がそばへ来たのに気がつかなかった。やさしい声が耳のま近かに聞えたとき、彼はぶるっとふるえ上った。

「なに御用、坊ちゃん？」

ジュリアンはぐるりと向き変った。そしてレナール夫人が、あまりやさしい眼差しをしているのに打たれて、気おくれもちょっと忘れてしまった。その美貌に驚いて、はや彼はすべてのことを、自分は一たい何をしに来たのかをさえ忘れてしまった。夫人は問いをくりかえした。

「奥さま、私は家庭教師にまいりました」と、できるだけぬぐったがまだ残った涙を、深く恥じらいながら、彼はやっと答えた。

レナール夫人はものもいえなかった。二人は非常に近よっておたがいの顔をじっと見つめあっていた。ジュリアンは、こんなりっぱなりをしたひとが、ことにこんな眩しいほどの色艶の婦人が、自分にやさしい言葉をかけてくれたりするのに今まで出会ったことがなかった。夫人の方は、はじめはあんなに青かったのが、今こんなにバラ色になった、若い田舎者の双の頬にとまっている大粒の涙を、じっと見つめていた。やがて彼女はすっかり小娘のようにはしゃいで、笑い出した。自分がおかしくなった。そして自

分の幸福を、はかりきれないほどだった。まあ何ということだ！　醜いなりをした汚ならしい坊主がきて、子供たちをしかったり、鞭でぶったりするのだと考えていた、その家庭教師というのが、この少年なんだ！

「まあ！　ムシュー」と、とうとう彼女が口をきった。「あなた、ラテン語がおできになりますの？」

このムシュー（あなた）という言葉が、ジュリアンを大そう驚かしたので、彼はちょっと考えて、「はい、奥さま」とおずおず答えた。

レナール夫人はうれしさのあまり、ついこんなことまで言い出した。

「かわいい坊やたちを、あなた、あまりしからないでくださるでしょう、ね」

「わたしが、坊ちゃんをしかる」と彼は驚いていった。「またどうしてです？」

「あのう、ムシュー」と彼女はしばらく口をつぐんだが、刻々に熱してゆく口調でつけ加えた。

「あなたはあの子たちに、やさしくしてくださるでしょう、ね、約束してくださる？」

こんなりっぱな服装をした貴婦人が、二度までもしかも本気で、自分をムシューと呼んでくれる、それはジュリアンのまったく夢にも思いがけぬことだった――彼が若者らしい夢想を描くときでも、美しい軍服を身にまとうまではりっぱな貴婦人は、一人とし

て自分に口をきいてはくれまい、そういつも思っていたのだ。レナール夫人の方はまた、ジュリアンの美しい色艶、大きく黒い眼、そしてその愛らしい頭髪――頭を冷やすために、さっき広場の噴水盤の中へつけたものだから、平生よりもずっと縮れていた――にすっかりだまされていた。厳格で野蛮な物言いをするのだろうと子供たちのためにあれほど恐れていた、そのいまわしい家庭教師というのが少女のようにはにかむのを見て、彼女はすっかり喜んでしまった。レナール夫人のような穏やかな心の持主には、今さっきまでの不安とげんに眼の前に見るものとの対照、それですらもう一つの大事件だった。がついに彼女は驚きからさめた。彼女は自分が、ほとんどシャツ一枚の若者といっしょに、しかもこんなによりそって、家の門口に立っているのに気がつき驚いた。

「内へはいりましょう」と彼女はきまり悪そうにいった。

この世に生まれて以来、レナール夫人はこれほどまじりっ気のない愉快な気持を味わったことはなかった。心のやすまらぬ恐怖のあとに、これほど快いものに出会ったこともなかった。こうなれば、彼女があれほど大事にしているかわいい子供たちも、きたならしい怒りっぽい僧侶の手中におちることもないだろう。玄関へはいると彼女は、おずおずとついて来るジュリアンの方をふりかえった。すばらしい家のつくりを見て驚いている彼の様子に、レナール夫人の眼にはまた一しお愛らしく映じた。彼女は自分の眼を

信ずることができなかった。ことに、家庭教師は黒服を着ている筈だという気がした。信じることのうれしさが大きいだけに、もしや間違いでなかろうかと、とても心配になって、彼女はまた足を止めて彼にきいてみた。

「でも、それはほんと、あなたラテン語がおできになるというのは？」

この言葉はジュリアンの自尊心を傷つけた。十五分ばかり前からの、あの恍惚とした気持もたちまち消えてしまった。「できます、奥さま」と彼はつとめて冷やかな態度を示そうとしながら答えた。「わたくしは司祭さんと同じくらいラテン語ができるのです。司祭さんは時々、お前の方が上だ、といってくださることもあるのです」

レナール夫人は、ジュリアンが大へんいじわるい様子をしているのに気づいた。彼は彼女から二歩ばかり離れて立止まっていた。彼女はそばへ寄って、低い声で、

「ねえ、はじめのあいだは、学課がよくできなくても、子供たちを鞭でぶたないでくださるでしょう？」

こんな美しい貴婦人のこんなにやさしいほとんど哀願するような口調は、たちまちジュリアンに、彼がラテン語学者としての名声を保つに必要なことを忘れさせた。夫人の顔が彼の顔に近よったので、彼は貧乏百姓にとってはじつに珍らしい、女の夏衣裳の香をかぐことができた。すっかり赤くなった彼は、溜息をついて力のない声で、

「少しも御心配におよびません、奥さま。何もかもおおせどおりにいたします」

子供たちに対する不安がまったく消え去ったこの時になって初めて、レナール夫人はジュリアンの無類の美貌に打たれたのだった。女にもして見たいようなみめかたちや、おずおずした様子も、自分自身極端に臆病な女にとっては、ちょっともおかしくは見えなかった。ふつう男性美には欠くべからざるものとされている、あの雄々しい様子などは、かえって彼女をこわがらすばかりだったろう?

「おいくつ?」

「もうじき十九になります」

「うちの一ばん上の子は十一です」と夫人はすっかり落着いていった。「あなたのお友達といってもいいくらいですわ。よく言いきかせてやって下さいね。一度父があれをぶとうとしたことがありますの。そしたらあの子一週間も病気しましてよ。それもほんのちょっとぶたれただけですのに」

(何という違いだ)とジュリアンは思った。(昨日もまた、おやじはおれをぶった。こういう金のある人たちって、何と幸福なんだろう!)

レナール夫人はすでに、この家庭教師の心のごくわずかな動きさえもとらえうるほどになっていた。この悲しそうな様子をはにかみだと思って、彼女は彼に元気をつけてや

ろうと思った。

「お名前は何とおっしゃいます？」と彼女は情のこもった口調でいった。ジュリアンはそんなにされる訳がわからなかったが、その魅力は十分に感じた。

「ジュリアン・ソレルといいます。生まれてはじめてよその家へきたので、びくびくしているのです。奥さまにかばっていただかねばなりません。そして当分のあいだは大目に見ていただかねばならぬことがたくさんあるでしょう。わたしは学校へなんか一度も行ったことはありません、そんなお金がなかったのです。わたしは、身内のものでレジョン・ドヌール勲章をもらっている軍医正と、司祭のシェランさんのほかは、誰とも話をしたことがありません、司祭さんはわたしのことをよく言ってくださるでしょう。兄貴たちはいつもわたしを打ちました。あの連中がわたしのことを悪くいっても、本当にしないでください。やりそこないがあっても、どうか許してください、奥さま、悪気は決してないのですから」

こんな長いおしゃべりの間に、ジュリアンは落着きをとりもどし、夫人をじっと見つめていた。非の打ちどころのない容姿の美しさが、その人柄に生まれつきのもので、ことにその持主が自分の美しさを意識せぬ場合には、こういう効果を生むものである。ジュリアンがたとえ女性美によく通じていたにしても、この瞬間、彼女は二十を越しては

いない、と言いきっただろう。彼はとっさに、夫人の手に接吻しようという不敵な考えを起した。すぐに彼は自分の考えが怖くなった。が一瞬の後、彼は思った。(自分のためにもなるし、また、たったいま製板小屋から引きぬかれてきた、つまらぬ職人風情を多分この美しい貴婦人は軽蔑しているのだろうが、その軽蔑を減じさせるかも知れぬ。そんな行為が実行できぬようでは、おれが卑怯だということになる)おそらくジュリアンは、半年以来日曜ごとに、少女たちがよく口にするのを耳にした、あの「美少年」という言葉でいくらか自信をつけていたのだろう。こうして彼の心のなかで戦いがつづけられている間に、レナール夫人は初めて子供らに会うときの心得を二こと三こと彼に言いきかせた。自分の気持に打ちかとうと無理をするので、ジュリアンはまた真青になった。彼はぎごちない調子で、

「奥さま、わたくしはけっして坊ちゃん方をぶったりはしません。神に誓います」

と、そういいながら、彼は大胆にレナール夫人の手をとって唇へもっていった。この仕草に夫人は驚いてしまった、考えてみて腹が立った。ひどい暑さだったので、彼女の腕はショールの下には何もつけていなかったが、ジュリアンがその手を唇へもっていったので、二の腕がすっかりあらわになってしまったのだ。しばらくたって、彼女は自分自身をとがめた。もっと早く腹を立てるべきであったと思われたのだ。

レナール氏が話し声を聞いて、書斎から出てきた。町役場で結婚式をとり行うときと同じような、威厳のあるおやじぶった態度で、彼はジュリアンにいった。

「子供らがあなたにお会いせぬうちに、ぜひお話しておかねばならない」

彼はジュリアンを一室へよび入れて、彼らを二人ぎりにしておこうとする妻をひきとめた。扉を閉めると、レナール氏は重々しく腰をおろした。

「司祭さんはあなたはりっぱな人物だといっていました。うちでは皆があなたを鄭重にあつかうはずです。そしてもしわしに満足のゆくようにさえしてくださるなら、将来ささやかながら身を立てるお世話もしてあげたい。これからはもう両親にも友人にも会わぬようにして頂きたい。あの人らの調子はうちの子供らには好ましくありませんからな。ここに最初の月の分として三十六フランあるが、一スーたりともお父つぁんには渡さぬということを、あなたの口から聞きたいのです」

レナール氏は、今度の事件で自分より上手に立廻った、あの老人に腹を立てていたのだ。

「さて、ムシュー、というのは、わしの言いつけでうちでは皆があなたをムシューと呼ぶことになっているからです。であなたも上流家庭にはいるのは有利だと、おわかりになったと思うが――さて、ムシュー、子供たちが背広姿のあなたにお会いするのは、

どうも感心できない」彼は妻にたずねた。「召使どもはこの方を見なかったかね？」

「いいえ、あなた」と彼女は深く物思わしげに答えた。

「それはよかった。さあこれを着てください」と彼はあっけに取られている若者に自分のフロックコートを一着あたえていった。「さあ、羅紗屋《らしゃや》のデュランのところへ行ってこよう」

一時間以上たって、レナール氏が、すっかり黒ずくめの服をきた新家庭教師を伴って帰ってくると、妻は出掛けと同じ場所に坐ったままでいた。彼女はジュリアンの姿を見ると、気がしずまるように思えた。彼をじっと見つめていると、彼を恐れたことも忘れてしまった。ジュリアンの方は、彼女のことなんか考えてはいなかった。運命や人を信じようとせぬ彼ではあるが、この瞬間の彼の心は子供のそれと変らなかった。三時間前に、御堂の中でおののいていた、あの時から幾年もの年月がたったような気がした。レナール夫人の冷やかな様子を見て、彼は手に接吻なんかしたので怒っているのだろうと思った。しかし今まで着つけたものとは、すっかり違う衣服の感触があたえる誇りの感情のために、すっかり興奮して、またその喜びをあくまでおし隠そうとするために、彼の動作にはすべて何か唐突な、狂気じみたところがあった。レナール夫人は、驚きの眼をもって彼を眺めていた。

「もう少し重々しくやることですね」とレナール氏が彼にいった。「子供たちや家のものに尊敬されようと思われるなら」

「新しい服をきたので、窮屈なのです」とジュリアンは答えた。「田舎者の私は、今まで背広しか着たことがありません。よろしければ、自分の部屋へ下って休みたいのですが」

「あの新しい獲物を、お前はどう思うね」とレナール氏が妻にたずねた。

確かに自分にもそれと気がつかない、ほとんど本能的な心のはたらきによって、レナール夫人は夫にうそをいった。

「あたしあなたほど、あの田舎者に夢中になっちゃいませんわ。あんまりたいせつになさると横着者になって、一月もたたぬうちに暇を出さなきゃならなくなりますよ」

「いいよ！　そうなったら追い出そうじゃないか。それにしたって百フランばかり損するだけだ。しかもヴェリエール中が、レナールさんの子供には家庭教師がついているってことを見なれてしまうんだ。ジュリアンに職人の服装をさしておくようでは、そういう目的は達せられない。暇を出すときは、もちろん、いま羅紗《らしゃ》屋でたたせて来た黒の揃いの服はこっちへとっておく。だからいま洋服屋で見つけてきて、あの男に着せておいた既製品のがあれの手に残るだけさ」

ジュリアンがその居間で過した時間は、レナール夫人には一瞬のように思えた。新しい家庭教師のことを聞かされた子供たちは母親に根ほり葉ほりたずねた。とうとうジュリアンが出てきた。それは全く別人の感があった。重々しいというのでは言い足りない——それは「荘重」の化身だった。彼は子供らに紹介されると、彼らに向ってレナール氏その人をさえ驚かせたほどの口調で語りはじめた。そしてその訓示の最後に近づいたとき、

「みなさん、わたくしがここへ来たのは、あなた方にラテン語を教えるためです。みなさんは暗誦とはどんなことか知っているでしょう。ここに聖書があります。(と黒い装幀の三十二折判の小さい本を示して)これはとくに我が主イエス・キリストの物語、『新約』とよばれる部分です。私はこれから時々暗誦をしてもらいますが、まず私に暗誦さしてごらんなさい」

一ばん年上のアドルフが本を手にしていた。

「でたらめに本を開いてください。そして行の最初の単語を三つだけ言ってみなさい。私はわれら万人の行為の規範である聖書を、止めろという所まで暗誦して見せましょう」

アドルフは本を開いて、単語を二つ読んだ。するとジュリアンは、フランス語でも話

しているように楽々と、全ページを暗誦した。レナール氏はさも得意そうに妻の顔を見ていた。子供らは両親の驚きを見て、眼を大きく見ひらいた。一人の下男が客間の入口へ顔を出した。ジュリアンはラテン語をしゃべりつづけた。下男は最初身動きもせずにたたずんでいたが、やがて姿を消した。間もなく夫人の小間使と料理女が扉のそばへやってきた。その時アドルフは、すでに本を八ヵ所も開いていた。そしてジュリアンは相変らず、同じように楽々と暗誦した。

「まあ！　かわいい小さい司祭さま」しんから信心深い料理番の娘が、大きな声でいった。

レナール氏は自尊心を脅かされた。家庭教師を試みようなどと思うどころか、彼は自分の記憶の中から、何かラテン語の文句をさがし出すのに一所懸命だった。やっとのことで、彼はホラチウスの詩句をいうことができた。ジュリアンは聖書以外のラテン語を知らなかった。彼は眉をひそめて答えた。

「わたくしが身を献げようとする聖職は、そんな異端の詩人を読むことを禁じました」

レナール氏はホラチウスの詩と称するものをかなりたくさん引用して、子供たちにホラチウスの何であるかを説明した。しかし、すっかり感心し切った子供たちは、父親のいうことにほとんど耳もかさなかった。彼らはただジュリアンを見まもっていた。

召使どもがまだ扉の傍を離れないので、ジュリアンは試みをなおつづけねばならぬと思った。

「スタニスラスーグザヴィエさんも、わたしに聖書の一節をいってくれなければいけません」と彼は一ばん幼い子供にいった。

すっかり得意になって、小さいスタニスラスが、どうなりこうなり或る行の最初の単語を読むと、ジュリアンは全ページをいってのけた。レナール氏の勝利は完全無欠だった、というのは、ジュリアンが暗誦している最中に、かのノルマンディ種の名馬の持主ヴァルノ氏と、郡長のモジロン氏とがはいって来たのである。この場の光景が、ジュリアンにムシューの称号をあたえることになった。召使たちさえ、彼をそう呼ぶことをこばもうなどとはしなかった。

その夜、ヴェリエール中の人がこの不思議を見ようとして、レナール氏の邸へおしよせた。ジュリアンは、よそよそしい陰鬱《いんうつ》な調子で皆に答えた。彼の名声は非常に速やかに町中にひろがったので、二三日の後にレナール氏は、他人に彼を奪われはしまいかという心配から、ジュリアンに二年間の契約書に署名してくれといった。

「いいえ」とジュリアンは冷やかに答えた。「あなたの方で、もし暇を出そうとお思いになれば、私はいつでも出てゆかねばなりません。わたくしだけを束縛して、あなたに

は何の義務もないような契約は、公平じゃありません。おことわりします」

　ジュリアンはよくこつを心得て、上手に立ち廻ったので、住みこんで一月もならぬうちに、レナール氏自身すら彼を尊敬するようになった。司祭がレナール、ヴァルノ両氏と仲たがいしてしまったので、彼が以前ナポレオンを熱愛していたことを、誰一人としてすっぱぬくものはなかった。彼はナポレオンの名を口にするとき、いつも嫌悪の情を示さぬことはなかった。

第七章　親　和　力

彼等は心を傷つけることなしに、心に触れることができない。

――近代人

子供たちはジュリアンを敬愛していたが、彼は子供たちに愛を感じなかった。彼の思うところはよそにあったのだ。いたずらっ子がどんなことをしようと、彼はけっしていらだつことはなかった。冷静に、公正に、物に動ずることなく、しかも皆から愛されて――彼のきたことが、この家から憂鬱を追い出したからだ――彼は一個のよき家庭教師だった。しかもその彼は、自分もその一員に加わることを許されたこの上流社会に対して、ただにくしみと嫌悪しか感じなかった。一員に加えられたといっても、実際は食卓の末席へであったということ、それでおそらくこのにくしみと嫌悪の説明がつくだろう。時おり贅沢な晩餐会が催されるときなど、彼は周囲のあらゆるものに対する憎悪の情を抑えるのにずいぶん苦労した。ことに聖ルイの日に、ヴァルノ氏がレナール氏のところで、わがもの顔に一座の談話をあやつっていたとき、ジュリアンはあやうく本性を暴露

するところだった。彼は子供たちを見てやらなければならぬという口実をつくって、庭へ逃れた。（誠実を何とほめちぎっていることだろう！　それがもう、たった一つの美徳とでもいうようだ。しかもそのくせ、貧民救済事業の管理をはじめてから、確かに財産を二倍、いや三倍にもふやしたような男を、何だってあんなに尊重し、何という卑しい敬意をはらっているんだろう！　あいつは、孤児たちにあてられた資金のうちからさえ、せしめているに違いないんだ。そういう哀れなものの貧しさ、それは他の場合より一そう神聖であるべきじゃないか！　ああ、人でなし！　人でなしめ！　そしてこのおれだって、父親に、兄弟に、家中からにくまれて、孤児みたいなものなんだ）

聖ルイの日の数日前のこと、ジュリアンは、例の「忠誠散歩道」を見おろすベルヴェデールという名のついた小さな森の中を、日禱書を誦しながらひとり散歩していると、二人の兄が淋しい小路を遠くからやってくる姿が見えたので、避けようとしたがだめだった。弟のりっぱな黒服、とてもさっぱりした風采、それに弟が自分らを心底から軽蔑しているのを見て、ひどく嫉妬心を刺戟されたあらくれ労働者どもは、ジュリアンを血だらけになって気絶するまでなぐりつけて立去った。レナール夫人はヴァルノ氏や郡長と一緒に散歩していたが、偶然この小さな森の中へはいってきた。彼女は地面に倒れているジュリアンを見て、もう死んでいると思った。彼女の突然の驚きは非常なもので、

ヴァルノ氏が妬ましく感じたくらいだった。

だがヴァルノ氏の心配は早まっていた。ジュリアンはレナール夫人を大へん美しいとは思っていたが、その美しさのためにかえって彼女をにくんでいたのだ。それはあやうく彼の一生を棒にふらせようとした第一の暗礁であった。あの初めての日、手に接吻するようなことまでした、あの激情を夫人に忘れさせようと思って、彼はできるだけ彼女と話をしないようにしていた。

レナール夫人の小間使のエリザは、この若い家庭教師を恋せずにはおられなかった。彼女は夫人によく彼のことを話すのだった。エリザ嬢の恋のおかげで、ジュリアンは一人の下男のにくしみをかうことになった。ある日彼は、その下男がエリザにいうのを耳にした。

「あんたは、あの垢《あか》だらけの先生がここへきてからというもの、もうわしには言葉もかけてくれないんだね」

ジュリアンはこんな悪口をいわれるのはめいわくだった。しかし美少年の本能から、一そう身のまわりに気をつけるようになった。すると一方、ヴァルノ氏のにくしみもまた倍加した。あんなにおめかしするのは、若い僧侶にふさわしからぬことだと、皆にふれてまわった。法衣こそつけていなかったが、ジュリアンはすっかり僧侶のなりをして

いたのである。

レナール夫人は、彼がいつもよりしげしげエリザと話をするのに気づいた。二人がそんなに話を交えるのは、ジュリアンのごく小さい衣類戸棚の内容がはなはだ貧弱で、それが原因だということがわかった。彼は下着類をほんの少ししかもっていないものだから、それを始終外へ持出して洗わせなければならない。そういうこまごました用事のために、エリザが彼の面倒をみていたのである。今まで気がつかなかったが、この甚しい貧しさが夫人の心を動かした。そういう品々を買ってやりたいのは山々だったが、思いきってできなかった。こうして心のうちにじっと忍ぶこと、これがジュリアンの彼女にあたえた最初の辛い思いだった。それまではジュリアンという名と、全く精神的な清い喜びの感情とが、彼女にとっては同義語であった。ジュリアンは貧しいのだという考えに悩まされて、レナール夫人は彼に下着類を贈ろうかと、夫に話してみた。

「何というばかげたことをいうんだ！　何という！　こっちはすっかり満足している し、本人もよく働いてくれている男に、贈物をしようなんて！　刺戟して奮発させなければならぬ場合もあるが、それは怠けでもしたときのことだよ」

レナール夫人はこういうものの見方に屈辱を感じた。ジュリアンの来ぬ前なら、彼女はこんなことに気もとめなかったろう。この若い僧侶が、ごく質素なものだが、極めて

さっぱりしたものを着ているのを見ると、彼女はひとりごとせずにはいられなかった。(かわいそうに、あの子はどうしてあんなふうにやってゆけるのだろう)

次第に彼女はジュリアンの貧乏をいやに思わないで、かえって同情するようになってきた。

レナール夫人というひとは、初めて会って二週間ばかりは、この女ばかじゃないのか、と実際思われかねぬような田舎女の一人だった。人生の経験などというものはてんでなかったし、人と話をしたりするのも好まなかった。気位が高くてこまやかな魂の持主の彼女は、運命の偶然から俗悪な連中のなかにまじっていたが、あらゆる人間がもって生まれてくるあの幸福本能によって、まわりの人々の言動に、多くの場合まったく注意をはらおうとしなかった。

彼女に少しでも教育があったら、その自然さと潑剌《はつらつ》とした頭のよさで、人目をひいたかもしれぬ。しかし彼女は金持の跡取り娘というところから、聖心派の熱烈な信者で、またジェズイットの迫害者フランス人に対する激しい憎悪に燃えている尼僧たちの間で大きくなった。レナール夫人はばかでなかったから、修道院で習ったことなんか、みんな道理に合わぬことだというので、間もなくすっかり忘れてしまった。だが、そのあとへ何もかわりのものを入れなかったから、けっきょく何も覚えないでしまったのである。

莫大な財産の跡取りというので、早くから阿諛《あゆ》の対象にされ、また生まれつき信仰心があつかったから、彼女は全く内面的な生活態度をとるようになった。うわべは非の打ちどころのない従順さで、すっかり自分を殺しているから、ヴェリエールの亭主どもは細君連に夫人を見習うがいいと言い、また当のレナール氏もそれを得意にしていたのだが、彼女の心の動きはいつも、実際のところ、最も気位の高い気性から生まれたものであった。その傲慢さのためによく引合いに出されるような王女ですら、一見あんなにやさしい、あんなにつつましやかなこの女が、すべてわが夫のなすこと、言うことに対して、とっている態度にくらべると、もっともっと多くの注意を周囲の貴族たちにはらっているといえよう。ジュリアンがくるまで、実際彼女は子供たちにしか注意をはらわなかった。子供たちのちょっとした病気が、その苦しみが、またそのわずかな喜びが、愛といえば生まれて以来ブザンソンの聖心女学院《サクレ・クール》にいたとき、神を熱愛したことがあるだけだという、この女の感情をすっかりとらえてしまうのだった。

誰にもそんなことを打明けはしなかったが、子供の一人が熱でも出すと、彼女はもうその子が死んでしまったのと変らないような気持に襲われた。結婚してはじめの数年の間は、自分一人の胸に包んでおくことができなくて、こういう悲しみを夫にうったえてみたこともあったが、それはいつも卑しい高笑いと、軽蔑をもって迎えられた上に、女

の愚かさに関するつまらぬ格言《マクシム》なんかをいくつも聞かされるにきまっていた。特にそういうたちの笑談が、子供の病気に関していわれると、ちょうど匕首のようにレナール夫人の胸を刺すのだった。娘時代をすごしたジェズイットの修道院で争ってあたえられた蜜のような阿諛の代りに、彼女が見出したのがこれだった。彼女は悩みによって教育された。あまり高い自尊心をもっていた彼女は、こういう悲しみを友達のデルヴィール夫人にすら打明けなかった。男というものはみんな自分の夫やヴァルノ氏や郡長シャルコ・ド・モジロンのようなものだとばかり思っていた。野卑、そして金銭、位階、勲章に関係のないあらゆる事物に対するじつにひどい無関心、自分たちに都合の悪いあらゆる理論に対する盲目的な憎悪、そういうものが、長靴をはいたり中折帽子をかぶったりするのと同様、男性に通有なことのように、彼女には思えたのである。

レナール夫人は長らくの間、この金ほし屋連中の間にあって暮さねばならなかったが、いまだにそういう連中になじむことができなかった。

これが百姓のせがれジュリアンの成功した理由である。彼女はこの気高く誇りをもった魂に同情をよせる、そのことのうちに、楽しい、そして新奇な魅力にあふれた喜びを見出していた。夫人はやがて、彼の極端な無知(そのために一そう愛らしくみえるのだが)と、この方は彼女の骨折りで直せたが、彼の粗野な動作とをとがめなくなった。ご

くありふれたことを話しているときでも、また道を横切ろうとした犬がかわいそうに、いそいでやってきた百姓の車にひかれたというような話のときでさえ、彼のいうことには耳を傾ける値うちがあると彼女は思っていた。この犬の苦しがった有様をきいて、夫は例の高笑いをしたが、そのときジュリアンのあの美しい三日月形の、黒い眉がひそめられるのを、彼女は見逃さなかった。寛い心、高尚な魂、人間らしさ、そういうものはこの若い僧侶以外の人には存在しない、彼女にはしだいにそう思えてきた。彼女はただ彼のみに心からの同情と、さらにこういう美徳が生まれのいい人々の心のうちによびさます、あの嘆賞の気持をさえいだいていたのだった。

パリなら、ジュリアンとレナール夫人の関係は簡単に片づいただろう。実際パリでは、恋愛は小説の子なのである。年若い家庭教師と内気な奥さんとは、小説を三四冊読めば、いやジムナーズ座の台詞を聞いていてさえ、そのなかに二人の位置がちゃんと説明されてあるのがわかるのだ。小説は彼等に、演ずべき役割を教え、まねるべき手本を示したはずだ。そしてその手本が、ちっとも面白くなく、またおそらく不承不承であったにせよ、ジュリアンは虚栄心にしいられて、早晩その通りにせねばならぬ羽目におちいったことであろう。

アヴェーロンやピレネの小都会だったら、ごくつまらぬ出来事でも、その気候のはげ

しさのために決定的なものになったかもしれない。だがずっと陰鬱なこの国の空の下では、敏感な心から、金でえられる享楽を味わってみたさに、野心家となっている貧しい青年が、来る日も来る日も、心底から貞淑な三十女をただじっと見まもっているばかりなのだ。それはただ子供のことに一所懸命で、自分の行動の手本を小説にもとめるというようなことはけっしてしない女だった。地方では、すべて事のはかどりがおそく、徐々に行われる。そこには一そうの自然さがある。

この若い家庭教師の貧しさを思うと、レナール夫人は涙が出るほど不憫《ふびん》になることがよくあった。ある日ジュリアンは、彼女がげんに涙を流しているところを見つけた。

「おや！　奥さま、何かいやなことでもございましたか」

「いいえ、あなた《モナミ》、子供たちを呼んでください。皆で散歩しましょう」

彼女はジュリアンの腕をとって、彼には変に思えるくらい彼によりかかった。夫人が彼を「あなた《モナミ》」と呼んだのは、これが最初だった。

散歩も終りに近づいたころ、ジュリアンは、彼女が大へん赤くなっているのに気がついた。彼女は足どりをゆるめた。

「もう誰かあなたにお話したかも知れませんけれど」と彼女は彼の方を見ないでいった。「あたしブザンソンにいる大そうお金持の伯母さんのたった一人の跡取りになって

ますのよ。その伯母さんがいろいろ物をおくってくれますの……子供たちもよく出来るようになりましたし……ほんとに驚くほどですわ……お礼のしるしに、つまらぬものですけれど、お願いですからうけとってくださらない？　あなたの下着類をこさえさせる、ほんの五六ルイだけのことですから。だけれど……」と彼女は、一そう顔を赤らめてつけ加えた。そして言葉を切ってしまった。

「奥さま、何とおっしゃいます？」とジュリアンがいった。

「こんなことは」と彼女はうつむいて言葉をつづけた。「うちの人には言わない方がいいと思いますわ」

「わたくしはつまらぬ人間です、奥さま。しかし卑しいまねはいたしません」と足をとどめたジュリアンは、怒りに眼を輝かせ、胸をそらせて言いかえした。「それは奥さまのお考えが足りぬのではないでしょうか。万一わたくしが、何事にせよわ、た、く、し、の金銭に関することで、レナールさんに隠し立てするようなことがあったら、下男にも劣ることになるわけです」

レナール夫人は呆然《ぼうぜん》としていた。ジュリアンは言葉をつづけた。

「町長さんは、わたくしがお宅へきてから五度三十六フランのお金をわたしてくださいましたが、わたくしはいつでも自分の支出簿をレナールさんに、いや誰にでも、わた

くしをにくんでいるヴァルノさんにさえ、見せられるようにしてあるのです」

こんなきついことを言われて、レナール夫人は顔色を失ってふるえていた。そして二人ともとぎれた話のつぎ穂を見つけることができぬままに、散歩はおわってしまった。レナール夫人に愛情をいだくことは、自尊心の強いジュリアンにとって、いよいよ不可能になった。一方夫人の方は、彼を尊敬し、また感服した。そのために彼にしかられたのである。心ならずも相手を辱しめた、そのつぐないという口実の下に、彼女は彼のためにこの上なくこまやかな心づかいをした。こんな今までと変ったことをやってみることが、一週間のあいだレナール夫人をたのしませた。その結果ジュリアンの怒りも幾分やわらいだが、彼はそこに個人的愛情といったものを、全然認めようとはしなかった。

(こういうのが金持連中のやり口なんだ。ひとを辱しめておいて、それから何かわざとらしい真似をして、それですべてのつぐないがつくと思ってやがるんだ!)

レナール夫人は胸が一ぱいだった。それに無邪気な心の持主だから、かたい決心をしていたにも拘らず、ジュリアンにものをあたえようとしたこと、またそれがどんなふうに拒絶されたかを、夫に話さずにはおられなかった。

「何だって!」とレナール氏はひどく立腹して叫んだ。「召使に拒絶されて、だまっていたというのか」

レナール夫人がその言葉をとがめたので、

「わしは、なくなったコンデ公が、新しい奥方に自分の侍従たちを紹介されたときのようにいってるんだ。『これらのものはみな、われわれの召使じゃ』とこうおっしゃったんだ。わしが読んであげたブザンヴァール*の『回想録』のこの文句は、身分ということを考えるさいに忘れてはならないものだ。貴族でないものはみな、あんたの家にすまって給料をもらっているものはみな、あんたの召使だ。わしはジュリアンにちょっと話をして、百フラン受取らせてこよう」

「まあ！　あなた」と夫人はおののきながらいった。「せめてほかの召使たちのいない所にしてくださいまし」

「よろしい、あいつらが焼餅をやくかもしれないからな、いやそれも無理はない」といって、夫は金額を考えながら、そこを立去った。

レナール夫人は苦しさに絶え入るばかりになって、くずれるように椅子に身を投げた。(あの人はジュリアンを辱しめようとしている。しかもそれはあたしの犯したあやまちのために！……)彼女は自分の夫が恐ろしくなって、両手で顔をおおうた。もうけっして打明けはしまいと、かたく誓った。

そのつぎジュリアンに会ったとき、彼女はひどくふるえていた。胸が一杯で、一言も

ものがいえぬくらいだった。この気づまりのうちに、彼女は男の手をとって握りしめた。「ね、あなた」やっとのことでいった。「あなたうちの人を悪く思っていらっしゃらない？」

「どうしてそんなことを思えましょう」とジュリアンはにがい微笑を浮かべて答えた。

「わたしに百フランくださいましたよ」

レナール夫人は信じられない面持で彼を見つめた。

「腕をかしてちょうだい」とついに彼女は、ジュリアンがこれまで彼女の口から聞いたこともないような、思い切った調子でいった。

彼女は大胆にも、自由派だという恐ろしいうわさが立っているヴェリエールの本屋まで、出かけて行った。その店で十ルイだけの書物を選んで、子供たちにあたえた。しかしそういう本は、ジュリアンの欲しがっているのが、彼女にもよくわかっているものばかしだった。彼女は子供たちがその場で、本屋の店頭で、めいめい自分の貰った本に署名するように言いつけた。レナール夫人が、ジュリアンのために大胆にもこういう償いがしてやれたことを喜んでいる間、彼は本屋にならんでいる本の数多さに驚嘆していた。彼は今まで一度としてこうした世俗的な場所へ、足をふみこもうとしたことはなかった。彼の心臓は高鳴っていた。レナール夫人が心のうちで、どんなことを思っているか、そ

れを見抜こうなどとは考えもせず、彼は若い神学生の身で、どうすればこれらの本の幾冊かをうまく手に入れられようかと、一心に考えこんでいた。ついに彼は、子供たちに作文の教材として、この地方出の著名な貴族たちのことを書いた本をあてがわねばならないからと、言葉たくみにレナール氏を説きつけることもできようと考えついた。一月の間いろいろ気をつかったあげく、この思いつきが成功、いや大成功したものだから、またしばらくして彼は、レナール氏と話しているときに、この貴族町長がずいぶん困ることを承知の上で言ってみた。自由派の財産をふやすようなものだが、その本屋から購読しようというのだ。レナール氏は、長男が幼年学校《エコール・ミリテール》へはいったときに、話題に上るような数種の本は、今から見知っておく方が賢明だということには、異存がなかった。しかし町長さんが頑強に、それ以上にすすもうとせぬさまを、ジュリアンは見た。何か秘密のわけがあるのに違いないとは思ったが、それをつきとめることはできなかった。

「わたくしもこうは思っていました」と、ある日彼はレナール氏にいった。「レナールとまでいわれるりっぱな貴族の名前が、本屋のけがらわしい帳簿の上に書かれたりするのは、どうも大へん拙いことですね」

レナール氏の額が輝いた。と、ジュリアンは一そう謙遜な口調でつづけた。

「そういうことは、わたくしのような一介の神学生にとっても、大そう悪い評点をつ

けられたことになるのです。万一後になって貸本屋の帳簿に名前がのっていることが、暴露するようなことでもありますと、自由派の連中は、けがらわしい本を借りたといって、わたくしを非難するかも知れません。それに奴らのことです、わたくしの名前の後へそういう不らちな本の標題を書き添えるようなことさえ、しないとは言えませんから」

だがジュリアンは横道へそれていた。彼は町長の顔にふたたび当惑とふきげんの色が現われるのを見た。ジュリアンは口をつぐんだ。(この男、うまくわなにかかったぞ)と彼は思った。

数日たって、一番年上の子供がレナール氏のいる前で、『日日新聞』* の広告に出ている本のことを、ジュリアンにたずねた。

「急進派を喜ばすようなことは絶対なしに、しかもわたくしがアドルフさんに返答のできるようにするには」と若い家庭教師はいった。「おうちで一ばん身分の低い者の名で、本屋から購読することにしたらよかろうと思いますが」

「その考えは悪くはないな」とレナール氏は答えたが、大そう喜んでいるのが眼に見えた。

ジュリアンは、あの沈んだ、ほとんど悲しそうに見える様子——長いあいだ待ちうけ

たことがうまい具合にゆくのを眼にするときに、こういう態度がじつによく似合う人のあるものだが——そういう様子で言葉をつづけた。

「ですけれど、その下男が小説類は一冊たりとも手にしないよう、とくにきめておく必要があるだろうと思います。一度お邸へ持ちこまれたが最後、そういう危険な書物は、奥さまづきの女中たち、それに当の下男自身まで、堕落させないとも限りませんから」

「君は政治上のパンフレットのことを忘れている」とレナール氏は尊大な調子でつけ加えた。

彼は、わが子の家庭教師が思いついた、この巧妙な折衷案にすっかり感心したところを見せたくなかったのだ。

ジュリアンの生涯は、このように、小さな駆引きの連続から成り立っていた。そしてその一つ一つの成功は、レナール夫人の心からただもう読み取りさえすればいいように、はっきり示された好意などよりも、ずっと彼の心に大切だった。

彼の生まれてから変らぬ精神状態が、ヴェリエール町長のところへきても、まだ繰返された。そこでも、父親の製板工場と同様に、彼はいっしょに生活している人々を激しく軽蔑し、またその人々から憎まれていた。彼は毎日、郡長やヴァルノ氏、その他この家のお客たちが、眼の前に起ったことに関してのべる談話を聞くうちに、こういう人々

の考えがいかに現実とかけ離れているかを見てとった。彼の眼にりっぱな行為として映ずるものは、きっと彼の周囲の人々の非難を招いた。いつも彼は心の中でののしり返した。(何という人でなしだ!)また(何というばか者だ!)と。おかしなことに、そんなに高慢なくせに、彼は皆の話していることが全然理解できぬようなことがよくあったのだ。

彼は生まれて以来、あの老軍医正にしか真面目に話したことはなかった。その人のごくわずかな知識というのが、ボナパルトのイタリアにおける戦いか、または外科医学に関することであった。青年らしい血気にあふれたジュリアンは、最も苦痛の激しい外科手術のごくこまかしい話を聞くのが好きだった。(おれなら眉一つ動かさなかったろう)と思うのだ。

レナール夫人が彼と、子供の教育以外の話をはじめてしようとしたとき、彼は外科手術の話をはじめた。夫人は真青になって、よしてくれとたのんだ。

ジュリアンは、その他のことは何も知らなかったのだ。だから夫人といっしょに暮しながら、ただ二人きりになると、すぐにじつに変な沈黙が二人の間に生じるのであった。サロンではどんな卑下した態度をしていようとも、夫人は彼の眼のうちに、この家へ出入する誰よりも知的に優越した風貌を見出した。彼女はほんの一瞬間でも二人きりになると、彼が眼に見えていづらそうにするのに気がついて、心をなやました。女の本能に

よって、こういう態度がけっして恋から生まれたものでないことがわかっていたからである。

かの老軍医正が見聞したと称する上流社会の何かの話から、ジュリアンは何と言おうか一種の考えをいだくようになり、女といっしょの場所で話が途切れると、その沈黙が何か自分だけの落度ででもあるかのように、屈辱を感じるのだった。この感じは女と二人きりのときは百倍もつらかった。男が女と二人きりのときには、どんなことを言うべきかについても、彼の頭はとても極端な、じつにスペイン的な考えでいっぱいになっているので、こんなに困惑しているときでも、とても口にすることができぬようなことしか思い浮かばぬのである。彼は気分がむしゃくしゃするばかりで、このじつに屈辱的な沈黙を脱することができなかった。だからレナール夫人や子供たちと長い散歩をしている間も、彼の峻厳な様子は、このはげしい苦しみのためになおひどくなった。彼は激しく自分をさげすんだ。もし間が悪くしいて口をきこうとすると、ばかげきったことを言ってしまうような羽目になった。なおさらみじめなことには、彼は自分自身の愚劣さをよく意識していた、それを誇張して考えていたのだ。しかし彼のきづかなかったのは、その眼の表情だった。彼の眼はじつに美しく、また熱烈な魂をよく反映していて、ちょうど名優がそうだが、無意味なものに美しい意味をあたえるようなことがよくあった。

レナール夫人は、彼が自分と二人きりのときに何かうまいことを言うのは、きっと思いもうけぬ事に気をとられて、じょうずに話そうなどという余裕のないときにかぎることに気づいた。彼女はこの家のお客たちから新しい、はでな思想を吹きこまれて、その純な気持をそこなわれるようなことはなかったから、ジュリアンの才気の閃めきに心酔していたのだった。

ナポレオンの没落以来、地方の風習には上品ということのおもかげはまったく見られなくなってしまった。誰もかも免職を恐れた。ずるい人間たちは「修道会」に支持をもとめた。偽善は自由派の階級のうちにさえ、じつにはげしく浸潤した。憂鬱は倍加された。読書と耕作のほかに楽しみはなくなってしまった。

信心深い伯母の莫大な財産の跡取り娘で、十六のとき堅い貴族の家に嫁いだレナール夫人は、生まれてこの方ほんの少しでも恋愛と名のつくようなものを、経験したこともなければ、見たこともなかった。むかしヴァルノ氏に言いよられたとき、彼女の告解師だったあの善良なシェラン司祭が、恋愛について彼女に話して聞かせたことがあるくらいで、しかも司祭は恋愛なるものをこの上なくけがらわしいものとして描いてみせたので、この言葉は彼女には最もけがらわしいみだらさを意味していた。偶然読んでみたほんの僅かの小説本のうちに見出したような恋愛は、例外的なものか、まったく自然に反

したものだと思っていた。こういう無知のおかげで、レナール夫人はこの上なく幸福な気分で、たえずジュリアンのことばかり考えていながら、自分をとがめるような気持などは少しもなかったのである。

第八章　小　事　件

ついで、隠さんとする故になおはげしき溜息と、
ひそかなる故になお甘き流し目と、
恥ずべき故もなきに散らす顔の紅葉。

『ドン・ジュアン』一、七四

レナール夫人の生まれつきの性格と現在の楽しさから生まれた、あの天使のような朗らかさも、小間使のエリザのことを考えるときだけは少し曇るのであった。この娘はあるひとの財産を相続したので、シェラン司祭の許へ告解にいって、ジュリアンと結婚したいという希望を打明けた。司祭は友の幸福を心から喜んだ。だからジュリアンが、エリザ嬢の申込みはうけられないと、きっぱりいったときの司祭の驚きは非常なものであった。

「あんたは、自分の心の中に起っていることによほど用心をせぬといかん(と司祭は眉をひそめた)。ただ天職のことを思って、結構すぎるほどの財産も問題にせぬ、という

のなら、わしはあんたの天職を祝福しよう。わしもヴェリエールの司祭になって早や五十六年、それにあたりの様子を見ると、免職になりそうなんじゃ。これはずいぶんつらいことだ。だがわしは年八百フランの収入がある。こんな細かいことまで打明けるのも、僧職などというものは、じっさいなってみるとどんなものか、あんたが夢のようなことを考えないようにして上げたい老婆心だ。勢力家連中のごきげんをとろうとでも思っているなら、確かにあんたは永遠の破滅というものじゃ。財産をつくれぬこともあるまい、だがそれには憐れなものを苦しめ、郡長や町長や有力者に媚びへつらって、そいつらの欲望の後おしをせなけりゃならん。世間ではそれを世わたりといっているが、それも俗人の身なら救いと絶対に相容れぬというほどのこともなかろう。しかしわれわれ僧職にあるものは、どちらかをえらばねばなるまい。現世の仕合せか、天国の仕合せか、その中間はないのだから。さあ、とっくと考えてみるがよい。そして三日たったらも一度やってきて、わしに最後の返事を聞かせておくれ。わしにはどうも残念ながら、あんたの心の奥底には何か一つ暗い熱情がひそんでいて、そのために僧侶となるにはどうしても必要な、あの節制と、現世の幸福に執着を断つことができそうに思えない。あんたの才智はゆくゆくりっぱなものになりそうだ。だが、こんなことは言ってよいものかわからぬが、(と人の良い司祭は眼に涙を浮かべた)僧侶になったときのあんたを思うと、わし

はあんたの救いのことが心配でならぬのだ」

ジュリアンは、自分の感動が気恥ずかしかった。生まれてはじめてひとに愛されたことを知って、彼は喜びの涙にむせんだ。そしてその涙を隠そうと、ヴェリエールを見おろす大森林の中へはいって行った。

(どうしておれはこうなんだろう?)やっと彼は自分にこう反問した。(おれはあの善良なシェラン司祭のためなら百ぺんでも命を投げ出したい気持でいる。それに、あの司祭が今しがたおれに、お前はじつにばかものだと、念入りに聞かせてくれたんだ。おれが誰よりも先にだまさなくちゃならんのはあの司祭さんじゃないか。それだのに、おれはあの人にちゃあんと心底を見すかされている。あの人がいった「隠れた熱情」、それは立身出世というおれの野心のことなんだ。司祭はおれは僧侶になる資格がないと言う、しかもそれは、五十ルイの年収などには眼もくれないで、おれの信仰と天職を一ばん高く買ってもらおうと思っていた、ちょうどその時なんだ)

ジュリアンはその先をつづけた。(これから先は、自分の性格のうちでも、自分ではっきり経験して確かめたものしかあてにしないようにしよう。このおれが涙を流すのがうれしかったり、お前はほんとにばかものだと言いきかすような男を愛したりしようなんて、まったく思いもかけぬことだった!)

三日たつと、ジュリアンはうまい口実を見つけていた。それを最初の日からつかったらよかったのだ。その口実とは中傷である。だが、かまうものか。彼は大へん言いしぶって、第三者を傷つけることになるから、くわしい説明はできないが、ある理由でこの結婚問題は、さいしょから思いきっていると、司祭に打明けた。そういえばつまりエリザの身持ちを非難することになる。シェラン師は彼の態度のうちに、若い僧侶が動かさるべきものとはまったくたちの異った、あるきわめて俗世的な熱情をみとめた。

「あんたは、天命なくして僧侶になったりするよりか、むしろ、りっぱな、教養のある、いい田舎の紳士になった方がよかろう」と司祭はまた彼にいった。

ジュリアンは、この日の訓戒に対しても、言葉の上では実に要領のいい返答をした。彼は信仰心のあつい青年神学生が用いそうな言葉をつかった。しかしそれを口にするときの調子が、彼の眼の中に輝くかくし切れぬ熱情が、シェラン師を驚かした。

ジュリアンの将来をあまり悲観してはいけない。彼は狡猾な慎重な偽善の言葉を、りっぱに考え出したのである。こんなことは彼の年ごろにしては出来の悪い方ではない。言葉の調子だとか身振りだとかは、今まで田舎者の間で育ってきたのだからしかたがない。りっぱな手本を見かける折がなかったのだ。その後あの紳士連中に接近する機会があたえられると、すぐに彼は言葉づかいにおいても、またその態度においても、りっぱ

なものになったのである。

レナール夫人は、小間使が新たに財産を手に入れたのに、前よりちっとも幸福そうに見えないのに驚いていた。彼女は娘がしょっちゅう司祭を訪ねては、眼に涙をためて帰ってくるのを見かけた。エリザはとうとう夫人にその結婚問題を打明けた。

レナール夫人は病気になったかと思うほど、それがこたえた。熱のようなものが出て夜眠れなかった。彼女は眼の前にその小間使かジュリアンがいるときでなければ、生きた心地がしなかった。彼女はこの二人のことしか、そしてまた二人がいっしょになった幸福な生活のことしか、考えられなかった。二人が五十ルイの収入で暮してゆかねばならない、そのちっぽけな家の見すぼらしさも、彼女の眼には花やかな色彩をもって描き出されるのだった。ジュリアンはほんとに、ヴェリエールから二里の郡役所所在地の、ブレの町で弁護士になるかもしれない――そうなればせめてときどき会うことくらいはできようが。

レナール夫人は本当に気が狂いそうな気がした、それは夫にも話したが、とうとう本当に病気になってしまった。ちょうどその晩、小間使が彼女のお給仕をしているとき、この娘が泣いているのに彼女は気づいた。彼女はこの瞬間エリザがにくらしくて仕方がなかった。そして思わずきつい言葉を口にしていたが、いってしまうとすぐかんにんし

てくれといった。エリザは一そうはげしく泣きじゃくって、奥さまさえ聞いて下さるなら、身の不幸をすっかりお話しいたしましょうといった。

「いってごらん」と夫人は答えた。

「奥さま、あの方はあたしがいやだとおっしゃるのでございます。良くない人たちがあの方に、あたしのことを悪くいったのだと思います。あの方はそれを本当にしていらっしゃるんですもの」

「誰がお前をいやだというの」と夫人はほとんど息もつまりそうになっていった。

「まあ、奥さま、だってジュリアンさまのことじゃございませんか」と小間使は泣きじゃくりながら答えた。「司祭さまでも、あの方をなっとくさせることは、おできにならなかったのでございます。だって小間使をしていたからといって、難のない娘を断ったりはできぬはずだ、と司祭さまもおっしゃいます。いったい、あの方のお父さまだってただの木挽《こび》きじゃございませんか。あの方自身にしたって、奥さまのところへくる前は、どんなことをして暮していらっしゃったか、わかりゃしませんわ」

レナール夫人は、もう何も聞いてはいなかった。あまりのうれしさに理性の働きを奪われたようだった。彼女はジュリアンがきっぱりと――後になって、も一度利口に考えなおしたりする余地のないほどきっぱりと――拒絶したのか、と娘に幾度も念をおした。

そして小間使にいった。

「あたし、も一度どうしてもだめか、骨を折ってあげたいわ。あたしからジュリアンさんに話してみよう」

明くる日、昼食の後、レナール夫人は一時間のあいだ、自分の恋敵のために弁護を試みながら、エリザの申込みも、またその財産もてんで問題にされないのを見て、甘い楽しさにひたっていた。

ジュリアンはしだいに用心ぶかい物言いを忘れて、しまいにはレナール夫人の賢明な忠告に、気のきいた返答をするようになった。彼女は、あんなに長い絶望の幾日かの後で、この魂をおしつつむような幸福の波にさからうことはできなかった。彼女は、すっかり気を失ってしまった。我にかえって、寝室にちゃんと落着くと、彼女は皆に部屋から出てもらった。心の底まで驚いていた。

(あたしジュリアンに恋しているのだろうか?) やっと彼女はわが胸に問うてみた。

ほかの時なら彼女を悔恨と深い動揺のうちに投げ入れたに相違ないこの発見も、今の彼女には、不思議な、しかし何かよそよそしい一つの出来事にすぎなかった。たったいま経験したいろいろの事に、心は疲れきって、もはや熱情をおこすだけの感受性さえもちあわさなかった。

レナール夫人は仕事をしようと思ったが、深い眠りに落ちてしまった。眼がさめたときも、わりに驚かなかった。幸福におぼれきっている今の彼女は、何ごとも悪い方に考えることはできなかったのだ。無邪気で純真な、この善良な田舎女は、何か今までと色彩の変った感情や悲しみをわずかでも感じてみようがために、心をなやますようなことはかつて一度だってなかった。ジュリアンがくるまでは、あのたくさんの仕事——パリ以外で、善良な主婦のつとめといえばそれなのだが——にすっかり追いまわされていたレナール夫人は、ちょうどわれわれが富籤《とみくじ》に対するのと同じように、恋というものを解していた——きっと欺《だま》されるにきまっている、愚か者だけが追い求める幸福だ、というふうに。

夕食の鐘が鳴った。レナール夫人は子供たちをつれてきたジュリアンの声を聞いて、すっかり赤くなった。恋を知ってから少しは巧者になった彼女は、赤くなった言訳に、ひどく頭痛がして苦しいといった。

「女というものは皆こうなんだ」とレナール氏は高笑いをして答えた。「しょっちゅうどこかに故障のある機械みたいなものさ!」

こういうたちの警句は聞きなれていたが、その言葉の調子がレナール夫人を傷つけた。気をそらそうと、彼女はジュリアンの顔を見た。彼がたとえ無類のぶおとこだったにし

ても、この瞬間なら彼女の気に入ることができたであろう。

宮廷の人々のやり方の模倣に汲々としているレナール氏は、春のよい季節になると早速ヴェルジーへ居を移した。それはあのガブリエール*の悲劇的な恋物語によって有名になった村である。ゴチック式の古い寺院の実に美しい廃墟から数百歩のところにレナール氏は、四つの塔と、チュイルリー宮殿のそれを模した庭園と、沢山のツゲの生垣と、年に二度刈込みをするマロニエの並木路のある、古い宏荘な屋敷をもっていた。屋敷につづく畑には、リンゴの樹が植えられていて、それが散歩場になっていた。大きなクルミの樹が八九本果樹園の端にあったが、そのすばらしい茂みの高さは恐らく八十尺ばかりあったろう。レナール氏は、妻がその樹をほめるごとにいうのだった。

「このろくでもないクルミ一本について、わしは半アルパンずつ収穫を損するのだ。あの樹の影は麦が育たぬからな」

田園の眺めはレナール夫人には目新しく思われた。彼女は感嘆のあまり我を忘れるほどだった。この気分に活気づけられて彼女は才気と決断力をえた。ヴェルジーへきた翌々日レナール氏が、町役場の用事で町へ帰ると、レナール夫人はさっそく費用自弁で人夫を雇った。ジュリアンが、果樹園のクルミの木の下をめぐる砂利びきの小路をつくったら、子供たちは朝から靴を露にぬらさずに、散歩ができるだろうといったからであ

る。この計画は思いついてから二十四時間たたぬうちに実行に移された。夫人はジュリアンといっしょに、人夫を指揮して終日愉快にすごした。

ヴェリエール町長は町から帰ってみると、並木路がちゃんと出来上っているので仰天した。ところが一方レナール夫人は、彼が帰ってきたのを見て大へん驚かされた――彼女は夫の存在なんかすっかり忘れていたのである。それから二月の間というもの、彼は自分に何の相談もなく、そんな大げさな「手入れ」をやってのけた大胆さをにがにがしげに話した。しかしレナール夫人は自腹を切って工事をやらせたのである。このことがわずかに町長を慰めた。

彼女は子供たちといっしょに、果樹園の中を駆けまわったり、蝶を追いまわしたりして、日を送っていた。目の粗い紗の大きな袋をこしらえて、それで憐れな鱗翅類《レピドプテール》を捕えるのだ。こんな野蛮な名称もジュリアンがレナール夫人に教えたので、彼は夫人にブザンソンからゴダール氏の名著*を取りよせさせて、この昆虫の奇異な習性を話して聞かせたのである。

蝶は、これもジュリアンが拵えた厚紙の大きな額の中へ、無残にピンで止められるのだった。

やっとレナール夫人とジュリアンの間に話題ができて、彼はもはやあの沈黙の瞬間が

あたえる恐ろしい苦痛をなめずにすむことになった。

二人はたえずしゃべりつづけた、いつも他愛もないことばかりなのに、無上の興味をおぼえながら。この活気のある、充実した愉快な生活は、エリザ嬢は別として、皆を喜ばした。エリザは仕事に忙殺されていたのだ。（謝肉祭のときでも、あのときはヴェリエールに舞踏会があるのだけれど、奥さまはこんなにお化粧に身をお入れになったことは一ぺんだってなかったわ。この頃ときたら日に二度も三度もお衣裳がえをなさるんだもの）

　われわれは何人にもおもねろうとする気はないのだから、きれいな肌をしているレナール夫人が、腕や胸をすっかりあらわに見せるような着物をつくらせたことを、隠しておくにもあたるまい。彼女は大へん身体つきがよくて、こういう着附けがほれぼれするくらいよく似合った。

「奥さま、こんなにお若くお見えになったことは、今までありませんね」とヴェルジーへ晩餐会に招かれてきたヴェリエールの人々がいった。こういうのがこの地方の挨拶の仕方なのである。

　不思議なことで、諸君はほとんど本当にされないだろうが、レナール夫人が身のまわりにそんなに気をつかったのは、別にこれというはっきりした考えなしにであった。彼

女はただそれが楽しかったのだ。そして彼女は、子供たちやジュリアンと蝶を追っかけてすごすとき以外はいつも、これということなしに、ただエリザと精出して着物をぬっていた。たった一度ヴェリエールへ行ってみたのも、ミュルーズから着いたばかりの夏衣装を買いたいためであった。

彼女は親戚の若い女をヴェルジーへつれて帰ってきた。結婚後、レナール夫人は、むかし聖心女学院《サクレ・クール》時代の同窓だったこのデルヴィール夫人と、知らぬまに親密になっていたのだ。

デルヴィール夫人は、レナール夫人がおかしいことを言うといって、よく声をあげて笑った。（わたし一人だったら、とてもそんなこと思いつきもしませんわ）というのだ。パリなら機智とでも呼ばれそうな、こういうとっぴな考えも、レナール夫人は夫の前では、何かばかげたことのようで恥かしく思った。だがデルヴィール夫人がきたので彼女は元気づいた。彼女は初めのうちは、おずおずした声で友に自分の考えをのべていた。長いあいだ夫人たちだけ二人きりでいると、レナール夫人の気分に活気が出てきた。そしてひっそりした長い朝の間も一瞬のように過ぎ去って、二人はとても愉快な気分になるのだ。この滞在中、分別家のデルヴィール夫人は従姉妹がふだんよりずっと陽気さを失ったかわりに、ずっと幸福そうだと思った。

一方ジュリアンは、田舎に住むようになってからは、教え子といっしょに蝶を追っかけまわして楽しんだり、まったく子供のような生活を送っていた。あんなに数々の束縛にたえ、またあんなに奸策を弄したあげく、人々の眼から遠く離れて一人になった彼、しかも本能的にレナール夫人を恐れない彼は、その年頃が一ばん強烈な、あの生きる喜びに酔いしれていたのだ。しかも世界のうちで一ばん美しいこの山々の間で。

デルヴィール夫人がやってくるとすぐ、ジュリアンは、これは自分の味方だという気がした。彼はあの大きなクルミの木の下に今度できた並木路のはしからの景色を、はやく彼女に見せたくて仕方がなかった。じっさい、それはスイスやイタリアの湖水地方の最も美しい風景に、たとえまさるとは言えなくても、それに比肩し得るものであった。そこから数歩で始まる急坂を登ると、やがてほとんど川の上まで迫った、カシの森に縁どられた大きな断崖へ出られる。幸福な、自由な、さらにそれ以上の心持のジュリアンが、この家の王者のように、この二人の夫人を導いてきて、夫人たちがその壮観に感心するさまを見て楽しんだのは、この切り立った岩の頂であった。

「わたしにはモーツァルトの音楽*のように思えますわ」とデルヴィール夫人はいった。

兄どもの嫉妬と、圧制的なふきげんな父の存在のために、ヴェリエール近郊の田園はジュリアンの眼にはけがらわしく映じた。ヴェルジーにはそういうにがい思い出がない。

生まれてはじめて彼は敵を見なかった。レナール氏はよく町へ行ったが、そういう時は大胆に彼は読書を試みた。やがて花瓶を横にしてその中へランプを隠すというような心づかいのいる夜の読書をやめ、たっぷり睡眠できるようになった。そして昼間、子供たちの勉強の合い間に、彼の行動の唯一の規範であり、熱情の対象である例の本をもって、彼はこの岩の間へやってきた。彼はそこに、幸福と恍惚と、そして元気を失った時の慰藉とを、同時に見出すのだった。

ナポレオンが女に関していったいいろいろのことや、その治世時代にはやった小説の価値についての二三の議論を読んで、はじめて彼は、その年頃の青年なら誰でもずっと前から知っていそうなことを、いくつも悟ったのだった。

酷暑がやってきた。家から数歩の菩提樹の巨樹の下で、夕涼みをするならわしになった。そこは闇が深かった。ある夜、ジュリアンはいきおいこんで話していた。うまくしゃべる——しかも若い女たちを前にしてうまくしゃべる——喜びに我を忘れていた。身振りをしたはずみに、彼の手がふと庭用のペンキ塗りの木製椅子の背にのせていたレナール夫人の手にふれた。

その手はす早くひっこめられた。しかしジュリアンは、自分の手がふれても、その手をひっこめさせないようにするのが、自分の義務だと思った。義務をはたさねばならぬ、

もしそれを実行できぬときは物笑いになる、というよりはむしろ自分はひとにおとるのだという感情を、甘んじてうけねばならぬ、そう思うと、あらゆる楽しみがたちまちにして彼の心から消え去った。

第九章　田園の一夜

ゲラン氏*の描ける『ディドン』、魅力に富む筆致！

ストロンベック

その翌日、またレナール夫人と顔を合わせたときの、ジュリアンの眼は異様に光っていた。彼は今にも相手にして戦わねばならぬ仇敵に対するかのように、彼女をにらみつけた。昨夜とすっかり変ったこの眼差しに、レナール夫人はあわててしまった——あたしはやさしくしてあげたのに、この人は腹を立てているらしい。彼女は彼から眼をそらすことができなかった。

デルヴィール夫人がそこへき合せたので、ジュリアンはあまりしゃべらないで、頭の中に一ぱいになっていることに、一そう心をそそぐことができた。その日一日の彼の唯一の仕事は、自己の魂に活力をあたえる、あの霊感的な書物に読みふけって、自分を強くすることであった。

彼は子供たちの勉強をうんと早く切上げた。そしてレナール夫人の姿を見て、自分の

名誉をまもらねばならぬということをはっきり思い出すと、今夜は是が非でも、女が自分に手を握らせるようにしなければならぬと決心した。

陽は沈みゆき、いよいよの瞬間が近づくにつれて、ジュリアンの心臓はあやしく高鳴った。夜になった。闇は深かろうということを見てとると、彼は胸の上の大きな重荷をとりのぞかれたようなうれしさを感じた。熱風に吹きおくられる大きな雲をのせた空は嵐を告げるようだった。二人の女は大そうおそくまで散歩していたが、彼女たちの今晩の振舞いはすべて、ジュリアンには変に思えた。感じやすい人々にとっては、愛の喜びを増すようにさえ思われる、こういう天候を彼女たちは楽しんでいたのである。

とうとう腰をおろした。レナール夫人はジュリアンの横に、デルヴィール夫人は友のそばに。ジュリアンは、いま決行しようとすることで頭が一ぱいで、何一つ話題を思い浮かばなかった。会話はだれてきた。

(はじめて決闘するときでも、こんなにびくついたり、なさけない気持になったりするだろうか?)と彼は反問した。他人にも自己にも信をおきえない彼は、自分の精神状態を見つめずにはおられなかったのだ。

この死ぬほどのつらさときては、どんな危い仕事でもその方がずっとましだと思われるほどだった。何か急用でレナール夫人が庭を去って家へもどってしまえばいい、彼は

幾度そんなふうに思ったことだろう！　ジュリアンの自己呵責はじつに激しかったので、自らその声もひどく変らずにはいなかった。やがてレナール夫人の声もふるえてきたが、ジュリアンは気づかなかった。義務と気おくれとがまじえる恐ろしい戦いの苦しさのために、彼には自分以外のものを何一つ見ている余裕などはなかったのだ。九時四十五分が、屋敷の大時計にいま鳴りおえたが、彼はまだ何一つ手出しができぬ。自分のいくじなさ加減に腹を立てたジュリアンは、自分に言い聞かせた。（十時が鳴るちょうどその瞬間、今晩やるんだと、一日中、心に誓ってきたことをやってのけよう。できなけりゃ部屋へかけ上って、脳天をピストルで打ちぬくんだぞ！）

あまり興奮してジュリアンが我を忘れたようになった期待と焦躁の最後の一瞬の後に、頭上の大時計に十時が鳴りひびいた。運命を決する鐘の一打ち一打ちが、彼の胸のうちに反響して、肉体的なショックのごときものを感じさせた。

ついに、十時の最後の一打ちがまだ鳴りひびいているとき、彼はつと手を伸ばして、レナール夫人の手をとった。その手はすぐにひっこめられた。ジュリアンは、自分のしていることがはっきりわからぬままに、またその手を握った。自分もひどく感動していたが、彼はとらえたその手の氷のような冷たさに愕然とした。彼はそれをふるえるほど力をこめてぐっと握りしめた。逃れようと最後の努力をしたが、ついにその手は彼に委

ねられた。

彼の心は歓喜にあふれた。レナール夫人を愛するからではない、恐ろしい責苦がいまおわったからだ。デルヴィール夫人に勘づかれないように、何か物を言わねばならぬと思った。その時の彼の声はひびき高く力強かった。ところがレナール夫人の方は、声の調子によほど激動をうけたらしいことがあらわだったので、デルヴィール夫人は、彼女の気分が悪いのだと思って、家へはいろうとすすめた。ジュリアンは危いと思った。

(もしレナール夫人が客間へもどってしまったら、おれはすぐさま、今日一日苦しんだあのたまらない気持にまた舞いもどりだ。おれはまだこの手をほんのわずかしか握っていない、これでは勝利を一つえたと勘定することはできまい)

デルヴィール夫人が、客間へもどることを再びすすめたとき、ジュリアンは自分に委ねられている手をぐっと握りしめた。

レナール夫人はもう腰を浮かしていたが、また坐りなおした。そして絶え入るような声で、

「わたし、本当は、少し気分が悪いの。でも風にあたっている方がいいのよ」

この言葉がジュリアンの幸福を確実にした。彼の幸福は、今やその絶頂にあった。彼はしゃべりまくった。仮面を被ることを忘れた彼は、その言葉に聞きほれている二人の

女には、世にも愛敬のいい男のように思われた。しかし、突然彼がえたこの雄弁には、まだ少し力が不足だった。デルヴィール夫人が、嵐に先立って吹起ってきた風に悩んで、一人だけさきに客間へ帰りはしまいか、彼はそれが無上に怖かったのだ。すると、レナール夫人と二人きり残される。彼は何かやってのけるだけの盲目的な勇気は、ほとんど偶然つかんだ。けれど、何でもない言葉すら、レナール夫人に話しかけることは、自分の力ではできそうにない気がした。たとえほんの僅かでも彼女にとがめられたら、彼はすぐにまいってしまって、いま得たばかりの勝利も台なしになりそうだった。

幸い、その夜は彼の心に迫るような、力のこもった話しぶりが、ふだんは彼を子供のようにぎごちなくて面白くない男だと思っていた、デルヴィール夫人の気に入った。一方レナール夫人は、わが手をジュリアンにあずけたまま、何も考えないでいた――ただじっとそうして生きていたのだ。土地の言い伝えによると、シャルル豪胆公*が植えたというこの巨きな菩提樹の下で過した幾時かは、彼女には幸福の一時代だった。彼女は菩提樹の深い茂みをとおる風のうなり声や、その下葉に降りかかりそめた、まばらな雨滴の音に、うっとりと聞きほれていた。ジュリアンは気がつかなかったが、ここに彼を十分安心させたにちがいない一つの出来事があった。レナール夫人は、風のために足許に倒れた植木鉢を起そうとする従姉妹に手を貸そうとして立上り、手を彼から離さねばな

らなかったが、ふたたび腰をおろすと、すぐにほとんど無造作に――とっくに二人の間に諒解のできていることででもあるかのように――彼に手を返したのであった。

十二時はとっくにすぎていた。いよいよ庭を去らねばならない。みんなは別れた。レナール夫人は愛の歓びに夢中になっていたが、まったくの無知のために自分をとがめるようなことはちょっともなかった。彼女はうれしさのあまり眠れなかった。ジュリアンは、気おくれと自尊心とが終日彼の心中でまじえた闘争のために、ぐったり疲れ切って、前後不覚の眠りに落ちた。

翌朝彼は五時に起された。そして、もしレナール夫人に知れたらずいぶん残酷なわけだが、彼は夫人のことなどほとんど考えようともしなかった。自己の義務、しかも英雄的な義務を果したのだ、こう思うと彼は喜びで一ぱいになって、部屋へ鍵をかけて閉じこもり、全く新しい愉悦を覚えながら、崇拝する英雄の軍功談に読みふけった。

昼食の鐘が聞えたときも、彼はナポレオン軍の戦報に読みふけって、昨夜の自分の勝利をすっかり忘れていた。客間へおりて行くときに軽い調子でひとりごとした。(あの女に、愛している、と言ってやらなきゃならん)

夫人の情のこもった眼差しで迎えられることと思っていたのに、彼はレナール氏のこわい顔にぶっつかった。彼は二時間前にヴェリエールからやって来ていたのだが、朝じ

ゅう子供たちをほったらかしておいたジュリアンに不満を隠そうとしなかった。腹をたてて、またそれを先方に感じさせることができると思っている、このもったいぶった男ほど醜いものはまたとなかった。

夫の口から出る鋭い一こと一ことが、レナール夫人の心臓を刺しつらぬくように思えた。ジュリアンの方は、いままで恍惚たる境地にいたので、それにまた、ここ数時間のあいだ彼の眼前にくりひろげられた数多の大事件に、今もなお心を奪われていたので、初めのうちはレナール氏が自分に浴びせかけるきつい言葉などに耳をかすほど、注意力の調子を下げることなどほとんどできなかった。が、ついに彼はずいぶんぶっきらぼうに言ってのけた。

「気分が悪かったのです」

この返答の調子には、ヴェリエール町長よりずっと怒りっぽくない人をさえ、立腹させるほどのものがあった。返答のかわりに、即刻ジュリアンをお払い箱にしてやろうか、というような考えも頭に浮かんだが、町長はけっしてことをいそいではならぬ、という座右銘によって、やっと思いとどまった。

（この青二才め、おれのところで名前を売ったから、ヴァルノの奴がつれてゆくかもしれぬ。それともまた、エリザと結婚するかも知れぬ。どっちにしても、心の底でおれ

を馬鹿にしやがるだろう)

賢明な反省はしたけれど、レナール氏はやはり、野卑な言葉をつづけさまに吐き散らして、不満を爆発させずにいられなかった。それがしだいにジュリアンの神経にさわってきた。レナール夫人は今にも泣き出しそうだった。昼食がすむかすまぬに、彼女はジュリアンに、散歩をするから腕をかしてくれといって、彼に親しげにもたれかかった。夫人が彼にどんなことを言ってきかせても、ジュリアンはそれに答えてただ、

「金持って、みんなああなんです!」とつぶやくのみだった。

レナール氏は彼らのついそばを歩いていた。その姿を見ると、ジュリアンの怒りが一そう激しくなった。彼は夫人が目立って自分の腕によりかかっているのに、ふと気がついた。そういう態度が彼の気にくわなかった。彼は乱暴に彼女をつきのけ、組んでいた腕をふりほどいた。

幸いとレナール氏は、この再度の無礼に気づかなかった。ただデルヴィール夫人だけは、それを見逃さなかった。レナール夫人は、涙を流していた。このときレナール氏は、間道を通って果樹園の一角を横切ろうとした百姓の小娘をやっつけようと、石を投げだした。

「ジュリアンさん、どうかがまんして下さいね。人間は誰だってふきげんなときがあ

るものですから」とデルヴィール夫人が口早やにいった。

ジュリアンは冷やかに、無上の侮辱を浮かべた眼で、彼女をじっと見た。この眼つきにデルヴィール夫人は驚いた。もし彼女が、その真の意味を見抜いたら、なお一そう驚いたことだろう。彼女はそこに世にも恐るべき復讐の漠たる希望のごときものを読み取りえたかも知れない。疑いもなく、かかる屈辱の瞬間がロベスピエールのごとき人物を生んだのである。

「あなたのジュリアンさんて、ずいぶん気性のはげしい方。あたしこわいわ」とデルヴィール夫人は、その友にそっとささやいた。

「あのひとの怒るのもむりはありません。あの方に教わってから、子供たちも驚くほどよく出来るようになったのですもの、ひと朝ぐらい子供たちにお話しなさらなくったって、かまわないじゃありませんか。男の人ってずいぶん思いやりがないわね」

生まれてはじめてレナール夫人は、夫に対して一種復讐の欲望を感じた。ジュリアンの金持に対する極度の反感が、今にも爆発しそうになった。幸いレナール氏は庭男を呼んで、果樹園を横切る間道を茨の束でふさごうと、二人で一心になっていた。散歩が終るまでたえずあたえられた親切な言葉、それにジュリアンはただの一言も答えようとしなかった。レナール氏が遠ざかるとすぐに、二人の女は疲れたからといって、めいめい

彼の片方の腕を求めた。

極度の心配のために頬を紅く染めて、困惑の色さえ浮かべている二人の女に挟まれたジュリアンの傲然たる蒼白の色、沈鬱な、そして決然たる態度は、不思議な対照を見せていた。彼はこの女たちを、すべてやさしい感情なるものを、軽蔑しきっていた。

(何だ！　おれが学業をおえるには、年にただの五百フランさえいらないんじゃないか！　ああ、それさえあったら、こんな女など一ぺんに追っぱらってしまうんだが！)

こんな無情なことばかり考えこんでいるから、二人の女のやさしい言葉もほとんど彼の耳にははいらなかった。たとえはいったにしても、ことごとく無意味な、ばかばかしい、弱々しい、ひっきょう女々しいものに思えて、彼には不愉快でたまらなかった。

話を途切らせまいと、わけもなしにつぎからつぎへとしゃべっているうちに、レナール夫人は、夫がヴェリエールからやってきたのは、小作人の一人ととうもろこしの藁《わら》の買入れの取引きをしたからだ、というようなことまで言った。(この地方では、寝台の藁蒲団の中へ、とうもろこしの藁をつめる)

「あのひともうここへはきません」とレナール夫人は附けそえた。「庭男を相手に、家中の藁蒲団をつめ換えてしまおうとしていますから。あさ二階の寝台に全部とうもろこしをつめましたから、今は三階です」

ジュリアンの顔色がさっと変った。彼は変な様子でレナール夫人をじっと見つめたが、やがて歩調を殆んど二倍に早めて、彼女をわきへつれ出した。デルヴィール夫人は二人が離れるにまかせた。

「どうか私の命を救ってください」とジュリアンはレナール夫人にいった。「わたしを救えるのはあなただけです。御承知のとおり下男はとても私をにくんでますから。かくさず申上げてしまいましょう、奥さま、わたしは肖像を一枚もっています。それを寝台の藁蒲団の中へ隠しておいたのです」

この言葉を聞くと、今度はレナール夫人が真青になった。

「あなただけです、奥さま、今わたしの部屋へはいれるのは。勘づかれないようにしてさがして下さい、藁蒲団の窓に一ばん近い角のところを――黒いつるつるした厚紙の小箱がありますから」

「その中に肖像がはいっているんですって！」と夫人は、ほとんどじっと立ってさえいられなくなって言った。

彼女のがっかりした様子を見てとったジュリアンは、すぐそこへつけこんだ。

「もう一つお願いがあります、奥さま、お願いですから、どうかその肖像を見ないでください。秘密なのです」

「秘密ですって」と夫人は絶えいりそうな声でくりかえした。

財産を鼻にかけて、金のことにしか心を動かさない連中の間で大きくなった彼女ではあったが、恋ははやこの魂に気高さを教えていた。いたましく傷つきながらも、レナール夫人は全く純粋に献身的な態度で、ジュリアンに、彼の頼みをよくはたすには、どうすればよいのかとたずねた。

「そいじゃ」と彼女は彼のそばを離れるときにいった。「まるい小箱ですね。黒い、つるつるした厚紙の」

「そうです、奥さま」とジュリアンは、危機にのぞんだ男がとるあの冷酷な態度で答えた。

彼女は死におもむくひとのように真青になって、屋敷の三階へ上っていった。かわいそうに、彼女は今にも気が遠くなりそうな気がした。しかしどうしてもジュリアンのためにつくさねばならないと思うと、また力が出た。

「どうしても、箱を手に入れなければならない」と彼女は足を早めつつ、つぶやいた。

ちょうど、ジュリアンの部屋で夫が下男に話す声が聞えた。幸い彼らは子供部屋の方へ行ってしまった。彼女は敷蒲団《マトラ》を持ち上げると、ひどい勢で藁蒲団の中へ手を突込んだ。指の皮がむけたほどだった。元来こういうちょっとした傷でも大へん痛がるたちだ

ったが、彼女はこの痛さに気づかなかった。ほとんどそれと同じ瞬間に、つるつるした厚紙の箱に触ったからだ。それをつかんで、彼女は姿を消した。

夫に見つかる心配が消えるか消えぬに、彼女はこの箱によってよびさまされた恐ろしさのために、今にもすっかり気を失いそうになった。

（それじゃジュリアンはやっぱり恋していたのか。そしてこれが、その女の肖像なのだ！）

次の間の椅子に腰をおろしたレナール夫人は、ありとあらゆる嫉妬の苦悩に身をさいなまれていた。彼女の極端な無知が今度も役に立った。驚きが苦痛を抑えたのだ。ジュリアンが出てきた。礼もいわずに、箱をひったくった。そして自分の部屋へ飛込んで、火をおこすと、すぐに箱を燃やしてしまった。彼は真青になって、ぐったりとしていた。いまやっと切りぬけた危険の大きさを、自分で誇張して考えていたのだ。

（ナポレオンの肖像）と彼は首を横にふりながらひとり考えた。（つねづね簒奪者《さんだつしゃ》*をあんなににくむような大きな口をたたいている男のところに、あんなものが隠されているのが見つかった日には！　あんなに極右《ウルトラ》で、またあんなに腹をたてているレナール氏に見つかろうものなら！　そのうえ軽率千万にも、肖像の裏の白い厚紙には、おれの手でかいた数行の文句！　あれを見たら、おれの極端なナポレオン崇拝は疑う余地がない！

おまけにその激しい憧憬のことばには、一々日附が入れてある！　一昨日のもあるんだ！）

（おれの評判も、一瞬のうちに、すっかり地におちて、台なしになってしまう！）と彼は箱の燃えるのを見ながら心に思った。（ところがその評判がおれの資本のすべてなんだ。おれはただそれのみで生きている……しかも、ああ、なんという生活だ！）

一時間後の彼は、疲労と自己を憐れむ気持から、感傷的になっていた。レナール夫人の姿を見ると、今までかつてないほどの真心をこめて、その手に接吻した。彼女はうれしさに赤くなった。しかし、それとほとんど同時に、嫉妬の怒りにかられてジュリアンをつきのけた。ついさっき自尊心を傷つけられたばかりのジュリアンは、この瞬間一個の愚か者になってしまった。レナール夫人は彼の眼には、ただ一個の単なる金持の女としか映らなかった。彼はさげすむように、女の手をふりきって歩み去った。思いに沈んで庭の中を歩きまわっていたが、やがてにがい微笑が彼の唇に浮かんだ。

（おれはこんなところで散歩している。自分の時間が自由になる男のように落着きはらって！　子供たちの世話もしないで！　これじゃレナール氏に侮辱されるのを待っているようなもんだ。だいいち侮辱されたって仕方があるまい）彼は子供部屋へ駆けていった。

彼が一ばん可愛いがっている、一ばん幼い子供の甘ったれてくる様子が、彼の激しい苦悩を少し和らげてくれた。

（この子はまだおれを軽蔑していない）とジュリアンは考えた。が間もなく彼は、この苦悩の軽減はまた気が弱くなったせいだとして、自分をとがめた。（この子供らはちょうど昨日買った猟犬の子をかわいがるように、おれをかわいがっているだけなんだぞ）

第十章　大きな心と小さな富

されど情熱はおおいがたし、
闇につつまんとすれば、いと黒き空の激しき嵐を告ぐるごとく、
かえってなお現わるるものなれば。

『ドン・ジュアン』一、七三

屋敷中の部屋をすっかり見まわりおわったレナール氏は、藁蒲団を運びもどしてきた下男たちをつれて、また子供部屋へやってきた。突然この男が侵入してきたことは、ジュリアンにとって、いわば水がめをあふれさせる最後の一滴にもひとしかった。

ふだんより一そう蒼白に、沈鬱になった彼は、相手に向って突進した。レナール氏は立止まって下男たちを顧みた。

「あなたは、家庭教師でさえあればどんなのをつけておいたところで、あなたの子供は、私がついていたのと同じくらいの進歩はした、とでも考えてらっしゃるのですか？そんなことはないとおっしゃるなら」とジュリアンは相手に口を開くひまもあたえずに

つづけた。「いったいなぜ、子供たちをほっておくなどといって、わたくしを非難なさるのですか？」

やっと恐怖からさめたレナール氏は、この百姓の小せがれのただならぬ物言いをみて、こいつは何か懐《ふところ》にいい話をもっていておれのところを出て行きたがっているんだな、とすぐにそう思いこんでしまった。ジュリアンの怒りは、ものをいうにつれてはげしくなるばかりだった。

「わたくしはあなたのお世話になんかならなくても、生きていけるんですから」

「そんなに興奮されるのはじつに遺憾なことだ」とレナール氏は少し口ごもりながら答えた。下男たちがついそばで、寝台を整えている。

「そんなこと言ってるんじゃありません」ジュリアンは夢中になって言い返した。「あなたが私に浴びせかけた、あの野卑なことばを考えてごらんなさい、しかも婦人の面前でです！」

レナール氏にはジュリアンの求めているものがよっくわかりすぎていた。それを許すべきか否か、彼は胸の裂けるほどの苦しさであった。ついにジュリアンは、憤怒のあまり本当の狂気のように、叫んだ。

「おうちを出たって、わたくしは、ちゃんと行くさきを心得ているんです！」

この言葉をきくと、レナール氏はヴァルノ氏の家に落ちついたジュリアンの姿が眼に浮かんだ。

「よろしい！」と彼は溜息をついて、あたかもこの上なくつらい手術に外科医を呼ぶときのような調子で、いった。「あなたの要求をいれよう。明後日から、ちょうど一日だから、月に五十フランあげましょう」

ジュリアンは危く吹き出しそうになった、そしてあっけにとられた。怒りもすっかり消えてしまった。

（おれはこいつを、まだ軽蔑し足りなかった。これが、こういう下劣な人間のなし得る最大の謝罪というものなんだろう）

あんぐり口を開いて、この騒動を一心に聞いていた子供たちは、庭へ駆けていって、母にジュリアンが大へん立腹した、しかし月に五十フランもらうことになったと告げた。

ジュリアンはすっかりいら立っているレナール氏には一瞥もくれずに後にのこして、いつものように子供たちの後からついて行った。

（これで百六十八フラン、ヴァルノのために損をした）と町長は考えた。（孤児支給品に関する奴の企てに、どうあってもうんと痛いことを言ってやらなくちゃならん）

しばらくして、ジュリアンは、再びレナール氏の面前へ現われた。

「良心上の問題でシェランさんにお話せねばならぬことができました。それで、四五時間留守にいたしますから、あらかじめおことわりしておきたいと思いまして」

「ああ、よろしいとも！　ジュリアンさん」とレナール氏はとってつけたように笑いながらいった。「御都合で今日中、いや明日中でもよろしいよ。ヴェリエールへ行くのなら、庭番の馬に乗って行きたまえ」

（奴め、ヴァルノの所へ返事に行くんだな）とレナール氏は思った。（おれには何とも約束してゆかなかった。だが若い者は頭が冷静になるまで待ってやらなくちゃならん）

ジュリアンはす早く屋敷を逃れて、大森林の中を登って行った。そこを通ってヴェルジーからヴェリエールへ行けるのだ。彼はすぐシェラン師の許へ行きたくなかった。また一つ苦しい偽善の場面など演じたくはない。それより、彼は自分の心中をはっきり見きわめて、胸を騒がすもろもろの感情に耳をかしてやりたい気持が強かった。

（おれは勝利を一つ獲得した）と彼は森へはいって、人目を離れるとすぐにひとりごとした。（そうだ、おれは勝利を一つ獲得したんだ！）

この言葉が彼に自己の位置をすっかり美しく描いて見せ、心に一種の落着きをあたえた。

（思いがけなく月五十フランの給料をもらうことになってしまったが、レナール氏も

よほどこわかったにちがいない。だが一たい何がこわいんだ?)

こうして、一時間前まで彼の燃えるような憤怒の対象だったうぬぼれやの権勢家を怖がらせてやった理由を考えている間に、彼の心はまた朗らかになってきた。一瞬間彼は、いまその中心に向って歩みつつある、この大森林のすばらしい美しさに、ほとんど心を動かされるくらいになった。むかし山の方から落ちてきた裸の岩の巨塊が森の真中にあった。ブナの巨樹がこの岩とほぼ同じ高さに聳えていた。この岩の蔭は、足をとどめることすらできまいと思われるかんかん照った暑そうな場所から、ほんの三歩しか離れていないのに、心持よく涼しかった。

ジュリアンはこの巨岩の蔭で一息入れてから、また登り出した。しばらくして、山羊の番人しか通らない、ほとんど消えかかった小径をたどって、彼は一つの巨岩の上につっ立った。ここなら、あらゆる人類から隔離されていることは確実だった。この物質界における自分の今の位置が彼をほほえませた。それは精神界において彼が到達せんと熱望する位置をそのままに描いて見せたからである。この高山の清浄な空気が彼の心に、朗らかさを、さらに喜びをさえもたらした。ヴェリエール町長は、彼の眼にはいつも、地上のあらゆる金持連中の、またあらゆる傲慢な人間の代表のように映じていた。しかしジュリアンが、今しがた心を乱されたあの憎悪は、ずいぶんはげしかったが、個人的

な気持はそこに少しもまじっていないように思えた。もしレナール氏ともう顔を合せなくなったら、ジュリアンは一週間のうちに彼の存在を忘れてしまったろう――彼も、その屋敷も、その犬も、その子供たちも、そして家族のものもすっかり。(おれはあの男にせまって――なぜあんなふうなことになったのか、おれにもわからないんだが――最大の犠牲を払わせてしまった。じっさい一年に五十エキュ以上だ！　またその一瞬間前には、おれは最大の危険を切りぬけえたんだ！　一日に二つの勝利！　二番目の方は無価値だ、その理由を考えねばならん。だがめんどうなりくつは明日のことだ)

ジュリアンは巨岩の上につっ立って、八月の太陽に灼《や》かれた空を眺めた。蟬は岩の下方の野に鳴いていた。それが鳴きやむと彼の周囲はすべて静寂であった。彼は二十里にわたる地方を足下に見わたした。はやぶさであろうか、時折、彼の頭上の大きな岩の間から飛び立って、羽音も立てずに巨大な円弧を描くのが認められた。ジュリアンの眼は、機械的にその猛禽の後を追っていた。その静かな、しかも力のこもった運動が彼の心を打った。彼はその力を羨んだ。その孤独を羨んだ。

それはナポレオンの運命だった。いつの日かそれはまた彼自身の運命となるであろうか？

第十一章　ある晩

されどユリアの冷やかさにも、なお優しさは籠りけり。
その小さき手はやさしくおののきつつ、
彼の手を離れんとしてかろく握りしめぬ。
身にしみて、やさしくかそかに、
余りにかそかなれば、心に
疑いを残すばかりに。

『ドン・ジュアン』一、七一

ジュリアンは、しかしヴェリエールへ顔出ししておかねばならなかった。司祭の邸を出ると偶然、彼はいい具合にヴァルノ氏に出会ったので、いそいで昇給したことを知らせた。

ヴェルジーへ帰っても、ジュリアンは日がすっかり暮れてしまうまでは、庭へ下りてゆかなかった。彼の心はこの日一日のうちに、度々経験したはげしい興奮に疲れきって

いた。(あの人たちに何といったもんだろう?) 彼は二人の婦人のことを思って、不安な気持で思案した。彼はいま自分の気持が、いつも女どもが一ばん興味をもつ、日常茶飯事と同じ水準にあることに一向気がつかないのだった。ジュリアンのいうことがデルヴィール夫人に、いやその友にさえ、通じないことがよくあったし、また一方彼の方でも、二人が自分にいうことは半分しかわからなかった。これこそ、この年若い野心家の心をかきみだす情熱の力、さらにいうならば、その偉大さのためなのだ。この奇異な人物の心の中は、ほとんどいつの日も嵐であった。

その晩、庭へはいってゆくとき、ジュリアンはこの美しい二人の従姉妹たちの考えにも、少しは耳をかそうという気持になっていた。二人は彼のくるのを待ちかねていた。彼はいつもどおり、レナール夫人のそばに腰をおろした。やがて闇は深くなってきた。彼は、ずっと前から自分の目の前に、椅子の背にのせられている白い手をとろうとした。すると、すこしためらってその手は、おこったようにひっこめられてしまった。ジュリアンはもう二度とそんなまねはしないで、快活に話をつづけるつもりだった。その時レナール氏の近づいてくる足音が聞えた。

その朝の彼の暴言は、まだジュリアンの耳の底にのこっていた。(物質的幸福をあんなに満喫している、こんな男をばかにしてやるには、現にその目の前で、細君の手をお

れのものにしてやるのも、一法じゃなかろうか？　よし、一つやってみよう。あんなに侮辱された、このおれじゃないか）

と思うと同時に、がんらい持合せの少い心の落着きが、たちまち消えてしまった。彼はもういらいらしてきて、ほかのことは何も考えられない。ただレナール夫人が自分に手を委ねてくれればいいがと、そればかり願っていた。

レナール氏は腹をたてて、政治のことをしゃべっていた。ヴェリエールの二三の工業家が、文句なしに彼より金持になって、選挙で彼のじゃまをしようとしている。デルヴィール夫人は傾聴していたが、ジュリアンは、こんなお談義がしゃくにさわって、椅子をレナール夫人の椅子ににじりよせた。闇がこういう振舞いをすっかり隠してくれた。彼は夫人の着物からあらわに出ている美しい腕の真近へ、大胆に手をもっていった。彼はうろたえて、頭の中はむちゃくちゃだった。自分の頬をその美しい腕によせて、敢然そこに唇をおしあてた。

レナール夫人は身ぶるいした。亭主は四歩のところにいる。彼女はあわててジュリアンに手をあたえ、それと同時に少し彼をおし離した。レナール氏がなおも、身分の卑しい連中や急進党員《ジャコバン》が成金になったのを、罵りつづけている間、ジュリアンはすっかり自分に委ねられた手を、燃えるような――少くとも、レナール夫人にはそう思えた――接

吻でおおうた。しかしかわいそうに、この女は自分の心にさえ打明けずに愛を捧げたこの男には、よそにちゃんと愛人があるという証拠を、この昼間のうちに摑んでいたのだった！　ジュリアンの留守中というもの、彼女はまたとないみじめな気持になやみつづけていた。色々と考えさせられたのだった。

（まあ、何としたことだろう！　あたしが愛を感じている――恋している！　人妻のあたしが、恋しようというのか！　けれどあたしは夫に対してさえ、今まで一度だってこんな薄気味のわるいほどの情熱を感じたことはない、ジュリアンのことを思わずにじっとしていられないんだもの。ほんとのところ、あの人はただあたしを心から敬愛しているほんの子供にすぎない。こんな変な気持になるのもただのしばらくだろう。あたしがこの青年にどんな気持をいだこうと、夫に何の関係があろう？　レナールは、あたしがジュリアンとするような、空想めいた話をしたらたいくつするだけのことだもの。あのひとはあの人で自分の仕事のことを考えている。あたしはジュリアンのために、あのひとに何一つ損をかけてはいないのだから）

この無邪気な魂の持主は、かつて覚えたこともない情熱にすっかり心をかき乱された形だったが、その純潔さは少しも偽善のためにけがされてはいなかった。いかにも彼女の考えは誤っている、が自分自身で気づかなかったのだ。ただ道徳的本能はやはり脅か

されていた。ジュリアンが庭へ出てきたとき、彼女の心の中はこういうふうに乱れていたのだ。彼女は彼の声を耳にしたと思うと、ほとんど同時に彼は自分の傍に坐っていた。彼女がこの二週間以来、いわば酔い心地で浸っているこの楽しい幸福は、魅惑するよりも、むしろ彼女を驚かすことが多かった。何もかも彼女には思いがけぬことばかりだった。しかし、しばらくして(それじゃジュリアンの顔さえ見れば、あたしったら、あのひとのいろんな邪《よこ》しまなこともすっかり忘れてしまうのだろうか?)と思うと、彼女は恐ろしくなってきた。彼女が彼の握っている手をひっこめたのは、その時だった。

かつてうけたこともないような、数々の熱い接吻、それをうけた彼女は、もうこの男には他に女があるのだろう、というようなことはすっかり忘れてしまった。やがて彼をにくらしいとも思わなくなった。疑惑から生じた胸を刺すような苦悩は消え去って、かつて夢見たこともない幸福が眼の前に現われたのだ。彼女は恋の歓びに我を忘れ、おかしいほど陽気になった。その夕はみんなが楽しかった。ただ例の成金工業家のことがどうしても忘れられないヴェリエール町長だけは別として。ジュリアンは、もう怖ろしい野心も、実現しがたいいろいろの企みもみな忘れてしまった。生まれて初めて、彼は美の力に動かされたのだ。彼の性格とはまったく相容れない、ぼんやりした甘い夢想にふけりながら、この上なく美しくて大好きなその手を優しく握りしめて、彼は菩提樹の葉

並をざわめかす夜の微風に、またドゥー川の水車場の犬のはるかな遠吠えに、うっとりと聞きほれていた。

しかし彼のこの気持は、快感とは言えるが、情熱ではなかった。自分の部屋へもどってきたとき、彼は一つの楽しみ――愛読書をふたたびひもとく楽しみしか考えなかった。二十歳の頃は、世界という課題、そしてそこに自分がどういう効果をあたえうるかという問題が、何ものにも勝ってひとの心をとらえるものである。

しかしやがて彼は本をおいた。ナポレオンの勝利のことばかり考えているうちに、彼は自分の勝利のうちにも何か新しいものを発見したのだ。（そうだ、おれは一つの戦いに勝ったのだ。だがそれを利用しなくちゃならん。この高慢ちきな貴族が「退却」しているときに、やつの自尊心をふみにじってやらねばならん。それでこそ真に純粋のナポレオンだ。あいつはおれが子供たちをほったらかしておくといって文句をいう！　友人のフーケを訪ねるんだから三日の暇をくれ、といってやらなくちゃならん、いやだといってみろ、また否か応か言うまでとっちめてやる。だが否とはいうまい）

レナール夫人は眼を閉じることができなかった。彼女は今まで本当に生きるということを知らなかったような気がした。ジュリアンが自分の手を燃えるような接吻でおおうのを身に感じた、あの嬉しさは彼女の念頭を去ろうとしなかった。

突然、「姦通」という恐ろしい言葉が彼女の心をかすめた。けがれ切ったみだらさが官能的恋愛という観念の中に生ぜしめる、あらゆる忌わしい考えが、一度に雲のように彼女の脳裡に湧きおこってきた。こういう考えは、彼女がジュリアンについて、また彼を愛する幸福について、いだいていたやさしく神々しい心像を暗くしようとするのだった。未来は恐ろしい色彩に色どられて見えた。彼女は自分を卑しむべき女だと思った。

その瞬間は恐ろしかった。彼女の魂は未知の国をさまよっていた。昨日は思いもかけぬ幸福を味わった、今は突然恐ろしい不幸の淵に沈んでいる。彼女はこんなにつらい苦痛が世の中にあろうと思ったこともなかった。頭の調子が乱れてきた。ジュリアンが好きになりそうで恐ろしい、と夫に告白しようかと思った。だがそうすればジュリアンとのことを、すっかりしゃべってしまうことになる。しかしちょうどいい具合に彼女は、むかし結婚の前日の、伯母の戒めを思い出した。夫というものは、けっきょく主権者なんだから、心の底を打明けるのは危い、というのであった。彼女は苦悩のはて、われとわが手をよじるほどだった。

彼女はただとりとめもなく、つじつまのあわぬなやましい思いにひきずられていた。片思いではなかろうかと恐れるかと思うと、また明日にも、賤民どもに彼女の姦通の罪科をしらす制札をつけられて、ヴェリエールの広場で曝し台にさらされでもするかのよ

うに、罪のおそろしさにもだえ苦しんだりした。

レナール夫人はまったくの世間知らずだった。すっかり眼がさめていて、理性のはたらきが十分なときでも彼女は、神の眼に罪ありと映ずることと、公衆の面前でさわがしい侮辱をあびせかけられることとの間に、何の差異をも認めることができなかったろう。

姦通について、またその罪がひき起す——と彼女の思っている——あらゆる汚辱について、恐ろしいことばかり考えていたが、やっとそれがおさまって、ジュリアンと以前のように無邪気にたのしく暮そうと思ってみたとき、彼女はジュリアンには他に女があったのだ、という恐ろしい事実を思い出した。彼があの肖像をなくすのを恐れたときの、またそれをひとに見られて女の迷惑になるのを恐れたときの、彼の真青な顔を、彼女は今もありありと眼の前に見ることができた。そのとき初めて、彼女はあんなに冷静な気高い顔に、恐怖の色が浮かぶのを認めた。彼は彼女に対しても、また子供たちに対しても、あれほどの感動を示したことは一度だってなかったのだ。彼女の苦悩はいよいよ増して、人間の心がそれ以上にたえられぬほどはげしくなってきた。思わず知らず口に出たレナール夫人の叫び声で、小間使が眼をさました。突然夫人の寝台のそばに光が見えた、それがエリザだった。

「あの人が恋しているのはお前かえ？」と彼女は夢中で叫んだ。

小間使は思いがけなく、奥さまのおそろしく取りみだした姿をみて仰天していたので、幸いこの変な言葉に少しも気をとめなかった。レナール夫人は自分の軽率に気がついた。

「あたし熱があるの。それで、少し頭がへんらしいわ。そばにいておくれ」

自制の必要から、すっかり眼がさめてみると、前ほど苦しくはなかった。うたたねのために失われていた理性の力がまた恢復してきた。小間使にじっと見られるのがいやなので、新聞を読むことを命じた。レナール夫人が、今度ジュリアンに会うときはすっかり冷やかな態度で接することにしよう、という貞節な決心を固めたのは、『日日新聞』の長い記事を読むこの少女の声の単調なひびきを耳にしながらであった。

第十二章　旅　行

パリにはしゃれた人がいるが、地方にはしっかりした人がいることがある。

シエーズ

あくる朝五時、まだレナール夫人が顔を見せぬさきに、ジュリアンははやその夫から三日間の暇をもらっていた。しかしジュリアンは意外にも、もう一度夫人に会ってゆきたい欲望を感じた。あのきれいな手が忘れられなかったのだ。庭へおりてみたが、レナール夫人は中々やって来ない。しかし、もしジュリアンが彼女を本当に恋していたのだったら、彼は二階のなかば閉ざされた鎧戸の向うに、ガラス戸に額をくっつけている彼女の姿をみとめた筈である。彼女は彼を見つめていたのだ。とうとう彼女は決心をひるがえして、庭へ出ることにした。いつも青白い顔が、真赤になっていた。あれほど無邪気なこの女も明らかに興奮していた。天使のような容貌にあのように魅力をそえる、しんから朗らかな、いわば人生のあらゆる些末事を超越したようなあの表情も、自己を抑

制しようという気持、さらにはげしい怒りの感情のためにすっかり変ってしまっていた。

ジュリアンはつかつかと彼女に近づいた。あわてて引掛けたショールの下からのぞく、二の腕の美しさに彼は見とれた。ひえびえとした朝の大気が、昨夜の興奮のために、あらゆる刺戟に一そう敏感になった彼女の顔艶の輝きをなお増したようだ。このつつましやかで人の心を動かす美しさ、しかも下層階級には見られぬ知的な美しさは、ジュリアンが今まで気づかなかった彼女の精神の一面を啓示するかのようであった。貪婪《どんらん》な彼の眼にうつるこの美しさに心を奪われて、彼はあいそよく迎えられようなどという期待をすっかり忘れていた。それだけに、努めて自分に氷のように冷やかな態度を示そうとするひとを見たときの、彼の驚きは一そうはげしかった。その態度のうちに彼は、自分をまたもとの地位に引きもどそうとする意図をさえ認めたように思った。

喜びの微笑は彼の唇から消え去った。彼は自分が上流社会において、ことに富裕な財産を相続した貴族の女の前で、どんな地位をしめているかを思いおこした。たちまち彼の顔にはもはや傲慢さと、自己に対する憤りの色しか見られなくなった。彼はこんな屈辱的な待遇をうけるために、出発をわざわざ一時間もおくらせたのが、くやしくてたまらなかった。

(他人に腹を立てたりするやつはばかばかりだ。重ければこそ石は落ちる。いつまで

おれは子供なんだ？　一たいいつからおれは、やつらから金をもらうというそれだけの理由で、おれの魂まで売ってしまう結構な習慣をつけたんだ？　やつらから、そしてまず自分自身から、尊敬されたいのなら、貧しい生活を切売りはしているが、おれの心はやつらの侮蔑から千里の彼方に――やつらの片々たる毀誉褒貶《きよほうへん》に痛痒《つうよう》を感じるには、あまりに高遠な世界におかれているんだ、というところをやつらに示してやらなくちゃならない）

こういういろいろの感情が、この年若い家庭教師の胸中に雲のごとくわきおこる間に、彼の変りやすい容貌は自尊心を傷つけられた、兇暴な表情を呈してきた。レナール夫人はすっかり狼狽した。彼女は貞節な冷やかな態度で接しようと思っていたのだが、それが心配そうな表情に、いま目のあたり見た相手の突然の変化に、すっかり驚かされてはげしくなった心配そうな表情にかわってしまった。毎朝、身体の調子やその日のお天気のことを、お互に語り合う無意味な言葉、そういうものは二人とも同時に種切れになった。頭の働きを乱すほどの情熱を一つも感じていないジュリアンは、自分のレナール夫人に対する愛がいかに微弱なものであるかを、彼女に知らせる手段をすぐに思いついた。彼は今から出かける小旅行のことはおくびにも出さずに、彼女に挨拶をして出て行った。

昨夜はあれほど情のこもっていた彼の眼差しのうちに、いまおそろしい傲慢さを認め

てがっかりした彼女が、彼の出て行く姿をみていると、一ばん上の子供が庭の奥から駆けてきて、彼女に接吻しながらいった。

「ぼくたちお休み。ジュリアンさんが旅行に出かけたんだ」

この言葉を聞くと、レナール夫人は身内が凍るように感じた。彼女は貞節のためにみじめだった。弱さのためにーそうみじめだったのだ。

この新しい出来事で彼女の頭は一ぱいになった。いまやっと明かした恐ろしい一夜をかけて固めた賢明な決心なぞは、とっくに忘れられてしまった。どうしてあのかわいい恋人の誘惑に抵抗するか、それはもはや問題ではない。その男を永久に失ってしまうか、否かが問題なのだ。

昼食に出てゆかねばならない。なおさらつらいことには、レナール氏とデルヴィール夫人が、ジュリアンの出かけたことばかり話しているのだった。ヴェリエール町長は、ジュリアンが暇を求めたときのきっぱりした口調に、何か常ならぬものがあることを観破していた。

「きっとあの百姓のせがれめ、誰かの申込みをうけているのだ。だがその誰かは——それがヴァルノにしろだ——六百フランという金高には少々しりごみするだろうて。今では年々それだけの出費が必要になってしまったんだからな。昨日、ヴェリエールで、

よく考えてみるからといって、三日間の猶予を求めてきたんだろう。それで今朝はわしに返答するのがいやさに、あの青二才め、山へ出かけたんだ。無礼千万な職工風情と駈引しなけりゃならんなんて、だがそういう羽目になってしまったんだ！」

（自分がどんなに深くジュリアンの心を傷つけているか、そんなことちっとも気のつかないあの人さえ、ジュリアンは出てゆく、とそう考えているくらいだもの、あたしどうすればいいんだろう？）とレナール夫人は思った。（ああ、もうどうにもなりはしない！）

せめてひとりで思うぞんぶん泣いてみたい。そしてデルヴィール夫人の不審にうけ答えしなくともすむように、彼女は激しい頭痛だといって、寝床へはいった。

「女というものはみんなこうだ。このややこしい機械ときたら、しょっちゅうどこか故障のたえまなしさ」皮肉をいいながらレナール氏は出て行った。

レナール夫人が、運命の偶然からふと落ちこんだこの恐ろしい情熱の苦しみにもだえている間に、ジュリアンは、山で見られる一ばん美しい眺めをほしいままにして、心も軽く歩みつづけていた。ヴェルジーの北方の大山脈を越えて行かねばならなかった。彼のたどる小径は、ブナの森の中を爪先上りに上りつつ、ドゥーの谷の北を限る高山の山腹に羊腸たる路をつくっていた。やがて旅人は、ドゥーの流れを南方において制する、

あまり高くない丘陵のむこうに、ブルゴーニュやボージョレの豊饒な平原まで見わたすことができた。この若い野心家は、この種の美観に対していかに無感覚だったにせよ、時折足を停めて、かくまで広濶壮大な風景を眺めずにはおられなかった。

ついに彼はその高山の頂に達した。山越えの路をとって友人の年若い材木商人フーケのすむ淋しい谷へゆくには、この頂の近くを通らねばならなかったのだ。ジュリアンは友に――彼にも、他のどんな人間にも――いそいで会いたいとは少しも思わなかった。この高山の頂の裸のままの岩の間に、あたかも猛禽のように身をひそめた彼は、近づくものがあれば、ごく遠方から認めることができた。彼はその岩のほとんど切立った斜面の真中に小さい洞穴が一つあるのを見つけた。彼はかけ出した、そしてすぐにその隠れ場に身をかくした。(ここなら誰もおれに危害を加えることはできまい)彼は喜びに眼を輝かしていった。よそならずいぶん危いことだが、彼は自分の思想を書き表わして楽しもうという気になった。四角い石が机の代りになった。筆は飛ぶように走った。まわりのものは何一つ眼にはいらない。彼はついに、太陽がボージョレの遠山の後に没せんとするのに気がついた。(なぜここで夜を明かさないのだ?)彼は自ら反問した。(パンもある、そして自由だ)この自由という美しい言葉のひびきに彼の魂は躍動した。偽善家の彼は、フーケの許においてさえ、自由な気持にはなれなかったのだ。頭を両手にさ

さえ、平原を見渡しつつ、夢想と自由のよろこびに心をときめかしながら、ジュリアンはこの洞穴のうちで、生まれてかつてない幸福な気持にひたっていた。たそがれの光線が一つずつすっかり消えてしまうのを、別に気にもとめずに眺めながら。この広漠たる暗闇のなかで、彼の心はやがてパリで出会うだろうことをさまざまに夢想した。それはまず第一に、地方で見かけた女などとは段ちがいに、美しく、才たけた一人の女だった。彼はその女を熱愛している、そして愛されている。ほんのしばらくでも女のそばを離れるようなことがあれば、それは数々の栄誉を身に帯びて、一そう愛される資格をえんためにほかならない。

パリの上流社会の悲しい現実のうちに人となった青年ならば、たとえジュリアンと同じ空想にふけったところで、冷やかな皮肉のために夢からさめるに違いない。偉大な行為も、夢物語もこのへんまできたら、それを遂行しようという希望も共に消え去って、かの有名な格言だけが心に残ることだろう――「色女のそばを離れるなら、日に二度や三度は男をこさえられる覚悟が必要！」この田舎青年は、自分が最も英雄的な行為を遂行するために欠けているのは、ただ機会だけだと信じこんでいたのである。

しかし真暗な夜になった。そしてフーケのすむ寒村へ下るまでには、まだ二里の道を行かねばならない。その小さな洞穴を去る前に、ジュリアンは火をおこして、書いたも

のをすっかり注意深く焼きすてた。

彼は夜半の一時に友人の家の戸をたたいて驚かした。フーケは熱心に帳簿をつけていた。背の高い、無恰好な、顔の道具は大きくてこわい、怖ろしく鼻の大きな若者である。しかもこういう親しみにくい風貌の下に、多分の人のよさが秘められているのであった。

「君は、君んところのレナールさんと喧嘩したんだね。突然こんな時刻にやってきたところを見ると」

ジュリアンは、然るべく手加減を加えながら、前日の事件を友人に話して聞かせた。

「僕のところにいたまえ。君はレナール氏、ヴァルノ氏、モジロン郡長、シェラン司祭などと懇意なんだろう。そういう連中のずるさ加減は見抜いているだろう。だから君は、もう競売に顔出しする資格があるんだ。君は僕より算術がよくできる。僕の帳簿をあずかってくれたまえ。僕の商売は中々大きなもうけがあるんだ。自分一人で何もかもやるわけにはゆかないし、そうかといって、うっかり悪党を相棒にしちゃ大変だから、いつもうまい仕事に手が出せないのだ。まだ一月とならないが、サン＝タマンのミショーに六千フランもうけさしてやったよ、六年ぶりにポンタルリエの競売でひょっこり出会ってね。だが君だって、その六千フラン、いや少くとも三千フランはもうけられたわけなんだ、君がだよ。なぜって、もしあの日君といっしょだったら、僕はあの森林の伐

採に入札したはずだ、そして皆はけっきょく僕にそいつを譲ったに違いないからだ。ね、僕の仲間になりたまえ」
　この申出をきいて、ジュリアンはふきげんになった。彼の夢想が打砕かれたからである。あたかもホメロスが歌った英雄たちのように、二人の友が手料理の夜食――フーケは独り暮しだったから――を食べる間も、友はジュリアンにひっきりなしに帳簿を示して、材木の商売がいかに有利であるかを証明した。フーケはジュリアンの知力としっかりした性格を一ばん高く買っていたのであった。
　ジュリアンはモミ材造りのせまい寝室に、やっと一人きりになると、（じっさい、ここで数千フランもうけて、それからその時のフランスを支配している形勢次第で、兵隊なり、僧侶なり、有利に就職することもできる。それまでにためた僅かばかしの金で、あらゆる些細な障害はとり除けるだろう。この山の中で一人暮すうちに、社交界の連中が皆心をつかういろんな事柄についての、おれの恐ろしい無知を少しはとりもどすこともできるだろう。だがフーケは結婚を断念している。しかも孤独のなやみをおれに幾度も繰返して打明けた。おれのような一文なしの相棒を選ぼうというのも、永久に自分のそばを離れぬ仲間がほしいからだ、それはわかりきっている）
（おれは友を欺こうとするのか？）ジュリアンは怒って叫んだ。いつも偽善とあらゆ

る同情の欠乏を成功の手段とするこの男も、この時は自分を愛してくれるものの気持をわずかでも裏切ると考えることさえつらかったのだ。

しかし突然ジュリアンは救われた。彼は断りの口実を見つけたのだ。(何ということだ！　おめおめ七八年の歳月をむだにしようというのか！　その間におれは二十八になってしまう。そんな年頃に、ボナパルトはりっぱな仕事をやりとげていたんだ！　世間から隠れてあちこち材木の売買に走り廻って、いくらかの小金をためて、つまらぬ下っぱ連中の気に入りになる頃まで、このおれが、世に名をなすべき才能を失わずにいると、一たい誰が保証できるんだ)

翌朝ジュリアンは最も冷静な態度で、もうこの協力問題が成立したことのように思っているフーケに向って、神壇に仕えることを天職としたいから、自分は申出はうけられない、と答えた。フーケはすっかり驚いた。

「だが君は、ぼくが君と仲間になるというのを――それとも君の希望次第で――年四千フランずつ上げることにしてもいいんだが、それがよく解っているのかい。そして君は、君なんか靴の泥同然に思っているレナール氏のところへおめおめ舞いもどろうというのか！　二百ルイの貯蓄ができたら、君が神学校へはいるのを誰一人じゃまできないじゃないか。もっとはっきりいえば、ぼくは君のためにこの地方で最上の司祭職を見つ

けてあげる約束をしてもいいよ。というのはね、（フーケは声をひそめてつけ加えた）ぼくは＊＊氏＊＊氏の家へ薪を納めている。一等品の上カシを届けるのに、あの連中ときたら安薪だけの値しか払ってくれないんだ。だが金をこれ以上うまく投資したことは今までないんだよ」

何ものもジュリアンの天職に打勝つことはできなかった。フーケはしまいに、この男少し変なのじゃないかと思うようになった。三日目の早朝、ジュリアンは高山の岩の間に一日を送るべく友の家を後にした。彼はかの小洞穴を再び見出したが、心の平和はすでに失われていた。友の申出がそれを奪ったのである。悪徳と美徳との間に立ったヘラクレス＊とは違って、彼は平穏無事な生活の単調な平板さと、花やかな青春の夢想との岐路に立ったのだ。（それじゃおれには、確乎たる心がないのだろうか？）と彼は自ら反省した。これこそ最も彼を悩ました疑惑だった。（おれには大人物たる資格がないんだ。パンをかせいで八年くらすうちに、世の中をおどろかすようなことをやってのける、あの尊い精力《エネルギー》を失ってしまいはせぬかを恐れるようでは）

第十三章　透かしの靴下

小説、それは街路にそうて持ちあるく一つの鏡である。

サン＝レアル

ヴェルジーの古い御堂の美しい廃墟が見えたとき、ジュリアンは、一昨日からただの一度もレナール夫人のことを考えなかったことに気がついた。（このあいだ出がけに、あの女は、二人の間には無限の隔りがあることを、おれによっくわからせてくれた。そしておれを職人のせがれあつかいした。きっと前の晩、手を握らせたのを後悔しているってところを、ことさらに見せようとしたのにちがいないんだ……だがきれいなことはきれいだな、あの手は！　あの女の眼の気高いことといったら！　あの魅力といったら！）

フーケといっしょに金もうけができるんだと思うと、ジュリアンは物が少しらくに考えられるようになった。もう以前ほど、しょっちゅういらいらしたり自分の貧乏や生まれの賤しさに対する世間の思わくを気にかけて興奮したりして、そのために考えが乱れ

るというようなことはなくなった。高い岬の上に立ってでもいるように、極端な貧乏と安穏な生活――それを彼は未だに富裕と呼んでいたが――とを批判することができた。いわば高所から見おろすことができたのだ。彼は自分の地位を哲学者として判断したりすることなどもちろんできなかったが、山へ小旅行を試みてからは、自分が変ったと感じるだけの洞察力をもっていたのだ。

彼はレナール夫人に望まれて、手短かに旅行の話をしたが、それを聞いている夫人のちっとも落着かぬ様子に大へん驚いた。

フーケは結婚しようという気があって、何べんも失恋したことがあった。その長い打明け話で二人の会話は一ぱいだった。あまり早く思いがかなったと思ったら、フーケは、その女にかわいがられているのは自分一人じゃないことがわかった、というのだ。こうした色々の話はジュリアンを驚かした。彼は今まで知らなかったことをたくさんおぼえた。空想と猜疑心で一ぱいの彼の孤独の生活は、いままで目をひらいてくれるあらゆる機会から彼を遠ざけていたのだった。

彼の留守中、レナール夫人の生活は、さまざまな、しかしどれもたえがたい責苦の連続だった。彼女は本当に病気になってしまった。

デルヴィール夫人はジュリアンが帰って来たのをみて、レナール夫人にいった。

「よほどあなたは具合が悪そうだから、今夜は庭へ出るのをおよしなさい。湿気の多い空気でなお気分が悪くなりますよ」

デルヴィール夫人は、身のまわりが極端に質素すぎるといって、いつもレナール氏に小言をいわれている友が、いま透かしの靴下に、パリ製の小さなかわいい靴をはいているのを見てびっくりした。この三日間、レナール夫人のたった一つの気ばらしは、近ごろ流行の美しい布地をきって、それを大急ぎでエリザに夏着に仕立てさせることだった。ジュリアンがもどってしばらくして、この着物の仕立て上るのを待ちかねて、夫人はそれを身につけた。デルヴィール夫人にはもう疑う余地がなかった。(まあかわいそうに、このひと恋をしている！）病気の様子のおかしいわけがすっかりわかった。

彼女はレナール夫人がジュリアンと話すのを見ていた。真赤になった顔が青ざめてゆく。若い家庭教師の眼に吸いつけられたような彼女の眼には、焦躁の色がはっきり現われている。夫人は、彼が自分の考えを明らかにし、ここを出てゆくか、それとも留まるか、それを言ってくれるのを、今か今かと待ちかねていた。ジュリアンはそれには一言も触れようとしない。そんなことは彼の念頭になかったのだ。いろいろと思いあぐんだ末、レナール夫人はとうとうふるえ声で彼にたずねてみた。その声の調子に切ない胸の中がはっきり出ていた。

「あなたは、お弟子をすてて、よそへいっておしまいになりますの？」

ジュリアンは夫人の力のない声と、その眼差しに驚いた。（この女はおれに恋してるんだな。だがこういう気の弱さは彼女の自尊心が許しておかないから、ほんの一時で消えてしまう。そしておれがここを出てゆく心配がなくなると、またすぐに高慢ちきになるんだろう）お互の身分に対する考えが、稲妻のように彼の頭をかすめた。彼はためらいながら答えた。

「あんなにかわいい、あんなに生れのいい坊ちゃんたちにわかれるのは、ずいぶんつらかろうとは思いますが、多分やむをえまいと思います。人にはまた自己に対する義務というものがありますから」

あんなに生れのいいという言葉（それはジュリアンが最近覚えた上流語の一つなのだ）を口にするとき、彼は激しい反感でかっとなった。

（この女から見れば、この俺なぞは、生れがよくはないんだぞ）

レナール夫人は彼の言葉に聞き入りながら、その才智と美貌にうっとりとしていた。今ほのめかしたように、彼がこの家を出てゆくようなことになるのではないか、そう思うと彼女は心臓を刺し貫かれるようだった。彼の留守の間に、ヴェルジーへ晩餐に招かれてきた彼女の友達もみんな、夫が運よく掘り出してきた驚くべき人物について、あら

そって祝辞をのべたものだった。そういう連中は子供たちの勉強の進み具合なんかちょっともわかっていたのではない。ただ聖書を、しかもラテン語で暗誦したということが、おそらく一世紀のあいだ忘れられそうにないくらい、ヴェリエールの住民たちを感心させていたのである。

誰とも話をせぬジュリアンは、そんなことは夢にも知らなかった。レナール夫人がもう少し冷静な気持でいたら、彼のかちえた名声を祝ってやったことだろう。するとジュリアンの自尊心が満足されて、おまけにちょうど彼は、夫人の新しい着物にすっかり魅せられていたときだっただけに、一そう彼女にやさしく親切にしたことだろうが。夫人は自分の美しい着物に満足しており、また着物についてジュリアンの言ってくれたことがうれしかったので、庭を一廻りしたいといった。すぐに彼女はもう歩く力がないといって、旅からもどった男の腕をかりたが、その腕にふれると、力になるどころか、彼女はすっかり力なくぐったりしてしまった。

もう夜だった。腰をおろすとすぐに、ジュリアンは前からの特権を行使して、隣にすわった美しい奥さんの腕に唇を近づけて、その手をとった。彼はフーケの情婦どもに対する大胆な態度のことばかり考えて、レナール夫人のことなんか頭になかった。「生れのいい」という言葉がまだ彼の胸の上にのっかっていた。手を握りかえされても、別に

うれしいとも思わなかった。その晩レナール夫人は、はっきりしすぎるくらいのそぶりで、胸の中を明かしてしまったが、そんなことで得意になるどころか、有難がろうとさえもしない彼には、女の美しさも、若々しさも、ほとんど何の効き目もなかった。心を純潔にして、あらゆる憎悪の感情を遠ざけていると、若さを長く保つことができる。美しい婦人たちも、多くはまず顔から年をとるものだ。

ジュリアンはその晩中ずっとふきげんだった。今までの彼は、時たま上流社会の連中のいるときしか、腹を立てたことはなかった。フーケに安易な生活にはいるための恥ずべき手段を教わってからは、彼は自分自身に腹を立てていた。時々そばにいる二人の婦人に二こと三こと話しかけてはいるもののすっかり自分勝手な考えに夢中になっていた彼は、無意識に、握っていたレナール夫人の手をはなしてしまった。この仕草は、哀れな女の心を顚倒させた。彼女はそこに自分の運命の現われを見た。

ジュリアンの愛情に確信がもてたら、彼女の貞操は、おそらく彼をよせつけないだけの力をえたかもしれない。だが永久にこの人を失ってしまうのではないかと、びくびくしている今の彼女は、激情に前後の考えも失って、さっきからぼんやりと椅子の背にのせられたままのジュリアンの手を、も一度こっちから握ろうとさえした。手を握られて、若い野心家は我にかえった。彼はこの有様を、食事のとき子供をつれて自分が末席につ

くと、いかにも長者ぶった微笑を浮かべて、こっちをじっと眺める、高慢ちきな貴族連にぜひとも見せてやりたいと思った。(この女はもうおれを軽蔑できまい。そうとすれば、俺はこの女の美しさを感じなくちゃならん。おれは自分の実力で、この女の愛をかち得たんだから) こういう考えは、彼が山の友人に洗いざらいの打明け話を聞かされるまでは、彼の頭に決して浮かんでこなかったものだ。

こう決心がついてみると、愉快な慰みが一つ頭に浮かんできた。(この二人の女のうち、どちらかをものにしなくちゃならん) デルヴィール夫人に恋をしかける方がずっといいという気がした。それは別にこの女の方が魅力があったからではなくて、ただ彼女はいつもジュリアンを、学識を重んぜられている家庭教師の姿で見ていて、たたんだ羅紗の上着を小腋にかかえて、レナール夫人の前へ現われたときのように、木挽き職工の姿では見たことがなかったからだ。

ところがレナール夫人が一番いとしく心に描くジュリアンの姿は、実は、白眼まで真赤にして、呼鈴を鳴らすことさえできないで門口にたたずんでいた、あの若い職人姿の彼であった。この女は、この辺の中流《ブルジョワ》の連中から、とても高慢ちきだといわれているが、身分などということはほとんど気にかけていなかった。彼女は心のうちで、地位を笠にきた強がりなどよりも、ごくわずかでもいい、本当のことを眼に見せてくれる方を

ずっと高く買っていたのである。勇敢な行為をやって見せた荷車ひきの方が、鬚を生やしてパイプをくわえた、おっかない軽騎兵大尉よりも、彼女の眼にはずっと勇ましく映じたはずだ。彼女はジュリアンは、自分の従兄弟たち――みな累代の貴族の子弟で、そのうち称号をえているものさえ幾人かあった――の誰よりも高潔な気性をもっていると信じこんでいた。

ジュリアンは自分の立場をなおよく考えなおしてみると、レナール夫人が自分に好意をよせていることをどうやら勘づいているらしい、そのデルヴィール夫人を自分のものにしようなどと思うのはいけないことがわかってきた。どうしてもレナール夫人の方へもどらねばならなくなった。(一たいおれは、この女の本性をどれだけ知っているんだ。ただこれだけ――旅行前にはおれが手を握ると手をひっこめた。今はおれが手をひっこめると、むこうからその手をとって、握りしめる……この女が今までにおれにあたえた軽蔑を、すっかり返上するのにいい機会だ。今までにどれだけ男をこさえた女か知れたもんじゃない! おれに心をよせたりするのも、おそらくただ手軽に会えるからというのにすぎんのだろう)

ああ、過度の文明の生む禍はじつにかくのごときものがある。多少とも教育をうけた青年の心は、二十歳になるともう自然な動きをすっかり失ってしまう。ところがこの自

然な気持がなければ、恋愛などというものはじつにおもしろくもない義務同然だ。

ジュリアンはこせこせした虚栄心をなおはたらかせていた。（おれがいつか出世した暁、なぜ家庭教師などという卑しい職についたのかととがめられたときに、恋のためにそんな地位に身を落したと、弁解できるようにしておくには、なおさらこの女をものにしなくちゃならん）

彼はも一度レナール夫人の手から自分の手を離した。そしてまたその手をとってぎゅっと握りしめた。夜半近くになって、客間に引揚げるとき、夫人は彼に声をひそめていった。

「あなたは私どものところを出ておしまいになるの。よそへ行っておしまいになるつもり？」

ジュリアンは溜息をついて、

「私はおうちを出なければなりません、というわけは、私はあなたを非常に恋しているからです。それはいけないことなんです……若い僧侶にとって何というおそろしい罪悪でしょう！」

レナール夫人は、自分の頬がジュリアンの頬の温かみを感じるほどに、ぐったりと彼の腕によりかかってきた。

この二人が別々に明かした一夜は、それぞれ大へんちがっていた。レナール夫人ははげしい心の逸楽に酔いしれていた。早くから恋を知るおしゃれ娘は恋の悩みにもなれているが、いよいよ本当の熱烈な恋をする年頃になると、もう新鮮な魅力を感じなくなっている。レナール夫人は小説などというものに目を触れたことがなかったから、恋のうれしさのどの段階も、彼女にはみな目新しかった。悲しい現実も一つとして彼女をおびやかすことはなく、また未来に対する懸念さえもなかった。彼女はちょうど今と同じように幸福に暮している十年後の自分の姿を、眼前に描くことができるのだった。レナール氏に対して貞節と従順を誓った身だという考えも、数日前までは煩悶の種になったが、もう今ではそんなことが思い浮かんできても、うるさいお客のようにさっさと追払うだけだった。(けっしてジュリアンに何も許すようなことはしまい。あたしたちはこの先も、ひと月以来暮してきたのと同じように暮してゆこう。あの人をお友だちにしよう)

第十四章　イギリス鋏

十六の少女はバラのような顔色をしているくせに、紅をさしていた。
ポリドーリ＊

ジュリアンは、フーケが余計なおせっかいを言ってくれたばかりに、幸福な気持でいられないことになった。彼はどちらの道をとろうか、その決心もつかなかったのだ。(なさけないこった！　おれはおそらく勇気が足りんのだろう。おれなんかはナポレオンの下にいても、ろくな兵隊にはなれなかったろう。だがとにかく、このうちの奥さんとの色事で、しばらく気をまざらすことができそうだ)

彼にとってはむしろ慶賀すべきだが、こういう些細な事件においてさえ、彼の内心の気持は、強がりな言葉つきとちっとも釣合っていなかった。彼はレナール夫人があまりきれいな着物をきているのがこわいのだ。この着物は彼の眼には、パリを守る前衛軍のように見えた。彼の自尊心は何ごとであろうが偶然や、そのとき次第の思いつきにまかせておくのを許さなかった。フーケの打明け話と、聖書からえた恋愛に関するわずかの

知識を基礎にして、じつに細かい作戦計画をたてた。自分ではそうでないつもりでも、大そう不安だったので、彼はこの作戦計画を紙に書いておいた。

翌朝客間で、レナール夫人はちょっとのあいだ彼と二人きりになると、

「あなた、ジュリアンというほかにお名前はありませんの？」

こんな、いかにも彼をうれしがらせるような問いをかけられると、われらの主人公も何と返答してよいかわからなかった。こんなことは彼の作戦計画には予定されていなかったのだ。作戦計画をたてるなどという、そんなばかげたまねさえしなければ、ジュリアンの鋭敏な頭脳は十分よくはたらくはずだし、また不意打ちに、かえって鋭さを増したかも知れないのだ。

彼はぎごちなかった。そしてそのぎごちなさを自ら誇張して考えた。しかしレナール夫人はとがめる気などはちっともなかった。彼女はそれを愛すべき無邪気さの現われだと思った。そしてあれほどの天分をもちながら、この男に一ばん欠けているのがその無邪気さだと彼女はいつも思っていたのだ。

「あなたの若先生はどうも油断がならないわ」デルヴィール夫人が彼女に幾度もいったことがある。「あの人はしょっちゅう何か考えていて、なにをするのも策略ずくめのようね、陰険な人よ」

いた。

ジュリアンは、レナール夫人にうまく返答できなかった失敗に、大そう屈辱を感じていた。

(おれともあろう人間が、この失敗の償いをせずにすますという法はない)そして皆がほかの部屋へうつるときを利用して、レナール夫人に接吻するのが、おのれの義務だと信じた。

彼にとっても、また彼女にとっても、これ以上突発的な、これ以上不愉快なことはない。またこれ以上向う見ずなことはない。二人はもう少しで見つかるところだった。レナール夫人は彼は気が狂ったのかと思った。彼女は恐れを感じたばかりでなく、むしろ腹を立てた。このばからしい挙動は、彼女にヴァルノ氏を思い出させた。

(一たいあたしはどうなったことだろう、もしあの人と二人っきりだったら?)彼女の貞節がすっかりまた力を盛りかえした。恋が光を失ったからだ。

このことがあってからは、彼女は子供の一人を、いつも自分のそばにおくようにした。

ジュリアンはその日一日気をくさらしていた。彼はその誘惑の作戦計画を、不器用ながら実行に移すのに、その日中を費した。彼はレナール夫人を眺めるとき、その目つきのうちに「なぜ」といった不審の色を浮かべずにはいられなかった。しかし彼はばかではなかったから、これではとうてい自分はいい感じはあたえていない、相手の心をとら

えたりするどころではない、ということはよくわかっていた。

レナール夫人は彼が非常におどおどしているくせに、また同時にあまり思いきったことをするのであきれかえっていた。(利口な人も恋のために臆病になっている!)彼女のうれしさはたとえようもないほどだった。(でもあの人が、あたしの恋敵の愛を一度もうけたことがないなんて、ほんとうだろうか)

昼食がすむと、レナール夫人はブレの郡長、シャルコ・ド・モジロン氏の訪問をうけるので、客間へもどった。彼女は背の高い小さい刺繍台に向って仕事をつづけていた。デルヴィール夫人がそばにいた。こういう場合に、それも真っ昼間に、われらの主人公は片足を出して、レナール夫人の可愛い足をちょっとおさえてもいいと思った。しかも夫人の透かし入りの靴下とパリ製の美しい靴を、伊達者《だてしゃ》の郡長がじろじろ見ていることはわかりきっていたのに。

レナール夫人はすっかりおびえ上った。鋏も糸巻も針も落した。そのおかげでジュリアンのいまの動作は、滑った鋏を止めようとして、不器用なまねをしたのだと見えぬこともなかった。うまい具合にこのイギリス製の小鋏がこわれてしまったので、レナール夫人は、ジュリアンがもっと自分のそばへくっついてくれたらよかったのにと、幾度となくくりかえして残念がった。

「あなたはあたしよりさきに、鋏が落ちるのに気がついたんだから、止められたはずよ。それだのに、あなたってばただむきになって、あたしをひどく蹴とばしなさっただけじゃなくって」

こういうふうに郡長には一ぱい食わすことができたが、デルヴィール夫人はごまかせなかった。(この美少年、本当にいけないまねをする!)と彼女は思った。地方の首都の行儀作法は、こういうたちの過失には非常に厳格なのだ。レナール夫人は折をみてジュリアンにいった。

「軽率なまねはしないでください。あたしの命令ですよ」

ジュリアンは自分のまずさ加減がよくわかった、そしてふきげんになった。彼はいまの「あたしの命令ですよ」という言葉に腹を立てたものかどうか、長いあいだ考えあぐんだ。そして彼はこういうばかげたことを考え出した――(何か子供の教育に関することでなら、「あたしの命令ですよ」などといったってかまわない。だがおれの恋に応じた以上、あの女は対等を認めたはずだ。対等ということがなくちゃ、恋は成り立たない……)そして彼は一所懸命になって、対等に関するおきまり文句を思い出そうとした。彼は数日前にデルヴィール夫人に教わったコルネーユの詩句を、怒りに燃えながら幾度も口ずさんだ。

……恋はおのずから、
差別をなくするが、ことさらそれを求めはしない。

生まれてから女などこさえたこともないくせに、ジュリアンはあくまでドン・ジュアンの役割がやってみたくて、その日一日中彼の心は死ぬほど乱れきっていた。がたった一つ、はっきり意識していることがあった——自分自身にもレナール夫人にもあいそをつかした彼は、また庭へ出て暗闇で、夫人の傍へ腰をおろさねばならない、その夕べがせまってくるのを、びくびくしながら待っていたのだ。彼はレナール氏に、ヴェリエールへ司祭に会いにゆくとことわって、夕食後出て行った。そして夜ふけでなければ帰って来なかった。

ヴェリエールへ来てみると、シェラン師が一心に転宅の仕度をしているところだった。とうとう師はいましがた免職になって、助任司祭マスロンが後釜にすわることになったのだ。ジュリアンは司祭の手伝いをした。そしてフーケに手紙を書いて、聖職はいかんともすることのできぬ自分の天職だと、そう思っていたから、君の親切な申出を最初はことわったけれど、いまこういう不正の実例を目のあたり見せつけられてみると、おそ

らく僧職にはいらぬ方が、身の安全をはかるためには有利かも知れない、そう言ってやろうという考えをおこした。

ジュリアンは、このヴェリエール司祭の免職事件を利用して、自分に一つの逃げ路をこさえておき、これは悲しむべきことだが、自分の心の中で英雄主義をすてて慎重の方をとらねばならぬような時期がきた際には、また商売にももどれるようにしておいた、この自分の手ぎわのよさに得意だった。

第十五章　鶏　鳴

恋はラテン語でアモールという
そこで恋から死《モーレ》が生まれる、
そして、はじめから、心を悩ます心づかい、
悲哀、涙、陥穽、大罪悪、悔恨……

『恋のブラゾン』

ジュリアンはこれという根拠もなしに、自分の眼識を誇っていたが、じっさい多少でもそういうものを持合せていたら、彼のヴェリエール行きがもたらした好結果に大喜びしたはずだ。彼が留守にしている間に、彼のやったへまはきれいに忘れられてしまっていたのだ。この日もまだ彼はふさいでいた。日暮が近づくと、彼はまたおかしげなことを思いついて、無類の勇敢さで、それをレナール夫人につたえたものである。

庭へ出て皆が腰をおろすが早いか、あたりが十分暗くなるのも待たないで、ジュリアンはレナール夫人の耳許へ口をよせて、夫人が迷惑するのもかまわずに、こういった。

「奥さん、今晩二時に、あなたのお部屋へゆきますよ。ぜひお話しなくちゃならんことがあるんです」

ジュリアンは、夫人が承知しはしまいかと思って、内心びくびくしていた。誘惑者という役割がおそろしく荷が勝ちすぎて、もし自然の気持のままに動けるのなら、彼は自分の部屋へひきこもって、数日の間この婦人たちに顔を合わさずにいたいくらいだった。彼は昨日こましゃくれたまねをしたので、折角の前日のいい風向きがすっかり台なしになってしまったことをよく知っていた。そしてすっかり途方にくれていたのだ。

レナール夫人は、このジュリアンの無礼きわまる前ぶれをきくと、決してわざとじゃなしに、しんから腹立たしげに答えた。彼はその言葉少い返答のうちに、軽蔑らしい口吻があるように思った。夫人の答えはごく低い声でささやかれたのだったが、そのなかにたしかにfi donc（よしてちょうだい！）という言葉があった。ジュリアンは子供達に話すことがあるという口実をつくって、彼らの部屋へ行った。そしてもどって来ると、レナール夫人からずっと離れて、デルヴィール夫人のそばに腰をおろした。こうして彼は夫人の手を握る機会を自ら捨ててしまった。それから真面目な話になったが、ジュリアンはうまく調子を合わした。ただ時々だまってしまうことがあったのは、一心に考え込んでいたのである。（何とかいい方法が見つからないものだろうか？　三日前にこの

女はもうおれのものだという確信をあたえてくれた、ああいうはっきりしたやさしいそぶりをまたやらせるには、一たいどうしたらいいんだろう)

ジュリアンは、自分がこの問題をほとんど絶望的な状態に陥れてしまったので、すっかり狼狽していた。とはいうものの、もし成功したらそれこそ彼は大困りにこまったにちがいないのだ。

夜半に皆とわかれたとき、彼は悲観的な気持になって、自分はデルヴィール夫人に軽蔑されている、そして多分、レナール夫人にだって同じことにちがいないと、そんなふうに思いこんだ。

すっかり気持をくさらして、またひどく屈辱を感じているジュリアンは、とてもねつくことはできなかった。かけひき、もくろみなどというものをすっかり捨ててしまって、ほんの子供のようにレナール夫人といっしょに、その日その日の幸福に満足して、なるがままに暮してゆこうなどということは、彼の全く思いもかけぬことだった。

彼はしきりに頭をなやまして、うまいやり口を考え出そうとしてみた。が、せっかく思いついた方法も、一瞬後にはばかげきって見える。つまるところ彼はじつに惨めな思いをしていたのだ。その時、屋敷の大時計が二時を打った。

その音が、ちょうど鶏鳴が聖ペテロ*の眼をさましたように、彼の眼をさました。彼は

いま自分が非常につらい立場にあることを知った。自分がさっき夫人に厚かましい要求をしたことなどは、それをした瞬間からずっと今まで忘れてしまっていた。それほどこっぴどくはねつけられたのだった！

（おれは二時にあの女の部屋へゆくと言っておいたんだ）と彼は起き上りながらひとりごとをいった。（デルヴィール夫人がよっくおれにわからせてくれたが、なるほどおれは百姓のせがれらしく、世間知らずで、下品かも知れん。だが弱虫にはならないぞ）

ジュリアンは自分の勇気にうぬぼれてもいいわけだ。彼は今までこれほどつらい努めを、わが身に課したことはなかったのだから。扉を開いて外へ出たとき、彼は膝ががっくりと力ぬけするほどふるえていた。どうしても壁によりかからずには立っていられなかった。

彼は素足だった。レナール氏の部屋の扉のところで耳をすますと、いびきがはっきり聞えた。彼は何だかなさけない気がした。夫人のところへ行かずにすます口実がもうなくなったのだ。いったい、そこへ行ってどうしようというのだ。何のあてもない、あてがあっても、それをやってのけるには、あんまりそわそわしすぎている、それは彼自身にもわかっていた。

やっとのことで、命をすてるより千倍もつらい思いをしながら、彼はレナール夫人の

てた。

寝室へつづく、小廊下へ足をふみ入れた。ふるえる手で扉を開けるとき、大きな音をたてた。

部屋は明るかった。煖炉の上に豆ランプがついていたのだ。こんな間のわるさに出くわそうとは思いもかけぬことだった。彼のはいってくるのを見て、レナール夫人はぱっと寝床の外へはね起きた。「恥知らず！」と彼女は叫んだ。二人ともすこしあわてた。ジュリアンはつまらぬ作戦を忘れて、素直な態度にかえった。こんな美しい女に思われないというなら、世の中にこれ以上の不幸はない、と思った。何ととがめられても、彼はものも言わずに、ただ女の足下にひざまずいて、その膝をじっと抱きしめた。夫人にあまりきついことを言われるので、彼は泣き出してしまった。

数時間たって、ジュリアンがレナール夫人の寝室から出て来たときは、物語《ロマン》の文体をかりるなら、「彼が思い一つとしてかなわざるはなかりき」といってもよかった。じっさい彼は、相手を愛情にめざめさすことができ、またその相手のたまらないような美しさから、予想外の感銘をうけた。そんなりっぱな勝利は、あの拙劣な策略などをいくら弄したところでえられるものじゃない。

しかし変な自尊心にとらわれている彼は、一ばんたのしい瞬間にもなお、女を威圧しつけている男のようなまねをしたがって、つまるところ彼は、とても信じられぬくらい

気をつかって、わざわざ自分の魅力を台なしにしていたのである。自分の力で相手を夢中にさせておきながら、そのたわいもなく取乱した姿や、それが悔恨に刺戟されてますます熱してゆくところに心をとめるどころではない、義務の観念が一瞬といえども彼の頭を去らない。実地にやってみせようと自分できめておいた、理想の型《モデル》を離れたら、おそろしい悔恨と一生の物笑いを招くように思えて、それが心配になるのだった。要するに、ジュリアンが凡人でなかったということが、彼に自分のすぐ足下によこたわる幸福を味わわせなかったのだ。それはちょうど見るからかわいい顔色をしているくせに、舞踏会へ行くといって、ばかばかしい紅をつける十六の少女のようなものであった。

　ジュリアンの姿を見たとき、絶え入るほどおびえたレナール夫人は、やがてまた激しい心配におそわれた。ジュリアンの涙と絶望が夫人をひどくなやませた。

　彼女はもう何一つこばむものがなくなった時でさえ、むきになって怒って彼をつきのけた。かと思うとすぐ自分から彼の両腕の中へ飛びつくようにして抱かれたのだ。夫人のこういう態度は、たくらみも何もないただありのままだった。彼女はもう赦しのけっしてこない罪に落ちたと思いこんでしまった。そしてジュリアンにありったけの激しい愛撫をあびせて、それで地獄の幻影から逃れてみようとした。要するに、われらの主人公がそれを享楽する術さえよく心得ていたら、彼の幸福には何一つ不足はなかったはず

だ。いまわがものにした女も、燃えるような情のはげしさを見せてくれているのだから。ジュリアンが去ってしまっても、思わず身をふるわす愛欲のよろこびはおさまらなかった、がまた一方、それを妨げる悔恨との戦いに彼女の胸ははりさけるようであった。

（なんだ！　幸福になるとか、愛されるとかいってみても、たったあれだけのことなのか？）自分の部屋へ戻ってきたジュリアンの頭に、まず浮かんだ考えがこれだった。彼はいま、長らく渇望していたものを手に入れたすぐ後でひとが感じる、あの驚きと落着かぬ気持を味わっていた。彼の心はいままで欲望することにのみなれてきたが、今はすでに欲望の対象はなく、といって、まだ思い出などというには早すぎた。観兵式をすませてきた兵隊のように、ジュリアンは自分の行動を、あらゆる微細な点まで、も一度目の前に思い浮かべようと一心になっていた。（おれは自己に対する義務に何一つそむくことはなかったか？　おれの役割をうまくやりおおせたか？）

それは、いったい、どんな役割か？　いつも女どもの前で伊達《だて》にふるまう男の役割！

第十六章　あくる日

彼は唇を女の唇によせ、手もて
女の乱れ髪をなでつけぬ。

『ドン・ジュアン』一、一七〇

結局そのために、ジュリアンが恥をかかずにすんだのだが、レナール夫人はすっかり驚かされ、気が立っていたので、たった一瞬のうちにこの世のすべてとも思えるようになってしまった、その男の愚かしさには気がつかなかった。

陽の光がさしてきたのを見て、彼女はジュリアンに部屋を出ていってくれるようにたのんだ。

「まあ！　どうしましょう、うちのひとに物音が聞えたら、あたしもうだめよ」

ジュリアンの方は、気のきいた文句を考えるだけの余裕があったので、こんなことばを思い出した。

「あなたは命が惜しいんですか？」

「そうよ、もうこうなると惜しくてしようがないの！　でもあなたを知ったこと、後悔してやしませんわ」

ジュリアンは、わざと夜がすっかり明けはなれてから、大手をふって自分の部屋へもどるのが、威厳のあるやりかただと思った。

経験のある男らしく見せたいというばかな考えから、彼は些細な動作の末にいたるまで、たえまなく気をくばっていたが、それが役に立ったことが、それでも一つだけあった。昼飯にレナール夫人と再び顔を合わせたときの、彼の態度は慎重さの傑作だった。

彼女はというと、眼の中まで真赤にしないでは、彼を見ることもできなかった。そのくせ片時でも彼から眼をはなすと、もう生きている気がしないのだ。彼女は自分がどぎまぎしているのに気がついて、それをおし隠そうとすると、なおさらどぎまぎするのだった。ジュリアンはたった一度、ちらりと彼女を見たきりだった。夫人は最初のうちこそ、その慎重な態度をたのもしく思っていたが、その視線がたった一度きりで、もうもどってこないので、やがて不安になってきた。

(あの人はもうあたしを愛してはくれないのだろうか？　ああ、あたしはあの人には、あんまり年をとりすぎている。十も年上なんだもの！)

食堂から庭へゆくみちで、彼女はジュリアンの手を握った。こんな法外な愛のしるし

に驚きながら、彼は彼女の顔をほれぼれと見た。というのは昼飯のときの彼女がとてもきれいに見えたので、彼はずっと伏目のままで、女の美しさをゆるゆる細かに味わっていたからである。レナール夫人はこの眼差しに慰められた。もっともそれですべての不安が消え去ったわけではない。しかしこの不安のために、彼女は夫に対する後悔をすっかり忘れてしまっていたのだ。

当の夫は、昼飯のとき何も気がつかなかったが、デルヴィール夫人はそうじゃなかった。彼女は、レナール夫人もいよいよ危くなってきた、と思った。彼女の友情は、思いきったことをずばずばやってのける方だから、その日も一日中、友達の身に迫っている危険を、醜悪な色彩で描いて見せるために、遠慮をすてて、いろいろ暗示するように友に言ってきかせた。

レナール夫人はジュリアンと二人きりになるときを、待ちこがれていた。いまでも自分を愛していてくれるのか、それが聞きたかったのだ。いつも変らぬ優しい心根の彼女だが、この時ばかりは友達に、あなたはよっぽどうるさい人ね、と言ってやりたくなることが何べんもあった。

その夕べ、デルヴィール夫人はうまく立ちまわって、自分がレナール夫人とジュリアンの間へ坐ってしまった。レナール夫人はジュリアンの手を握って、その手を自分の唇

へもってゆく、そのうれしさばかりを心に描いていたのに、彼に言葉一つかけることさえできなかった。

こんなじゃまがはいったために、彼女は一そう心が落着かなくなった。彼女が非常に後悔していることが一つあった。前夜ジュリアンが自分の部屋へ来たときに、その向う見ずを余り手ひどく咎めたから、今夜はもうこないのじゃなかろうか、それが心配でたまらなかった。彼女は早くから庭を去って、自分の部屋へ閉じこもった。が、もどかしさに堪えきれなくなって、ジュリアンの部屋の前まで行って、扉に耳をおしあててみた。不安と情火にもだえながらも、内へはいることはできなかった。そんなことをするのは、それこそ彼女には無下に卑しいことのように思われた。そういうことが田舎では、いつも話の種にされるからである。

召使たちがまだ起きていたので、用心からやむなく、彼女は自分の部屋へ戻らねばならなかった。待つ間の二時間は悩みの二世紀だった。

しかしジュリアンは、自ら義務と呼ぶところのものには極めて忠実だったから、自分に課したことは怠りなく、一つ一つ着実に実行した。

一時が鳴ったので、彼はそっと自分の部屋をぬけ出して、この家の主人がぐっすり寝こんでいるのを確かめてから、レナール夫人のところへ姿を現わした。その晩彼が女の

そばで味わった楽しさは、前の夜よりさらに大きかった。というのは、彼は昨夜ほどしょっちゅう自分の役割のことを考えてはいず、見る目と聞く耳とをもっていたからだ。レナール夫人が年齢のことをいったので、彼は多少自信をつけた。

「あたし、あなたより十も上なのよ！　あなたがどうして、あたしを愛したりできましょう！」と彼女は彼にくりかえしくりかえしいったが、それは別に目的があったわけではなく、ただそういう考えで頭が一ぱいだったからなのだ。

ジュリアンは、こんなことを悲しがるわけがわからなかったが、本心からそういっているのだということはわかった。そして世間の物笑いになりはせぬか、などという心配はほとんどすっかり忘れてしまった。

自分の素性が卑しいから、恋人といったところで相手のいいなりになっているのだと、そうひとに思われはしまいかという、ばかな懸念もすててしまった。ジュリアンが夢中になってくるので、内気な恋人も少しずつ安心してきて、幾分のうれしさと、相手を判断する力をとりもどした。幸い、その夜の彼はあの借りものの態度ではなかった。そんなまねをしたおかげで、昨夜の逢瀬に勝利はえたが、ちっとも楽しくはなかったのだ。この男は役割を演じようとつとめている、そういう悲しむべき事実に気がついたら、せっかくの彼女の幸福も永久に破壊されたことだろう。そして、それはただ年齢の不釣合

いから生まれたいたましい結果だとしか考えられなかったろう。

レナール夫人は、恋愛論など一度だって考えてみたこともなかったが、地方では恋愛の話が出ると、いつでも年齢の不釣合いということが、身分の不釣合いについで、きまって物笑いの種にされることは知っていた。

幾日もたたないうちに、ジュリアンはその年頃に特有な情熱を、すっかりよびさまされて、狂気のように恋いこがれるようになった。

(たしかに、あの女は天使のように善良な心をもっている。それにあんな美しい女はまたとあるまい)

彼は役割を演じようなどという考えを、ほとんどすっかり捨ててしまった。忘我の瞬間に自分の心の不安を女に打明けさえした。こんな打明け話まで聞かされると、女のジュリアンに対する熱情はもう最高潮に達した。(そいじゃあたしには、この人の愛をうけたような、うらやましい恋敵なんか、なかったのだ！)レナール夫人はうれしくてうれしくてたまらなかった。彼があんなにたいせつにしていた例の肖像のことも聞いてみると、ジュリアンは(あれは男の肖像だ)と誓ってくれた。

レナール夫人はまだ落着いて物の考えられるうちは、世の中にいったいこんな幸福がありうるものなのか、そして自分は、そんなものがあろうなどと、一度だって夢にも思

ったことはなかったのに！　そんな驚きからさめることができなかった。

（ああ、もう十年前に、ジュリアンを知っていたら、あの頃なら、まだあたしもきれいだといわれていたのだけれど！）

ジュリアンの方では、そんなことは考えもしなかった。彼の恋は、やはり野心から出たものだった。それは、あんなに軽蔑されていた、みじめなあわれむべき彼が、このように気高い、美しい女をわがものにする喜ばしさだった。彼が恋いこがれるさまや、恋人の美しさをみて夢中になるところを見て、年齢のちがいを気にしていた夫人も多少安心した。もっと開けた地方の三十女ならとっくの昔に心得ているはずの処世術を少しでも知っていたら、好奇心と自尊心の満足だけを生命とするような恋愛が、はたして長つづきするものかどうか、そこを考えて戦慄したことだろう。

野心を忘れた瞬間のジュリアンは、レナール夫人の帽子や着物のようなものにまで、恍惚として見とれるのだった。彼はそういうものの香を、いつまでも嗅ぎあかなかった。彼は夫人の衣裳戸棚をあけて、そこにはいっているものの美しさと、きちんと片づいているのに見とれて、幾時間もじっとそこにたたずんでいたりした。女は彼にもたれかかって、顔をじっとのぞきこんでいる。彼は結婚式の前日に贈物の籠を一ぱいにする宝石類や、衣裳類を眺めている。

（あたし、こんなひとの所へ嫁《ゆ》くこともできたのに！）とレナール夫人はときどき思うことがあった。（なんという情熱的なひとだろう！　このひととなら、どんなに楽しい生活がおくれたことだろう！）

一方ジュリアンは、こういうおそるべき女の武器を、これほど真近かに見たことは一度もなかった。（パリへ行っても、これよりきれいなものは手に入るまいな！）と思った。するとかれは自分の幸福に、何一つ文句のつけどころがなくなるのだった。女が心から自分に感心し、愛情にのぼせきっているのを見ると、彼も、二人の馴初めのころ、彼をあれまでぎごちない滑稽なふうにしたあのつまらぬ理論なんかは忘れてしまうことが度々あった。偽善の習慣のついた彼ではあるが、自分に尊敬をよせてくれるこの貴婦人に、こまごまとした作法などはちょっとも知らないことを、正直に打明けるのが、非常に楽しく思えるときがあった。そして女の地位が自分を現在の地位より引上げてくれるような気がした。レナール夫人の方は、こういうこまごました事柄について、何くれとなく、この才智にあふれた青年を教育するのが、無上の精神的逸楽だった。その青年はきっといつかはよほどのえら者になるにちがいないと皆に思われていたのだ。郡長やヴァルノ氏でさえ、彼をほめずにはいられなかった。そのおかげで、この連中もレナール夫人からは、前ほどばかにされなくなった。ただ一人デルヴィール夫人だけは、全然別の意見

をもっていた。ことの真相は見破っていたが、それはもうどうにもならないことであるし、それに文字通り理性を失った女には、薬になる忠言などは、ただうるさがられるばかりだと知った彼女は、わけもいわずにヴェルジーを去ってしまったが、そのわけをまた誰一人としてたずねようとする人もなかった。レナール夫人は少し涙を流したけれども、やがて自分の幸福が倍加したような気がした。この友がいなくなったので、レナール夫人は終日愛人と二人きりでいることができるようになった。

ジュリアンも、あまり長い間一人きりでいると、きまってフーケのいまいましい提案が思い出されて、心が落着かぬものだから、なおさら女とやさしく語り合うようになった。こういう新生活がはじまってから数日を過すうちに、いままで人を愛したこともなければ、また人から愛されたこともない彼は、こうして真心を示すことの楽しさをときどきは身にしみて感じて来たので、今までの彼の生活の骨子をなしていたあの野心のことも、レナール夫人にうちあけてしまおうとまで思った。フーケのすすめることが、なぜか不思議に誘惑するのだが、それについてどう思うか、夫人の意見が聞きたかったのだ。ところが一つの小事件のために、率直にものをうちあけたりできなくなってしまった。

第十七章　首席助役

おお、いかに恋愛の春の
四月の日の定かならぬ輝きに似たることよ、
いま陽のかがやきにあふるとみれば
やがて次第に雲はすべてを奪い去る。

『ヴェローナの二紳士』

ある夕方、日の沈もうとするころ、彼はうるさい人々の眼をのがれて、果樹園で恋人のそばにすわって夢想にふけっていた。（こんな楽しい時が、いつまでもつづくだろうか？）職を選ぶことは困難だ、がぜひとも必要だということで、彼の頭は一ぱいになっていた。貧乏な人間の、少年時代の終から、青年時代の初めまでをだめにしてしまう、この大きな不幸を彼は嘆いていた。

「ほんとに！　ナポレオンは実際フランスの青年たちのために、神からつかわされた男でした！　彼にとって代るものは誰でしょう？　ナポレオンのいない今日では、なま

じっか私などより金があり、りっぱな教育をうけるに必要な幾エキュくらいはかつがつあっても、それからさき二十歳になって、兵役には身代りを出しておいて、自分は何かの道へ進むだけの金のない、そういう不幸な連中は、どうしようというのでしょう！（彼は深い溜息をして言葉をついだ）どうしてみたって、このいまいましい思い出がつきまとって、私たちは幸福にはなれないだろう！」

彼は突然レナール夫人が眉をひそめて、冷やかな、いやそうな様子をするのに気がついた。こういうものの考え方は、下男風情にふさわしいもののように彼女には思えたのだ。自分には金があるという気持で育った彼女は、ジュリアンにも金があるにきまりきっているというふうに思っていた。彼女は彼を自分の命より千倍も大事にしていた。彼がたとえ薄情で浮気っぽいことをしても愛さずにはおれなかったろう。そして金銭のことなんぞ、まったく問題にしてはいなかった。

ジュリアンにはとてもこういう考えを見抜くことはできない。眉をひそめられてはじめて彼は夢からさめた。が彼はなかなか落着いたもので、自分のごく真近かに青草の上に腰をおろしているこの貴婦人に、言葉たくみに、いま自分がまねしてみたのは、旅行中に材木商人の友達がそんなふうなことをいっているのを聞いたもんだから、と言いわけした。なあに、ああいうのは信仰のないやつらの言いぐさです、と。

「だから！　もうそんな人達とはつきあわないようにしてちょうだい」といったレナール夫人の顔には、この上もなくやさしく親しげな愛情の表情に突然とってかわった、冷ややかな態度がまだいくらか残っていた。

この眉をひそめられたこと、というよりむしろ自分の軽率に対する後悔が、ジュリアンを夢中にしていた幻想をまず第一にこわした。（この女は気立てがよくやさしくて、おれに対する愛着もなかなか激しい。だがけっきょく敵陣で育てられた女だ。彼らは、ことにこのりっぱな教育はうけたが、一つの道に進むだけの金のない気骨のある連中の階級をおそれているにちがいない。もしおれたちが彼らと対等の武器で戦うことになったら、あんな貴族どもはどうなってしまうこったろう！　たとえば、おれがヴェリエールの町長になったとする！　心がけがよくって誠実な町長だ。《レナール氏だって心底はそうなんだが》そしたらおれはどんなに助任司祭やヴァルノ氏、そしてやつらの悪事の数々を、こっぴどくやっつけてやることだろう！　いかに正義がヴェリエールの地に栄えるようになることだろう！　おれのじゃまになっているのは、彼らの才能じゃない。あいつらはいつもわけのわからぬことをただ手探りでやってるばかりなんだから）

ジュリアンの幸福はこの日、も少しのことで、永続的なものになれるところだった。ただわれらの主人公には、進んで真心を示すところが欠けていた。戦闘を、しかも即座、

い、にまじえる勇気が必要だった。レナール夫人はジュリアンの言葉にどぎもを抜かれていた。というのは、社交界の人々から、ことにこういう下層階級に生まれて、あまり高等な教育を受けた青年の間から、またロベスピエールのような奴が出るかも知れぬ、とよく聞かされていたからである。レナール夫人の冷やかな態度はなかなか解ける模様がなくて、ジュリアンにはそれがわざとらしく見えた。それは彼女の中で、いやな話を聞かされて気を悪くした後へ、彼に間接に不愉快なことを言ったという恐怖がつづいたためであった。うるさい人々から遠ざかって愉快なときは、きっと曇りがなく、無邪気になるはずの彼女の顔立ちに、今この悲しい気持がはっきりと出ていた。

ジュリアンはもう、ぼんやり空想したりすることはよしてしまった。冷静になったかわり、恋にも一そう冷淡になった彼は、レナール夫人に会いに、その部屋へ行ったりするのは無謀だと気がついた。彼女の方から来るのがまだしもいい。もし家の中を走っているところを、下男に見つかったところで、夫人のすることなら言訳は幾通りにも立つだろう。

が、またこういうふうにきめておくのも不便があった。ジュリアンは神学をまなぶ身としては、本屋へ注文できかねる本を幾冊かフーケから送ってもらって、それを夜になってから読むことにしていた。女がやって来て、読書を中断されなかったら気楽だが、

と思うことも再々あっただろう。果樹園でちょっといざこざがあった前夜も、彼は女を待つために本を読んだりするどころではなかった、といっていいほどであった。

彼はレナール夫人のおかげで、本を今までとはすっかりちがう新しい読み方をするようになった。彼はこまごまとした事柄について、進んで彼女にいろいろ質問した。上流社会に育たなかった青年では、こういう事柄に関するひと通りの知識をもっていないと、どんなに生まれつき天才があっても、ぱったり物のわからなくなることがあるのだ。極端に世間見ずの女に恋愛教育をうけたことは一つの幸福である。ジュリアンは現在あるがままの社会を、じかに見ることができるようになった。彼の頭は昔の、二千年前の社会の——それとも単に六十年前の、ヴォルテールやルイ十五世時代の社会の——物語によってじゃまされることはなかった。彼をかぎりなく喜ばしたのは、眼をおおうていたヴェールが落ちて、ヴェリエールで起っている事柄のいきさつがはっきりわかったことである。

まずその前景には、二年この方、ブザンソンの知事をめぐって企てられている錯雑をきわめた陰謀が現われた。この陰謀を支持するものに、パリからの手紙、しかもお歴々からの手紙があった。それはモワロ氏(彼はこの辺きっての信心家である)をヴェリエール町の次席ではなしに、首席助役にしようというのだ。

その競争者に一人大そう富裕な工業家があったが、これをぜひとも次席助役にまわしてしまわなくてはならないのだ。

ジュリアンは、土地の上流社会の連中がレナール氏の晩餐に来たとき、ふと小耳にはさんだ意味ありげな言葉を、やっと理解することができた。この特権階級の連中は首席助役の人選に深い関心をもっていた。しかも町の他の人々、ことに自由派の連中は、そんなことができるとは思っていなかった。この問題に重要性をあたえたのは、誰も知っているように、ヴェリエールの大通りが国道になったので、東側を九尺以上もひっこめなければならないためである。

ところでひっこめなければならぬ家屋を三軒もっているモワロ氏が、もし首席助役になり、そしてのちのちレナール氏が代議士にでも出たあかつきに、町長に上るというふうな段取りにでもなったら、いろいろ大目に見てくれるだろう。それで国道に出っぱっている家屋には、簡単な目につかぬぐらいの修理を加えて、百年ももたせるようにすることもできよう。モワロ氏は実に信仰が深く、誠実だという評判だが、なにしろ子沢山だから何とか操縦もできよう、とそう皆が考えていた。ひっこめなければならぬ家屋のうち九軒は、ヴェリエールで一ばん金持の連中の持ち家だった。

ジュリアンの眼には、陰謀がフォントノワ*の戦の歴史なんかよりもずっと重要に思え

た。彼はそんな地名は、フーケが送ってくれた本ではじめて見たのだった。ジュリアンが司祭のところへ、夜通いをはじめてから五年のあいだ、不思議でならぬことがあった。しかしつつしみと謙譲が神学生の第一の資格とされているので、彼はいつも質問しかねていたのだ。

ある日、レナール夫人はジュリアンとは仇敵の、夫の従僕に用事をいいつけた。すると、

「奥さま、今日は月の最終金曜日でございますが」とこの男は変な調子で答えた。

「行っていらっしゃい」とレナール夫人がいった。

「ふん、なるほど」とジュリアンがいった。「あの男は、お寺のあとの例の秣倉へ出かけるんですね。あすこは近頃また宗派のものになったっていいますが。だけどなぜあんなことをするんですか。これも私にはどうしてもわからぬことの一つなんです」

「あれはなかなかけっこうな制度ですわ。けれどずいぶん変なの。女は入れないし。それであたしは、あすこでは皆が君僕で話すということしか知りません。たとえば今の下男が、そこでヴァルノさんに出あうとしましょう、するとあんなに高慢ちきなあの人が、目下のサン-ジャンに『君』なんてよばれても、腹を立てないで同じ調子で返事するのよ。もしあすこでどんなことをやっているか知りたいとおっしゃるなら、モジロン

さんとヴァルノさんに、くわしいこと聞いといてあげましょう。あたしたちは、またいつか九三年の恐怖時代みたいなことがも一度あっても、召使たちに首を切られないように、召使一人あたり二十フランずつ、お金を出していますのよ」

時は飛ぶようにすぎていった。恋人の魅力を思うと、ジュリアンはうす暗い野心などは忘れていることが多かった。自分たち二人はお互に反対の党派に属しているのだから、女にはいやなことや、むずかしいことなんか聞かせてはいけないと思ったが、そのためにしらずしらず彼が女からうけるよろこびも、女の彼に対する勢力もともに倍加した。

わかりのよすぎる子供たちがそばにいて、冷やかな、まじめなことしか話せないようなとき、ジュリアンは愛に輝いた眼で彼女を見まもりながら、夫人が世間の動き具合を説明してくれるのを、じっとおとなしく聞いていた。ときたま道路工事や御用品に関する何か巧妙ないかさまの話でもして、それに彼が目を丸くして驚いている最中に、レナール夫人のはりつめていた気が、にわかに気でも狂ったように乱れてしまうことがよくあった。ジュリアンは彼女をたしなめなければならなかった。彼女は彼に向って、わが子と同じようになれなれしく振舞ったりすることがあるのだ。じっさい彼女は、彼をちょうどわが子のようにかわいがっているような気持にふとなる日が時々あった。だって生まれのいい子供なら、十五にもなればちゃんと心得ているはずの、わかりきったこと

を聞く彼の子供っぽい質問に、始終答えてやらねばならないという調子だから。かと思うとすぐ、彼は自分の先生のようにえらい人だという気がする。彼女は彼の才智がこわくなるくらいだった。彼女はこの若い僧侶のうちに、未来の大人物が日ましに、よりはっきり現われてくるのがわかるように思われた。法王になった彼の姿を見た。リシュリューのように宰相の印綬を帯びた彼を見た。

「あたし、あなたが花々しい出世をする日まで、生きてられるでしょうか?」と彼女はジュリアンにいうのだ。「りっぱな人物はちゃんと地位が待ってます。宮中でも、宗教界でも、大人物がいるのです。皆さんが毎日のようにそういってらっしゃいますもの。リシュリューのような人物が現われて、自由解釈《エグザマン・ペルソネル》の悪い流行をいま止めてしまわなければ、もう何もかもだめになってしまいますわ」

第十八章　ヴェリエールにおける国王

諸君は、あたかも魂もなく血も通わぬ賤民の死体のように、遺棄されるだけのねうちしかないのであろうか？

聖クレマン礼拝堂における司教の講話

九月三日、夜の十時、一騎の憲兵がヴェリエールの大通りをかけ上って、町中のものの眠りを驚かした。＊＊＊国王陛下が日曜日に当地へ行幸されるという報知をもたらしたのである。そしてその日は火曜日だった。知事は親衛隊の組織を許可した、ということは要求したということなのだ。できるだけはなやかにやらなくてはならない。ヴェルジーへ急使が立った。レナール氏は夜のうちにもどって来たが、町中はもう沸きかえるようだった。誰も彼も何か欲求をもっていて、一ばんひまな連中は国王の御入来を見るために露台を借入れたりしていた。

さて誰が親衛隊の指揮をとるか？　レナール氏は、例の家屋後退問題を有利に展開させるためには、このさいモワロ氏がこの指揮権を握っておくことがいかに重要であるか、

それを即座に見てとった。これが首席助役の地位をえる資格になるかもしれない。モワロ氏の忠誠ぶりにはまったく申しぶんはない、ちょっと比類がないくらいなのだが、ただ彼はまだ生まれてから一度も馬に乗ったことがないのだ。どこまでも臆病なこの三十六の男は、馬から落ちることも、世間の物笑いにされることも、どちらもこわかった。

町長は朝の五時半というのに彼を呼びにやった。

「ごらんのとおり、わたくしはあなたがもうすでに、町のりっぱな連中がこぞって要望している、例の位置につかれたものとして、御相談しているわけですが、ざんねんなことにこの町では工業家の景気がよくて、自由派が大金持になったものですから、やつらは政権を掌握しようとたくらんでいる。あらゆることを政争の手段にしかねないのです。だがわれわれは国王のため、王制のため、そして何よりまずわが神聖なる宗教のためを計らんければならんです。あなたは、こんどの親衛隊の指揮をいったい誰なら安心してまかすことができるとお考えですか？」

馬はこわくてしかたがないのだが、モワロ氏はとうとう殉教者のような気持になって、この名誉ある役目をひきうけた。（何とかりっぱにやってごらんにいれましょう）と町長に誓った。七年前に親王殿下が御通過のときに着用した制服を修復するひまがあるかなしだった。

レナール夫人はジュリアンと子供たちをつれて、七時にヴェルジーから帰ってきた。みると自由派の夫人連が自分の客間にあふれるようになって、各党派の合同を叫んでいる。その御婦人連は、それぞれ自分の夫を親衛隊の一員に加えてもらうよう、彼女から町長にとりなしてくれと懇願にきたのだった。そのうちの一人は、自分の夫は万一選にもれたら、悲観のはてにまいってしまうだろう、というようなことまでいった。レナール夫人はすぐに皆を追い帰してしまった。彼女は大そういそがしそうだった。

ジュリアンは、彼女がそのいそがしいわけを自分に隠しているのに驚いた、いやそれよりも腹立たしく感じた。(こんなことは前からわかっていた――と彼は苦々しくいった――あの女の恋は、王さまをわが家へ迎える喜びの前に消えてしまったんだ。こんなばか騒ぎにすっかり眩惑されているんだ。貴族階級らしい考えで頭をなやまされなくなったら、この女はまたおれを愛しようとするんだろう)

不思議なことに、こんなことがあって彼は一そう彼女を恋するようになった。

家の中は装飾屋で一ぱいになってきた。彼は夫人に一言いいたくて、機会をうかがったが中々えられない。ついに彼は、彼女が自分の、つまりジュリアンの部屋から、彼の服を一着もって出てくるところを見つけた。他に人はいなかった。彼は話しかけようとしたが、夫人はその言葉を聞こうともせずに逃げてしまった。――(こんな女に恋する

なんて、おれもよほどのばかものだ。虚栄のために、この女も亭主同様、気ちがいのようになっている）

彼女は同様どころではなかった。ジュリアンが怒るだろうと思って、彼にはもらさなかったが、彼女の最大の欲望の一つは、たとえ一日でもいい、彼にあの陰気くさい黒服をぬがせて見たかったのだ。これほど単純な女にしては実に感嘆にあたいする要領のよさをもって、彼女はまずモワロ氏を、つぎにモジロン氏を説きつけて、ジュリアンを幾人かの青年をさしおいて、親衛隊に加えてもらう内諾をえた。青年たちはみな富裕な工業家の子弟で、そのうち少くとも二人は信仰に関しては模範たるべきものだった。ヴァルノ氏も、自分の馬車を町で一ばん美しい女たちに貸してやって、例のノルマンディ種の名馬を見せびらかそうと思っていたのだが、その馬の一頭を、一ばん嫌いな男のジュリアンに貸すことを承知した。しかし親衛隊のものは誰でも、自分のかまたは借物で、七年前に光り輝いた、銀色の大佐の肩章のついた空色の美しい制服をもっていた。レナール夫人は新調のがほしかった。しかもブザンソンへ使をやって、制服、佩剣、帽子など、親衛隊士を一人こしらえ上げるのに必要なものをすっかり調えて送らせるに、もう四日のひましかなかった。おかしなことに、レナール夫人はジュリアンの制服をヴェリエールで調製させるのは不用意だと思っていた。彼女は、彼を、いや彼もそして町の

人々も共に、不意打ちにびっくりさせてやりたかったのだ。

親衛隊と一般人心に関する問題が片づくと、町長は宗教の大儀式に気をつかわねばならなかった。＊＊＊国王陛下は、ヴェリエールを通る以上、ぜひとも町から小一里ばかりの、ブレールーオに安置された有名な聖クレマンの遺骨に参拝したいという思召しであった。それには多数の僧侶の参列が望ましいが、これが中々やっかいな問題だ。新司祭マスロン師は、どんなことがあっても、シェラン師の列席はとめたいという。レナール氏がそれはあまり無謀だと、口をすっぱくして言いきかせたが、なかなか承知しない。ラ・モール侯爵は、祖先代々ずいぶん長い年月のあいだ、この地方の支配者だった関係上、＊＊＊国王の供奉をおおせつかっていた。その彼が、シェラン師とは三十年来の知己なのである。彼はヴェリエールへ着いたら、きっとシェラン師のことをたずねるだろう。そしてもしその不遇を知ったら、できるだけにぎやかなお供の行列をつくって、師のせまっくるしいかくれ家まで、彼をさがしに押出しかねない男である。万一、そんなことにでもなると、何という不面目だろう！

「当地でもブザンソンでも、私の顔はまるつぶれです」とマスロン師が答えた。「万一にもあの人がわたしのひきいる僧侶たちの中に姿を見せるようなことでもあったら、あのジャンセニストが！」

「司祭さん、あなたが何とおっしゃろうと、わたくしはわがヴェリエールの町政が、ラ・モール氏に侮辱されるようなはめにさせたくはない」とレナール氏が言いかえした。「あなたはごぞんじではなかろうが、あの人は宮廷では中々物ごとを慎重に考える人ですが、こちらへ、地方へ出ると、たちの悪いふざけかたをして、人を愚弄したり、こまらせたりすることばかり考えているのです。ただほんの慰み半分に、自由主義者の面前でわれわれに赤恥をかかすようなまねをしないともかぎりませんからね」

三日間談判して、やっと土曜から日曜へかけての夜中になってはじめて、マスロン師の自尊心が町長のいだく危惧の念――それが今や決然たる調子を帯びてきた――に屈服した。そしてシェラン師におあいそずくめの手紙をかいて、万一にも御高齢と御健康におさわりがなければ、ぜひブレールーオの遺骨の祭典に列席していただけまいか、と懇願しなければならなかった。シェラン師は副助祭の資格でジュリアンを同伴するからといって、彼に対する招待状をうまく手に入れた。

日曜日は朝早々から、数千という百姓が近隣の山間から出てきて、ヴェリエールの道路にみちあふれた。絶好の上天気だった。ついに午後三時ごろ、群集が一斉にざわめき出した。ヴェリエールから二里先の、ある岩の上に大きな焚火が見えた。これが国王が県の管轄へいま入らせられたという合図だった。すぐさますべての鐘の音と、町有の古

いイスパニアの大砲の連続発射とが、この大事件の喜びを告げた。住民の半ばは屋根に上っていた。女はみなバルコンに集った。親衛隊は行動を開始した。そのきらびやかな制服は感嘆の的となった。誰もみな親類か、友達かをその列中に見つけた。びくびくしてすぐに鞍橋をつかもうとするモワロ氏の臆病さが皆の嘲笑をかった。しかし人々はある一つのものに眼をうばわれて他のことを忘れてしまった。九列目先頭の騎士はすらりとした、非常な美少年だが、はじめはそれが誰だかわからなかった。が、やがてあるものは憤慨の叫びをあげ、またあるものは驚きのあまり声をひそめた。皆がよほどの感動をうけたことがわかる。ヴァルノ氏のノルマン馬にまたがったこの若者こそ、製板所の息子、小ソレルにほかならなかった。町長に対する非難のみが異口同音に叫ばれた、ことに自由派の連中の間から。いったい何たることだ。この坊主に化けた職人のせがれ風情を、自分の子供の家庭教師だというだけの理由で、某々氏のような資産家の工業家たちをさしおいて、あつかましくも親衛隊に任命したんだ！（素性も知れないあの無礼な小僧に、大ぜいの前で恥をかかせておやりになるのがあたりまえだと思いますわ）とある銀行家の夫人がいった。そばにいた男が答えた。（あれは陰険なやつですよ。それにサーベルをもってますからね。相手の顔に切りつけるくらいのこと、しかねない危いやつですよ）

貴族仲間はもっと危険なことをいっていた。貴婦人連は、これほど重大な非礼行為がはたして町長の一存でなされたことか、どうかたずねあっていた。生まれの卑しいものに対する町長の軽蔑は、いままでのところ概して評判がよかったのだ。

そんなにあちこちで話題になっているとき、当のジュリアンは世界で最も幸福な男だった。生来大胆な彼は、この山間の都市の多くの青年よりも上手に馬を乗りこなした。彼は女どもの眼をみて、自分が問題にされていることを知った。

彼の肩章が一ばんよくきらめいていた。新調だからだ。そして彼の馬はしょっちゅう後足で立ち上る。彼は喜びの絶頂にあった。

彼の幸福をさまたげる何ものもない。古い城壁のそばを通るとき、小さい大砲のひびきに驚いて、彼の馬が列外に躍り出したが、幸い落馬はまぬがれた。この瞬間から彼は英雄のような気持になった。(自分はナポレオン軍の伝令将校だ。いま砲に装塡《そうてん》しつつあるんだ)

しかし彼よりもさらに幸福なひとが一人あった。彼女は、はじめ町役場の窓から彼の通るのを見ていたが、それから馬車ですばやく大迂回をして、彼の馬が列外へ躍り出したところへ、ちょうど来合せて固唾《かたず》をのんだ。最後に彼女の馬車は全速力で別の城門からかけ出して、国王が御通過になる御道筋に出て、神々しい砂ぼこりにつつまれながら、

親衛隊の二十歩ほど後からついてゆくことができた。町長が陛下の御前に歓迎の辞を申上げたとき、一万の百姓たちが(国王陛下万歳!)を絶叫した。一時間の後、すべての式辞を御聴きとりになった陛下が町へはいろうとされるとき、小さい大砲はふたたび急速に連射しはじめた。ところがここに事件が突発した、といってもそれはライプチッヒやモンミライユで腕を示した砲手たちにではなく、未来の首席助役モワロ氏のことである。彼の乗馬が彼を大通りにたった一つあるたまりの中へ、そっとふり落したのだ。国王の馬車が通れるように、彼をそこからひっぱり出さねばならなかったので、大さわぎだった。

陛下はこの日深紅《しんく》の帳《とば》りですっかり飾られた美しい新築の御堂へ馬車を着けられた。昼餐をされた後、すぐにまた馬車に乗って聖クレマンの有名な遺骨に参拝されることになっていたのだ。国王が御堂に御着きになるとすぐ、ジュリアンはレナール邸へ馳せ帰った。溜息をつきながら、美しい空色の制服をぬぎ、佩剣、肩章をはずして、すりきれた黒服をつけた。彼はふたたび馬にまたがって、数瞬のうちに、すばらしく美しい丘の頂に立つブレ-ル-オにやってきた。(熱狂のために百姓の数がこんなに多くなった――とジュリアンは思った――ヴェリエールじゃ身動きもできぬくらいだ。それにここはまた、この古い修道院のまわりに一万人からいる) この修道院は大革命当時の暴行で半ば

荒廃していたのを、王政復古以来りっぱに修復されて、はや奇蹟を口にするものがあるくらいだった。ジュリアンがシェラン師のそばへゆくと、師は彼をひどくしかりつけて、彼に僧衣とその上に白い衣をきせた。彼はすばやく衣をつけると、アグドの若い司教のそばへ行こうとする師に従った。この近ごろ任命された司教は、ラ・モール侯の甥で、今日は遺骨を国王にお見せする役をひきうけていた。ところがその司教が見つからないのだ。

僧侶たちは古い修道院のゴチック式の薄暗い廻廊で、やきもきして、その指揮者を待ちかねていた。一七八九年以前に二十四人の僧会員《シャノワヌ》によってつくられていた、ブレ－ル－オの昔の僧会にちなんで二十四人の司祭が集められていた。彼らは何しろ司教もまだ若いから、と四十五分ものあいだ慨嘆したあげく、司祭長が司教猊下のところへ行って、もうすぐ国王もお着きだから内陣へ出なければならぬ時刻だと、告げた方がよかろうと考えた。高齢というのでシェラン師が司祭長に選ばれていた。ジュリアンはその白い衣が大そうよく似あいたが、師はついてこいという合図をした。ジュリアンはその白い衣が大そうよく似あった。どういうふうにするのか知らぬが、僧侶間に行われる一種の化粧法によって、彼はその美しい巻毛の頭髪をぴったりなでつけていた。しかしシェラン師をなおさら怒らせてしまったことには、うっかりしていて、僧衣の長いひだの下から、親衛隊の拍車が

のぞいているのだった。

司教の部屋まで来てみたが、金ピカの制服をきた従者どもは、猊下にはいまお会いできぬということさえ、ろくろく返事してくれなかった。シェラン師が、ブレールーオの僧会の司祭長の資格によって、いつでも祭司司教に会う特権があるのだと、説明しようとしてみたが相手にしてくれない。

気位の高いジュリアンは、従者どもの無礼な態度に腹が立った。彼は古い修道院の寝所《ドルトワール》の中を駆けまわって、目にふれる扉をかたっぱしからおしてみた。ごく小さい扉が彼の力で開いて、一つの僧房へはいると、自分は黒服に金鎖の司教の侍者どもにかこまれていた。彼のせわしそうな様子をみて、この連中は彼が司教から呼びつけられたのだと思って、通してくれた。数歩で彼はとても薄暗い、大きなゴチック式の広間にはいった。黒いカシの羽目板ですっかり張りつめられていて、尖弓形《オジヴ》の窓は、たった一つをのぞいて、みな煉瓦でふさがれている。その不体裁な仕事をかくすものが何一つとしてなく、古い荘厳な木彫と傷ましい対照を見せていた。シャルル豪胆公が贖罪のために一四七〇年ごろに建立したもので、ブルゴーニュ地方の好古家仲間に有名なこの広間の両側には、豪奢な彫刻をほどこした木製の僧座《スタール》がならんでいた。そこには黙示録のあらゆる神秘が、色さまざまの木で表わされていた。

裸の煉瓦と、まだ真白なしっくいのために、この物寂しい荘厳さが台なしになっているのを見て、ジュリアンは胸を打たれた。彼は静けさのうちに足を止めた。広間の向うのはしの、光がさしこんでくる唯一つの窓のそばに、マホガニーの鏡が見えた。紫の服をきて、薄紗の白い衣をつけているが、頭には何もかぶらない若い男が、鏡から三歩のところに立っていた。こんな道具はこういう場所には不似合だ。きっと町から運んで来たものにちがいなかった。ジュリアンはこの若い人がいらいらしているのがわかった。その男は右手で鏡の方へ向いて、荘重に祝禱をあたえている。

(あれはいったい何のまねだろう。この若い僧侶がやってるのは準備の儀式だろうか。この男はおそらく司教の秘書だろう……従者どものように無礼なやつにちがいないが……なに、かまうもんか、あたってみよう)

彼は歩き出した。かなりゆっくりした足取りで、たった一つの窓の方をじっとにらんだまま、またその若い僧侶が落着いて、しかし一瞬も休まずに、無数の祝禱をあたえているのを見つめながら、彼はこの長い広間を横切っていった。

近づくにつれて、その僧の怒った様子が、ますますはっきりわかってきた。薄紗の飾りのついた白い衣があまりりっぱなので、ジュリアンは思わず、大きな姿見から数歩手前で立止った。

（この男に話しかけるのが、おれの義務なんだ）やっとそう思ったが、彼はまだこの広間の壮麗さに打たれていたし、またこの男にひどいことを言われるかと思うと、それを聞かぬうちからいやだった。

その若い男は鏡の中へうつったジュリアンの姿を見て、ふりむいた。そして腹立たしげな様子をすてて、じつに優しい言葉で彼にいった。

「どうです、うまく直りましたか」

ジュリアンはあっけにとられていた。この若い男がふりむいたとき、ジュリアンはその胸に司教のつける十字架が下っているのを見た――アグドの司教だったのだ。（あんなに若くって、せいぜいおれより六つか七つ上だけなのに！……）

と思って、ジュリアンは自分の拍車が恥ずかしかった。

「猊下」と彼はおずおず答えた。「私は僧会の司祭長、シェラン師のところからまいったものでございますが」

「ああそうでしたか、りっぱなお方だとよくうけたまわっています」と司教はていねいにいったが、その調子にジュリアンはなおさら魅せられてしまった。「だがどうも大へん失礼しました。あなたを私の司教冠《ミートル》をもってくるはずの男とまちがえたのです。パリで粗末な荷造りをしたものだから、銀襴の布の上の方がひどく損じましてね。それが

あんまりみっともないものですから。(と若い司教は悲しそうにつけ足した) それにひとを待たせておいて、まだもって来ないのです!」

「猊下、もしよろしければ、私がその司教さまの帽子をさがしてまいりましょう」

ジュリアンの美しい眼の効き目があった。

「どうぞ行ってきて下さい」と司教はやさしく、ていねいにいった。「すぐいるのですから。僧会の方々をお待たせして、じつに心苦しいのです」

ジュリアンは広間の真中まで来て、司教の方をふり返ってみると、また祝禱をはじめている。(いったいあれは何のまねだ。きっとこれからはじまる儀式に必要な宗教上の準備なんだろう) 彼は侍者どもの詰めている僧房へ来てみると、司教冠《ミートル》は彼らがもっていた。ジュリアンの恐ろしい眼光にけおされて、彼らはいやいや彼に猊下の司教冠をわたした。

彼はその司教冠をもってゆくことに誇りを感じた。彼はそれをうやうやしく捧げて、広間を横切ってゆるゆる歩んでいった。司教は鏡の前に腰をおろしていたが、まだときどき、疲れているのに右手で祝禱をあたえていた。ジュリアンは彼に手つだってその司教冠をかぶらせた。司教は頭をふってみて、

「うん、これならうまくのっているだろう」と満足そうにジュリアンにいった。「君ち

ょっと離れてくれませんか」

そして司教はすばやく部屋の真中まで行って、今度はそこから鏡の方へ向って、ゆるやかな足取りで近づきながら、また腹立たしげな様子になって、重々しく祝禱をあたえはじめた。

ジュリアンは驚いて身動きもしなかった。彼は、それがいったいどういうことか、はっきり考えて見たいと思ったが、思っただけでやめた。司教は立止って、重々しい態度をさらりとすてて、

「冠のぐあいはどうです。よく似あいますか」

「猊下、大そうよくお似あいです」

「あまりあみだになってはいませんか。あれは間抜けて見えるものですからね。だが、そうかといって、士官の軍帽のように目深かにかぶるのもいけないし」

「大そうよくお似あいのようですが」

「＊＊＊国王陛下は、りっぱな、またもちろん威厳に富んだ僧侶たちを、見なれていらっしゃる。わたくしは、ことに若いからといって、あまり軽々しい様子はしたくないのです」

そういって司教はまた祝禱をあたえながら歩きはじめた。

（はっきりわかった。祝禱の練習をしているんだ）これでのみこめたぞという顔でジュリアンはいった。

しばらくして、司教はいった。

「用意ができましたから、どうか司祭長と僧会の方々にそういって知らせてきて下さい」

やがてシェラン師は、最年長の司祭二人を従えて、さきにジュリアンの気づかなかった荘厳な彫刻のある極めて大きな扉をあけて、はいってきた。ジュリアンは今度は、皆の最後列にとどまったので、群をなしてこの扉の方へ押しよせる僧侶たちの肩越しにしか司教の姿を見られなかった。

司教はゆるゆると広間を横切っていった。彼が出口に達したとき、司祭達は行列を組んだ。ほんの一瞬の混乱がおさまると、行列は讃歌をとなえて歩み出した。司教はシェラン師と、いま一人大へん年寄りの司祭との間にはさまって、一ばん後から進んだ。ジュリアンはシェラン師の従者として、司教猊下のごく身近かにまぎれこんだ。ブレールーオの修道院の長い廊下を渡ってゆくと、陽はかんかん照っているのに、そこは薄暗くじめじめしていた。とうとう柱廊のところまでやってきた。ジュリアンはこんな壮麗な儀式を目のあたりに見て感激のあまりただぼんやりしていた。司教の年の若さを見てめざ

めた野心、そのひとの感じのこまやかさ、気持のいい上品さ、そういうものが彼の心をすっかりかき乱していた。こういう上品さはレナール氏などのとは――彼の一ばんきげんのいい日でも――てんで別物だった。(最上流の社会へ近づくほど、ああいう感じのいい態度に接する機会が多くなるわけだ)とジュリアンは思った。

側面の扉から御堂へはいる、そのとたん、物すごい音が古い丸天井をゆるがした。ジュリアンは天井でも壊れたのかと思ったが、それはまた例の小型の大砲だった。八頭立てで駆けてきて、いま到着したところで、着くか着かぬにライプチッヒで名をあげた砲手たちは、まるで眼の前にプロシャ兵でもいるように、すぐ装塡して、一分間に五発ずつぶっ放したのだ。

だがこのすばらしい音響も、もうジュリアンには何の魅力もなかった。彼はもうナポレオンや武勲のことなど思ってもいなかった。(あんなに若くって、アグドの司教なんだ! だがアグドっていったいどこだろう? そしてあれでいくらの収入があるんだろう? おそらく二三十万フランかな)

司教猊下の従者どもがみごとな天蓋をもって出てきた。シェラン師がその支柱の一本をうけとったが、実際それを支えたのはジュリアンだった。天蓋の下に立った司教は、実際たくみに老けたふうをよそおうていた。われらの主人公はもうすっかり感心してし

まった。(何でも器用にやってできぬことはない)と思った。

国王が入御された。ジュリアンはさいわいごく真近かに拝することができた。司教は感動的な言葉をもって、しかも陛下に対する礼を重んじて、いささか恐懼《きょうく》の調子をまじえることも忘れずに、国王にむかって御挨拶を言上した。

ブレ-ル-オの祭典の描写を繰返すのはよそう。それは二週間のあいだ、県下のあらゆる新聞に満載されたことだから。ジュリアンは司教の演説によって、国王がシャルル豪胆公の後裔《こうえい》であることを知った。

ずっと後のことであるが、ジュリアンがこの祭典の費用の清算をせねばならぬことになった。甥を司教にしたラ・モール侯爵は、甥に対する心づくしから、その費用全部を自分一人でひきうけてやったのだ。ブレ-ル-オの祭典だけの入費が三千八百フランであった。

司教の演説がおわると、陛下はそれに答えられてから、天蓋の下に進み、つぎにうやうやしく祭壇の前の小蒲団の上にひざまずかれた。内陣のまわりに僧座があったが、それは石畳の床より二段高くなっていた。ジュリアンは、ちょうどローマのシスチーナ礼拝堂における枢機員《カルディナル》のそばについているお裾持《コーダテール》ちのように、シェラン師の足許に、この下のほうの段に坐っていた。謝恩の頌歌 Te Deum がうたわれ、香の煙が立ちのぼり、

小銃と大砲がひっきりなしに発射された。百姓どもは幸福と法悦に恍惚としていた。急進党《ジャコバン》の新聞が百号かかって築いたものも、こういう一日ですっかりだめにされてしまうのだ。

ジュリアンは、すべてを忘れて祈りを捧げておられる国王から、六歩離れたところにいた。彼はほとんど刺繍もない服をきた眼つきの鋭い小男に、はじめて気がついた。しかしこの男はごく質素な服の上に、空色の綬章*をおびていた。そしてあんまり金の刺繍が多くて――ジュリアンの言い方に従うと――服地の見えぬぐらいの服装をした他の多くの大官連よりも、国王のそば近くにいた。彼はしばらくして、それがラ・モール侯爵であることを知ったが、えらそうな、いや横柄にさえ見える態度をした男だと思った。

(この侯爵は、あの感じのいい司教さんのようにいんぎんじゃなかろう。そうだ、僧職は人を温和に賢くする。だが国王は遺骨に参拝に来られたというのに、遺骨が見えない。聖クレマンはどこなんだろう?)

彼の隣にいた若い僧侶が、その尊い遺骨はこの建物の上部に、シャペル・アルダント*のうちにあるのだ、と教えてくれた。

(シャペル・アルダントて何だろう?)

しかし彼はその言葉の説明を求めようとはしなかった。彼は今までに倍して、あたり

に注意をはらった。

君主が参拝されるときは、僧会員たちは司教に随行することを許されぬ慣習だった。しかしシャペル・アルダントに向うとき、アグドの司教はシェラン師をまねいた。ジュリアンは思い切ってその後からついていった。

長い階段を上ったところにある扉はきわめて小さいが、そのゴチック式の框は眼も覚めるばかりの黄金塗りで、昨日ぬり上ったばかりのように見える。

扉の前にはヴェリエールの一流名門の処女が二十四人あつまってひざまずいていた。扉を開くまえに、司教は揃ってみな美しいこの処女たちにかこまれてひざまずいた。彼が声高らかに祈りをささげる間、彼女たちは司教の美しい薄紗、やさしい物腰、じつに若々しくて柔和な顔つき、それらにあくことなく見とれていた。この有様を見て、われらの主人公は僅かにのこっていた最後の理性まで失ってしまった。この瞬間なら、彼はあの「宗教裁判」のためにさえ、しかも本気で、戦ったかも知れない。にわかに扉が開いた。小さな礼拝堂は灯で燃えているように見えた。祭壇の上には千本以上のろうそくが八段にならんで、その段と段の間は花束でうずまっている。少しもまぜもののない香の妙なる香が、聖堂の戸口から渦まいてあふれ出る。新しく鍍金《めっき》されたこの礼拝堂はずいぶんせまかったが、天井はきわめて高かった。ジュリアンは祭壇の上に、高さ十尺以

上ものろうそくがあがっているのに目をとめた。処女たちは感嘆の叫びを抑えることができなかった。この礼拝堂の小さな控間にはいることを許されたのは、二十四人の処女と二人の僧侶と、そしてジュリアンだけである。

やがて国王はただラ・モール侯と侍従長のみを従えてはいってこられた。近衛兵さえ室外に留まって、ひざまずいて武器を捧げていた。

陛下は跪台《プリ・デュウ》の上にむしろ身を投げるように、はっと身を伏せられた。黄金塗りの扉にぴったり身をよせていたジュリアンは、この時はじめて処女のあらわな腕の下から、聖クレマンの見事な像を見たのだった。それは年若いローマの兵士の服装をして、祭壇の下に隠されていた。頭に大きな傷があって、そこから血が流れているように見える。作者は腕以上の効果をあげたのだ。死にひんした眼は慈愛にあふれて半ば閉じられている。生えかけのひげが、半開のままなお祈りつづけているように見える口のまわりを飾っている。ジュリアンの隣にいた処女が、これを見て熱い涙をこぼした。その涙の一滴が彼の手の上に落ちてきた。

十里四方の村々でつきならす鐘の遠音のほかに、何一つこの深い静寂を乱すものもない。一瞬間の祈禱をすますと、アグドの司教は国王に発言のお許しをこうた。彼のきわめて感動的な短かい説教は、簡単なだけに一そう効果のあがるつぎのような言葉をもっ

てむすばれた。

「みなさん、あなた方はこの地上の最大の君主の一人が、万能にしておそるべき、神の僕《しもべ》らの前にひざまずき給うのを見たことを、けっして忘れてはなりません。今なお血を流す聖クレマンの傷を拝してもわかるように、神の僕たちは、地上にあっては力弱く、迫害され、殺害された。しかし彼らは天国において勝利をえたのであります。あなた方は今日の日をいついつまでも思いおこして、不信心をにくみ、かくも偉大にかくもおそるべき、しかもかくまで慈悲ぶかき神に、永遠に忠実でなければなりません」

といいながら、司教は厳かに立上った。

「あなた方は、わたくしにそれが誓えますか」と彼は霊感をうけたように、片手をさしのべていった。

「お誓いします」と処女たちは涙にむせびながら答えた。

「わたくしはおそるべき神の御名において、あなた方の誓をうけます！」と司教は鳴りひびくような声でつけ加えた。そして式は終った。

国王さえ落涙あそばした。ジュリアンがやっと冷静に復して、ローマからブルゴーニュ公フィリップ善良公*へつかわされた聖者の遺骨は、いったいどこにあったのかと、聞けるようになったのはよほど時間がたってからのことである。それはあの蠟製の像の美

しい顔の中に秘められてあるのだと、人が教えてくれた。

国王陛下は礼拝堂へお供した処女たちに、「背信を憎み、永遠に神を愛す」という文字を刺繡した赤リボンをつけることを許された。

ラ・モール侯は百姓たちにブドウ酒を一万本わかちあたえた。その晩、ヴェリエールでは、自由派の連中は祝賀の灯を王党よりも百倍もりっぱにする理由を見つけた。国王は、御出発に先立って、モワロ氏を見舞われたのである。

第十九章　考えは苦しませる

日々の出来事のおかしさが、恋の真の惨めさを忘れさせる。

バルナーヴ

ラ・モール侯が泊っていた部屋へふだんの家具類をまた運び入れているとき、ジュリアンは四つ折りにした、おそろしく丈夫な一枚の紙切れを見つけた。第一頁の下の方を読んでみると、

『フランス貴族院議員、親授勲章佩用者、ラ・モール侯爵閣下』

それは悪筆の大きな字体でかきなぐった請願書だった。

『侯爵閣下

小生は生まれてこのかた神の教をひたすらまもってきた者でございます。思うだに

忌わしきかの九三年リヨンの包囲されたる際も止って砲弾に身をさらしました。常に聖体拝領を怠らず毎日曜必ず教区の御堂のミサに参拝いたしおります。かの思うだに忌わしき九三年においてさえかつて一度も、踰越節の勤めを欠いたことはございません。小生方にても大革命前には召使をつかっておりましたが、料理女は毎金曜日に精進料理を調理いたします。小生がヴェリエールにおいて一般の尊敬をうけいることも当然かと愚考する次第。祭礼行列に際しては司祭殿町長殿と並んで天蓋の下を歩み、大祭典には大蠟燭を寄進いたします。以上事実の証明書はパリ大蔵省に保管されているはず。侯爵閣下の御高配をもって小生にヴェリエール富籤事務所長*の職をあたえられるよう懇願いたします。現任者は病篤きのみならず選挙に際して不正投票の事実もこれあり、早晩何等かの方法により必ず空席となるはずにて、云々

ド・ショラン拝』

この請願書の欄外には、つぎの文句ではじまるモワロの添書きがあった。

『この請願をいたす善良なる人物については、作日言上申上げました、云々』

（こういうように、ショランのばかまでがとるべき道をおれに示してくれているんだ）とジュリアンは思った。

＊＊＊国王のヴェリエール御通過後一週間というもの、数知れぬ虚言、妄想、ばかげた議論、等々が行われて、国王、アグドの司教、ラ・モール侯、ブドウ酒一万本、モワロのかわいそうな落馬（彼は勲章めあてに、落馬後一月の間わが家の外へ出なかった）などが、つぎつぎとその題目にされたが、それらが一わたりしずまってからでも、まだおさまらなかったのは、木挽きのせがれジュリアン・ソレルを、突然親衛隊に抜擢した言語道断な非礼問題である。がこの問題については朝夕カフェで声をからして、平等を叫んでいる金持のさらさ商人たちの言分を聞かねばならない。あの高慢ちきなレナール夫人が、こんな不祥事を招いたんだ。という理由は？　ソレルの小坊主の美しい眼とあんなに生き生きした頬っぺたの色を見ればわかるじゃないか。

ヴェルジーへ帰るとまもなく、一ばん幼いスタニスラスーグザヴィエが熱を出した。レナール夫人はにわかにひどい良心の苛責におそわれた。はじめて彼女は自分の恋をしょっちゅう自責するようになった。自分がどれだけ大きな罪におちいっていたか、彼女はあたかも奇蹟によって教えられたように、それがはっきりとわかった。信心深いたち

なのに、彼女はこのときまで、神の眼から見て自分の罪業がどんなに深いものであるか、思って見たこともなかったのだ。

かつて聖心修道院にいたころ、彼女は神にずいぶん激しい愛を捧げたが、またこういう立場になると、それだけ神が恐ろしく思えた。それに彼女の恐怖のうちには、理性的要素がちっともまじっていないから、胸のさけるような心中の苦しみはなお一そうひどかった。ジュリアンが少しでも彼女にわけを言って聞かせようとすると、それは相手の気をしずめるどころか、苛立たせるばかりだということがわかった。彼女はそれが地獄の言葉のように思えるのだ。しかしジュリアン自身もこの幼いスタニスラスが大好きだったから、その病状でも話している方がらくだった。病勢はだんだん険悪になってきた。するとレナール夫人はやむひまのない悔恨のために、夜も眠れなくなってしまった。彼女は無気味な沈黙を守りつづけた。もしも口をひらいたら、それは神に、また人々に自分の罪を告白するためだったろう。

「どうぞおねがいですから誰にもしゃべらないでください」とジュリアンは二人きりになるとすぐ夫人にいった。「あなたの悩みはどうか私だけに打明けて下さい。いままも私を愛していてくださるなら、他人にはしゃべらないで下さい。そんなことを告白したからって、スタニスラスさんの熱が下るわけでもないんですから」

だがこんなことを言って慰めようとしても何にもならなかった。というのはレナール夫人は、嫉妬深い神の怒りをやわらげるには、ジュリアンをにくむか、子供を殺すか、二つに一つをえらばねばならぬ、と信じていたのに、彼はそんなことを知らなかったのだ。そのくせ恋人をにくむなどということはとうていできないと感じていればこそ、彼女はあんなにみじめなのだ。

「あたしのそばを離れてちょうだい」とある日彼女はジュリアンにいった。「どうぞこの家を出ていってちょうだい。あなたがここにいらっしては、あの子の命が助かりません。

あたしは神さまの罰をうけるのです。（彼女は声を落してつけ加えた）神さまにおまちがいはありません。あたしは正しいお裁きをありがたいと思ってますの。おそろしい罪を犯しておきながら、後悔もせずに暮していた！　これがもう神さまに見はなされた第一の証拠ですわ。あたしは二重に罰をうけなくちゃなりません」

ジュリアンはひどく動かされた。女の言葉には少しの偽善も誇張も感じられなかった。（この女はおれを愛することが、子供を殺すことだと思っている。それに、かわいそうに、子供よりおれがかわいいんだ。命をちぢめるほど後悔しているのは、きっと、このためだ。これはじつにりっぱな感情の現われだ。だがいったい、貧乏で、育ちの悪い、

物を知らない、ときどきじつに下品なまねをする、このおれがどうしてあんな強烈な愛を、感じさせることができたんだろう?)

子供の病勢が一ばん悪化したある晩、夜半の二時ごろにレナール氏が見舞にやってきた。子供は熱にうかされて真赤になってしまっていて、自分の父親がわからなかった。突然、レナール夫人が夫の足下に倒れ伏した。ジュリアンは、彼女はいますべてを告白して永久に身をほろぼしてしまうのだと思った。

が、いい具合に、レナール氏はこの変な感動をうるさがって、

「さあ、もうおやすみ! おやすみ!」といって逃げようとした。

「いいえ、あたしの言うことを聞いて下さい。(と妻は夫の前にひざまずいて、ひきとめようとしながら)何もかも本当のことをすっかり聞いて下さい。この子はあたしが殺しているようなものです。命を授けておきながら、いままた命をとろうとします。天罰が降ったのです。神さまのお眼から見ると、あたしは人殺しです。あたしは自分の身をほろぼさなければ、自分をしいたげなければなりません。ひょっとしたら、その犠牲で神さまのお怒りがやわらぐかもしれません」

レナール氏が想像力のはたらく人だったら、それだけで、何もかも見ぬいたはずだ。

「小説めいた考えさ」と彼は自分の膝を抱こうとする妻をはらいのけながらいった。

「そんなこたあみんな、小説めいた考えだよ！　ジュリアン君、明け方になったら医者を呼びにやってくれたまえ」

そういって彼は寝室へ行った。レナール夫人は半ば失神して、がっくり膝をついた、助け起そうとするジュリアンを痙攣《けいれん》的にはらいのけながら。

ジュリアンは驚いてじっとしていた。

（それでは、これが姦通というものなのか！　あんな悪らつな坊主ども……やつらのいうことが正しいなんて、そんなばかげたことがありうるだろうか。だいいち自分自身あんなに数々の罪を犯しているやつらが、罪業の正しい理論を心得たりする特権がいったいどこにあるというんだ。何という変てこなことだ！……）

レナール氏が行ってしまって二十分の間、子供の小さい寝台に顔をうずめたまま、ほとんど意識も失って見動きもしない女をジュリアンはじっと見つめていた。（りっぱな魂をもった女が、いま底しれぬ不幸の淵に沈んでいる。それもただおれというものを知ったばかりに）

（時は速かに過ぎてゆく。おれはこの女のために何ができるのか？　決心しなくちゃいけない。もう自分のことなんか問題じゃない。世間のやつら、そいつらのけちな気取り、そんなものはどうだっていい。がこのひとのためにおれは何をなしうるか？……

いっそ別れようか。だがそれでは、世にもおそろしい苦悩のただ中へ、このひとを一人ぼっちで捨てさることになる。あのでくのぼうの亭主などは、役に立たぬばかりか、害になる。なにしろとても野卑なんだから。何かひどいことを言われると、このひとは気が変になって、窓から飛んだりするかもしれない)

(おれがほっておいたら、監視の眼をゆるめたら、このひとは夫に何もかもいってしまうだろう。そうすると、あの男のことだ、妻には遺産がついてることなんか忘れてしまって、恐らく一問着おこすだろう。このひとは、じっさい！　あのマスロンの生臭にまで、何もかもいってしまうかも知れない。するとやつめ、六つの子の病気を口実にして、もうこの家から金輪際動かぬ算段をするだろう。しかもきっと何かたくらみをもってるにきまっている。なやみと神の恐怖のために、男というものについて知ってることを、すっかり忘れてしまって、あの人はもうあの坊主しか眼にはいらなくなる)

「あっちへ行ってちょうだいったら！」と突然眼を開いてレナール夫人が叫んだ。

「どうしたら一番あんたの為になるか、それが知れたら、私は命なんかいくら投げ出したって惜しくはない。あんたをこれほどまでかわいいと思ったことは、ね、いままでに一度だってないんです。いや今になってはじめて、あなたの本当のいいところがわかって、夢中に恋い焦れるようになったという方がほんとうかも知れない。私ゆえにあな

たがなやんでいるのを、よっく知ってながら、あなたのそばを離れたりしたら、私はいったいどうなってしまうでしょう！　いや私の苦しみなんか問題じゃない。私はお宅を、ええ、いくらでも出てゆきます。だけれど、私があなたのそばを離れたら、あなたの見張りをしなくなったら、あなたとレナールさんとの間にしょっちゅう私がいなくなったら、あなたはきっと御主人に何もかも打明けてしまうでしょう。あなたは破滅です。どんな辱しめをうけて家を追い出されるか、まあ考えてごらんなさい。ヴェリエール中の人間、ブザンソン中の人間が、その醜態を話の種にする。何もかもあなたが悪者にされてしまう。一生その汚名から浮かび上ることは、どうしてもできなくなっちまいますよ……」

「それこそあたしの望みどおり。（彼女はつっ立って叫んだ）あたしはかまわない、苦しみます、かまわない」

「でも、そんな醜聞がもれると、御主人まで苦しめることになりますよ！」

「でもあたし、自分自身を辱しめてやるのです、泥沼の中へ自分の身を投げ出すのです。もしかするとそのために、あの子が助かるかも知れませんわ。みんなの面前で、こんな恥をしのぶのを、恐らくさらし物というのでしょうね。弱いあたしの考えられるかぎりでは、これが神さまに捧げられる最大の犠牲のように思えるのですけれど……神さ

まはあたしのお詫びをうけいれて、多分あの子をあたしに返して下さるように思えますけど。何かほかにもっとつらい犠牲があったら、教えて下さいまし、あたしそれをやってみせます」

「どうか私にも、自分で自分を罰しさして下さい。私もやはり、罪を犯しているんです。トラピストの修道院へはいりましょうか。あの厳格な生活が神さまのお怒りをやわらげるかも知れない……ああ！　ほんとにどうして、スタニスラスさんの病気に、私がかわってあげられないんだろう……」

「ああ！　あなたもあの子を愛して下さるのね、あなたも」とそう言うと、レナール夫人は、飛上って彼の両腕の中へ身を投げた。

が、それと同時に、いかにもおそろしそうに、彼をつきのけた。

「あたしあなたを信じるわ！　信じますわ！」と再びひざまずいた彼女は言葉をつづけた。「あたしの心を知ってくれるのはあなた一人！　なぜあなたが、スタニスラスの父になって下さらなかったの！　そうすれば、あなたの子供よりあなたを愛したって、おそろしい罪にはならないのに」

「私がここにいてもいいと言って下さるのですか。そしてこれからは、ただの兄弟としてあなたを愛するようにとおっしゃるのですか？　それよりほかに、道理のとおった

罪ほろぼしの仕方はありません。それで神さまのお怒りもやわらぐかもしれません」

「それであたしに」と彼女ははね起きてジュリアンの頭を両手ではさみ、自分の眼から離してじっと見つめながら叫んだ。「それでこのあたしに、あなたを兄弟のように愛せよというの？　あなたを兄弟のように愛する、そんなことがいったいあたしの力でできましょうか」

ジュリアンは涙をぼろぼろ流していた。

「あなたのおっしゃる通りにします」と彼は女の足下にひざまずきながらいった。「どんなことでも、あなたの命令どおりやります。私にできるのはもうそれだけです。ああ、私の頭はもうなんにもわからない、どういう決心をしたらいいのかわからない。もし私があなたのそばを離れたら、あなたは何もかも御主人にしゃべってしまうでしょう。あなたの破滅です、いや御主人も破滅です。そんな世間の物笑いになったら、もうけっして代議士なんかになれません。かといって私がここにのこると、あなたは私のために坊ちゃんが死ぬんだと思う、それにあなた自身もその苦しみで命が危い。それで、私が出ていってしまったらどうなるか、一つ試してみたらどうでしょう。よければ、私自身のあやまちを自分で罰するために、一週間のあいだおそばを離れることにしてもいい。あなたのお望みの所へ引籠って一週間すごしましょう。たとえばブレ－ル－オにでも。だが

私の留守中、御主人に何にもいわないという誓を立てて下さい。もししゃべられると、私はこれっきり二度ともどって来られなくなるってこと、忘れないで下さいね」

彼女は誓った。彼は家を出ていったが、二日たつと呼び返された。

「あなたがいないとあたし誓が守れません。あなたがいつも傍にいて、しゃべっちゃいけないって眼でしかって下さらないと、あたしうちのひとに言ってしまいそうですわ。こんなおそろしい生活をしていると、一時間が一日にも思えるの」

天はついにこの不幸な母親をあわれんだ。スタニスラスは少しずつ危険状態を脱してきたのである。しかし彼女のふんでいた薄氷は割れてしまった。自己の罪業の深さを知った彼女の理性は、ふたたび平静に復することができなかった。ただ悔恨のみが心に残った。そしてその悔恨は、それがこんなまじめな女の心の中に生じたときに、当然とるべき径路をとった。彼女の生活は天国と地獄だった——ジュリアンの姿の見えぬときは地獄であり、彼の足下にひざまずくときは天国だった。

「あたしもう夢のようなこと考えちゃいません」と彼女はもうすっかり恋に身をまかせきった瞬間までも、彼にそういった。「あたしは天罰をうけたのです、逃れられない天罰を。だがあなたはまだ若いし、あたしに誘惑されただけですもの、神さまも許してくださるかもしれませんわね。けれどあたし、あたしは天罰をうけている、それがちゃ

んとわかるしるしがあるのよ。あたしこわくて仕方がない――でも地獄を眼の前に見てこわがらない人ってある？　でもあたし、本当のところちっとも後悔なんかしてないの。犯していいものなら、あたし幾度でもこの罪を犯そうと思うくらいですもの。たった一つ、まだあたしがこの世にいるうちから、しかも子供の身の上に、天罰が下ったりさえしなければ、あたしもうけっこうすぎるくらいよ」また他の瞬間にこう彼女は叫んだ。「でもあなたは、可愛いジュリアン、せめてあなただけは、幸福でいてくださるでしょう？　あたしの愛しかたが足りないなどと、思うことはなくって？」

ことさら犠牲的な恋愛を求めるジュリアンの猜疑心も、なやましい自尊心も、こんなに大きな、こんなに確かな犠牲を、つぎからつぎへと見せられては、もうくじけずにはいられなかった。彼はレナール夫人を心から愛するようになった。（この女が貴族で、おれが職人のせがれであろうが、そんなことはもうどうだっていい。この女はおれを愛しているんだから……おれはこの女のそばで、情夫がわりの仕事をやらされている召使じゃないんだから）そういう懸念が消えてしまうと、ジュリアンは恋の狂乱の中へ、身もとろけるような陶酔の中へ落ちてゆくのだった。

「せめて」と彼女は男が自分の愛を疑っているようなそぶりを見て叫んだ。「ふたりいっしょにいられる僅かの間でも、あなたをほんとに幸福にしてあげたい！　ぐずぐずし

てはいられない。おそらくもう明日になったら、あたしもうあなたのものでなくなるかも知れませんもの。万が一あたしの天罰が子供たちの身の上にふりかかるようなことにでもなったら、ただあなたを愛するためにだけ生きているのだ、子供たちを殺すのは自分の罪のせいではないなんて、そんな気持になろうとしてもだめだろうと思うの。そんな目にあったら、あたしとても生きてなんかいられません。いくらそうしようと思ったってだめですわ。気でも狂ってしまうでしょう。

ああ！　あなたはスタニスラスの熱病にかわってやりたいって、ほんとにやさしいことを言ってくださいましたわね。あたしもそのように、あなたの罪を代ってあたしの身にひきうけてあげられるものなら！」

こういう大きな精神的な危機がジュリアンの恋人に対する気持を一変させた。彼の恋は単に女の美しさに対するあこがれでもなく、それをわがものにしたいという自尊心だけでもなくなった。

それ以来二人の幸福はずっと高度のものになり、彼らの胸をこがす情火はいよいよ熾烈になって、物狂わしいまでの恋の歓喜に酔い痴れるのだった。よそ目にはあるいは、二人の楽しさは以前よりも大きく見えたかも知れない。しかし彼女は、二人の恋の馴初めの頃の——ジュリアンはほんとに自分を愛してくれているのか、ただそれだけが心配

の種だったあの頃の——楽しい朗らかさ、曇りのない歓び、こだわりのない幸福、そういうものをもう二度と見出すことはできなかった。いまや彼らの幸福は、ときとして罪の相貌を示すことがあった。

一ばんうれしい、また一見最も平静なときにさえ、「まあ！　どうしよう！　地獄が見える」とレナール夫人がにわかに痙攣的にジュリアンの手を握りしめて、叫ぶことがあった。「まあ何という恐ろしい責苦でしょう！でもあたしこんな目にあわされるだけのことはしているわね」彼女は壁にからむ蔦のように、彼にひしと抱きすがるのだった。

ジュリアンは女の興奮をしずめようとしたがだめだった。彼女は男の手をとって接吻をあびせた。そしてまた、暗い考えにひきこまれるのだ。

「地獄！　地獄でもまだあたしにはお恵みの方かもしれない。まだこの世でこの人と幾日かすごせる。でもこの世からの生地獄——子供たちの命をうばわれたら……しかし子供を犠牲にして、あたしの罪がゆるされるのかも知れない……いやいや、神さま、どうぞそんな犠牲を求めてまで、あたしを救おうとなさらないでください。あの子たちはあなたのお怒りにふれるようなことは何一つしていないのですから。あたし、あたしが、このあたしだけが悪いのです、夫でもない男を恋している……」

やがてジュリアンは、レナール夫人が今度は外から見たところ落着いてきたように思えた。彼女は罪をすっかり、わが身にひきうけて、愛するひとの生活を毒したくはないと思ったのだ。

かくて愛と悔恨と歓楽の交錯のただ中に、二人の月日は稲妻のごとく速かに流れていった。ジュリアンは自己省察の習慣を失ってしまった。

小間使のエリザはちょっとした訴訟事件に出頭するためにヴェリエールへ行った。彼女はヴァルノ氏がジュリアンに大へん感情を害しているのを知ったが、自分もこの家庭教師をにくんでいるものだから、ヴァルノ氏によく彼の告げ口をした。ある日こういった。

「本当のことなんかしゃべろうものなら、だんなさま、あたし追い出されるかも知れませんわ！　だんなさま方は大事なことというと、すっかりぐるにおなりになるんですもの……そしてかわいそうに召使たちが何か本当のことでもしゃべろうものなら、ちょっとも容赦なさらないんですもの」

こんなおきまりの文句をならべているのを、好奇心にかられたヴァルノ氏が辛抱しきれなくなって、やっとうまく切り上げさせて聞き出したのが、彼の自尊心をすっかり傷つけるような話だった。

あの女、この地方で一番のあの女、彼が六年もの間いろいろ手をつくしたことは、残念ながら誰でも見ており、知っているあの女、何べんとなく彼に赤恥をかかせたあの高慢ちきな女が、ひともあろうに、家庭教師に化けた職人の小せがれを恋人にしたというのだ。その上貧民収容所長にすっかりじだんだを踏ませたことには、レナール夫人がその男を心から熱愛しているというではないか。

「それに」と小間使は溜息をついて言葉をついだ。「ジュリアンさんは、ちょっとも苦労せずに、うまくやったんですよ。奥さまのためだからといって、別にあのいつもの冷たい様子をすてたりもしなかったようですわ」

エリザが確証をつかんだのは田舎へ行ってからのことだが、これはずっと前からたくまれていたものだ、と彼女は信じていた。

「きっとそのためですわ」と彼女はくやしそうにつけ加えた。「前にあの方があたしとの話をおことわりになったのも。それにまあ、あたしといったら、ほんとにばかでしたのね。レナールの奥さまに相談なんかして！　先生にうまく話してくれとおねがいしたりして！」

早くもその晩、レナール氏は新聞といっしょに町から長い匿名の手紙を受取った。それによって彼は、わが家に起っていることをすっかり手にとるように知ることができた。

ジュリアンは、彼が水色の用紙にかかれた手紙を読んで真青になって、自分の方を憎悪の眼で睨んでいるのを見た。その晩中、町長は懊悩を鎮めることができなかった。ジュリアンは、ブルゴーニュ地方の名家の系図について、彼にいろいろ尋ねてごきげんをとろうとしたが、さっぱりききめがなかった。

第二十章　匿名の手紙

情の手綱をあんまりゆるめ過ぎてはならぬ。
きわめて堅い誓言も、血気の焔にあおられると、
藁しべも同然じゃ。

『テムペスト』

真夜中近くになって、みんなが客間を出る時、ジュリアンは折を見て、恋人にささやいた。

「今夜は会わないことにしましょう。だんなさんが疑ぐっていらっしゃるようだから。さっき、あの人が溜息をつきつき読んでいたあの長い手紙は、きっと中傷の手紙に相違ありません」

ジュリアンが寝室に鍵を下しておいたのでよかった。レナール夫人は彼があんなことをいったのは、自分に会いたくないための単なる口実にすぎないのだと、そういうつまらないことを考えた。彼女は理性をすっかり失ってしまって、いつもの時刻に寝室の入

口の前へやってきた。ジュリアンは、廊下に足音が聞えると、すぐランプを吹き消した。一所懸命に扉を開けようと苦心しているものがある。それはレナール夫人であったか、それとも嫉妬にかられた夫であっただろうか。

翌朝大へん早く、ジュリアンに好意をもっている料理女が、彼に本を一冊とどけた。その表紙にはイタリア語で、こう書いてあった——Guardate alla pagina 130(一三〇頁を見よ)。

ジュリアンはその無鉄砲さにぞっとして、一三〇ページを開いて見ると、ちょうどそこに、つぎのような走り書きの手紙が、ピンでとめてあった。涙のにじんだあとがあり、字の綴りは無茶苦茶だった。レナール夫人の綴り字は、平生きわめて正確だったから、ちょっとしたことだけれども、ついほろりとして、その向うみずな乱暴さを、しばらく忘れた。

(あなた、ゆうべは会ってくださいませんでしたわね。あなたのほんとうのお心は、ただの一度だって、はっきりわかったことがない、と思うことが、あたしよくありますの。あなたの眼がおそろしい。あたしあなたがこわいの。あなたは、あたしを一度もかわいいと思ってはくださらなかったの? そうならいっそこの恋が夫に知れて、子供たちからも引離されて、田舎のどこかへ一生閉じこめられるようになればいいと思います

のよ。神様の思召しもおそらくそうでしょう。あたしはやがて死んでしまいます。でも、それではあなたあんまり薄情よ。

あなた、もうあたしを愛してはくださらないの？　狂気じみた事をしたり、始終くよくよしたりばかりしているあたしが、うるさくおなりになりましたの？　ひどいひと！　あたしがどうなっても、あなたはいいとおっしゃるの？　そんなら、あたし手軽な方法をお教えしますわ。さあ、この手紙をもっていって、ヴェリエール中の人にお見せになるといいわ。いいえ、それよりか、ヴァルノさんだけにお見せなさい。あの人に、あたしがあなたを恋していると、そういっておやりなさい。いいえ、いいえ、そんな、神様をおそれぬような事をいっちゃだめ。こういっておやりなさい。あたしがあなたを非常に好きだって。そして、あなたに会った日から、あたし、はじめてほんとうに生きているような気がしているって。娘時代にうきうきした気持でいたときでも、あなたのおかげで味わっているようなこんな幸福があるなどと、ゆめにも思ったことはなかった。あたしは身も魂もあなたに捧げているんだって、そういってちょうだい。あたしが、もっと、もっとそれ以上のものまであなたにあげていること、あなたは御ぞんじでしょう。

でも、あの人、身を捧げるなんてことが、わかるかしら。あの人にいってやってくださいな。あの人を怒らすために、いってやってちょうだい。あたし、どんな悪者もちっ

ともおそれはしないって。あたしには世の中でおそろしいことは一つしきゃないのよ。それは、あたしのためにはかけがえのない、そのたったひとりの人の心がわり、それだけなのよ。自分の生命を犠牲にすること、そうして子供たちのために、心配したりしなくてもよくなること、そうなったら、あたし、どんなに幸福でしょう！

匿名の手紙が来たりしたのなら、あのいやな男から来たのに、きっときまっていますわ。あの男はあのどら声で馬術の話とうぬぼれと、いつもおきまりの自慢話で、六年ものあいだ、あたしを悩ましたんですもの。

だけど、匿名の手紙なんか、ほんとうにきたのかしら。いじわる！　その手紙のことで、ちょっとあなたにいいたいことがあったのよ。だけど、やっぱりああした方がよかったの。あなたを両腕に抱きしめていては、そして、多分これがもう最後だと思ったりしていてはとても、あたしが独りでいる時のように落着いて、ものが考えられないわ。もうこれからは、あたしたちの幸福は、今までのようにらくには保たれないのね。それであなたおこまりになるかしら。フーケさんから面白い本がこない時には、おこまりになるかも知れませんわね。ええ、もう覚悟をきめましたわ。昨日匿名の手紙が、きたにせよ、こなかったにせよ、あたしも匿名の手紙をうけとったって、うちの人にいってやります。そして、あなたにうんとお手当出して、何かいい口実を考えて、はやくあなた

を実家へ帰さなければならない、とそういいましょう。

ああ、あたしたち、半月か多分ひと月も会えなくなるのねえ。でも、いいわ。あなたも、あたしと同じだけ辛い思いをしてくれるでしょう、ね。結局あの匿名の手紙の後始末をうまくつける手段は、このほかにないんですもの。うちの人が、あたしの事であんな手紙をうけとったのは、こんどがはじめてじゃないのよ。あたし、以前なら、そんなものどんなに笑ってやったことでしょう。

目的は、うちのひとに、その手紙がヴァルノさんからきたと、思いこませることなのよ。かいたのは、あの男にきまってますわ。この家を出たら、かならずヴェリエールへ行って、しばらくそこへ落着いてください。あたしはあたしで夫が二週間ほどあそこですごして、あたしたち夫婦の間に、別になんにも気まずい事なんか起らなかった、ということを、ばかな人たちに、はっきり見せることに骨を折りましょう。とにかく、あなたがヴェリエールへ行ったら、そこの誰彼と仲よく交際するようになさい。自由派でもかまわないから。奥さんたちはみんなあなたの跡を追っかけまわるにちがいない。

ヴァルノさんと喧嘩しちゃあいけませんよ。また、この間のようにあの人を、へこましたりなんかしないようにね。それよりか、あの人には、できるだけ愛想よくなさいな。あなたがヴァルノさんか、またはほかの人の家へ、家庭教師に雇われるかも知れない、

とヴェリエールの人々に信じさせることが大切なのよ。

　そんなことになったら、夫が承知しますまい。万一、思いきることがあっても、ねえ、あなたはヴェリエールに住めるでしょう？　そしたら、あたしときどき会いにゆきますわ。子供たちもあなたを大へん好きだから、あなたのとこへ遊びに行くでしょう。ほんとうにあたし、子供があなたを愛しているから、一そう子供がかわいいように思えるのよ。そんなこと、ずいぶん心にとがめるんだけど……こういうことはみんな、末はどうなることでしょう。あああたし、何が何だかわからない！……で、あなたのなさる事はおわかりになりまして？　どうぞ、あの下品な連中に、やさしく、いんぎんに、軽蔑したような顔をしないで下さい。ひざまずいてお願いします。あの連中が、あたしたちの運命を左右するんですから。うちのひとは、あなたのことでもやはり、「世論」の指図通りに従うってことは、疑いありませんもの。

　さっきいった匿名の手紙は、あなたが、こさえてくださるのよ。根気よくやってちょうだい。鋏でつぎのような言葉を本から切り抜いてください。それから、その文字を糊で、あたしがおわたしする水色の紙の上へはってください。これはヴァルノさんからもらった紙ですのよ。あなたの部屋を、いつ捜索されてもいいように、切り抜いた本のページを燃してしまってね。出来合いの単語がなかったら、根気よく一字一字綴り合せる

のよ。あなたに骨が折れぬようにと思って、あたし匿名の手紙をあまり短かくしすぎたわ。でも、あなたがもう、あたしを愛していてくださらないのなら——それが心配なんだけれど——このあたしの手紙も、どんなに長ったらしく思えることでしょう。

匿名の手紙

夫人
貴女の内証事はすっかり知れている。隠しておきたいと思う人達の間にも知れてしまった。私は、最後の好意でいう、あの百姓のせがれときっぱり切れてしまいなさい。もし素直にそれに従うなら、夫君はうけとった警告を虚報だと信じて、そのまま、いつまでも思いちがいをしているだろう。私が、貴女の秘密を握っていることを忘れぬがよい。おそろしかろう、かわいそうなものだ。今となっては貴女は私の言いなりになるよりほかはないのだ。

この手紙の単語をすっかりはり終ったら、(収容所長の言葉癖がおわかりになって？)

すぐ部屋から出てきてくださいね。お待ちしてますから。

それから、あたし村の方へ出かけて、心配そうな顔つきで帰ってきます。ほんとうのところ、大へん心配になりそうよ。だって、あたし、何という大胆なことをやってのけようってのでしょう。事の起りは、あなたが、匿名の手紙がきたらしいとおっしゃるからなのよ。でつまり、あたしは不安らしい顔をして、あの手紙を夫に、誰か知らない人から受けとったんだといって見せましょうよ。あなたは、子供たちを連れて森の道の方へ散歩に行って、ひる御飯の時まで帰らないようにしてちょうだい。

岩のある所の、あの上に登ると、うちの鳩舎の塔が見えるの。もしうまくいったら、あたしそこんとこへ白いハンカチーフをつけますわ。もしいけなかったら、何もなしよ。

散歩に出かける前に、まだあたしを愛していてくれるって、どうかしてあたしにそういってやろうなどと、そんなやさしい気持にはなってくれないでしょうね、薄情な人！どんなことがあっても、この一つのことにはまちがいないのよ。あたしたちがいよいよ別れなくちゃならないようになったら、あたし一日も生きながらえてはいないから。いけないお母さんね！といってみたところで、あたしはそれを実感できないのだから、意味の無い言葉だけれど。今はただあなたのことばかり考えられないので、あなたにとがめられないようにと思ってそんなことを言ってみただけなの。だって、あなたをなくし

そうなんだもの、今さら隠し立てしても何にもならないじゃないの。あたし、たとえ情知らずのように思われても、愛する人の前で嘘をいいたくありません。あたし、もう今までに嘘をいいすぎましたのよ。ええ、あなたがあたしをもう愛してくれなくても、うらんだりしませんわ。この手紙を読み直している暇がありません。あなたの腕に抱かれてすごした幾日かのことを思えば、命なんかどうでもいいのよ。命だけではすまないかも知れないわ)

第二十一章　主人との対話

ああ、それはもろい女心が原因だ、わたしらのせいじゃない。
そう生まれついていればこそそうなんだもの。

『十二夜』

ジュリアンは子供のようにおもしろがって、一時間のあいだ、単語をひろい集めた。部屋を出ようとすると、教え子たちとその母親に出会った。母親は、ジュリアンがその落着き方に恐怖を感じたほどに、無造作な大胆な態度で、手紙をうけとった。

「糊はよく乾きまして？」と彼女はいった。

（あの、いつか悔恨のために狂気のようになっていた女と、これが同じひとなのだろうか）と彼は不審におもった。（いまこの女は、どういう計画を頭にもっているんだろう）剛情っぱりの彼が、それをこちらから聞きただす気にはなれなかった。しかし、この時ほど彼が夫人を好きに思えたことは、今までになかったのだ。

「もしこのことがうまく行かなかった場合には」と彼女は、相変らず落着きはらって

いった。「あたしは何もかも取り上げられてしまいそうよ。だから、これを山の中のどこかに埋めておいてくださいな。いつかそれが、あたしたちの唯一の財産になるかもしれないから」

彼女は、黄金とダイヤモンドでぎっしりつまっている、赤いモロッコ皮の蓋の容器を手わたしした。

「さあ、お出かけなさい」そういった。

彼女は子供たちに接吻した。末っ子には二度までした。ジュリアンはじっと動かずにいた。夫人は彼に眼をくれずに、いそぎ足で立ち去った。

匿名の手紙を開封してからというものは、レナール氏の昼夜はじつに惨澹たるものとなっていた。一八一六年にあやうく決闘しかけたことがあったが、こんなに心の騒ぐのはその時以来のことであった。まただいいち、あの時でさえ、公平にいって、弾丸の一発くらい見舞われる心配は、彼をこんなに弱らせはしなかったのである。彼は徹底的に手紙を調べてみた。(これは女の筆蹟じゃないだろうか)と思ってもみた。そうだとすると、これを書いた女は誰だ？　彼はヴェリエールの町で知っているかぎりの女を、かたっぱしから調べてみたが、見当はつかなかった。(だれか男が、この手紙を口授して書き取らせたのか？　その男は誰だ？)これもやはり、雲をつかむような話であった。レ

ナール氏と知り合いである人間の大部分が、みんな彼に嫉妬していたし、おそらくはにくんでさえもいたのだから。(家内に相談しなければならん)と彼は身を沈めている肱掛椅子から起き上りつつ、習慣的にそう思った。

立ち上るとたんに、「とんでもない」と自分の頭をたたいていった。「あの女にはとくに用心しなければならんのだ。このさい、あれはわしの当の敵じゃないか」怒りのあまり、眼に涙がたまってきた。

こんな片田舎では、それがなによりの賢明な処世法であるのだが、彼の平生の人情の薄さがてきめんにたたって、いまレナール氏が最も恐れている男というのが、もっとも親密な二人の友人であった。

(あいつらのほかにだって、十人やそこいらの友人はあるはずだ)そう思って、その各々が自分をどの程度に慰めてくれるだろうか、その同情の程度に応じて評価しながら、一人ずつ宙で点検してみるのであったが、「どいつも、こいつも!」とついにかんしゃくを破裂させてどなってしまった。「どいつも、こいつも、みんなおれの醜態を見れば、手をたたいて喜ぶやつばかりだ」まだしも幸せなことは、彼は、自分は皆に羨望されているという自信をもっていたことだ。それは無理もなかった。＊＊＊国王をお泊めしたという不朽の光栄を有する、町の宏荘な本宅をもっているほかに、彼はヴェルジーの別

荘を大そうりっぱに手入れしていた。家の前面は白く塗って、窓には美しい緑色の鎧扉がとりつけてある。その壮麗さを心に描いて、ちょっとの間、慰められた。なにしろ実際、この別荘は三里も四里も向うからでも、人の眼につくほどである。おかげですっかり迷惑したのは、時代がついて見すぼらしい灰色になっているくせにお屋敷《シャトー》などと自称している近隣の小別荘であった。

レナール氏のために、涙を流してくれ、同情をよせてくれそうな男が、ただ一人、友達の中にいた。それはこの教区の教会理事だ。だがこの男は、どんなことにでもすぐ涙を流す低能なのだ。しかしとにかく、この男はまだ頼りになる唯一の人間だった。

「このおれのような苦しみが、またとあるだろうか。なんという孤立だ！」と彼は気が狂ったようにわめいた。

そして、この実際あわれむべき男は、なお独語するのだった。「そんなことがありうるか。おれが窮した時に、相談する友人が一人もおらんなどと、そんなばかなことがあるものか！　おれの頭が、おかしくなってきたから相談しようというのだ。たしかに頭が変だぞ！　ああファルコス！　ああデュクロ！」かれは苦い気持でこの名を呼んだ。これは、一八一四年に彼が貴族ぶって遠ざけてしまった幼なじみの二人の友達の名であった。この二人は貴族ではなかった。それで彼は、子供の時からずっとそうしてきた、

わけ隔てのない附合いかたを一変したく思ったのだ。

その一人、ファルコスはヴェリエールの紙商人で、才もあり気概もある男であった。彼は県庁所在地で、ある印刷工場を買いとって、新聞を発刊しようと企てた。「修道会《コングレガシヨン》」がこれをつぶすことにきめた。そこで新聞は停止されるし、印刷業者鑑札はとり上げられてしまった。窮状の中から、彼は思いきって、十年以来はじめてレナール氏に手紙を出してみた。ヴェリエール町長はこれに、古代ローマ人のような文体で返答しなくては悪いと思ったのだ。「陛下の大臣によって、諮問せられたりとするも、余は答えん。容赦なく地方の全印刷業者を破産せしむべし。印刷業を国家の独占事業たらしむること、煙草のごとくせよ」当時、ヴェリエールの全町民を感服させた、この旧友へ宛てた手紙のその一々の文句を、レナール氏はいま非常にいやな気持でおもい出していた。(おれの地位と、おれの財産と、おれの勲章とをもちながら、後になって、そんなことを後悔しようなどと、誰が思ったろう)といったふうに自分自身に対してかと思えば、またすぐ今度は周囲の何から何までに対して、たわいもなく腹を立てずめで、彼は恐ろしい一夜を明かした。しかし幸いにも、彼は妻の様子をさぐってみようという気には少しもならなかった。

(わしはルイズにはなれてしまっている。あれは、わしの用事は何でもすっかり知っ

ている。たとえ明日、わしが他の女と結婚してもよいことになったとしても、あれに代る女を見つけることは、わしにできん）そこで彼は、妻は潔白だ、というふうに考えて気休めした。こういう見方をすると、なにも、ここで一つ毅然としたところを見せる必要もないように思えて、この方が彼にとってはずっと好都合であった。罪もないのに中傷された女が、世間にはいかに多いことか！

「しかし、なんだと！」突然、足をばたばたさせて歩きながら、いった。「妻が間男とおれをさんざんばかにしているのを、身分もない、乞食かなんぞのように、じっと我慢して見ておられるか！　ヴェリエールの町中の奴らが、おれのお人好し加減を侮辱してまわってよいというのか！　あのシャルミエ(これは当地方で評判の、間男されている亭主であった)のことを世間では何と言ったか？　あの男の名前を口にするときには、きっとうす笑いが人の唇に浮かんでいるじゃあないか。あれはりっぱな弁護士だ。それだのに、あの男の弁舌の巧さをほめるやつがどこにある？　ああ、シャルミエさんか！『ベルナールのシャルミエ』さんか！　なんて人はいうじゃないか。あの男の名前を言うのに、あの男の顔に現在泥を塗っている人間の名をわざわざくっつけてこう呼ぶんだ」

またしばらくすると、レナール氏はこう言うのだ。「ありがたいことには、おれは娘

をもっておらぬ。だから、おれが母親をこういうぐあいに罰してやっても、それが娘たちの嫁入りにさしつかえる心配はない。おれは、あの百姓の小せがれと家内の現場をおさえて、そして二人とも殺してしまうこともできるんだ。こうすれば、事件の悲劇的なところが、あるいは世間の物笑いにならずにすむかもしれん」この思いつきは彼の気に入ったので、その詳細にわたたって研究した。

「刑法はおれの方に都合よくできている。たとえどんなことになっても、我が『修道会』と、友人の陪審員たちがおれをどうにか救ってくれるだろう」彼は所持の、非常に鋭利な猟刀を調べてみた。だが、血のことを思うとこわくなった。

「あの身のほど知らぬ家庭教師を、さんざんぶん殴って追っぱらってやってもよいわけだが、そんなことをすると、ヴェリエールの町ばかりでない、県下一帯にどんな評判をひき起すかもしれんことだ。あのファルコスの新聞に停止をくわしてから後に編輯長が出獄した時だった。おれが口出しして、あの男に六百フランの就職口を棒にふらしてやった。あの三もん文士の奴、なんでもその後、ブザンソンにまたぞろ性もこりずに姿を現わしたっていうことだ。あいつは巧妙に法網をくぐって、おれのことをひどいこと罵り雑言することぐらいやりかねぬ男だ。つかまえて法廷にひっぱって来たところで！……あの恥知らずのことだ、なあにほんとのことを言っただけですよと、言葉たくみに

言いくるめるだろう。良家に生まれて、おれのように身分のある人間は、とかくあらゆる平民どもににくまれる。パリの新聞におれの名が出るようなことになるかもしれん。とんでもない、このレナールという由緒のある名が、物笑いの泥沼のなかに沈むのを見るなどと、いや不名誉のかぎりだ！……もし旅行でもするときは、変名しなければならないだろうな、なんたることだ！　おれの光栄であり、力であるこの名を捨てるなんて、そんな情けないことがあるものではない！

もし、おれが妻を殺さないで、ただうんと辱しめて家を追い出すとすると、あれはブザンソンに伯母をもっているから、あの伯母めが、財産をそっくり、手から手へと、じかにあれにくれてやる。あれはジュリアンといっしょにパリへ行って暮す。そのことがヴェリエールへ知れるだろう。そこで、おれはやっぱり、まぬけな亭主だと思われる」この気の毒な男は、ランプの光のうすらいだのを見て、夜が白んできたことに気がついた。彼は少し冷たい空気にあたりたくなって、庭へ出た。いま彼は、下手に騒いではヴェリエールに住んでいる彼の良友たちを喜ばせるだけのことだという心配がとくにあるので、けっして事を荒立てないことに、一たん決心していた。

庭の散歩が少し心を静めた。「いや、わしは妻を手ばなすことはできん。あれは実に調法なんだから」妻のいない家庭を想像するだけでも彼はぞっとした。彼の身内の者と

いってはあの老いぼれの、低能の、そして性の悪い、R……侯爵夫人があるばかりなのだ。

これは非常に分別のある考えだ、と思われる考えが、ふと頭に浮かんだけれど、それを実行するためには、この気の毒な人がもちあわせているより、はるかに強い性格が必要だった。(もし妻をもとのままに家に置くとすると、いつかきっと、いやおれにはよくわかっているんだ、いつかあれがおれをむしゃくしゃさせた時にでも、おれはあれの過失を責めることがあるに違いない。妻は中々謝ったりする女じゃない。そこでおれたちが喧嘩する、というようなことが、妻のまだ伯母から遺産をもらわぬ前に起りそうなんだ。そうしたら、皆がそれを笑うことだろう。しかし妻は子供がかわいくてたまらないんだから、いずれは何もかも小さい者たちの手に返ってくるにはちがいない。それはよいとして、おれはヴェリエール中の物笑いの種だ。なあんだ! あの男はたかが細君に仇をうつこともできないじゃないかなんてうわさされるんだ。これは、ただ嫌疑だけにとどめておいて、事実を吟味しない方が、よいだろうか? それだとおれはただ手をつかねているばかりで、後日になっても、少しもあの女をとがめることはできないことになるが)

一瞬ののち、彼の傷つけられた自尊心がまたうずきだした。彼は倶楽部《カジノ》または貴族会

館の撞球場で、だれかおしゃべりの男が、競技を中止してどこかの細君に欺された亭主のことを笑談の種にしてよろこんでいたときのことを、その話の中に出てくる各種各様のやり口を根気よく思い出した。今の彼には、こういう笑談口が、どんなに残酷なものに見えたことであろう！

「ああ、なぜ妻が死んではいないのだ！　そうすれば、おれは笑いものになる心配はないだろうに。おれが寡夫《やもめ》であればよかったのだ。そうしたらパリへ行って、よりぬきの上流社会で半年ばかり暮してくるものを」やもめ暮しの気楽さを、ちょっとのあいだ想像したが、彼の想像力はまた再び、事の真相を確めるにはどうしたらよいかと、その手段のことに考えもどってきた。夜中に、皆が寝静まってから、ジュリアンの部屋の入口の前いちめんに、ぬかを薄くばらまいておこうかしら？　翌朝の夜明けに、足跡を見ることができるだろう。「いや、この方法は何にもならん」と突然彼は腹立たしげに叫んだ。「あのこましゃくれたエリザのやつが、それとさとりそうだわい。するとすぐ家中のやつが、おれが焼もちやいていることを知ってしまう」

やはり倶楽部で聞いたことのある話の中で、一人の亭主がそのつまり愉快でない一件の真相を確めるために、髪の毛を一筋、少量の蠟でもって、細君と色男との部屋にはりつけて封印しておいたというのがあった。

あれかこれかと、こう幾時間も思い悩んだあげくに、とにかく彼の運命を明らかにするためには、この方法が断然、最良のものと思われたので、彼はいよいよこれを採用しようと考えた。とちょうど並木路の曲り角で、たったいま死んでいてくれればよいと思った、その女に出くわした。

彼女は村の方から帰って来たのだ。ヴェルジーの御堂へ、ミサをききに行ったのであった。冷静な学者の眼には、非常に真偽のあやしい伝説ではあるが、しかしレナール夫人はそれを信じていたのだが、今日使用されている小さい御堂は、かつてヴェルジー侯の城の中の礼拝堂であったというのである。夫人がこの御堂へ行って祈禱しようとする時には、いつもこの考えが、その間じゅう執拗につきまとった。彼女は、たえず、夫が狩猟場で過失だったたような顔をして、ジュリアンを殺してしまって、それから、その夜、彼女にその心臓を食べさせるというふうに想像するのであった。

(あたしの運命は、夫があたしの言うことを聞いて何と考えるか、それによってどうでもなる。この運命的な十五分間がすぎてしまったら、もうあたしは夫に話す好機会を逃がしてしまうことになるだろう。あの人は理性の強い利口な人ではない。だから、あたしは、私のよわい理性の力を頼みにして、あの人が何をするか、何を言うか、ということを予め知ることができよう。あの人が、私たち二人の運命を左右する、それをする

権力をあの人がもっている。しかし、その運命は、いまのところあたしの腕次第でどうでもなる。つまり、腹立ちまぎれに盲目的になってものが半分しか見えなくなっている、あのへんな男の考えを、うまく操ればそれでいいのだ。大へんなことになった。あたしはりっぱな手腕と、落着きとがほしい。それをどこでみつけたらいいかしら）

彼女が庭へはいって、遠方から夫の姿を見ると、霊験があったように、心の落着きができてしまった。夫の乱れた頭髪や衣服は、彼が一夜眠らなかったことを物語っていた。彼女は夫に、封をきった、しかし畳んだままの手紙を手わたした。夫はそれを開こうともしないで、気ちがいじみた眼で、じっと妻を見すえた。

「まあ、そのけがらわしいものをごらんになってちょうだい。いやな様子をした男が出てきて、あなたをよく存じ上げているって申しますのよ。そしてあなたには忘れられない御恩があるのですって。その男が、公証人の家の庭の後を通るとき、それを私にわたして行ったのです。あのう、あたし、あなたにぜひしていただきたいことが一つございますの。あのジュリアン先生を、たったいまから、親許へ返してくださいませんか」

レナール夫人は、この言葉を少し時機が早すぎると思えるほどいそいで言った。それはおそらく、この言葉をいずれ口にしなくてはならないという、心配から早くのがれたいためであったのだ。

彼女は自分の言葉で夫がほっとしたのを見て、すっかりよろこんでしまった。自分の上にまじろぎもせずにすえている夫の目つきを見て、ジュリアンの予言の適中したことがわかった。彼女は、現に身に迫ってきている不幸を悲しむことも忘れて、(あの人、えらいわ)と思った。彼女は、(まだ世間を知らない、あんな若い青年だのに、なんと機転のきくことだろう。先になって、どんなえらい人になるかもしれないわ。だけど、あの人が出世したら、あたしなどはもう忘れられてしまうかしら)

自分の最愛の人に対する可憐な嘆賞が、彼女をすっかり不安な気持からとりもどしてくれた。

彼女は自分のやり方を、よくやったと思って喜んだ。ジュリアンに恥かしくないだけにやったと、人には知れぬ甘い快感にひたりながら、思うのだった。

まずいことを言ってはという心配から、一語も発しないで、レナール氏は第二の匿名の手紙を仔細に調べてみた。これこそ、読者も思い出されるであろう、水色の紙の上に切り抜いた活字をはりつけてこさえた、あの手紙であったのである。(ありとあらゆる仕方で、おれを愚弄しおる)と疲労で倒れそうになっているレナール氏は思った。

(また、一応調べてみなけりゃならぬ新ら手の侮辱がきたのだ。そして、あいかわらず家内のことが種ではないか!)彼は、もう少しで夫人に、できるかぎりのひどい慢罵

を浴びせてやろうとした。が、ブザンソンの相続財産のことを思って、危くそれを辛抱した。そこで何かに当り散らしてやりたいはげしい欲望に身をさいなまれつつ、彼はその第二の匿名手紙を揉みくちゃにした。そして大股でその辺をぶらつき出した。妻のそばを離れたかったのだ。しばらくして、やや気を落着けてから、夫人のそばにもどってきた。彼女は、すかさず口をきった。

「とにかく、思いきって、ジュリアンに暇を出すことが、かんじんですよ。なんといっても、たかが職人の子ですもの。少しお金をやって承知させればいいでしょう。それにあの人はとにかく、学問はできるのですから、就職口《くち》はすぐにも見つかるでしょう。たとえば、ヴァルノさんの所か、郡長のモジロンさんの所でも、どちらの家でも、子供があるのですものね。だからあなた、そうしたってあの人には少しも気の毒なことは……」

レナール氏はおそろしい声できめつけた。

「あんたの言うことはまるきりばかの言うことだ。いったい女からものわかった話を期待できるものか。あんた方、女というものは、けっして道理のあることに注意をはらわない。それで何がわかりますか？　いつもぼんやりして、いつも怠けている。動くといったら、せいぜい蝶々を追っかけたりするくらいじゃないか。ちょっとしたことに

もすぐ負けてしまうし。どこの家にも一人や二人はいる。こまったことだ！……」

レナール夫人は夫をしゃべらせておいた。夫は長い間しゃべった。この地方の言葉で言えば「彼は怒りを発散《ちら》させていた」のだ。

しばらくたって、夫人がいった。「あなた、あたくしは名誉を、つまり女のもちものの中では一ばんたいせつなものを傷つけられた女として、申しているのでございますよ」

レナール夫人は、この気のはりつめた会話をしている間、少しも変らぬ冷静な態度を持していた。ジュリアンと共に同じ屋根の下にもっと永く住まえるかどうかが、一にこのところにかかっているのである。彼女は、夫の盲目的な怒りを操るのに適切だと思える着想を、それからそれと探し求めていた。夫があびせかける非難がましい意見などには、全く頓着しなかった。そんなものは、てんで聞いてはいなかったのだ。彼女はそんな時、ジュリアンのことを思っていた。（あのひと、あたしに満足してくれるかしら？）

「あたしたちが親切のありたけつくして、あげた品物だって少くないんだのに。そりゃあ、あの人には罪が無いのかもしれませんが、しかしそうかといって、私が初めてこんな侮辱をこうむったのは、あの人が原因になっていることに変りありません。あなた、

あたしはこのにくらしい手紙を読んだ時には、すっかり決心しましたのよ、あの人か、あたしか、どちらかがあなたの家をどうしても出て行くんだってことに」

「あんたは世間に醜聞をひろめて、それでわしの名誉を汚し、またあんたの名誉も棒にふろうというのか。それはヴェリエールの多数の連中の思う壺にはまるだけのことだよ」

「それはほんとうでございますわ。あなたの上手な管理のおかげで、あなた御自身から あなたの家、それから町だって、こんなに繁栄するようになったのを世間ではみんなねたんでいるのでございますもの……ええ、よろしゅうございますわ。あたくし、自分でジュリアンに言いつけて、ひと月お暇をいただいて山の材木商人の家で暮すように、あの人からあなたにおねがいさせましょう。職人の子に似合いの友達ですもの」

「めったなことはしないがよろしい」とレナール氏は、もうかなり平静になってそれに答えた。「とくにわしが頼んでおきたいのは、あんたがあの男にけっして話しかけぬことだ。あんたは腹を立てさせるにきまっている。その結果、あの男とわしとを仲たがいさせるというようなことになる。あの先生は、ほら、ずいぶん怒りっぽいからな」

「あのひとはずいぶん気がききませんことよ。なるほど学問はできるのでしょうけれど――そのことはあなたがよく御承知ですわ――だけど、しんはもうからきしただの田

舎ものですことよ。あたしは、あの男がエリザと結婚するのをいやだといってからは、少しも好意をもてなくなりましたの。そうすれば暮しの心配が全然なくなったものを、そのことわった口実というのが、あなた、あの子がときどき、人にかくれてヴァルノさんのところへ行くからっていうのよ」

「えっ!」とレナール氏は眉毛を大仰につり上げていった。「なんだって、ジュリアンがそういったか?」

「いいえ、はっきりそう言ったわけではありませんわ。あの人ったら、私にはいつも、聖なる天職のことを話すだけですもの。だけど、ねえあなた、ああいう下々の人たちの天職というのは、つまり、パンを手に入れることなのね。あの人が、エリザがこっそり出かけて行くことを、知っているとは、幾度も私にそう言っていたのですけれど」

「そして、おれは、このおれは、それを知らなかったのだ!」レナール氏はすっかりまた、先刻の興奮に逆もどりして、一語一語に力をこめてそういった。「おれの知らないことが、おれの家で起っているとは、どうしたことだ……それでエリザとヴァルノの間に、何かあったのか?」

「あら、それはもうあなた、古い話よ」とレナール夫人は笑いながら答えた。「多分、それに何にも悪いことは起らなかったのでしょうよ。そんなことのあったのは、あなた

の御親友のヴァルノさんが、あの方と私との間にも、ごくプラトニックな恋愛関係ができているると、ヴェリエールの町中に思わせたがっていらっしゃった、その頃のことですわ」

「いや、そのことはわしも気がついたことがあった」とレナール氏はやけに頭をたたいて、歩きまわるうちに、いろいろ思いあたるふしがあった。「しかしあんたは、わしに一度もそんなことを言わなかったな」

「だって、こんな、収容所長さんのちょっとしたうぬぼれのことぐらいで、御二人の仲を悪くさせてよいものでしょうかしら。社交界の女で、あの方から、とても気の利いた、少し恋文めいたところさえある手紙を、幾通かもらわなかったひとが、どこにあるでしょう?」

「あいつは、あんたにも書いてよこしたんだろう?」

「あの方、筆まめでいらっしゃいますもの」

「さあすぐ、その手紙を見せなさい。わしは命令するのだ」そういってレナール氏は威丈高につっ立った。

「あたし、そんなこと、しないでおきますわ。いつか、あなたがもっとおとなしくしていらっしゃる時に、お見せしてよ」その返事のしかたは、ほとんど投げやりのように

思われるほど甘ったれた調子であった。

「すぐにだといったら！」ともうレナール氏は無上に腹を立てていた。しかし、この時の彼は、半日以来今までの状態にくらべてみて、より幸福であった。夫人は大そうまじめな顔で、

「私にお誓いなさいますか。その手紙のことでは、けっして収容所長さんと喧嘩《けんか》をなさらないってこと？」

「喧嘩しようが、しまいが、あいつから捨児をとり上げてしまうことは、おれにできるんだ」と彼は怒って言葉をつづけた。「だが、おれはその手紙を、今すぐ見たい。どこにあるんだ？」

「私の書きもの机の引出しの中。ですけど、あたし、鍵をおわたししませんことよ」

「こわせるさ」そう叫んで妻の部屋の方へ駆け出した。

実際、彼は鉄の棒でこわしてしまった。そのマホガニーの机はパリからとりよせた貴重なもので、その上に何かしみがついているように見えると、レナール氏はよく自分の着物の袖で、大事そうに拭きとったものである。

レナール夫人は鳩小屋の百二十段の階段を、息せきって駆け登った。白いハンカチーフの片端を小窓の鉄柵の一本にしばりつけた。彼女は女の中で最も幸福な女であった。

眼に涙を浮かべて、山の大きな森の方を眺めてみた。(ああ、きっと、あの繁ったブナの木の下のところで、ジュリアンがこの吉報の信号を、待っていることだろう)と彼女は心に思った。長いあいだ、彼女は耳をすまして聞いていた。そして、蟬の単調な鳴き声や鳥のさえずりが、にくらしかった。あんなうるさい音がなければ、山の大きな岩のところから発した歓喜の叫び声が、ここまでとどいてくるかもしれないものを。彼女の飢えた眼は、樹木の頂がかたどって、野原のように平になっている暗緑色の広大な傾斜を、むさぼるように探し求めていた。そしてすっかり悲しくなって彼女はつぶやいた。(あの人ったら、あたしがこんなに喜んでいるものを！　これに劣らぬあの人の喜びをあたしに知らせるために、なにか合図を工夫する知恵がどうして出ないのかしら)彼女は、夫がさがしに来やしないかという心配がし出すまで、鳩小屋からおりて行こうとしなかった。

きてみると、夫はかんかんになって怒っていた。彼は、こういう興奮状態で読まれることは今まであまりなかったヴァルノ氏のくだらない文句に、大いそぎで目を通していた。

夫が怒号するひまに、こちらの言うことが耳にはいりそうな折をうかがって、夫人は、「また同じことをくりかえしますけれど、ジュリアンは、旅に出した方がよろしいと

思いますわ。いくらラテン語がよくできるといっても、結局は、よく無作法なことをする気のきかないほんの田舎者ですもの。毎日、それで、上品にするつもりでしょうが、あたしに、ぎょうぎょうしい、悪趣味のおせじを言ったりなんかしますのよ。きっと、どっかの小説ででも読んで、そのままおぼえてきたのでしょうけれど……」

「小説なんか、あの男はけっして読まん。それはわしが確めて知っている。わしが一家の主でありながら盲同然で、わしの家の中で起っていることを知らないとでも、あんたは思っとるのか」

「ええそれじゃ、あの人があのおかしなおせじを、どこかで読んでくるのでなかったら、それではあの人が自分で勝手に考え出すのでしょう。それなら、なおのこと、悪いじゃありませんか。あの人が、あの調子で私のことを、ヴェリエール中にしゃべって歩いたと、まあして御覧なさいまし……まあそれほど深く考えないでも」とレナール夫人は何か一つ発見したことがあるようなそぶりで、いった。「あの人がエリザの前でそんなふうに話したとでもすれば、それはほとんどヴァルノさんの前で話したも同様のことじゃありませんの」

「あっ！　活字の匿名手紙と、ヴァルノの手紙は同じ紙に書かれている」と、レナール氏は今までなかったようなとても強い拳固で、テーブルも部屋もゆすぶるばかりに叩

きながら、叫んだ。(ああやっとのことで！)とレナール夫人は心で思った。しかし彼女は、わざとこの事実の発覚にすっかり狼狽したような顔をした。そして一言もつけ加える勇気もなくて、客間の奥の、ずっと遠方にある長椅子にかけに行った。

それからもう、戦闘は確実に彼女の方の勝利になった。レナール氏が、この匿名手紙の作者だと想定される男のところへ、談判に出かけないようにするのに、骨が折れた。

「十分な証拠もないのに、ヴァルノさんに喧嘩をふきかけるのは、じつに下手なやり方だということ、そんな明瞭なことをお気づきになりませんの？　あなたは、ねたまれていらっしゃいますのよ。それは何のためでしょう？　あなたの御手腕のせいじゃなくって。あなたのお仕事に手落ちはなし、数寄《すき》をこらした屋敷はありますし、私が家からもって来た持参金、それよりも、あの伯母さんからもらえそうな相当の額の相続財産——この遺産のことを世間では途方もなく大げさに言っていますけれど——こういういろいろのことが、あなたをヴェリエール第一の人物にし上げたのじゃあなくって」

「あんたは家柄のことを言い忘れている」とレナール氏は少しほほえみかけていった。

夫人は熱心に言葉をつづける。

「あなたは、地方の一流貴族のお一人で、もし王さまが御自由におできになるものなら、家柄相応のことをして下されるものなら、あなたは、きっと貴族院などへおはいり

になれるでしょう。そういうすばらしい地位にいられるあなたが、ねたんでいる世間に、また一つとやかく悪口をいう種をおまきになってよろしいの？

ヴァルノさんに匿名手紙のことでかけ合いするなどということは、つまりヴェリエールの町中に、それどころか、ブザンソンに、いやこの地方一帯に、レナール家ともあろうものが、何かの拍子で軽率に身分の卑しい町人に親切にしてやったところが、それに侮辱されたということを、公表するようなものじゃありませんか。あなたが今しがた無理にとり上げてごらんになった手紙が、私がヴァルノさんの横しまな恋慕に、こちらからも応じていたということを、もし証拠立てでもしますなら、どうか私を殺して下さいまし。私にはそうなすっても、御無理のないことと思います。けれどヴァルノさんにこわい顔をなさるのはいけませんわ。あなたの周囲の人間は、あなたに頭をおさえられているくやしさに、どうかして仇を討とうと口実を待ちうけているのじゃございませんか。それに、一八一六年に貴方が手をおかしになった検挙のことを考えてごらんなさい。あの屋根の上に逃げかくれた男のこと……」

レナール氏は、そういう追懐によってよみがえってくる不愉快な気持を一ぱいに味わいながら、「あんたは、わしには少しの尊敬も、少しの思いやりも、もっていてくれぬとみえる。わしは貴族院議員になれなかった！」

レナール夫人は笑いながら、こたえた。

「私はこう思います。あなたより私の方がいずれお金持になるでしょうし、それに私はあなたの十二年の間のつれあいでございますよ。だから、あらゆる資格で、私は、私の意見を堂々と述べてもいいはずですわ。とくに今日の事件についてはそうでございますわ。もし、あなたがジュリアンなどという男を(と彼女は手ぎわわるく、怒ったふうをよそおいながら附け加えた)あたしよりも、おかまいなさる気でしたら、あたしは今から伯母のところへ行って、ひと冬過してまいる覚悟でおりますから」

この言葉はきわめて、見事に言ってのけられた。ていねいな言葉を使おうとしているが、かたい決心が現われていた。それでレナール氏の腹がきまってしまった。しかし、そこが田舎の習慣で、彼はなお長い間、しゃべりやめずに、同じりくつを何度もくりかえすのであった。夫人は勝手にしゃべらせておいた。まだ彼の言葉の調子には怒気が残っていた。ついに二時間のあいだ無用の饒舌をつづけた後、一晩ぶっつづけに怒りの発作にかかっていたこの男は、力つきてしまった。彼はヴァルノ氏、ジュリアンに対して、それからエリザに対してまで、これからとるべき対策の腹案を定めた。

この日の大問題の最中に、レナール夫人は、十二年のあいだの配偶であるこの男の、現に苦しんでいる様子を目撃して、一度か二度つい同情の気持を感じようとしたことが

あった。しかし真の情熱は利己的《エゴイスト》である。それに、彼女は夫がその前日にうけとっている匿名手紙のことを白状するのを、今か今かと待っていたにもかかわらず、一向に白状しないのだ。レナール夫人の身の安全のためには、その運命を掌中に握っているこの男に、一たいどういう事を入れ知恵してきたのだか、それを知ることがぜひとも必要であった。田舎では妻の評判は、夫の手一つでどうでもできるからだ。泣き言をいう亭主は、世間がばかにする(フランスではこういう心配は日々にうすらいで来たが)。しかし、一方、細君が夫に金をもらえなくなったとすると、雇い女にでもなって一日十五スーずつかせがなくてはならないようなみじめな境遇に落ちる。しかも、良家ではは用心してそんな女を中々雇ってはくれないものだ。

トルコの後宮の女が王様《サルタン》を一所懸命に愛した、としてもサルタンは全能である。女がいくらやさしい技巧をつくしてみたところで、しょせん、その絶大な権力をかすめるなどということは望めないことだ。主長の復讐は兇暴で、流血的だ。がまた武断的でさっぱりしている、匕首《あいくち》でぶすりと一とさし、それでおしまいである。十九世紀では、夫が妻を殺すのに、世間の軽蔑という匕首でやるのである。つまりどこのサロンへも顔出しできぬようにしてやることだ。

自分の部屋へ帰ってみたレナール夫人は、これは危険だという気が強くしはじめた。

部屋中がおそろしくとり乱されているのに気を悪くした。きゃしゃな小箱の錠前がすっかりこじあけてあった。床のはめ木の幾枚かがはね上げてあった。（あの人はあたしをどんな目にあわしたかもしれやしないわ！　あの人があんなにたいせつにしていたこの彩色のはめ木床をこんなに無茶なことしちまうくらいだもの。子供が一人でも濡れ靴ではいってこようものなら、真赤になって腹を立てたものだのに、もうすっかりだめになってるわ）この乱暴なやりくちを見ると、いましがた、あまり手っとり早く勝利をえたことに対して少し悪かったような気がしていたのが、たちまち消えてしまった。

食事の知らせの鐘が鳴る少し前に、ジュリアンが子供たちをつれて帰ってきた。食事がすんで、給仕人たちがさがってしまってから、レナール夫人は彼に大そうぶあいそうにこういった。

「あなたは二週間ほど、ヴェリエールへ行ってきたいと言っていましたわね。旦那さまがあなたに休暇をあげていいとおっしゃるから、いつでもお好きな時にお出かけになってよろしいわ。だけど、子供たちがむだあそびをしないように、毎日、作文をお送りしますから、それを直してくださいね」

「いや一週間以上はいけませんぞ」とレナール氏は非常に気むずかしい調子でつけたした。

ジュリアンはこの人の容貌の上に、よほどひどく苦しんでいる男の不安の表情を見出した。

「まだあの人ははっきり決心がつかないらしいですね」と彼は、ほんの少しのあいだ、客間で愛人と二人っきりになったときに話しかけた。

レナール夫人は朝からの一部始終を大いそぎに話してきかせた。そして、「くわしいことは今晩、ね」と笑いながら、言いそえた。

(女というものは何というくせものだろう!)とジュリアンは考えた。(いったい何がうれしくって、どういう本能から、男をだますんだろう!)

「あなたは、あなたの恋のために、頭がよくなっておいでであると同時に、またさらにもなっておいでのようです」と彼は少し冷然としていった。「あなたの今日の行動は驚くべきりっぱなものだが、しかし、今夜私たちが会おうとするなどとは、いったい思慮分別のあることですか? この家には敵がうようよしているのです。エリザが私を敵のようににくんでいることを考えてごらんなさい」

「あなたがあたしに敵のように無頓着でいらっしゃるのと、大そう似ておりませんこと」

「無頓着であろうが、なかろうが、私には自分のためにおとしいれた危険から、あな

たを救う義務があるのです。もしひょっとして、レナールさんがエリザに話をしかけるというようなことがあれば、あの女は一言ですっかりぶちまけてしまうかもしれません。あの人が武器をもって私の部屋のそばに隠れていないと……」

「おやまあ！　勇気までもないのねえ！」とレナール夫人は、すっかり貴族の娘らしい気位の高さを見せていうのだった。

「自分の勇気についてとやかく言うような卑しいまねはけっしてしないつもりです」とジュリアンは冷淡にいった。「それは卑しいことです。事実の上で判断してもらえばよろしい。しかし、（と夫人の手をとりながら）わたしがあなたからどんなに離れたくなく思っているか、つらいお別れの前に、こうしてお暇ごいできるのがどんなにうれしいか、あなたにはおわかりになりますまい」

第二十二章　一八三〇年の行動法

言葉は考えを隠すためにあたえられた。

神父マラグリダ

ヴェリエールに到着するかしないかに、ジュリアンはレナール夫人に対してあんまりひどい態度だったと、後悔した。（もしあのひとが、気の弱さからレナール氏との悶着の一場でしくじっていたとしたら、おれは、なあんだめそめそした女と思って、軽蔑してしまったにちがいない。あのひとは外交官のように見事に切り抜けた。それにおれは、おれの敵である敗北者の方に同情をよせている。おれの行為の中には、こせこせした町人《ブルジョワ》根性があるわい。おれは自尊心を傷つけられたのだ、というのはつまり、レナール氏が一人の男だからで、その男という御りっぱな、大きな同業組合には、このおれもまた一員として属する光栄をになっているのだからな。おれはなんというばかものだ）

シェラン師が免職されて司祭の官宅を追い出された時には、この地方のもっとも有力な自由派の人たちが争ってお宿をしようと申し出たのだが、師はこれを固辞した。師が

いま間借りしている二つの部屋は、書物でぎっしりつまっていた。ジュリアンはヴェリエールの町の人々に、僧侶とはいかなるものかを、一つ見せてやる気で、父の家へモミの板を十二枚ばかり取りに行った。それを自ら背にしょって大通りをはしからはしまで運んできた。大工道具は旧友の一人に借りた。そして間もなく、どうにか書棚らしいものをつくり上げて、その上にシェラン師の書物をならべた。老師は喜びのあまり涙をながしていった。

「わしは、お前はもう俗世間の虚栄にそまって、堕落したものと思っていたのに。お前さんもあのはでな親衛隊の制服を着たばかりに、大勢のひとににらまれるようになったが、あのばかなまねも、これでりっぱにつぐないができた」

レナール氏はジュリアンに自邸で寝泊りするように言いつけておいた。誰も今度の出来事に気のつくものはなかった。ここへ来てから三日目のこと、ジュリアンが自分の部屋にいると、これは誰あろう郡長モジロン氏そのひとが姿を現わした。それから、たっぷり二時間のあいだというもの、人間の悪らつさについて、政府収入の管理を委ねられている連中の不誠意、そしてこのあわれなフランス国が直面している諸々の危機、等々について、味もそっけもないおしゃべりと芝居がかった泣き言があって、それがすんでやっとのことで、ジュリアンには訪問の主旨がかすかにわかってきたのである。その時

には、二人はもう階段の下り口のところまで出てきていたのだ。つまり、この半分失業しかけている家庭教師が、いずれ近い中にどこかけっこうな地方の県知事たるべきこの客人を、うやうやしくお見送りしてきたところであった。その時どういう風の吹きまわしであったか、モジロン氏は急にジュリアンの一身上のことについて色々話してくれて、彼が自分の利益に関して淡泊であること、等々をほめてくれた。ついに氏は、すっかり父親らしい態度で、ジュリアンを両腕にひしと抱いて、レナール氏の所を出て、やはり「教育すべき」子供をもっている某官吏の家へはいることにしてはどうかとすすめた。でこの某という人は、子宝の多いことをではなしに、ジュリアンのようなりっぱな人物のいる近隣に、自分の子供を生まれさせることができたのをフィリップ王のように天に感謝しているというのだ。この家は家庭教師に八百フランの給料を払う。しかもそれは毎月払いではなくて、年四回に（モジロン氏の説によると月払いは貴族的でないのだそうだ）いつも前金で支払うというのである。

一時間半まえから、退屈に苦しみながら、口を開く機会を待っていたジュリアンに、やっと順番がまわってきた。彼の返答は完璧だった。とくにその長ったらしいこととときては、司教の教書のようだった。聞いていれば何もかも言っているようで、じつは、明確には何一つ言ってはいないのだ。その答弁の中には、レナール氏に対する敬意とヴェ

リエール一般公衆に払われている尊敬、そして名郡長に対する感謝の意を同時に見いだすことができただろう。郡長は、この青年が自分よりもさらに一枚うわ手の偽善者であるのに驚いて、何か要領をえた返答をひき出そうと試みたが、一向に駄目であった。すっかり気をよくしたジュリアンはこの練習の好機を逃さずに、またこんどは別な言葉づかいで返答しはじめた。議員たちが居眠りから目をさまそうとして、うつらうつらしている潮時を見はからって、会議の終りくちを利用しようとする雄弁な国務大臣といえども、かつてこれほど多くの言葉を列べて、これほど少しの内容のことしか言わなかったためしはなかっただろう。モジロン氏の姿が見えなくなるかならないに、ジュリアンはまるで気が違ったように笑い出した。彼はその偽善的な発想のつづくうちに、レナール氏宛に九ページの手紙を書いて、いま耳にはいったばかりの事柄を詳細に報告し、辞を低うして氏の意見を求めた。（あの狸爺は申込者の名を言わなかったけれど、きっとヴァルノ氏なんだろう。あの男はおれがヴェリエールに遠ざけられているのを見て、匿名手紙が功を奏したと思っているのだ）

急報を差し出しておいて、ジュリアンはあたかも秋晴れの一日、朝六時ごろに獲物の豊富な平野へ近づいてゆく狩猟家のような、満足した気持で、シェラン師のところへ相談に出かけて行った。ところが、天はジュリアンに愉快をあたえてやろうと、うまく献

立してくれたのか、彼が老師の家に着かない前に、ヴァルノ氏とばったり行きあってしまったものである。ジュリアンは氏に、はりさけるようなその胸中をかくさず打ちあけた。自分のような一介の貧しい青年は、天意によって心がけている聖職に、身も魂も捧げねばならぬのであるが、しかしこの俗界では聖職がすべてではない。主のブドウ畠において一人前の働きをし、かつ多くの博学な同僚たちに対してさまで恥ずかしくない、というまでになるには教育が必要である。そこでブザンソンの神学校で二年間は勉強しなくてはならないのだが、その間には莫大な費用がかかる。だから、どうしても貯金をすることが必要、というよりむしろそれが義務だともいえよう。そのためには、六百フランもらって、それを毎月ちびちび減らして行くよりは、年四回払いで八百フランの待遇をうける方がずっと有利である。しかしまた一方で、天の思召によって一たんレナール家の子供たちの面倒を見ることになったばかりでなく、この幼い者たちに並々ならぬ愛情を感じるようになったという事実は、これを捨てて他家の教育に従うことはよろしくないとの、天のお示しのように思えないだろうか……

ジュリアンは、この種の弁舌では異常の進歩を示していた。帝政時代にはやった行動の敏速さにかわったのがこの雄弁なのである。あまりうまいので、自分の言葉を聞いていて厭気がさすくらいだった。

家に帰ってみると、りっぱなお仕着せをきたヴァルノ家の従僕が、今日の正餐の招待状をもって来ていた。町中ジュリアンを探しまわっていたのだった。

ジュリアンはヴァルノ氏の家へは一度も行ったことがなかった。ほんの二三日以前には、彼はどうかして警察のごやっかいにならずに、この男を棒ぎれでたたきのめしてやる方法はないものかと、そればかり考えていたのである。御馳走は一時ということだったが、ジュリアンは敬意を表して正午三十分すぎに貧民収容所長殿の書斎へまかり出た。所長殿は、あたり一面の書類挟みのただ中で、せい一ぱいに容体ぶっておられる最中であった。黒くあつぼったい頰髯、ふんだんな髪の毛、頭の上にゆがめているギリシャ帽、ばかに大きなパイプ、刺繡入りのスリッパ、胸の上であちこちに交叉している厚手の金鎖、すべてこの自分を天晴れ色男と信じている地方財務官の身ごしらえに、ジュリアンはちっとも圧迫を感じなかった。それどころか彼はこの男はどうあっても一度ぶんなぐってやらなくちゃならんと、いよいよ思うばかりだった。

彼はヴァルノ夫人に御紹介の栄をえたいと、頼んでみたがお化粧の最中で会うことができなかった。そのかわり、彼は収容所長殿のお仕度に立ち会うことを許された。それからヴァルノ夫人の居間へ通ると、夫人は眼に涙をうかべて子供たちを引き合わせた。ヴェリエールの最も名流婦人の一人である彼女は、男のようないかつい顔をしていたが、

晴れの宴席というので、頬紅をつけていた。そして、母性愛のありったけを、満面にわざとらしくただよわした。

ジュリアンはレナール夫人のことを思った。疑ぐり深い彼の心は、対照《コントラスト》によってよび起される、こうした種類の追憶にしか感動しなかった。しかも一たんそうなると、涙を流すほど心を動かすのだ。この気持は、収容所長の邸宅の様子を見るにつけて、いよいよ大きくなるばかりだった。彼は邸内を案内されたが、眼にふれるもの、すべてりっぱで新しかった。家具の値段を一々聞かされた。だがジュリアンは、それらの中に、何かしら卑しい、盗んだ金の臭いのするものを感じた。誰もかれも、召使たちまでが、彼の挙動に目をくばって、軽蔑的な様子をさせまいと、警戒しているような気がした。

収税吏、税関吏、憲兵将校その他二三名の官吏が、細君同伴で到着した。つづいて自由派の金持が数人やってきた。食卓の用意ができた。この時すでに、よほど不愉快になっていたジュリアンは、食堂の壁一重向うには、かわいそうに監禁されている人々がいるんだと、そんなことを考え出した。そしておそらくその人々に食べさせる肉の分け前の「頭をはね」て、ジュリアンの眼を驚かすつもりだったあの悪趣味の贅沢品を買ったのだろう。

(現にいまだって、彼らはひもじい目をしているんだろう)と、ジュリアンは思った。

そうすると、喉がつまって、食うこともほとんど口をきくこともできなくなった。十五分たつと、もうそれどころではなくなった。というのは、とぎれとぎれに流行歌の節々が人々の耳に聞えてきたのである。監禁されている男の一人が、声高々とうたっていたその歌は、じつのところ、少々品のよくないものであった。ヴァルノ氏は式日用の仕着せをきた召使の一人に目くばせした。召使は姿を消したが、まもなく歌は聞えなくなった。ちょうどこの時、給仕の一人がジュリアンにラインのブドウ酒を緑色の杯についですすめていた。ヴァルノ夫人はさっそく、この酒は製造元から直接とって、一瓶九フランするのだと、彼に注意してくれた。ジュリアンは、その緑色の杯を手にしながら、ヴァルノ氏に、

「もうあのいやな歌をうたわなくなりましたね」

「そりゃあ、そうだろうとも」と所長はとくいそうに答えた。「乞食どもを、黙らすように言いつけましたからな」

この言葉はジュリアンに、あまりこたえすぎた。彼は現在の彼の身分にふさわしい態度をとってはいたが、心は別だった。あんなによく訓練の行きとどいている彼の偽善的態度にもかかわらず、彼は頬に大粒の涙が一滴つたうのを感じた。その涙を緑色の杯で隠そうとしたのだが、この際、ラインの名酒を十分ちょうだいすることは、とうてい不

可能であった。(歌をやめさせるって！　ああなんとひどいことをする！　それでお前はだまっているのか！)と彼は自分にいった。

　幸せにも、彼の場ちがいな感傷に気づいたひとは、一人もなかった。ちょうど収税吏が王党讃美の俗歌を声はり上げている最中だった。折返し《リフレーン》を一同が合唱する騒々しいあいだジュリアンの良心はこうつぶやいていた。(お前が将来ありつこうという汚らわしい富貴の身分というのは、これなんだぞ！　そしてそれを享楽するのは、こういう状態で、しかも、こういう仲間に取巻かれてでなければいけないのだ。お前はあるいは二万フランくらいの地位をえるかもしれん。しかし、お前が肉をむさぼり食っているあいだ、哀れな囚人の歌を禁じておかなければならないのだ。そいつのみじめな食糧をかすめた金で、お客に御馳走するんだろう。その御馳走のあいだ、囚人はいっそうつらい思いをしているのに！　――おおナポレオン！　あなたの時代に戦場の危険をおかして立身することは、なんと愉快なものであっただろう！　しかるに、卑劣な手段で弱い者いじめをするなんて！)

　私は白状するが、ジュリアンがこの独白の中で自ら証拠だてている彼の弱点は、彼のために気の毒な意見を私にもたせるものである。彼は、自分はすこしの痛い目もいやなくせに、大国家の全形態を変革しようなどと考えている、例の黄手袋《おしゃれ》の陰謀家の仲間に

でもなればよかったと思う。

ジュリアンはむりやりに自分の役割に引きもどされた。こういう上流人の会合の席に彼が招待されているのは、なにも自分勝手な妄想にふけって口をつぐんでいるためではなかった。

もとは更紗《さらさ》業者で、ブザンソン・ユゼス両アカデミーの通信会員である男が、食卓の向うのはしから話しかけて、あなたの新約聖書研究が目ざましい進歩ぶりを示しているそうだが、それはほんとうですかと、ジュリアンに質問した。

急に一同が静まりかえった。不思議なことに、両アカデミーの博学な通信会員の掌中に、一冊のラテン文の新約聖書がありあわせたのである。ジュリアンの返答によって、ラテン文の句のきれっぱしを、行きあたりばったりに読み上げると、彼は暗誦した。彼の記憶は正確だった。そこでこの人間業でない芸当は、宴会の終りに特有な騒々しさのかぎりをつくして、人々の嘆賞するところとなった。ジュリアンの眼には上気してほんのりそまっている婦人たちの顔が映った。二三人そう悪くないのがいた。歌のうまい収税吏の細君がさっきから彼の眼には、一きわ美人に見えた。その細君の方を見つめながら彼はいった。

「御婦人方を前にしましてこういつまでもラテン語をしゃべっておりますことは、ま

ことにおはずかしいことです。リュビニョーさん(これが両アカデミー会員の名だ)が、どこからでもお好きな所を一つラテン文をお読みくださいますと、その後をラテンの原文でお答えするかわりに、即座にフランス語に訳してお目にかけようと思います」

この第二の試みは彼の光栄を十二分のものにしてしまった。

席上には数人の富裕な自由主義者がいた。といっても、子供には奨学金のもらえそうな幸せな父親たちであって、そのために最近の布教以来、にわかに宗旨変えをした人達である。そういう抜け目のない政略的なやり口にも知らぬ顔して、レナール氏はけっしてこの連中を家によせつけなかったものだ。この小父さんたちは、だから、ジュリアンをただ評判で聞き知っているばかりで、それに＊＊＊国王臨幸の際に馬上の姿を見たきりであったが、今夜は真先にたって騒々しくほめそやすのだった。(阿呆どもはいつになったら聖書の文体に聞きあきるのだろう、何のことかわかりもせぬくせに)とジュリアンは思った。聞きあきるどころか、皆はこの文体が変っているのを面白がっているのである。きゃっきゃと笑っている。ジュリアンの方があいてきた。

六時が鳴ったので、彼はもったいぶって立上った。そして、翌日シェラン師の前で朗読するためにおぼえておかねばならないリゴリオの新神学の一章について一言した。そして面白そうに言いそえた。

「つまり私の職業は、ひとに学課《ルソン》を暗誦させたり、それをまた自分で暗誦したりすることでございますから」

皆は大笑いし、また感心した。まずこういうのがヴェリエールで通用する洒落《しゃれ》であった。ジュリアンはもう立上っていた。一同も作法をかえりみずに起立した。ここが天才の威力なのだ。ヴァルノ夫人はなお十五分ほど彼をひきとめた。小さい者たちが教理問答を暗誦するのを、ぜひ聞いてやってくれというのである。子供たちは吹き出すような間違いをしでかした。ジュリアンひとりそれに気がついていたが、一々指摘してやろうなどという気には少しもなれなかった。（宗教の第一要理について何たる無知至極！）と心のうちで思っていた。やっと挨拶をして、これで逃がしてもらえるものと思った。だめだ。ラ・フォンテーヌの寓話を一つ突破しなければならなかった。でジュリアンはヴァルノ夫人に、

「この作家は大そう不道徳なので、たとえば、ジャン・シュアール氏のことを書いた寓話なんかでは、最も敬意をはらわねばならぬ事柄に対して、おそれげもなく愚弄をあびせたりいたしております。で彼は一流の註解学者たちからは峻烈な非難をうけておるのでございます」

出て行く前にジュリアンは四つか五つの宴会に招待をうけた。（あの青年は本県の名

誉だ)と、すっかりじょうきげんの来客たちは声をそろえて感嘆していた。ジュリアンがパリへ行って研究を続けることができるように、町費で彼の扶助金を出すことを可決しようじゃないかと、そんなことまでが話題に上っていた。

こういう向う見ずな計画で食堂が反響するほどにぎわっているとき、ジュリアンはさっさと正門のところへ行きついていた。(ああいやな奴! 下品な奴!)と、彼は冷たい空気を呼吸する快感にひたりながら、三四度小声で罵った。

この瞬間の彼はまったく貴族的になっていた。ながいあいだレナール氏のところで家人からうける礼節の底に、いつも人をばかにした冷笑と尊大な優越感を認めて、あれほど不愉快にされていたそのジュリアンであったが。彼はいま極端な相違を感じないわけにいかなかった。そこを遠ざかって行きながら彼はつぶやくのだ。(たとえ囚人たちから金を盗んでおいて、しかも歌をうたうことすら禁じたということを、忘れてやるとしてもだ! レナール氏がお客にブドウ酒をすすめながら、これは一瓶いくらと一々いったことが、かりそめにもあっただろうか。あのヴァルノといったら、持物の地所を列挙する時に――しょっちゅう話がそこへ行くのだが――そのときに細君が傍にいると、自分の家や土地のことを、「お前の」家、「お前の」土地と言わずにはしゃべれない)

(あのヴァルノ夫人ときては、所有ということの快感にじつに敏感らしいのだが、食

事中に召使の一人が足つきグラスをこわして「十二客そろいを半端にした」というので、とても見ていられない大騒ぎをやってみせた。召使はおそろしく横着に口答えをしたものだ）

（なんという人々の集りなんだろう。彼らが不正なことをしてえているすべてのものの、その半分をくれるといってもおれはあんなやつらといっしょに生活することは御免だ。いつかおれの本性のばれる日がある。彼らに対してきっと感じる侮蔑感を外に出さないで辛抱することができないだろうから）

しかし、レナール夫人の命令にしたがって、彼はなお同じような種類の宴席に数回顔出ししなければならなかった。ジュリアンは流行児になった。人々は親衛隊制服のことを許した。というよりも、あの時の軽挙がかえって彼の成功の原因であったといえる。まもなくこの博識の青年を手に入れようとする競争で、レナール氏か収容所長か、そのどちらが勝つかということがもっぱらヴェリエール中の問題になった。この両氏は、マスロン師を加えて三頭政治を形成して久しい年月のあいだ、この町を専制していたのである。人々は町長をねたんでいた。自由派の連中には不平があった。しかし要するに彼は貴族であって生来人の長たるべく生まれついていた。一方、ヴァルノ氏は父の遺産として受けついだのは年金六百フランにも足りなかった。今でこそ彼はノルマンディ産の

名馬が、彼の金鎖が、パリ仕立ての衣裳が、つまりいっさいの現在の豪奢ぶりが人々の羨望の的となっているが、その昔少年の頃には、彼のお粗末な青リンゴ色の服を知らないものはなく、いつもあわれみの的だったのである。

ジュリアンは新しい知己の大波のうちに、一人の高潔な人を見出したように思った。それはグロ*という幾何学者で、急進党として通っている人だった。いつも自分自身に虚偽と思われることしか決して言わないことにしているジュリアンだから、グロ氏のような人に対しても、やはり猜疑心を捨てることができなかった。ヴェルジーからは作文の大きな包みを送ってきた。また彼に度々父に会いに行くようにと勧告してきたので、このあまり愉快でない要件にも努めて従った。つまり一言にしていえば、彼は世評をかなりの程度に恢復しつつあったのである。ある朝、彼は両の手で眼をふさがれて、驚いて眼をさました。

それはレナール夫人であった。夫人は町に遠出してきたので、子供たちがつれてきた飼兎にかまっているままに残しておいて、自分ひとりさきに、階段を駆け登ってジュリアンの部屋までできたところであった。それは楽しい一瞬間であった。が、ずいぶんと短かった。子供たちが彼らの親友に見せようと思って兎をつれて上って来たときには、レナール夫人の姿はもうそこになかった。ジュリアンは皆にあいそよくした。兎にまであ

いそよくした。それはちょうど、わかれていた家族に再会するような気持であった。この子供たちを自分が愛していること、そしてこの子供たちとおしゃべりすることのうれしさを、今日は身にしみて感じるのだった。子供たちの声の優しさに、その無邪気で上品なかわいい動作に彼は驚いた。ヴェリエールにおける人々の野卑な行動と、不愉快な考えの真直中に呼吸している彼は、そういうものからすっかり脳裡をきよめてほしいと思っている矢先であった。毎日毎日失敗しやせぬかという不安ばかりだ。毎日毎日、豪奢と貧窮とのつかみあいの闘争だ。彼が招かれて行く家の人は、食卓に出る焼肉につてまで、言うものの品位を下げ、聞く者には嘔吐を催させるような内幕話をして聞かすのだ。

「あなたがた貴族の人が気位の高いのも道理です」と、彼はレナール夫人にいった。そして夫人に、彼が我慢して出席した招宴のことをすっかり話してきかせた。

「じゃ、あんたは流行《はやり》っ子なのね！」そういって、彼女はヴァルノ夫人がジュリアンを迎えるたびに、いつも頬紅をつけなくてはわるいと思っていることを考えると、すっかりうれしくなって晴れ晴れと笑った。「きっと、あのひとはあんたの心をどうかしようとたくらんでいるのよ」といいそえた。

朝食は楽しかった。子供たちのいることが、見たところじゃまらしく思えても、事実

は二人の幸福を一そう大きくした。いじらしくも子供たちはジュリアンに会った喜びを、どうして現わしてよいものかわからないというふうに見えた。女中や下男たちは、ジュリアンがヴァルノ家の教師になったら二百フラン手当の増額をすると申込まれていることを、ちゃんと子供の耳に入れているのだった。

食事のさいちゅうに、大病のやみ上りでまだ青ざめているスタニスラス－グザヴィエが、突然母に自分の銀の食器と、今つかっているコップは、どのくらいの値段だと質問した。

「なんだってそんなこと聞くの？」

「僕はこれを売ってそのお金をジュリアン先生にあげたいんだよ。そして先生が僕たちとずっといっしょにいても、まぬけだなんて言われないようにしてほしいの」

ジュリアンは眼に涙をためてこの子を接吻した。母親はほんとうに泣き出してしまった。ジュリアンはスタニスラスを膝の上にのせて、「まぬけ」などという言葉を使ってはいけない、この言葉をそういう意味に使うのは下男たちの言葉なのだからと、言ってきかせた。それを聞いているレナール夫人のうれしそうな様子を見て、彼はそれから目に浮かぶような例を用いて、「まぬけ」になるとはどういうことか説明した。子供達は面白がった。

「僕わかった。チーズをおっことして、おべっか狐にとられてしまったあの馬鹿な烏のことでしょう」とスタニスラスがいった。

レナール夫人はうれしさに夢中になって、子供たちに接吻をあびせかけた。そうするためには、少しジュリアンに身をよせかけねばならなかった。

突然扉が開いた。それはレナール氏だった。彼のにがりきった不満らしい顔つきは、彼が姿を現わすと同時に急にどこかへ消えてしまった今までの楽しい団欒《だんらん》の光景と、異様の対照であった。レナール夫人は顔色を変えてしまった。もう何もかも打ち消すことのできない状態にある、と思ったからだ。と、ジュリアンが口を切った。そして、非常に高い声で町長さんに、スタニスラスが銀の杯を売りたいといった、その話をしてきかせた。こんな話は聞き手の耳へ快くはいるまいことは、ジュリアンにもよくわかっていたのだ。だいいち、レナール氏は平生からのくせで、カネという一言を聞いただけで、もう眉をひそめる人だ。(金ということを口にするのは、いつもきっと己の財布からいくらか引き出そうという前置きなのだ)とつね日ごろから言っていた。

だが、今この場では金銭の問題以上のものがあった。つまり猜疑が大きくなったのである。自分の留守の間に家庭が明るく幸福になっている様子、それを見せつけられた相手がなにしろあんなに鋭敏な虚栄心をもっている男であるだけに、ちょっとおさまりが

つきにくかった。夫人が、ジュリアンがたくみに品良く教え子たちに、新しい言葉の意味を教えたその手際を、とくいそうに吹聴すると、

「ああわかったよ。先生は子供たちにわしをきらわせるようにしむけるのだ。わしの百倍も子供たちにあいそよくするのは、先生にとっちゃ造作もないことだろうさ。おれは主人なんだからな、結局。今はなにしろ、何もかもが正当な権力にけちをつける時代だ。こまったフランスだ！」

レナール夫人は夫の自分に対する態度の微細な変化にまで、気をつけて見のがすまいとしていた。そして早くも、彼女はジュリアンと半日くらいはどうやらいっしょにすごせそうな形勢をみて取ったのである。町へ出てしたい買物がいろいろあった。彼女はぜひとも料亭《キャバレ》へ行って食事をしたいと言いだした。夫が何といおうが、何をしようが、彼女は頑としてこの思いつきを撤回しなかった。子供たちは料亭という言葉——これは当今の品行方正のお人が大そううれしそうに口にされる言葉だが——を聞いただけでもう大騒ぎして喜んだ。

レナール氏は妻が一軒目の雑貨店にはいると、すぐ別れて二三の訪問先に向って行った。そして帰ってきた時には、朝よりもまだずっと陰鬱になっていた。町中どこへ行っても、彼とジュリアンのうわさでもちきりであることを、とっくり見聞してきたのだ。

しかしじつをいうと、彼に関するうわさの中でも彼が腹を立てそうなところだけは聞かされていないのである。それで町長さんのお耳にはいった評判というのは、ジュリアンは六百フランでレナール家にいすわるだろうか、それとも収容所長さんの申し出た八百フランを承諾するか、その結果をみんなが知りたがっている、というような事柄だけであった。

ところで当の収容所長は社交場裡でレナール氏とばったり出会って、大そうそっけない態度を示した。このやり方は、まず巧妙だった。田舎ではめったに無考えに事をしないものだ。なにしろ、感情の発することが稀なので、見せる時は底まで見せる。

ヴァルノ氏は、パリを去る百里のこの地方で人が呼んでおしゃれという型の男だった。つまり、図々しくて粗野な性質のたぐいである。一八一五年以後の万事に好調子な彼の生活は、このけっこうな性向をますますつのらせて行った観がある。彼はヴェリエールの町を、いわばレナール氏の指揮の下に支配していたのだが、はるかにまめで活動家の彼は、どんなことにも赤面しないし、どんなことにも割りこんで行き、どこであろうと出かけて行き、書き、しゃべり、恥を忘れ、自分の意見などは何一つもってはいないし、という具合で結局、僧侶の権勢家の眼から見て町長に匹敵する信望をかちえてしまった。ヴァルノ氏のやり方は、たとえば、乾物屋連中に向って「君たちの中で一ばんばかな男

を二人よこせ」といい、法曹界には「もっとも無知の男を二人教えろ」とくる。医者仲間に向っては「一等の藪医者を二人指名してくれ」というふうにして、彼が各職業について、それぞれ最も破廉恥な人間をよせ集めたときに、こういうのだ。「さあ、いっしょに町を治めよう」

こういう連中のやり口はレナール氏を憤慨させたけれども、一方、ヴァルノ氏の図々しさときては何だって意に介しない。あの若年のマスロン師にしかも人中でこっぴどくやっつけられた時でさえ、全くしゃあしゃあしていたのだから。

こうしてヴァルノ氏は万事好調の中にいたわけであるが、しかしそれでも時々はわざと些細なことで、無礼な態度に出てみて、誰からやっつけられても仕方はないと観念はしているが、ひどい非難が起ったりする気配はないかと確めてみる必要があった。アペール氏の来訪が、彼の心の中にさまざまの不安を残して行ってからというものは、彼の活動ぶりは一そうめざましかった。ブザンソンへ三度も旅行したし、便のあるごとに幾通も手紙を書いた。それのみか、日暮に彼の家へ立ちよる素姓の知れぬ男に手紙を託したりすることもあった。シェラン師を免職させたのは、おそらく失敗だったかもしれなかった。この復讐的な行為をしたばかりに、彼は一部の良家の信仰あつい婦人たちのあいだでは、極悪人のように思われるに至ったからである。しかしこれで忠勤ぶりを見せ

た結果、彼はいよいよフリレール副司教の庇護をこうむることになって、この人物から彼は始終ふしぎな要件を依頼されていた。ヴァルノ氏がつい気まぐれに乗じて、匿名の手紙を書いた頃、彼の政略は大体このへんまできていたのである。さていよいよ厄介なことには、彼の妻がどうしてもジュリアンを家に抱えたいといってきかないのだ。彼女の虚栄心が夢中だった。

いよいよこうなってはヴァルノ氏も、彼の旧盟友であるレナール氏との間に、一戦まじえなくてはならないという気がした。レナール氏はきっと峻烈な言葉をあびせかけることだろうが、なにそんなことは彼にとって大したことじゃなかった。ただおそれることは、町長はブザンソンへ、いやパリへだって通信を出しかねない。誰か大臣のいとこだというような男が、ひょっこりヴェリエールへ現われて、貧民収容所を奪ってしまう、そんなことも起りうべからざることではないのだ。ヴァルノ氏は自由派と結託しようとした。ジュリアンが暗誦をやった宴会の席に数人の自由派の男が招待されていたわけは、これである。これによって町長に対抗する強力な支持をえることができるだろう。だが、選挙がいつやって来るかも知れない。収容所長の要職と、よからぬ党派へ投票することが両立しにくいことは、あまりに明白であった。こういう政争の内幕をよく見透かしているレナール夫人は、ジュリアンに腕をかして一軒一軒と店をめぐって行く間に、その

様子を話して聞かせた。そうして二人は次第にあの「忠誠散歩道」の方へ歩みよっていた。そこですごした数時間は、ヴェルジーにいたときとかわらぬくらいに、人目もなく静かであった。

ちょうどこの時分、ヴァルノ氏は昔の自分の親分格である人に、わざと無遠慮な態度をとって、それによって最後的な喧嘩《けんか》になるのを避けようとしていた。この日はこの方法が成功したが、町長のふきげんはいよいよ大きくなった。

レナール氏の心中では、こせついた金銭欲がそのもっとも貪婪《どんらん》な、卑しい特性を発揮しつつ、彼の虚栄心と暗闘をつづけていた。およそこの時の彼ほど情けない状態に落ちこんだ人間はないと思われる、そういうふうで彼は料亭《キャバレ》にはいった。これに反して、子供たちがこの時ほど楽しそうに愉快にしていたことは、今までになかった。この対照はとうとう彼の感情を害してしまった。

「わしは自分の家庭で余計者になったようだな」と部屋にはいりながら、せいぜい威厳のある調子を言葉にもたせようとつとめていった。

妻は返事するかわりに夫をわきに呼んで、どうしてもジュリアンを遠ざける必要のあることを説いてきかせた。たった今すごしてきたばかりの幸福な幾時間かが、半月も前から思案していた計画を実行に移すために必要な、気軽な調子と決断力を彼女にあたえ

たのであった。気の毒なヴェリエール町長をすっかり困惑させてしまったことがある。それは町中で彼の黄金に対する愛着をば、皆がおおっぴらに笑っていることが、自分にもわかっていたからである。ヴァルノ氏は泥棒のように金づかいが荒かった。しかるに町長は、聖ジョゼフ会、聖母協会、またはサン=サクルマン会などのために行われた最近五六回の寄附金募集のときに、はでにというよりはむしろ賢明にふるまった方である。

寄附額に応じて献金係の僧侶の手で器用に整頓してある奉加帳に、ヴェリエールやその近隣の田舎紳士の間にまじって、レナール氏の名が最後の列に出ていたことは一再ならずのことだ。(私は少しも所得がないんだから)と言ってもとり合ってくれなかった。坊さんたちはこういう事がらにかけては、なかなか笑ってすましてくれない。

第二十三章　公吏の悩み

調停者は、十五分ばかり不愉快を忍ばねばならぬかわり、一年中威張っていられるから、それで十分に償われているわけである。

カスチ

だがここでしばらく、このとるにたらぬ男を勝手に彼のとるにたらぬ心配事の数々に悩ませておこう。いったい、彼が雇い入れるには下男根性の男がよかったのだ。それだのになぜ、気骨《きこつ》のある人間を家に入れたのか。自分の使用人を選択するすべをなぜ知らないのだ。十九世紀において通常の行き方では、もし貴族に生まれ権勢をもっている男が気骨のある人に出会うとすると、この人間を殺すか、追放するか、監禁するか、それとも先方が愚かにも苦悩のあげく死ぬほどにうんと辱しめをあたえるか、そのどれか一つである。たまたまここでは苦悩しているのが気骨ある人間の方ではない。フランスの小都市やニューヨークのような選挙制の治政の不幸なことは、世間にはレナール氏のような男が幾人も存在しているという事実を、われわれに思い起させるところにある。人

ロ二万の都会では、こういう人たちが世論をつくるのであって、そしてこの世論は立憲国では恐ろしいものだ。ここに諸君の友人があるとする。その人は高貴な寛大な性質の人だとしても、もし諸君から百里もへだたった地に住んでいたとしたら、彼は諸君の住んでいる都市の世論によって諸君を判断するだろう。そしてその世論というのは、偶然、金持で穏健で貴族に生まれてきたばか者どもがつくるのだ。一きわすぐれた人物こそ災難である。

食後すぐに皆はヴェルジーへ帰って行った。だが翌々日には家族そろってまたジュリアンのところへもどってきた。

一時間とたたないうちに、ジュリアンはレナール夫人が何か自分に秘密にしているらしいのを知って、意外に思った。夫と話しているときでもジュリアンの姿が見えると、あわててやめてしまう。そしてほとんど彼にあっちへ行ってもらいたそうなふうだった。ジュリアンは夫人に二度とまでそういう素振りを見せてもらわなかった。彼はすぐ冷やかに打ち解けぬ態度をとった。夫人はそれに気がついたけれども、何もいおうとはしなかった。(おれの後釜でもできるのかしら)とジュリアンは考えた。(まだ一昨日だって、あんなに優しくしてくれたのに！　しかし上流の婦人なんて、皆こういうふうだと聞いている。まるで王さまのようなやり方だ。自分ひとりにだけ寵遇をたまわっていると思

った大臣が家に帰ってみると、御不興のお達しが待っている、そんなものだ)

ジュリアンは自分が近づくとたんに、ぴったりやめられてしまった夫婦の話の中に、ヴェリエール町有になっているあの古ぼけた、しかし広くて便利に建っている家のことが、幾度も口に上っていたのに気がついていた。その家というのは町の商業中心地にあって御堂の真向いに立っていた。(その家と今度の恋人との間にどういう関係があるんだろう?)とジュリアンはいぶかしがっていた。悲しい心持で彼はフランソワ一世の作ったあの可憐な詩句を口ずさんでみた。これを夫人から教わってから、まだひと月とはたっていないのだから、彼にとってはまだごく新しい気がした。あの時には、それこそどんなに熱心な誓いをたてて、愛撫をくりかえして、こんな詩句はみな大うそだということを、はっきりつよく言いきってくれたものを!

女ごころぞうつろいやすき
心ゆるすは狂気の沙汰

レナール氏は駅馬車でブザンソンへ立った。この旅行を決心するのに二時間ついやした。非常に苦悩したらしい跡が顔に見えた。帰ってくると、鼠色の紙にくるんだ大きな

包みをテーブルの上にほうり出した。

「さあ、これが例の愚にもつかぬ一件だ」と妻にいった。

一時間ほどしてから、ジュリアンはビラはり屋がこの大きな包みをもって出て行くのを見かけた。彼はいそいでその後をつけた。（通りの最初の曲り角で秘密がわかるぞ）

ビラはり屋が大きな刷毛で広告紙の裏面をなすっているその後ろで、ジュリアンはもどかしがって待っていた。ビラがはりつけられるが早いか、ジュリアンの好奇心いっぱいの眼がそこに見たのは、レナール夫婦の話に度々出てきていた、あの古ぼけた大きい家を入札で賃貸するという旨をくわしく書いた告知だった。入札は明日二時から町役場の広間において、第三の灯火の消えるのを合図だということだ。ジュリアンは大へん失望した。こんなに時間の余裕が短かすぎるのに、どうして入札希望者の全部に告知することができるんだろう、と思った。それはそうとしても、この今から十五日以前の日附になっている告知文を、それが出ている三ヵ所で一々全文を読みかえしてみたものの、結局なんら要領をつかむことができなかった。

彼はその貸家というのを見に行った。門番が彼のやってくるのを知らずに、近所の男をつかまえて何か意味ありげなことをしゃべっているところだった。

「いや、どうせもう、骨折り損さ。マスロンさんが三百フランでといっていたのを、

町長さんがはねつけたもんだから、それで町長さんはフリレール副司教様に呼びつけられたってわけよ」

ジュリアンのきたことが二人の男に大へんじゃまになる様子で、それから先は何も言わなかった。

ジュリアンはもちろん入札のある場所へ出かけて行った。誰もかもが異様の眼差しでおたがいにじろじろ見あっていた。そうして、その眼はみんなテーブルの上に注がれている。テーブルの上に錫の皿がおいてあって、そこにろうそくが三本燃えているのが眼についた。取次人が叫んだ。

「三百フラン！」

「三百フラン！ そりゃあ、あんまりひどい」と一人の男が近くの男にいった。ジュリアンはちょうどその二人のあいだにはさまっていたのだ。「八百フラン以上の値打があるんだぜ。おれがひとつ上をつけてやろう」

「天に向って唾《つばき》をするようなもんだからおよしよ。マスロンさん、ヴァルノさん、司教さん、それからあのおっかないフリレール副司教、その他大勢の悪党連を敵にまわして、何のためになるんだい」

「三百二十フラン」と、も一人の方がどなった。

「ばかなやつだなあ！　おや、町長さんのスパイがきてるじゃないか」とジュリアンを指さしながら、そばの男がいった。

ジュリアンはこの言葉をこらしめてやるために、ぐるっとはげしくふり向いた。しかし二人のフランシュ-コンテ生まれの男は、彼に眼もくれなかった。彼らの動じない様子がジュリアンをも冷静にさせた。ちょうどこの瞬間に、最後のろうそくが燃えつきた。取次人のまだるっこい声が、＊＊＊県庁の課長、サン-ジロー氏に九年間三百三十フランで落ちたことを知らした。

町長が室を出て行くとすぐ、いろんなむだ口がはじまった。

「グロジョが向うみずなことをやるもんだから、町が三十フランもうけちゃったな」と一人がいった。

「サン-ジロー氏がグロジョに返報するさ。うんとやっつけられるだろうて」

「悪いことをしやがるな！　あの家ならおれは仕事場にするために八百フラン出したっていいんだよ。それだって高かないんだ」とこれはジュリアンの左側にいる肥っちょの男がいった。と、それに若い自由派の工場主が答えて、

「なあに、サン-ジローさんは『修道会』の会員じゃないですかい。四人の子供が奨学資金をもらってるんですよ。つまりこれはだね、ヴェリエールの町会が、あの人に五百

フランの増俸をしなくちゃなるまい。それだけのことさ」

「町長さんがこんなことを黙って見ているなんて！（とまた別の男が）だって、あのひとは極右党《ウルトラ》だが、盗みはしないよ」

「盗《ヴォレ》みはしないって？　あたり前だ、飛《ヴォレ》ぶのは鳩さ。*　要するにあれはみんな町の大財布の中に納まって、年末に分配するんですよ。おや、ソレルの小僧がきている。さあ行きましょう」

ジュリアンはひどくきげんをそこねて帰ってきた。レナール夫人が大そう沈んでいた。

「あなた、入札にいってらして？」

「ええそうです。あすこで名誉なことには、町長さんのスパイだと思われてきました」

「あたしの言うことを聞いてくれたら、あのひとは旅行に出かけたはずなんだけれど」

この時レナール氏が姿を現わした。大へん浮かぬ顔つきをしていた。食事のあいだ誰も口をきかなかった。レナール氏はジュリアンに、子供についてヴェルジーへ行くように言いつけた。途中は陰気であった。レナール夫人は夫を慰めるのだった。

「これしきのことにはおなれにならなくっちゃ、ねえあなた」

夜、家族のものは黙りこくって、煖炉のそばにかけていた。ブナの薪の燃える音がときどき気を散らせるばかりだった。

どんなに円満にいっている家庭にでも、ときどきはこういうことがあるものだ。と、子供の一人がうれしそうに叫んだ。

「ベルが鳴ってるよ。ベルが鳴ってるよ」

「ちくしょう、サンｰジロー《ー》のやつがお礼にきたような顔をしてうるさいことでも言いにきたのだったら、よし、言ってやることがある。あんまりひどい。お礼ならヴァルノにいえ。おれこそひどい目にあったんだ。もしも、あの急進党《ジャコバン》のばか新聞などがこの一件をかぎつけて、おれを九十五氏《ノナント・サンク》＊あつかいにしたらどうするんだ」

あつぼったい黒頬髯をはやした美男子が、このとき召使に案内されてはいってきた。

「町長さんでいらっしゃいますか。私はジェロニモと申すもので、ナポリ大使館附武官、ボーヴェジ氏から添書を頂いてまいりました。これでございます」

それからレナール夫人の方を見て快活に、

「いまから九日まえになりますが、私はあなたのおいとこさんで、私には親友のボーヴェジ氏から、奥さんはイタリア語に御堪能だとうかがってきましたよ」

このナポリ人の陽気さが、この陰気な宵をすっかり明るくした。レナール夫人はどうしてもこの男にちょっとした夜食をさせたくて、そのために家中を大騒ぎさせた。夫人の心のうちは、この日二度までも耳のはたでスパイと呼ばれてきげんをそこねてしまっ

ているジュリアンに、せめても気ばらしさせてやりたかったのである。ジェロニモは相当有名な歌手で、つきあって品が良く、それにもかかわらず大へん陽気なたちであった。この二つの性質はフランス国内ではもはや両立しがたいものなんだが。彼は夜食がすんでから、レナール夫人といっしょに、小曲を一つ二部合唱でうたった。それからまた、とても愉快な話をしてきかせた。夜中の一時になって、ジュリアンが寝に行くようにすすめたが、子供たちは承知しなかった。

「もっといまのようなお話をしてよ」と年上の子がせがむのだ。

「これはわたしの話ですよ」とジェロニモがやりだした。「いまから八年前のこと、わたしはまだ坊ちゃんのようで、ナポリ音楽学校のちっちゃな生徒だったのです。坊ちゃんのようで、というのは年のことですよ。わたしの生まれたのは、ヴェリエール町長さんというようなりっぱな家庭ではなかった」

この言葉に、レナール氏は溜息をもらして妻の方を見かえった。

「チンガレルリ先生は」と若い声楽家は、おかしな発音をつけて子供たちを吹き出させながら話をつづける。「チンガレルリ先生は、そりゃあもう、とってもおっかない先生だったのです。学校で先生はみんなに好かれちゃいなかった。それだのにこの先生は、みんながいつも先生を非常に好いていますというふうにしないとごきげんが悪い。私は

できるだけ外へ出あるきました。そしてサン-カルリノという小さな劇場へ行ったものでした。そこでは、すばらしい音楽が聞けたのです。だがね、どうしましょう！ 土間の切符が八スーする。その金をどうしてこさえたらいいでしょう。大したお金なんですものねえ」と子供たちの顔を見ながらいうと、子供たちはまた笑った。「サン-カルリノ座の支配人でジョヴァンノオネという人が、あるとき私の歌を聞いてみてくれました。そして(この子は掘出し物だぞ)といってくれたのです。ちょうどわたしの十六の年でしたっけ。

でこのおじさんがわたしのところへ来て、(君を使ってあげようか)というのです。

(いくらくれますか)

(月に四十デュカだ) みなさん、四十デュカといえば百六十フランですよ。こいつはすてきだと思いましたね。

だが私は、(どういうふうにしたら、あの頑固《がんこ》なチンガレルリさんが私を出してくれるだろう)とジョヴァンノオネ氏にいいました。すると、

Lascia《ラッシア》 fare《ファーレ》 a《ア》 me《メ》というのです」

「わたくしにまかしておけ！」と長男が大きな声でいった。

「そうですよ、よくおわかりですね、坊ちゃん。ジョヴァンノオネ氏が(さあとにかく、

ちょっと契約の印をしておこう)というので、私が署名しますと、三デュカのお金をくれました。いままでに、私はこんなにたくさんのお金を見たことはありません。それから私はこれから、どうすればよいかを教わりました。そのあけの日、私はあのおっかないチンガレルリ先生に面会を申しこみました。老人の召使が私を中へ通してくれました。

(わんぱく小僧、何の用だ)とこう聞きました。

(先生、いままで僕が悪うございました。もう今後は決して学校の鉄柵を乗り越えて出て行ったりはいたしません。一所懸命に勉強します)

(お前のせっかくの美しいバスを台なしにしてはと遠慮しているからなんだが、もしそうでなければ、わしはお前を監禁室へぶちこんで、半月のあいだはパンと水しかやらないようにするところだぞ、あのここなやくざ者め)

(先生、僕はこの学校の模範生になりたいのです。Credete《クレデーテ》 a《ア》 me《メ》〔私を信じて下さい〕。ですが先生、僕にたった一つお願いがあるんです。もし誰かがやってきて、僕に外へ出て歌手になるようにと頼んできても、どうぞことわっていただきたいのです。どうかそんなことはできないと、そういってことわって下さい)

(お前のようなやつを頼みにくるものか！　お前が学校をやめて出て行くのを、このわしが許したりすると思っているのか。お前はわしをからかう気か？　さあ出てゆけ、

出てゆけ！　それとも牢屋を忘れたか？　パンと水がほしいのか）　そういって私のお尻を蹴飛ばそうとするのでした。

それから一時間ほどすると、ジョヴァンノオネ氏が校長のところへやってきて、

（私を喜ばせると思って、ジェロニモを私にゆずってくれませんか。私の劇場で歌わせて、それからこの冬には私の娘と結婚させるつもりですが）

（あのわんぱく小僧をどうしようってんだ。そりゃ承知できん。君の方へやることはできん。だいいち、わしが承知したとしても、本人が学校をよすことはいやがるだろう。たった今もそう誓っていったところだ）　そこでジョヴァンノオネ氏は真面目な顔でポケットから私の書いた契約書をひっぱり出しました。

（本人の意志がどうこうということだけだったら、ほうら、*carta canta!*　この通り御当人の署名があるんですよ）

さあ、チンガレルリ先生は怒ったの怒らないの、真赤になって呼鈴の紐をひっぱった。

（ジェロニモを追い出せ）と、どなったものです。そこで、わたしは放校になりました。げらげら笑いながらですよ。そうして、すぐその晩、舞台に立って、モルティプリーコの歌をうたいました。道化《ポリシネル》がお嫁さんをもらおうとおもって、色々世帯道具を指を折って勘定するんだが、しょっちゅうわからなくなってきてこまる歌なんです」

「あらその歌をあたしどもに聞かせてくださいましな」とレナール夫人がいった。

ジェロニモは歌った。皆は涙が出るほど笑いこけた。ジェロニモはこうして、その上品な動作と愛敬と陽気さとで、すっかりこの家族を魅了しておいて、やっと二時ごろになって寝に行った。

翌日、レナール夫妻は、フランスの宮廷へ彼を紹介する手紙を書いてやった。

(こういう具合で、どこもかも不当なことだらけだ)とジュリアンは思った。(いまああやって、ジェロニモは六万フランの給料をもらってロンドンへ行くんだが、あの男の美しい声もサン-カルリノ座の支配人の眼が利いていなかったら、世間に認められ賞讃されるのだもう十年もおくれたかもしれん……じつのところ、おれはレナールなんかになるよりは、むしろジェロニモのようになりたいものだ。あの男は社交界でそれほど尊敬されてはいないだろうが、しかし、昨日あったような入札の心配なんかする必要がない。そして生活は愉快だ)

一つジュリアンを驚かしたこと、というのは、彼がヴェリエールのレナール氏の家でひとりきりですごした数週間が、今になってみれば、幸福な一時期であったということだ。彼が不愉快な思いをしたり、厭なことを考えたりしたのは、ただ御馳走に招かれて行った時だけであった。あの静かな家にひとりいた時には、少しのじゃまものもなしに、

読んだり書いたり、考えたりすることができたではないか。未来の輝かしい夢想をしていても、しょっちゅう、そこにいる一人の卑しい人間の心の動きを観察しなければならないという気持から、さまたげられる心配もなかったし、それにまた、偽善的な仕草や言葉で相手をだましている必要もなかったのだ。

(幸福が、そんなに自分の真近かにあるのだろうか……こういう生活をするためなら、費用はたかがしれたものだ。エリザと結婚してもいいし、フーケの相棒になってやってもいい。どちらでもおれの好きにできるんだ……しかし、急な山を登りつめて頂上に腰をおろす旅人は、ほっと一息いれるのがもうかぎりもない喜びだろうが、もし永久にそうやって休息していろと無理じいされたら、彼は幸福であるだろうか?)

レナール夫人の心はもう最後のつきつめたところまで行っていた。はじめの決心がにぶって、彼女は入札の一件の事情をすっかりジュリアンにうち明けてしまった。(あの人にかかっては、あたしの決心なんか、何の力もなさそうだわ)と彼女は思うのだった。

彼女は、もしも夫が危地におちいっているのを見たとしたら、夫の生命を救うためには自分の命を犠牲にするのも惜しまないたちの女だ。彼女は気高くて少し小説趣味的な心の持主だ。何か自分の力でできることがありながら、それをもしないとすると、後になってまるで罪悪を犯したような呵責《かしゃく》を感じる、そういうふうなたちであった。しか

しそうであるにもかかわらず、もし自分が俄《にわ》かやもめになってジュリアンと夫婦になることができたら、どんなに楽しいだろうか、とそんな想像を目さきから追いのけることのできぬ、せつない日がときどきあった。

ジュリアンは、じつの父親よりもずっと子供たちをかわいがっていた。厳格なしつけをするのだが、それでも子供たちはすっかりなついてしまっていた。夫人はもしジュリアンと結婚したら、この木蔭の思い出懐しいヴェルジーを去って行かなければならないことをよく知っていた。パリへ行って、そこで子供たちには、人々の嘆賞の的であった教育をやはり引きつづいてうけさせて、そうして暮している自分を想像してみた。すると、子供たちも彼女も、ジュリアンもみんな幸福なのだ。

十九世紀が、ついにそうしてしまったのだが、結婚のおかしげな効果！　結婚前に恋愛があった場合には、結婚生活の倦怠が、かならず恋愛を消滅させてしまう。しかるに(と、どこかの哲学者がいいそうだ)結婚はまた、働かないでじっとしていればよい金持の場合には、おだやかな落着いた家庭生活の喜びに、あきあきさせてしまうのだ。そこで、結婚してから恋愛のわなにおちいらないのは、ごく薄情な女だけにかぎる。

この哲人の考察を味わうと、私には、レナール夫人の行動を許せると思うのだが、許してくれないのはヴェリエールの町だ。当人がまだそれに気のつかないうちから、町中

が彼女のよこしまな恋のことで、もちきっていたのである。で、この大事件のできたおかげで、この秋は、町の人は例年ほど退屈しない日をおくっていた。

秋と冬の初めとは、またたくうちにすぎてしまった。ヴェルジーの森を去るときが来た。ヴェリエールでは、上流の人々が、自分たちの攻撃がいっこうレナール氏に効き目がなさそうなので、いまいましく思いはじめていたところであった。そこで、こういうおせっかいをする楽しみがあってこそ、平生のきまじめなきゅうくつさに埋め合せがつく、という頑固な連中が、町へ帰って八日とたたないレナール氏をつかまえて、露骨な言葉は少しも使わずにではあるが、しんらつに猜疑心をそそるような入れ知恵をしたりした。

抜け目のないヴァルノ氏は、エリザをある家柄のよいりっぱな、女が五人もいる家庭に住みこませていた。エリザは、この冬中は口が見つからないかもしれないから、この家では町長さんの邸にいたときのかれこれ三分の二くらいのお給金でがまんしているのだ、といっていた。この女が、ジュリアンの色事のいきさつを話したいばかりに、わざわざ元の司祭シェラン師と、新任の司祭のところへ、二ヵ所かけもちで懺悔《ざんげ》に行くという、とんでもないことを考えついたものだ。

町へ着いた翌日、朝の六時ごろに、シェラン師はジュリアンを呼びよせた。

「わしは、お前から何も聞きたくない。場合によってはわしはそれを命令するが、どうか何もいわんでくれ。わしは、お前に三日の中にブザンソンの神学校へ行くか、それとも、いつもお前のためによい将来を開いてくれようとしているあのフーケの家へ行くか、してもらいたいのじゃ。わしはちゃんと見ぬいて、良いようにしておいた。じゃが、ぜひこの土地は立ちのいてもらわねばならん。そして一年間はヴェリエールへ帰らぬように、な」

ジュリアンは答えをしなかった。彼は結局は父親でもないシェラン師に、こんなにいろいろ心配してもらって、それで自分の名誉が傷つくようなことはないか、とそれを考えてみていた。そして、やっと、

「明日のちょうど今じぶん、またお目にかかります」といった。

シェラン師は、こんな年のゆかぬ青年は力ずくで説きふせることもできると思って、たくさんしゃべった。それを聞いているジュリアンは、神妙そのもののような態度と顔をつくったまま、口を開かなかった。

ようやくそこを出て、レナール夫人に知らせようと思って行くと、夫人はすっかり絶望に沈んでいた。彼女の夫が、いましがた、あまり事を隠さずに話してくれたのだった。生まれつき気性の弱い彼は、ブザンソンにある遺産のことが今から気にかかってならな

いので、しかたなく、自分の妻がまったく貞潔なものと、思うことに決心した。彼はいま、ヴェリエールの町の人がどんなうわさをしているか、それを妻に言ってきかせたところだ。(町の人々は間違っているのだ。おれを羨望するやつらに煽動されて騒いでいるのだ。が、結局、どうしたらよかろう)

レナール夫人は、ジュリアンがヴァルノ氏の申込みを承諾して、ヴェリエールへとどまることにしたらと、ふとそんなはかないことを考えてみた。しかし彼女はもう去年のあの臆病な子供じみた考えの女ではなかった。命をかけての激しい恋と心の呵責とが、彼女を聡明にしていた。で、夫の言葉に耳をかしながら、やがて、たとえそれがわずかの間でも、とにかく一応はジュリアンと別れることは、このさいどうしてもやむをえなくなったのだと、悲しい気持で我と我が心に言ってきかせなければならなかった。(あたしのそばをはなれたら、ジュリアンはまたあの野心のことばかり考えるようになるだろう。それはもう、何も持っていない人にとってはあたり前のことなんだもの。そして私は、ああ、あたしはこんなにお金持なんだけど！　あたしの幸福のためには、何の役にもたたない富だ。あのひとは、あたしを忘れるだろう。あのひとはあんなに優しいんだもの、きっと誰かに恋されて、あのひとも恋するようになるだろう。ああ、あたし、情けない……だけど、あたしは何にぐちをいうことができよう。天のお裁きは正しい。私

には罪をきっぱりやめるだけの力がなかったので、天は私から分別をお取り上げになったのだ。だって、エリザにお金をやって丸めこんでおくことも、あたしにできたのに。そんなこと造作もないことだった。ちょっとのあいだ落着いて考えてみようともしないで、しょっちゅう、ただもう恋しいあまり、たわいもないことばかり、心に描いていたんだもの。ああもう、おしまいだ)

ジュリアンの胸を打ったことがある。それは、悲しい出発の報知をしたときに、夫人が少しも、わがままらしいことをいって反対しなかったことだ。泣くまいと努力していることは目に見えていた。

「あなた、あたしたちは気強くならなければいけませんわ」

彼女は髪の毛を一房切った。そして、いった。

「あたし、これから後はどうすることかわからないの。だけど、もしあたしが死んだら、どうぞ、いつまでも子供たちのことを忘れないで下さいましな。離れていらしても、そばにいらしても、あの子たちをりっぱな人間にしてやって下さいまし。もしまた新しい革命が起ったら、貴族は一人残らず殺されるでしょうね。あの子供たちのお父さんは、多分、外国へ逃げて行くでしょう。だって、あの屋根の上で殺された百姓の事がありますから。残された家のものを、見てやって下さいね。さ、お手をちょうだい。さよなら、

かわいいひと、さよなら。もう、これがお別れよ。こうやって、つらい思い切りをした後で、あたし世間の評判を少しとり直す勇気をもちたいと思いますの」

ジュリアンは、悲嘆の極を見るものと予期していたので、このあっさりしたわかれの告げ方が、彼の心を動かした。

「いいえ、わたしはこんなおわかれのしかたをするのはいやです。わたしはこの土地を離れます。みんながそうしろというし、あなたまでがそれを望んでいらっしゃるようだから。だけど、出て行ってから三日たったら夜あなたに会いに帰ってきます」

レナール夫人にとって、急に世界が変ったようであった。ジュリアンが自分からもう一度会いにくるというのだもの、あの人はやはりあたしを恋しているのだ！　夫人のたえようもない苦しみが、急に、生まれてから今まで知らなかったような、度の強い喜びに変ってしまった。もう何をするのも楽々とできるように思われた。また、恋人に再会できるという確信ができると、この別れの瞬間にも胸の裂けるような苦痛はすこしも感じなくなってしまった。

レナール夫人の立居ふるまいもその顔つきも、この瞬間から、気品と意力とをそなえてきて、誰に見られても非難しようのないものとなった。

レナール氏が間もなく帰ってきた。彼はのぼせるほど腹を立てていた。そうしてとう

とう、二月以前にうけとったあの匿名手紙のことを妻に話した。

「わしはその手紙をクラブへもって行って、それはあのヴァルノの奴が書いたんだってことを、みんなに知らしてやろうと思うんだ。なんという卑劣な奴だ。まだ乞食袋をしょっていたあの男を拾ってやって、ヴェリエールで指折りの金持の紳士にしてやったのは、このわしではないか。人前でこっぴどく辱しめてやる。そうしておいて、あいつと決闘する気だ。あんまり、人をばかにしている」

(あたし、やもめになれるかもしれないわ)と夫人は考えたが、それと同時に、やはり心の中でいっていた。(あたしはこの決闘を止めさすことができる。それだのにもしそうしなかったら、あたしは亭主殺しになる)

この時ほど、彼女が夫の虚栄心をたくみに操ったことは、今までになかった。二時間とたたないうちに、彼女は夫の考えついたりくつをみんなうまく利用してとうとう、ヴァルノ氏と今までよりもずっと仲良くしなければならないことや、そしてあのエリザをも一度家へ呼びかえさなければならないなどということまで、夫に納得させてしまった。自分の今度のあらゆる不幸の種をまいた、あの女中にも一度会う決心をするのは、レナール夫人にもよほどの勇気がいった。ただし、この思いつきは、ジュリアンに教わったのだ。

それでレナール氏は、三四度ばかりそばから細君に入れ知恵してもらうと、あとは自然、経済的に一番つらい考えに到達した。彼にとって一ばん不愉快だと思うのは、ジュリアンが、ヴェリエール町中の沸きかえるようなうわさにとりまかれて、ヴァルノ氏の子供の家庭教師になるという、それだった。ジュリアンにとっては、貧民収容所長の申込みを承諾した方が利益であるのはわかりきっている。しかし、ジュリアンがヴェリエールを去ってブザンソンまたはディジョンの神学校にはいるということは、レナール氏の名声のためにたいせつなことであった。それにしても、ジュリアンをどうして承知させるか。また、向うでの彼の生活費はどうするか。

どうしてもお金を出さなくてはならないことがわかると、レナール氏は夫人よりももっと絶望的な気持になった。夫人の方は、今しがたジュリアンに会って話してからは、ちょうど、人生に疲れて一服の麻酔剤をのんだような状態であった。もう何にも興味をもたないで、いわばゼンマイで動いているようなものだ。こういう状態で臨終のルイ十四世がいったのだ、「予が王であった時」と。すばらしい言葉だ!

翌朝早く、レナール氏のところへ一通の匿名手紙が舞いこんだ。それはまた、最も侮辱的な文体で書いてあった。氏の現在の立場にぴったりあてはまる、とてもひどい文句が各行につらねてあった。誰か、彼をそねんでいる下役の男の仕業だった。この手紙を

見ると、も一度、ヴァルノと決闘しようという気になった。やがて、ただちにそれを決行しようという勇気が出て、彼はひとりで家を出た。そして、武器商へ行ってピストルを買い、装塡させた。

（たとえ、ナポレオン皇帝時代の峻厳な統治が今一度、世に行われるとしても、おれは省みてやましいと思うような横着なことは、これっぱかしもしたことはない。せいぜい、見て見ぬふりをしたことがあるくらいだが、しかしこれもやむをえなかったことは、おれの事務机の中にはいっている書類がちゃんと証明しているからな）と彼はひとりごとした。

レナール夫人は、夫が本気で怒っているのを見て、きみがわるかった。いままで必死の思いで追い払っていた、独り身になる幻影がまた彼女の眼の前にちらちらしだした。そこで、彼女は夫を呼んで二人きりで部屋にはいった。三四時間もかかって、手をつくして夫を色々説いてみたが、今度の匿名手紙でいよいよ肚の底を決めてしまっている彼には、何のききめもないのであった。とうとう、やっとのことで、ヴァルノ氏に一発見舞おうという夫の勇気を、ジュリアンが神学校に一年いる間の学資として六百フランを出す、ということの方へ転換させることに成功した。レナール氏は、自分の家へ家庭教師を雇おうなどというつまらないことを考えついた悪日のことを、幾度となく呪いなが

ら、匿名手紙のことは忘れてしまった。

　妻にはだまっていたが、ある一つの思いつきがうかんで、やや心を慰めることができた。それは、あの青年のロマネスクな頭につけこんで、もっとすくない金額で、ヴァルノ氏の申込みをことわらせるように、うまく細工をしたいものだと考えたのである。

　収容所長から公然と提供してきた八百フランをこちらのために棒に振ってくれたのだから、そのお礼がえしのつもりで今度の夫の申出を快くうけてくれても、それは少しも恥でも何でもないのだと、ジュリアンに言ってきかせるには、レナール夫人は、夫を説いたとき以上の苦労をしなければならなかった。

「だけど」とジュリアンは、あくまで言いはった。「わたしはあの申込みを、決して承諾する気はなかったんですから。こちらで、私はすっかり上品な生活になれてしまいました。あんな人達の家で、下品なことを見せられたら、わたしは死んでしまうでしょう」

　が、結局、苛酷な必然は、鉄の手でジュリアンの意志をまげてしまった。彼の自尊心は、ヴェリエール町長の出してくれる学資を、ただ借用するという意味で承知し、そして五年の後には利息をつけて返済するという証文を一札入れておこうか、とそんなばかなことまで考えたくらいだ。

レナール夫人は、平生から山の例の小さな洞穴の中に数千フランをかくしていた。怒って拒絶されそうに思って、びくびくしながら、そのお金をとってくれるようにと頼むと、

「あなたは、私たちの恋の思い出を、いやなものにしたいのですか」とジュリアンにきめつけられてしまった。

とうとう、ジュリアンはヴェリエールの町を去った。レナール氏は非常に喜んだ。ジュリアンは氏からお金を受けとる、いよいよそのまぎわになって、どうしてもそんな過大な犠牲はうけとれない気がした。彼ははっきりことわった。レナール氏は眼に涙をうかべて、彼の頸筋を抱いた。ジュリアンが、品行方正の証明書をつくってくれと頼むと、彼は感激のあまり、その品行をほめそやすに足るだけの美辞麗句が思いうかんでこないほどであった。われらの主人公は五ルイの貯金があった。そうして、フーケのところで、もう五ルイ借るつもりをしていた。

彼はひどく興奮していた。けれども、恋の思い出をそこに残したままヴェリエールから一里ほどもきた時には、もう心にははなやかな首都を見る楽しみ、ブザンソンというような大きな要塞都市を見る楽しみがあるのみだった。

この三日の短い留守のあいだ、レナール夫人は、恋愛の一ばんひどいまぼろしにだま

されていた。彼女はどうにか辛抱していた、というのは、いよいよという不幸のくるまでに、まだ一つあの最後のあいびきが残っていたからだ。その時がくるまで、時間を数え、分秒を数えて待ちこがれていた。とうとう三日目の夜中に、打ち合せてあった合図が遠方で聞えた。万難を排して、ジュリアンは夫人の前に姿を現わした。

その姿を見た時から、夫人の念頭には(これがこの人の見おさめだ)ということしかなかった。恋人の言ったり、したりすることに答えることもできず、ほとんど生気のない屍《しかばね》のようになってしまっていた。(あたし、あなたを愛しています)と、そうつとめて言おうとでもすると、それが何だかぎごちない言い方になってしまって、聞く者にはその反対を言っているようにとれた。もうこれきり会えないという考えが頭にこびりついていて、どうにもならないのだ。すぐ相手を疑うジュリアンは、もう自分は忘れられたのか、と思ったくらいだった。で、そういう意味のあてこすりをいってみたけれども、夫人はだまって大粒の涙をはらはら流しては、ふるえる手先で彼の手を握りかえすだけであった。

「だって、これではあなたのお言葉がわたしには信じられないじゃありませんか。あなたは、あのデルヴィールさんのような、ほんのちょっとした知り合いの人にだって、これよりかもっと親切になさるじゃありませんか」とジュリアンは恋人の冷たい仕打を

うらんでいった。

レナール夫人は化石したようになって、返事もできなかった。

「こんなに、あたしほど、悲しい目にあった人は、ないと思いますわ……死ねたら、うれしい……胸のところが、だんだん冷たくなってくるようよ……」

夫人からこれ以上に長い言葉を聞くことができなかった。

夜明けが近づいてきて、どうしても出て行くよりしかたがなくなった時には、レナール夫人の涙がぴたりと止まった。彼女はジュリアンがだまって綱を窓のところにしばりつけているのを見ながら、接吻をすることも忘れていた。ジュリアンがこういっても耳にはいらないのだ。

「これでいよいよ、私たちは、かねてあなたがそうなれかしと、思っていらっしゃったようになったのです。これから、あなたは心の呵責《かしゃく》をうけずに日をおおくりになることができます。小さい方に、ちょっと病気の気があったといっては、すぐもう墓場へ行ってしまったような騒ぎをなさらなくてもいいでしょう」

「スタニスラスに接吻してくださることができないで、ざんねんですわね」と彼女は冷やかにこたえた。

ジュリアンは、この生きた屍の生気の通っていないような接吻をうけて、いいようも

ない気持にうたれてしまった。数里を行くあいだ、ほかのことは考えられなかった。彼の心は悲しかった。そうして、山を越えてしまうまで、ヴェリエールの寺の鐘楼が見えるかぎりは、いくたびも後をふりかえって見た。

第二十四章　首　都

なんという騒々しさ、なんと多くの多忙な人たちだ！　二十歳の青年の頭にわく、未来の夢の数々よ！　なんとこれは、恋の悩みを忘れさせてくれることだろう！

バルナーヴ

とうとう、彼ははるか彼方の山の上に黒い城壁をみとめた。それがブザンソンの堡塁であった。（この光輝ある要塞都市に来たのはいいが、おれがこの町を防禦する連隊にはいって、少尉になるためにやってきた、というのと大へんな相違だなあ！）と彼は、溜息をつきつきつぶやいた。

ブザンソンは、単にフランス国内で最も美しい町の一つであるばかりでなく、そこには気骨のある人や機智に富んだ人がたくさん住んでいるはずなのだが、なにしろジュリアンは、駈出しの田舎者であったから、そういうりっぱな人たちに近づきになるすべもなかった。

フーケのところで平服をとってきてあったから、彼はこの服をきて城の揚橋《あげはし》をわたった。一六七四年の包囲戦*の歴史で頭をいっぱいにしている彼は、神学校に閉じこもってしまうまえに、城壁や堡塁を見ておきたいと思った。二三度も衛兵につかまりかかった。彼は、工兵隊が毎年十二フランか十四フランの秣《まぐさ》を売るために、公衆の立入りを禁じている場所へずかずかはいって行こうとしたからだ。

高い城壁、外堀の深さ、大砲の威嚇的な様子などに、数時間は魂を奪われている形だったが、ふと彼は大通りにある大きなカフェの前を通りかかった。彼は目をまるくして立ちどまった。ばかに大きな二つの入口の上方に、大きく書かれているCAFÉという文字を、何度読んでも自分の眼が信じられない気がするのだった。彼は、気おくれがするのを、これではいけないとおさえつけた。そうして勇を鼓して中にはいった。そこは、奥行き三四十歩もある部屋で、天井の高さは少くとも二十尺はあった。この日は、ジュリアンにとって、すべてのことが魅力であった。

二組の玉突きが、今まっ最中であった。ボーイが大きな声でゲームをとっている。見物のたかった球台の周囲を、競技者たちがかけまわっていた。煙草の煙の波が、皆の口からふうと吹き出されて、この連中を青色の雲でくるんでいた。この男たちの高い背丈、その丸味をおびた肩のかたち、重々しい歩きっぷり、もじゃもじゃ生えた頬髯、からだ

をつつんでいる長いフロックコート、何もかもがジュリアンの注意力をひきつけるのだった。がなり立てなくては、口がきけないとみえるこの往昔のブザンソンびとの子孫たちは、どれを見ても恐るべき戦士のような風貌をしていた。ジュリアンはじっと棒立ちになって、感嘆しているばかりだ。彼は、ブザンソンといった大都会の巨大な姿とその壮観とに、ぼんやり思いふけっていたのだ。彼には、ゲームをとっている傲慢な眼つきの紳士さまの一人に、コーヒを一杯ください、と頼んだりする勇気は全くなかった。

しかし、カウンターの娘が、ストーブから三歩ばかり離れたところに立ちすくんだ、小さな包みを小腋にかかえたまま、美しい石膏細工の王さまの胸像をじっと見つめている、この田舎の中流の青年のかわいい顔つきに、眼をつけていた。この背が高くて大へん肉づきのいいフランシュ＝コンテ生まれの娘さんは、カフェを引立たせるふうのみなりだったが、さっきからジュリアンだけに聞えるように小さい声で、「あなた、あなたってば」と呼びかけていたのだ。ジュリアンの視線が、大きな非常にやさしい青色の眼にばったり出会った。そして彼は、自分に話しかけてるのだということに気がついた。

彼は激しい勢で、まるで敵に向って進みでもするように、つかつかと、カウンターのその娘の方へ近づいて行った。この激しい動作で、彼の包みがばったり落ちた。

この田舎者を、十五歳にしてすでにいっぱしの態度でカフェに出入りするパリの中学

生に見せたら、さぞかし憐れみを感じることだろう。しかし、十五の時にこんなにりっぱに訓練されている都会の少年たちは、十八歳にもなると、すっかり俗になってしまうのだ。地方人によくある情熱のひそんだ小胆さは、これが征服されると、時としてかえって非常に強い意志になることがある。いま言葉をかけてくれた美しい娘の方に近よりながら、(この人に正直なところをうち明けなければならない)とジュリアンは考えた。自分の気おくれにうち勝ったあまり、すっかり気が強くなっていたのだ。

「ねえさん！　ぼくは生まれてはじめて、ブザンソンに来たのです。お金ははらいますから、パンとコーヒを一杯ほしいのですが」

娘はちょっとほほえんで、そして赤くなった。娘はこの美少年が、玉を突いている連中に尻眼にかけられたり、愚弄されたりはせぬかと、気をもんでいた。そんなことがあれば、この青年はこわがって、二度とここへ姿を見せないだろう。

「さあ、ここへ、あたしのそばにおかけなさいな」そういって、彼女は大理石のテーブルを指さした。そのテーブルは、部屋の中にのさばり出ているマホガニーの大きなカウンターでほとんどかくれてしまっていた。

娘はカウンターの外へからだをまげた。すると、娘の見事な胴がぐっと伸びきって見えた。ジュリアンはそれに眼をつけた。彼の考えが一変した。娘は彼の前に、コーヒ茶

碗と砂糖とパンをおいた。彼女は、ボーイがきてジュリアンとの水入らずの差向いを、ぶちこわされるのを恐れたから、コーヒをとるのに、ボーイを呼ぼうとしてためらっていた。ジュリアンは、少し沈んで、この快活な金髪美人と、今でもなお彼の心をしばしばかきみだす恋の追憶とを、思いくらべていた。自分が、あんなに激しく恋されたことがあることを思うと、臆病がすっかり消えた。美しい娘は、たった一瞬の中に、ジュリアンの眼つきを察してしまった。

「これじゃ、パイプの煙で、あなた咳が出ませんこと。明日は朝八時の前に、食事にいらっしゃいね。そしたら、あたしのほかにあまり誰もいませんわ」

「あなた、名は何というのですか」とジュリアンは、感じのいい内気さに、やさしい微笑をたたえていった。

「アマンダ・ビネ」

「一時間ほどしてから、ここにもってるくらいの大きさの包みを、あなた宛に送ってもいいですか」

美しいアマンダは少し考えこんだ。

「あたし、見張りされているんですもの。あなたのお頼みをきいたりすると、あたしめいわくしそうよ。だけどいいわ、あたし、宛名をカードに書いてさし上げますわ。そ

れを包みの上にはりつけるのよ。思いきって、あたし宛に送ってごらんなさいな」

「ぼくは、ジュリアン・ソレルといって、このブザンソンには両親もいなければ、一人の知り合いだってないのです」

「あら、わかってよ」と娘はうれしそうにいった。「あなた、法律学校へはいりにいらしったんでしょう？」

「いいえ、そうじゃないんです。ぼくは神学校へやられるのです」とジュリアンはこたえた。

アマンダの表情は、すっかり失望の色に沈んでしまった。彼女はボーイを呼んだ。こうなると、そうする勇気が出たのだ。ボーイはジュリアンに一目もくれずにコーヒをそそいだ。

アマンダは、カウンターで客からお金をうけとっていた。ジュリアンは大胆に話をしたというので得意だった。ちょうど、球台の一つでは、口論がはじまった。玉を突いている男たちのかん高い声、うち消す声なんかが、大きな室内に反響して、ジュリアンをたまげさせるほどの騒音をたてた。アマンダは、何か物思いにふけって、眼をふせていた。

「もしおさしつかえなかったら」とジュリアンが、だしぬけに落着いた調子できり出

した。「ぼくが、あなたのいとこだということにしたいんだが」

このえらそうな口のきき方が、アマンダの気に入った。この青年は身分の卑しい人じゃないらしい、と彼女は考えた。彼女は青年の方を見ないで、大そう早口にいった。眼はカウンターの方へ誰か近づいてきはしないかと見張りをしていたからだ。

「あたし、ディジョンの近くのジャンリスの生まれなのよ。だから、あなたもやはりジャンリス生まれで、そうして、あたしのお母さんのいとこだって、そうおっしゃいな」

「きっと、そうします」

「夏だと、いつも木曜日の五時ごろに、神学校の学生さんたちが、このカフェの前をお通りになるわよ」

「もしあなたがぼくを忘れずにいてくれたら、ぼくが通るときに、すみれの花束を手にもっていて下さい」

アマンダは驚いて、じっとジュリアンの顔を見つめた。この眼つきを見ると、ジュリアンはますます大胆になった。もっとも、彼女にこういう時には、さすがに彼も顔を赤らめたけれども。

「ぼくは、とても激しい愛情で、あなたを愛しているような気がするのです」

「もっと低い声でおっしゃい」と娘はすこしおどおどしていった。

ジュリアンは、ヴェルジーにあった『新エロイーズ』*の端本のあの文章の所々を思い出そうとした。彼の記憶はよく役に立ってくれて、十分間というもの、彼はアマンダ嬢に『新エロイーズ』を暗誦してきかせているのだった。娘は恍惚としていたし、ジュリアンは自分の勇敢なやり口に、すっかり気をよくした。と、不意に、このフランシューコンテ生まれのきれいな娘が、ツンとすましかえってしまった。彼女の情人の一人が、このカフェの入口のところに姿を現わしたのであった。

その男は、口笛を吹きながら、肩で歩くようにして、カウンターに近よってきた。そして、ジュリアンをじろりと見た。その瞬間に、いつも極端から極端へ走るジュリアンの頭はただ決闘のことで一ぱいであった。ジュリアンは蒼白になった。コーヒ茶碗を向うへおしやって、度胸のきまったという顔つきをした。そして、彼の恋敵をじろじろねめつけた。この恋敵がなれなれしくカウンターの上でブランデーを自分でつぎながら、少し顔をうつむけたひまにアマンダは、ジュリアンに眼をふせるように、目くばせした。ジュリアンはその通りにした。そして二分間ほど自分の席に不動の姿でじっとしていた。顔は蒼白になって、しっかり腹を決めた。ただもう、つぎの瞬間に起るべき事柄を一所懸命まっていた。この瞬間の彼はすばらしかった。恋敵はジュリアンの眼つきに驚いた。

ブランデーをグッと飲みほしてから、アマンダにちょっと何かいって、両手を大きなフロックコートの脇ポケットに入れた。そしてフーッと息をはいてジュリアンをにらみながら球台の一つに近づいて行った。ジュリアンは激怒に我を忘れてつっ立った。しかし彼は傲慢な態度をとるには、どうしていいのかわからないのだ。まず彼は、かかえている小さな包みを下においた。それからできるだけ身体をゆすりながら、球台に歩みよった。

用心深い心が、(ブザンソンに着くが早いか決闘なんかすれば、僧侶としての経歴はもう終いだ)といくらいって聞かしてもだめであった。

「なあにかまうもんか。おれが無礼な男を一人でも見すごしたとあっては恥辱だ」

アマンダは彼の勇気を見た。その勇気は、彼の態度の子供っぽさといい対照であった。ちょっとの間に、彼女はフロックコートの、のっぽの青年よりこちらの方が好きになった。娘は立ち上って、往来を通る誰かを眼で追っているふうをして、すばやくジュリアンと球台の間にわりこんできた。

「あの人を横目でじろじろ見るのはよしてちょうだい。あれは私の義兄《にいさん》よ」

「かまうもんか。あいつの方がぼくをにらんだのだ」

「あなた、私をこまらせたいの。そりゃあ確かにあの人はあなたの方を見ましたわ。

今にあなたに話しかけにくるかも知れませんよ。あたし、あなたが私の身内で、ジャンリスからいらしったと、そういってありますの。あの人も、フランシュ-コンテ生まれだけれど、一度もブルゴーニュ街道のドールの町より向うへは行ったことがないのよ。だから、あなたの好きなことをおいいなさい。心配はいらないから」

ジュリアンはまだためらっていた。娘はすぐ早口につけ加えた。彼女のカウンターの女としての想像力がいろんなうそを豊富に供給するのだった。

「あの人は、あなたをじろじろ見たけれど、それはちょうどあの人があなたは誰だと聞いていた時なのよ。あの人ったら、誰にでも不作法なの。別にあなたを侮辱したりするつもりじゃなかったのよ」

ジュリアンの眼は、いわゆる義兄なる男から離れなかった。彼は、その男が二台の中の遠い方の球台でみんながやっている、玉突きの掛札を一枚買うのを見た。ジュリアンは、その男が、おどすような粗野な声で、(おれがやるぞ)とどなるのを聞いた。ジュリアンがすばやくアマンダ嬢の背後を通って球台の方に進もうとすると、アマンダは彼の腕をギュッとつかんだ。

「さきに勘定してちょうだい」

(もっともだ。はらわないで出て行くかと心配しているんだ)アマンダもまた、彼と

同様にどぎまぎして、顔をあからめていた。彼女は彼に、できるだけゆっくり釣り銭をわたしながら、低い声でくりかえした。

「早く、このカフェをお出なさい。でなければあたし、あなたをきらいになりますよ。あたし、あなたが大好きなんですもの」

ジュリアンはすなおにそこを出た。しかしゆっくりと出た。(あの下等な男に息を吹きかけてにらみ返してやるのが、おれの義務ではないだろうか)と彼はいく度も考えなおした。どっちともその判断がつかないで、彼はカフェの前の大通りに一時間ばかりもじっとしていた。もしや例の男が出てこないかと見張っていたが、出てこなかった。ジュリアンはそこを去った。

まだブザンソンへ到着してわずか数時間しかたたないのに彼はすでに一つの悔恨をえた。ずっと以前に、老軍医が痛風をこらえて、彼に剣の使い方を少し教えてくれた。これがジュリアンが怒った時に、役に立てる事のできる技術のすべてであった。しかしこうした当惑も、彼が相手のほっぺたをぶんなぐったりせずに、腹を立てる仕方を知っていたとしたら、大したことではなかったろう。それに、もし殴り合いにでもなったら、堂々たる体格の相手は一撃の下に彼をその場へ打ちのめして悠々と立ち去ったにちがいない。

(おれのような金もない、保護者もないあわれな男にとっては、神学校も牢獄も大した差はないだろう。どっかの宿屋に、このふだん着をあずけて、おれの黒い僧服に着かえなくちゃならない。もしひょっとおれが、神学校から二三時間でも外出する事ができた場合には、ふだん着に着かえてアマンダ嬢に会うことができる)これは大そういい考えであったが、ジュリアンはどの宿屋の前を通っても、思いきってはいる勇気がなかった。

やっと、彼が「大使ホテル」の前を二度目に通りかかると、彼の不安な眼つきがひとりのよく肥ってまだかなり若い、生き生きした血色の、陽気で屈託なさそうな婦人の眼にぶつかった。それで、この婦人に近づいて身の上話をした。

「よろしいとも。可愛いお坊さまですこと。あなたのふだん着をおあずかりしますとも。そして、始終ブラシをかけさせておきますよ。この季節に羅紗の着物を手入れせずに、うっちゃっとくのはよくありませんもの」

主婦は鍵を一つ手にとって、自分で彼を部屋に案内した。そして彼にあずけて置く品の書附をかいておくように、とすすめるのだった。彼が台所へ下りて行くと、ふとった主婦は、

「おやまあ! そうなさるとすっかりいい御様子に見えますこと、ソレル師さま。あ

たし、あなたのために、御馳走をこさえてさしあげますわ。(それから小声で)あなたには二十スーしかいただきませんよ。誰でも外の方には五十スーいただくんだけれど。だってあなたのお小遣いを大事にしなくちゃなりませんものね」

「ぼく、十ルイもってる」と、ジュリアンは少し自尊心をもっていった。

「まあ!」と人のよい主婦は驚いて答えた。「そんな大きな声でおっしゃっちゃだめよ。ブザンソンには悪者が、たくさんいるんですからね。すぐ盗まれちまいますよ。ことに、カフェなんかにはけっしておはいりになっちゃいけませんよ。ああいう場所は、わるいやつが、うようよしてるんですから」

「そうですか!」とジュリアンはカフェという言葉で少し考えながらいった。

「ただあたくしの方へだけいらっしゃいね。コーヒもこさえてさしあげますわ。この家には、あなたに親切な女が、いつもいるんだってこと、二十スーでいいお食事が召上れるってことを、お忘れにならないでね。すてきでしょう、ね、いいでしょう。さあ、食卓のとこへいらっしゃい。あたしがお給仕しましょう」

「ぼく、なにも食べる気がしません。あなたのところを出て、それから神学校へはいりに行くんだと思うと、もう胸がいっぱいで」

お人好しの主婦はジュリアンがそこを出る時には、ポケットを食物でいっぱいにしな

ければ、承知しなかった。ついに、ジュリアンは恐ろしい場所に向って歩き出した。女は戸口の上から道を教えてくれた。

第二十五章　神　学　校

八十三サンチームの昼飯が三百三十六、三十八サンチームの夕飯が三百三十六、その上資格のあるものにはショコラを飲ませる。これでは賄を請負ったって、いったいいくらの儲けになるのだ。

ブザンソンのヴァルノ

遠くから扉の上の金色に塗った鉄の十字架が見えた。彼はゆっくりそれに近づいていった。何だか両足の力がぬけてしまうような気がした。(さあ、いよいよこの世の地獄へやってきた。ここへはいればもうそとへは出られないだろう)やっと思いきって彼は鐘をたたいた。鐘の音がいかにも閑寂な場所らしく反響した。十分ほどすると、黒服をきた青ざめた顔の男が、門をあけにきた。ジュリアンはこの男の顔を見ると、いそいで眼をふせた。この門番は、じつに奇怪な容貌をしていた。その飛び出したみどり色の瞳が、猫の眼のようにまるかった。瞼《まぶた》のこわばったように動かない輪郭は、およそ情に動くことの不可能を示していた。その肉のうすい唇は、出っぱった歯並の上に半円形をな

してかぶさっていた。とはいうものの、この容貌は犯罪者のそれではなくて、むしろ、それ以上に子供などには恐怖心を感じさせる、かの完全な冷酷さをたたえていた。ジュリアンがこの敬虔な長い顔をすばやく一瞥《いちべつ》して見ぬきえた唯一の感情は、人から何を聞いても、それが天国に関する事でなかったら、まったく軽蔑してしまうという態度だった。

ジュリアンは、やっとの思いで、ふせていた眼を上げた。それから、胸の鼓動でふるえる声で、神学校長ピラール師にお会いしたい、といった。黒服の男はだまって、ジュリアンに、ついてくるようにさし招いた。彼らは、木の欄杆《らんかん》のついた幅の広い階段を、二階へのぼった。そり返った階段は、壁と反対側の方へすっかり傾斜して、今にも落ちかかりそうになっていた。黒塗にした、木製の大きな墓標の十字架をはめこんだ壁の下にある小扉は、やっとのことで開かれた。そして門番の男は彼を天井の低い、暗い一室に案内した。白堊《はくあ》でぬった壁に、時代がたってくろずんだ大きな絵が飾りつけてある。そこでジュリアンはひとりとり残された。彼は心の平静を失っていた。心臓がはげしく鼓動していた。思いきって泣けたら、らくな気持になれるだろうという気がした。死のような沈黙が、この建物全体を支配している。

十五分ほどたって、この間が彼にはまる一日の長さに思われたが、やっとあの不吉な

容貌の門番が再び部屋の向う側の扉のしきいのところへ現われて、口をきこうともせず、ただはいれと、手まねをした。彼は前の室よりももっと大きな、そして大そう採光の悪い部屋へはいった。壁はやはり白壁だったが、ここには飾りつけの道具一つなかった。ただジュリアンは通りがけに、入口に近い片隅に白木の寝台と二つの藁ばり椅子が、それにクッションのない、モミ材の小さな安楽椅子が、あるのを見たきりだ。部屋の向う側の、黄ばんだガラスの小窓のそばに――その窓ぎわには、手入れのわるい花瓶がいくつかならんでいたが――そこに、机の前に坐って、いたんだ法衣にくるまっているひとりの男があった。その人は、まるで怒っている様子だった。ひとつひとつと、たくさんの小さい四角な紙切れを手にとっては、そこへ二こと三こと書きつけた後、机の上へならべてゆくのであった。彼は、ジュリアンのいることに気がつかなかった。ジュリアンは、案内人が扉をしめて出てゆく時に、彼を残しておいたままの場所に、つまり部屋の中央に、棒立ちになってじっとしていた。

こうして十分間たった。きたない服装の人は、相変らず書きつづけている。ジュリアンは、感動と恐怖とで、今にもぶったおれそうな気さえするのだった。哲学者なら、おそらく勘ちがいしてこういったかも知れない。「これは美しきものを愛するためにつくられた魂の上に、醜があたえた激しい印象である」と。

書きものをしていた人が頭を上げた。ジュリアンは少したってからはじめてそれに気がついたのだが、気がついてからもやはり、自分を見つめているすごい眼つきに、射すくめられたように、じっと立っていた。ジュリアンの眼はくらんできたが、それでもかろうじて、長い額のほかは、真赤な斑点で一面におおわれた顔を見わけることができた。額は死人のように蒼白かった。この赤い頬と蒼白な額との間に、どんな気強いものにでも、恐怖の念をあたえずにはおかぬ、小さい黒色の眼が輝いていた。額の広大な輪郭を、べったりなでつけた漆黒の髪が、くっきり縁どっていた。

「どうだ。も少しこちらへよらないか」と、ついにこの人はじれったそうにいった。

ジュリアンは、危なっかしい足取りで前へ出た。そうして、今にもそこへ倒れそうになって、生まれてかつてないほど蒼白な顔をして、四角な紙片でいっぱいの小卓から三歩ばかりのところで立止まった。

「もっと前へ」と、その人はいった。

ジュリアンはまた少し何か身を支えるものを探すように手をさしのばしながら、前に進んだ。

「名前は?」

「ジュリアン・ソレル」

「ずいぶんくるのがおそかったな」とその人はもう一度彼の上にすごい視線をじろっとすえた。

ジュリアンは、その視線にたえることができなかった。ものによっかかるように、手をさしのばしながら、床の上にばったり倒れた。

その人は、呼鈴をならした。ただ視力と、身体の自由だけを失ったジュリアンには、誰か近づいてくる足音がよく聞えた。

彼はたすけ起されて、安楽椅子の上にかけさせられた。例の恐ろしい人が、門番にこういっているのが聞えた。

「どうやら、てんかんで倒れたらしい。やっかいなことじゃ」

ジュリアンが眼を開くことのできたときには、赤ら顔の人は、また書きものをつづけていた。門番の姿はもうなかった。

(元気を出さなくっちゃ――とわれらの主人公はつぶやいた――とくに、おれがいま感じていることを、相手に勘づかせないことだ)彼は、はげしい嘔気《はきけ》がしていた。(もしおれの身に何か不慮のことでも起ったら、人がおれのことをどんなに思うかも知れやしない)やっと、その人は書く手を止めて、ジュリアンを横目で見ながら、

「もうわしに答える元気があるかな」

「はい、ございます」とジュリアンはなさけない声で答えた。

「そうか、それはけっこうだ」

黒衣の人は、半分身を起し、モミ材の机のきしむ引出しの中をかきまわして、一通の手紙を探した。手紙は見つかった。彼は、ゆっくり腰を落して、いま一度、それはわずかに残っているジュリアンの生気を奪い去るに足るほどの、顔つきで彼をねめつけるのであった。

「君のことはシェラン師から紹介されておる。あの人は教区の中で、一ばん優れた司祭だ。徳の高い人とはああいうのだろう。わしとは、三十年来の友達じゃが」

「ああそれでは、あなたがピラール様でございましたか」とジュリアンは絶え入りそうな声でいった。

「そのとおり」と神学校長はふきげんらしい顔で、彼を見すえながら答えた。

校長の小さな眼が鋭い輝きをまして、同時に口の両端の筋肉が無意識にピクピクした。それはちょうど、獲物を食う前にまず楽しんでいる虎の容貌だった。

「シェランさんの手紙は短いが、(と独りごとのように)Intelligenti pauca(わかりのいいものには僅かの言葉で十分だ)いまの時世じゃ、短く書きすぎるということはないからな」

そこで、彼は声を上げて朗読しはじめた。

『当小教区出身のジュリアン・ソレルを御紹介申上げます。いまより二十年前小生が洗礼をさずけたものです。富裕な材木商の子弟でありますが、父からは何の世話もうけていません。ジュリアンは主の御園に仕えて抜群の働きをなすべきものと考えられます。記憶力、理解力も十分であり、反省にも富んでいます。ただ、その天職は永続しうるものか、また真心より出たるものか……』

「真心！」と、ピラール師は驚いた顔つきでジュリアンを見つめつつ、くりかえしていった。しかし、その眼つきはさっきに比べるといくらか人間らしくなっていた。「真心」と低い声でもう一度くりかえして、それからまた読みつづけた。

『ジュリアンを給費学生にしていただきたく御願いいたします。本人は規定の試問に合格し、その資格あることを証明するでありましょう。当人には多少の神学、即ちボスュエ、アルノー、フルューリのごとき、古くして有益なる神学を教示しおきました。万一、この者お気にめさぬ場合は御送還ください。御存知の貧民収容所長

殿は、子供の家庭教師として八百フランを支給すると申しております。小生、神の御加護により平静なる心境にあり、はげしき打撃にも慣れました。Vale et me ama(御自愛を祈る)』

ピラール師は署名を読むとき声をゆるめて、シェランという名を、溜息とともに発音した。

「あの人は平静だという。まったく、彼の徳操はこういう報いをうけてもよい。神よ、もしその時いたらんには、われにもこの報いをえさせたまえ」

彼は天を仰いで十字をきった。この様子を見るときはじめてジュリアンは、この家へ足をふみ入れてからずっと、彼の血の気を奪っていたような、底の知れぬ恐怖がいくらか減じたような気がした。

「わしは、この家に、世の中で最も神聖な職につこうと願っている三百二十一人のものをあずかっておる」とピラール師が口をきった。厳格な声の調子だが、いじわるさはなかった。「シェラン師のような人から紹介された者は、七八名おるばかりだ。だから、三百二十一人の中で、君はその第九番目というわけじゃ。いっておくが、わしが保護するといっても、えこひいきしたり、大目に見たりするのではない。注意と厳格さを二倍

にして、邪道からまもってあげるのだ。入口に錠をかけてきなさい」

　ジュリアンは、歩くのに苦労した。倒れそうになるのを、やっとふみこたえた。入口のすぐそばにある小窓から、野原の景色が見えるのに気がついた。彼はそこから樹を見た。この眺望がなにか昔なじみに出会いでもしたように、彼の気分をよくした。

「Loquerisne linguam latinam?(ラテン語を話すか)」とピラール師は、ジュリアンが席にもどるのを待って言葉をかけた。

「Ita, pater optime(話せます。すぐれたる神父さま)」と、ジュリアンは少し落着きをとりもどしてこたえた。いうまでもなく、先刻から彼にとって、ピラール師ほどすぐれない人は、世の中になかったはずなのだが。

　談話はラテン語で進んだ、師の眼つきがだんだんやわらいできた。ジュリアンの方でも、やや冷静をとり戻した。(どうしてこう、おれは弱気なんだろう。あの、ちょっと高徳らしい見かけにまいってしまうなんて！　このおやじも、なんのことはない、どうせマスロン師なんかと変らない腹の黒い人間なんだろう)そう思って、ジュリアンは持ち金の大部分を靴の中にかくしておいたことを喜んだ。

　ピラール師はジュリアンを神学についていろいろ試問してみたが、その博識に驚嘆せずにいられなかった。しかも、その驚きは、とくに聖書に関することを問いただしてみ

て、一そう大きくなった。ところが、質問が一たん、教父たちの教義のことに及ぶと、ジュリアンは、聖ヒエロニムス、聖アウグスチヌス、聖ボナヴェンツラ、聖バジリオスなどの名前もはっきり知らぬ程度に無知だった。

(なるほど、わしがいつもシェラン師に非難していた、新教主義《プロテスタンチスム》への悪い傾向が、ここに濃厚に現われている)とピラール師は思った。(聖書についての深い、あまりにも深い学識だ)

ジュリアンは質問されるのを待たずに、創世記やモーゼの五書などの書かれた実際の時期、というような話をしたのである。

(こういうふうに、聖書を徹底的に詳細に研究するやり方は、結局どういうことになるか)とピラール師は考えた。(落ちて行くさきは、つまり「自由解釈」という最も恐るべき新教的傾向ではないか。しかも、この不謹慎な学識があるばかりで、それをのけては、そうした傾向を償うべき教父達のことなどについてはまったく無知同然だ)

神学校長の驚きは、ジュリアンに法王の権能について質問して、きっと古代フランス教会の箴言を用いて返答するだろうと予期している時に、この青年がメストルの著書の全文を暗誦するのを聞くにおよんで、ほとんどその絶頂に達したといってよかった。

(シェランも変った男だわい。あの男が、この青年にその書物を教えたのは、どうい

う魂胆があってのことだ？　それをばかにさせるつもりだろうか）

そこで、彼はジュリアンがメストルの意見を真面目に信じているのかどうか、正体を見きわめようと、いろいろ訊問してみたが徒労に終った。青年は、ただおぼえていることを返答するだけだったからだ。このときから、ジュリアンはすっかり優秀だった。自分の気持を十分制御できる自信があった。こうして長い審問が終ると、ピラール師の厳格さは、もう表面の態度だけであると思われた。正直にいって、神学校長は十五年の在職のあいだ、学生を相手に保ってきた厳格な主義が捨てられるなら、論理の名において、ジュリアンに接吻したことだろう。それほど、校長はこの青年の答弁のうちに、明晰と正確と鮮明さを見出したのであった。

（これは、実に大胆なそして健全な精神だ）と彼は感服した。（しかしCorpus debile〔からだは弱い〕）

「たびたびこういうふうに倒れたりするのかな」と床板を指さしながらフランス語できくと、ジュリアンは子供っぽく顔を赤らめて、

「こんなことは生れてはじめてです。あの門番の顔がじつにおっかないので」

ピラール師はほとんどほほえみかけて、

「それは、世間の虚飾になれ過ぎているせいじゃ。お前さんなぞは、やさしい、にこ

やかな顔ばかり見なれているだろうが、あんなものは、偽りの舞台じゃ。真理は厳粛ですぞ、よろしいか。この世のわれわれの仕事も厳粛ではないか。『外観の徒らな美しさをあまり強く感じすぎる』そういう弱い心に負けぬよう、お前さんの良心がよく警戒しなければならん」

それからピラール師は、喜びの色を明らかに見せて、またラテン語にかえった。

「君がシェラン師のような人から紹介されてきたのでなければ、わしも、君がどうやら親しみすぎたらしい、俗界の言葉で話すところじゃが。ところで、君の要求している全額給費ということは、これはどうも、最もむずかしい。しかしシェラン師のように五十六年もの年月を、道のためにつくした人が、神学生一人分の給費をすら自由にできぬとあっては、あんまり気の毒だ」

こういった後ピラール師は、ジュリアンに、師の承諾なしにはどんな協会にも、またどんな秘密の修道会にもはいらないようにせよ、と注意した。

「私の名誉にかけて、お誓いいたします」とジュリアンは真人間の底意のない朗らかな気持で答えた。

校長は、はじめてにっこりして、

「名誉などという言葉は、ここでは似つかわしくないね。俗界でいう浮薄な名誉を連

想させるからな。こういう名誉は、多くの過失や、しばしばまた罪悪にさえ人を導くものだ。それはそうとして、君は、聖ピオ五世の大勅書(Unam Ecclesiam)の第十七節によって、上長の僧侶であるこのわしに、服従の義務をもっている。この校舎の中では、最愛の子よ、聞くことは、すなわち服従することだ。君、お金はいくらもっているかな?」

(さあ、きたぞ)とジュリアンは思った。(最愛の子なんていい出したのは、てっきりこのためなんだ)

「三十五フランもっております。神父さま」

「その金の使いみちを、キチンキチンと書きとめておきなさい。いずれ後になって、わしに報告しなければならんことになっている」

この苦しい会見は三時間にもわたった。ジュリアンは命ぜられて門番を呼んだ。

「ジュリアン・ソレルを一〇三号室に案内してやるがいい」と師はこの男にいいつけた。

特別の待遇で、ジュリアンには別室があたえられることになった。

「荷物をはこんでやりなさい」

という声を聞いて、ジュリアンが眼を床の方に落すと、正面に彼の荷物があった。三

時間以前から、それがそこにあることは眼で見ていながら、自分の荷物だということを忘れてしまっていたのだ。

一〇三号室(それは建物の最上層にある八尺四方の小室であった)にやってくると、ジュリアンは、その部屋の窓から城壁の方が見えることに気がついた。そして、ずっと向うには、ドゥー川によって市街と分たれている美しい平野を遠望することができた。

「ああ美しい景色だ!」とジュリアンは叫んだ。しかしこう言いつつ、自分の言葉の意味していることを、彼は少しも実感していなかった。ブザンソンに到着してからまだわずかの時間しかたたないが、そのあいだに受けた強烈な印象のために、彼の心身はへとへとに疲れてしまっていた。窓のそばへ行って、その室内に一つしかない木の椅子に腰をおろすと、彼はそのまま深い眠りに落ちてしまった。晩餐の知らせの鐘も、礼拝の鐘の鳴ったのも知らなかった。人々は彼を忘れていた。

翌朝、あけがたの太陽の光線が彼の眼をさましたとき、彼は床板の上にねていたことに気がついた。

第二十六章　世間　または　金のある人の知らないもの

おれは地上に一人ぼっちだ。誰もおれのことなぞかまってくれぬ。出世するような奴らは皆、おれなんかの及びもつかぬ厚顔さと、冷酷な心の所有者だ。おれが誰にでも親切にするので、奴らはおれをにくんでいる。おれは、飢えのためか、それともあんな冷酷な奴らを見る不幸のためにか、いずれ遠からず死ぬだろう。

ヤング

彼はいそいで、着物の塵をはらっておりて行ったが、それでも遅刻してしまった。助教師の一人がきびしく叱責した。ジュリアンは言いわけがましいことをいおうとせずに、腕を胸の上で組み合わせた。

「Peccavi, pater optime(悪うございました、神父さま)」と、彼はひどく後悔した様子でいった。

この初登場《デビュ》はりっぱな成功をおさめた。学生の間で利口《りこう》な連中は、今度はいってきた

男がなかなかしろうとでないことを看破した。休憩時間になると、皆はジュリアンを好奇の眼でじろじろ眺めた。しかし彼の態度には、控えめと寡黙があるばかりだった。自分でこさえた日常訓《マクシム》にしたがって、彼は三百二十一人の仲間を敵と考えた。皆の中、もっとも危険だと思われるのが、ピラール師である。

数日の後、ジュリアンは聴罪師を一人選択することになった。彼は名簿を見せられた。

(いったい、おれを誰だと思っているんだ。「話すとはどんなことか」それをおれが知らないとでも思っているのか)と腹の中で思いながら、彼はピラール師を選んだ。

自分ではそういう気じゃなかったが、このやり口は思いきったものだった。ヴェリエール出身だという、まだごく年少の一人の神学生がさいしょからジュリアンに好意をよせているようだったが、この学生が彼に、副校長のカスタネード師を選んだ方が慎重だったろう、と注意した。

「カスタネードさんは、ジャンセニスムの疑いのあるピラール先生とは敵同士なのさ」とその小神学生は耳に口をよせてささやいた。

われらの主人公の入学早々の行動は、彼自身はずいぶん細心にやっているつもりであったが、たとえばこの聴罪師の選択のしかたもそうだったように、じつはすべて軽率であった。空想家にありがちの、自分勝手な推量にまどわされた彼は、こうありたいとい

う意図をすべて事実のように考えているのだ。そして、自分をもう一かどの偽善者だとうぬぼれていた。おまけに、こうした卑劣な技巧で成功をおさめていることを自責したりするほど、彼は認識不足だった。

（ああ！　これが、おれの唯一の武器なのか！　世が世なら、おれも敵に面と向って、めざましいはたらきをして、自分のパンをえるのだけれど）

とにかく、ジュリアンは自分のやり口に満足して、さて自分の周囲をながめてみた。いたるところに、行いすました徳操の見せかけがあった。

学生の中に、十人ほどまるで聖者のような生活をしているのがいた。彼らは聖女テレサや、またアペニン連峰中のヴェルナ山で聖痕をうけた聖フランシスみたいに、幻覚を見るというのだ。ただしこれは非常に秘密にされていることで、友達がかくして口外しなかった。幻覚を見る青年たちは、ほとんどいつも病舎にはいっているのだった。その他に百名ばかり、頑強な信仰と疲労を知らぬ糞勉強とを、しっかと結合している連中がおった。こいつらは、病気になるほど勉強した。そのくせ、大した事をおぼえはしないんだ。二三名だけ、ほんとに実力のある学生が目立っていて、その一人はシャゼルという名であった。しかしジュリアンは、この連中とも、一こう親しめない気がしていたし、向うの方でも彼に対して同様だった。

三百二十一人の中、その残りの者といえば、朝夕くりかえして唱えているラテン語の意味も、どうやら了解しかねるといった、まるで無知な集団である。その大部分は百姓の子で、彼らは土を耕すよりは、ラテン語の片言を暗誦して、それでパンをえたいとねがっている手合いに過ぎなかった。入学して間もなく、ざっと一とわたりこういう観察をしてしまったジュリアンは、これなら、一つ迅速な成功をえてやろう、と心に誓った。(どういう業務にでも、聡明な人間が必要なものだ。結局、なんといっても、そこに何かしなければならぬ仕事があるんだから。おれがナポレオンの幕下にいるとすると、さしずめ曹長になっているはずだ。ここにいる未来の司祭連のあいだで、おれは副司教になってやろう)というふうなことを、彼は思っていたのである。

(ここにうようよしているあわれな奴らは、子供のときからその日かせぎで、ここへくるまでは、黒パンと凝乳《ぎょうにゅう》だけで生きていたんだ。あばら屋に住んで、年に五度くらいしか肉を食うことができなかった。だから、この野卑な百姓どもは、戦争を休息の時と考えていたローマの兵士みたいなもので、神学校の御馳走によだれをたらしているしまつだ)

ジュリアンが、彼らの鈍重なトロンとした眼差しから察するのは、食後の満足された生理的欲望か、でなければ、食前の意地ぎたない食欲の楽しみ以外に何もない。ジュリ

アンが、その中にあって頭角を現わそうと決心した、周囲の連中というのは、ざっとこういう連中である。ただここに、ジュリアンが全然知らなかったことで、また他の者が彼に忠告してもくれなかったたいせつなことがあった、というのは、教理、宗教史、等々の神学校の講義で一番の成績をとるなどということは学生たちの間では、「見事な」罪悪の一つと考えられていることだった。ヴォルテール以来、また、つきつめて考えると結局、「背信」と「自由解釈」の結晶であって、民衆の心に「信じない」という悪習慣をあたえる両議院制政治がしかれて以来は、フランスの教会は書物を正面の敵と考えたらしい。教会にとっては、心からの服従がすべてである。学問で功を立てるということは、たとえそれが宗教に関する研究であっても、危険視されている。またそれも、無理のないことだ。優れた人間が、たとえば、シエーズ*やグレゴワール*みたいに、どんどん邪道へそれて行くのを、止めようがないではないか。そこで、おじけのついた教会は、唯一の窮策として、法王にしがみついた。ただ法王だけが、「自由解釈」を無力にし、その法王宮廷の儀礼の荘厳さによって、上流人の倦怠し、病める精神にも、いくらか感化をおよぼしうるだろう、とそう思ったわけである。

　神学校で皆の言っていることを聞けば、むしろそれを否定するようだけれども、ジュリアンはこうしたさまざまの真相がぼんやりながらわかってきた。そうして、彼は大そ

う憂鬱になった。彼は馬力をかけて勉強していた。そのおかげで、非常な速度で、僧侶に必要な、彼の眼にはまったく虚偽としか思われず、何の感興もおぼえない事柄をみごとに習得して行くのだった。だって、ほかにする事がないんだ、と彼は思っていた。

(それじゃ、もうおれは、地球全体から忘れられてしまったのだろうか?)と考えたりした。彼は、ピラール師がディジョンの消印のついた手紙を幾通かうけとって、これをすっかり火にくべてしまったことなどは、夢にも知らなかった。その手紙というのが、大そう穏健な言葉づかいで書かれていたものの、その行間には最も激しい情火が燃えていた。恋しさでいっぱいだが、その気持にうち勝とうとして、良心の呵責が必死に戦っている様子が見えた。(ともかく、この青年の恋した婦人が、不信心の女でなかったというのが、まだしも幸いであった)とピラール老師は思った。

ある日、ピラール師は、涙で文字が半分消えかかったような手紙を開封した。それはいよいよ永別の手紙であった。(やっとのことで、神さまの御加護によって、あたしは、自分に過失をつくらせた人をではなくて——その人は、いつまでもいつまでもあたしの一ばんいとしい人なのよ——いいえ、その人をじゃなくって、自分の過失そのものをにくめるようになりましたの。あたし、すっかりあきらめましたのよ、あなた。涙が出て出て御覧のとおりですけれど、しかし、あたしが自分のことを忘れてもつくしてやらね

ばならない子供たちの、あなたがあんなにかわいがってくださった幼ない者たちの救いが第一なんですもの。正しい、そして恐ろしい神さまも、今はもう、母の罪の報いを子供たちの上に下したりはなさいますまい、と思います。さようなら、ジュリアンさま。ひとに、あまり無理をおっしゃらないように)

この手紙の終りの方は、ほとんど判読できないくらいだった。ディジョンのある宛名が書いてあったが、ジュリアンに返事はよこさないように、でなければ少くとも、正しい身持に帰った女が見ても顔を赤らめずにすむような書き方をしてくれ、と希望してあった。

ジュリアンの憂鬱は、神学校の賄《まかない》がつくる八十三サンチームの粗食のせいもあって、そろそろ健康に影響してきたのだが、ちょうどその時分のある朝、だしぬけにフーケが彼の室へ現われた。

「やっとのことではいれたよ。ブザンソンへはこれで、なにも不平をいうんじゃないが、ぼくは君に会おうと思って五度やって来たのさ。いつも門前ばらいだった。学校の門のところへ、わざわざ人をやって待ちぶせさせておいたのに、なぜ、君は一度も外出しないんだい」

「だって、そうやって自分で試煉をやってるんだ」

「ずいぶん君も変ったよ。とにかく、君に会えてうれしい。五フラン銀貨を二枚、これを最初きたときからわたせばいいものを、実際おれもまぬけだった」

二人の友人の間に話の種はつきなかった。フーケがつぎのように言ったとき、ジュリアンは、さすがにさっと顔色を変えた。

「あの、君は知ってるかい？　君の教えていた子供のおっ母さんだね、あのひとが、とっても信心家《ありがたや》になっちまってさ」

という調子で、フーケは無遠慮に話して行った。聞いている方の情熱的な心は、それから異様の印象をうけたが、フーケは、自分の話が相手の心の最も微妙なところをついているなどということには、てんで気がつかずに、

「そう、君。そりゃ、とっても熱心なもんだ。うわさによると、あのひとは、聖地巡礼に出かけるそうだよ。それから、あのやめたシェランさんの様子ばかり探っていたマスロンのやつが、一生の大恥をかいた話だが、レナールの奥さんはマスロンをきらって、ディジョンか、でなければブザンソンへわざわざ懺悔《ざんげ》に出かけるんだ」

「奥さんが、ブザンソンへ来るって！」ジュリアンの頰に血の色が走った。

「かなり、たびたびのことさ」とフーケは、も一つ腑《ふ》に落ちないような顔をした。

「君、いまそこに『立憲新聞』をもってやしないか？」

「なんだと？」

「君が『立憲新聞』をもってるか、どうかを聞いたんだ」ジュリアンは平静な声でいった。「ここでは、一部三十スーに売れるからな」

「なあんだ！　神学校にまで自由派がいるのか！」とフーケは大声を上げた。それから、偽善者らしく、マスロン師の猫なで声をつくりながら、「あわれなフランスよ！」と、つけたした。

この訪問は、われらの主人公の上に、非常に深刻な印象をあたえてしまったかもしれない。もしその翌日になって、彼がまだほんの子供だと考えていた例のヴェリエール出身の神学生が、ちょっと洩らした言葉から、ジュリアンが一つ重大なことを発見したりすることがなかったならば。入学以来のジュリアンの行動は、全然、やりそこないの連続だというのだ。彼はそうと知って、にがにがしい思いで自嘲した。

実際のところ、彼の日常生活の目ぼしい行為は一々賢明にはこんであったのだが、ごく些細な点に関しては、どうも注意が足りなかった。ところが、神学校のしたたかな連中ときては、ただその細かい点をしか見ないのである。だから、仲間のあいだでも、彼のことをすでに「倨傲《エスプリ・フォール》」と評判していた。何でもない、ごく些細な行為をやる度に、彼の本性が出たがるのだった。

仲間にいわせると、ジュリアンは、「権威」とか模範とかに、盲目的に従おうとせず、「自分で考え」「自分で判断する」というとんでもない悪癖にそまっている、というのだ。ピラール師は、こまっている彼に、一向援助らしいことをしてくれない。師は、告解の時の外には、一度も彼に言葉をかけてくれなかった。その告解の時ですら、言葉をかけるよりは、むしろ耳をかしている方だった。もし、最初に彼が、カスタネード師を選んでいたとすると、事態はまたこれと趣を異にしたかも知れないが。

ジュリアンは、自分の今までの思いちがいに気がつくと、その瞬間からもう退屈でなくなった。彼は、失敗の全範囲を知りたいと思った。そこで、この目的のために、今まで仲間の学生たちを寄せつけなかった、あの高慢ちきな、強情な沈黙をちょっとよしてみた。すると、向うは、待っていたとばかりに復讐した。彼が進んで示そうとする好意は、出端から鼻であしらわれ、愚弄まで受けた。考えてみると、彼がここへはいって以来、それはとくに休憩時間中などのことだったが、何かにつけて彼は評判の種をまいたものだ。あるいは、敵の数をそれでふやすか、でなければ、しんから善良な、または他の連中に比べていくらか上品な男の好意をひくか、どちらにせよ、問題にならないことは片時もなかった。で、修復すべき失敗はなかなか大きいもので、その努力たるや、なみ大ていのことでなかったのだ。今後は、ジュリアンは絶対に、注意力をゆるがせにし

たりはしなかった。問題は、今までとは全く変った一人の男を皆の前に描き出す、ということだった。

たとえば、眼の動かし方といったことが、なかなか容易なことではなかった。こういう場所では人が眼を伏せているが、あれはむりもない。ジュリアンは、ひとり思うのであった。(ヴェリエールにいたとき、おれはずいぶん、いい気なことを考えていたんだ！　おれは、ちゃんと生活しているつもりでいた。生きて行くことの準備をしていただけだ。いまこうやって世間に出てみると、いつまでも、きっとこのとおりだろうが、周囲は恐ろしい敵ばかり。一刻も休まずに、この偽善者的態度をつづけて行くというのは、なかなか骨の折れる仕事だ。ヘラクレスの力業といえども、これに比べると光彩を失うだろう。近代のヘラクレスは、何といってもあのシクスト五世だ。* なにしろ、あの人は十五年間ぶっとおしに猫の皮をかぶりつづけて、壮年時代の威勢のいい傲岸な彼をよく知っている四十人の枢機員に、まんまと一ぱい食わせたんだからな)

(ここでは、それじゃ、学問は何の足しにもならないのか！)と、彼は口惜しがった。(教理や聖史、その他の学課で進歩してみても、結局は表面で尊重してくれるだけなんだ。学問についてとやかく言っているのは、すべて、おれみたいなばか者にしかけた罠《わな》にすぎない。ところで、おれの唯一の才能は、急速な進歩と、こういう愚にもつかぬ事

がらを覚えこむその技倆にあったんだ！　いったい正直にいって、やつらはああいう事柄を、その真価どおりに評価しているんだろうか？　おれと同じように判断しているのかしら？　おれはまた、ばかなこったが、それに得意になっていたんだが。おれが、いつも首席の成績をとっていたのは、あれは何の役に立つというんだ。この学校を出てからつこうという、あの金もうけのできるたいせつな就職口のためには、悪い評点を頂戴するばかりじゃないか。おれよりか学問のできるシャゼルの奴は、いつも答案の中に何かへマなことをわざと書きこんでおく、それでやっこさんいつも五十番の席次におとされているのだ。もしあいつが首席になったとすると、それはついうっかりしていたためである。ああ、たった一言でいいんだから、ピラール師が何とか言ってくれたら、どんなにおれは助かったかしれないのに！）

こうして迷妄から覚めたその瞬間から、ジュリアンにとって今まで死ぬほど退屈だった週に五回の祈禱や、聖心頌歌《サクレ・クール》などの勤行は、一ばん緊張を要する時間となった。峻厳に自己反省をしてみて、また自分の方策をあまり過信しないように気をつけながら、ジュリアンは何もそう一足とびに、神学校の模範生みたいに、どんな場合にも何か有意義な行為をする、つまりキリスト教的美徳の型を見せる、というような境地に到達しようとはしなかった。神学校の中では、半熟玉子の食い方にだって、信仰生活における心境

の進み具合が、ちゃんと現われるのである。

読者は、こんなことをいうと笑われるかもしれないが、それではどうか、ドリィーユ師がルイ十六世の宮廷の一貴婦人の家へ昼食に招かれて、そこで卵をたべる時にどういう失敗を演じたか、あれを思い出していただきたい。

ジュリアンは、とりあえず、清浄境《ノン・クルパ》に達しようと思って努力したのである。清浄境とは、その歩きっぷり、その腕や眼の動かし方に少しも俗界の軽佻さがない、しかしまだ、「天国」のこと「この世の空虚」ということの考えに、まったく没頭しているというところまでは至っていない若い神学生の心境をいうのである。

いつもよく、ジュリアンは廊下の壁に炭で書きつけてある、たとえばつぎのような文句を見つけるのだったが、「永遠の至福、もしくは地獄において永遠の煮え油、それを思えば六十年の試煉も何のことぞ」彼はもう、こういう文句に出会っても、頭から軽蔑してかかったりしなかった。こういう文句をいつも念頭においていることがたいせつなのだ。(おれは一生の間、何をするのだろう? おれは善男善女に天国の席を売るのだ。この席がどうして彼らの眼に見える? おれがただ俗人とは違った外観をしているから)

数ヵ月のあいだ、一刻もおろそかにしないで努力してみたけれども、やはりまだジュ

リアンには、「考える」態度が残っているのだった。彼の眼の動かし方とか、口元の表情には、どんなことでもやすやすと信じ、たとえ殉教によってでもいっさいを忍ぼうという、絶対的な信仰が出ていないのだ。ジュリアンは、こういう点で、ほかの最も粗野な百姓たちに優位をしめられていることが、腹立たしかった。彼らに「考える」態度のないのは、むりもないことだ。

イタリアの僧院でよく見うけることのある顔だが、そしてそういう容貌の完全な典型をば、ル・ゲルシャン＊がわれわれ俗人のために彼の宗教画(註)の中に残しておいてくれたが、あの信心深そうなせまい額、何でも信じ何でも忍ぼうという盲目的な感じの容貌、あれに達しようとして、ジュリアンはどれくらい骨を折ったかしれなかった。

大祭日には、学生たちの食卓に煮玉菜《シュクルット》つきの腸詰料理が出る。ジュリアンの隣席の学生たちは、彼がこういう幸福に一こう無感覚なことを観察した。こういうところにジュリアンの最もいけない点があるのだ。仲間たちは、これをジュリアンの唾棄すべき偽善的態度の現われだと解釈した。こんなことが敵を一ばん多くつくるのだ。彼らは口々にあざけった。

「あのだんなさまを見たまえ。あの大そうなふうはどうだい。最上等の献立を鼻であしらうふりをするじゃあないか。シュクルットつきの腸詰をさ。チェッ、いやなやつ！

高慢ちき、ばちあたり！」

彼は、御馳走をちょっぴり食べかけるのを苦行のつもりでさしひかえて、それから仲間の誰かにシュクルットを指さしつつ、「人間が神に捧げうるものといえば、自発的な忍従のほかに何があるだろう」と、何かそんなことでも言えばよかったのだろう。

ジュリアンはこの種のことをこういうふうに、さっさとして見せるには、まだ経験不足だった。

時々、彼はがっかりして嘆息することがあった。（ああ！　おれの仲間の土百姓どもの無知は、かえって彼らのために大へん有利なのだ。彼らは神学校へやってきても、この教師が、俗世間の色んな考えから、清めてやったりする必要はない。おれなぞは、そういう考えをどっさりしょいこんで、いまだにどうしても顔のどっかにそれが現われているらしいんだが）

ジュリアンは、羨望に近い注意深さで、この神学校へはいりにくる田舎者の中でも最も粗野な連中を研究した。彼らが黒い制服を着せてもらうために、そのケバ羅紗《らしゃ》の上衣をはぎとられるその瞬間には、彼らの教養の程度といえば、ただ現金――フランシュ－コンテでいうところの、硬い純粋のお金に対する限り無い尊敬、それ以上に出ないのだ。これが現金という崇高な観念をあらわすおきまりの、思いきった表現である。

そして、こんなふうにはいってきた神学生達の幸福というと、ちょうどヴォルテールの小説に出てくる人物みたいに、御馳走を食うことのほかになかった。ジュリアンは、皆がほとんど例外なしに、上等羅紗服を着こんだ人たちに、先天的の尊敬をはらっていることに、気がついた。つまり、こういう気持から、田舎の人々は現在わが国の法廷があたえている賞罰なんかをそのままに、またはそれ以上にさえ評価しているのだ。「大尽《グロ》に楯ついたって、何のとくになる?」こういうことをいつも、お互に言いあっている。

「大尽《グロ》」——これはジュラ峡谷地方の方言で、金持のことをいうのだ。だから、皆のうちで一ばん金持の政府《おかみ》に対する彼らの尊敬の程度が、どれくらいだか察するがいい。

知事閣下、という名を聞いたばかりで、すぐもう敬意を含めた微笑をたたえないなどということは、これはフランシュ－コンテ地方の人には、大へんな不謹慎だと思われる。そして、貧乏人の不謹慎は、パンの欠乏という形で、それこそてき面に罰せられるのだから。

はじめの間は、軽蔑の気持で窒息するような思いだったジュリアンも、だんだん憐憫を感じるようになってきた。だって、ここにいる仲間の大部分のものの親爺たちには、冬の夜なぞ自分のあばら屋に帰っても、パンもない、栗も馬鈴薯もない、というような

悲惨なことがよくあったに相違なかった。そこで、ジュリアンも考えるのだ――(そうとすれば、彼らの眼に最も幸福な人として映ずるのが、第一には御馳走をたらふく食ってきた人であり、つぎには、りっぱな衣服をもっている人である、といっても少しも驚くにあたらないではないか。おれの仲間たちが、各自志している聖職についてじつに堅固な信念をもっている、というのもつまり、彼らは僧侶という階級の中に、うまい物を食って、冬のあいだ温かい着物にくるまることができる、この幸福の長い連続を見ているからなんだ)

一人の年のゆかぬ空想好きな学生が、仲間にこういっているのを、ジュリアンは聞いたことがある。

「なぜ、おれなんかは、あの豚飼いだったシクストス五世みたいに、法王になることができないんだろう」

「法王には、イタリア人でなくちゃしてくれないよ。だけど、副司教だとか僧会員なんどという地位には、いやなに司教だってさ、われわれの中の運のいい者がなるんだろう。シャロンの司教P……さんは桶屋のせがれだぜ。おいらのおやじと同じ商売さ」

ある日、教理の授業中だった。ジュリアンはピラール師に呼びつけられた。若者は、今ちょうど押しこめられている生理的にも精神的にも不快な雰囲気の外へ出られるので、

すっかり喜んだ。

校長は、入学の当日にジュリアンをあんなにおそろしがらせた、ちょうどあれと同じ顔で彼を迎えた。

「このカードの上に書いてある文句を、わしに説明したまえ」と校長はジュリアンが地の下へかくれたいと思ったほどすごい眼つきでにらみつけた。

ジュリアンは読んだ。

(アマンダ・ビネ、カフェ・ジラフにて、八時より前に。ジャンリスの生まれで、私の母のいいとこだということ)

ジュリアンは、危険がただごとでないのをさとった。カスタネード師のスパイが、その所書きを盗んだのに相違ない。彼は、ピラール師の恐ろしい視線にたえる勇気がないので、額のあたりに眼をそそぎながら、おそるおそる答えはじめた。

「私がここへはいりました日には、私は大へんおじけがついて、びくびくしていたのです。シェラン先生から、ここはあらゆる種類の密告や陰険なことに満ちている、そういう場所だとお聞きしていたものですから。人の秘密を探ったり、告げ口したりすることが、友達同士の間に、とてもさかんだと、わたくしは聞いていました。しかしこれも、人の世をありのままに見せて、若い僧侶たちにこの俗世と虚飾とに嫌悪を抱かせるよう

にとの、神さまの思召しではありましょうけれど」

「このわしに、お談義をして聞かせるのか。ふらちな小僧だ！」とピラール師はますます腹を立ててどなった。

ジュリアンは冷然と、言葉をつづけるのだ。

「ヴェリエールにいました時は、わたしの兄たちは、何か私に嫉妬する機会があると、いつも私をぶつのでした」

「よけいな話をするんじゃない！　本筋へ」とピラール師はほとんどわれを忘れるくらい怒っている。

少しもひるむことなく、ジュリアンは語りつづけた。

「私がブザンソンへ到着しました日、それは正午ごろでありましたが、腹がすいていたので、とあるカフェにはいりました。私は元来、こういう俗気の多い場所は見るのも嫌だったのですけれど、しかし考え直して、ここで朝食をとれば料理屋へ行ったりするより安上りだと、そう思いました。そこの店の主婦らしい女が私の世間知らずらしい様子に同情してくれて、私にこういうのです。ブザンソンには悪い奴がたくさんいるから、あなたの身の上が心配だ。もし、あなたに何かよくないことでも起った場合には、わたしの所へ相談にいらっしゃい。八時より前に誰か人をよこしてください。もし学校の門

衛が、あなたの用をしてくれなかったら、あなたは私のいとこで、そしてやはりジャンリスの生まれだと……」

「お前の今のおしゃべりは、いずれ、すっかり吟味しておく。部屋へ帰ってよろしい」

こういったピラール師は、さっきからじっとしていられないで、室内を歩きまわっていた。

それから師は、ジュリアンの後からついて行って、彼を鍵で閉じこめてしまった。ジュリアンは、さっそく自分の行李を調べてみた。その底にあの致命的なカードは、たいせつにしまってあったのだった。何一つ、行李の中は無くなっていなかったが、かきまわした跡があった。それはいいとしても、鍵は容易にはずしてもらえなかった。（外出許可に一度も応じなかったことは、もっけの幸いだった。カスタネードさんが、いつも外出を大そう親切にすすめてくれたが、その御親切が今よくわかる。おそらくおれは、着物を変えてあの美しいアマンダに会いに行くという誘惑に、勝てやしなかっただろう。そしたらもう、万事休するところだった。じつはそういうやり方で、密告を利用するつもりだったのがあてがはずれたもんだから、腹いせに告発することにしたんだろう）とジュリアンはひとり考えていた。

二時間ほどして、彼は校長に呼ばれた。

「君のさっき言ったことは、嘘じゃなかった。だが、こういう宛名をいつまでもしまっておくことは、実に不謹慎きわまる。困った男だ！　こういうことをするようでは、十年も後にえらい損をするぞ」という校長の眼つきは、しかし、さっきよりよほど和らいでいた。

(註)　ルーヴル博物館所蔵。アキタニア公フランソワ鎧をぬぎて僧衣をまとう図(一一三〇号)を見よ。

第二十七章　人生の初経験

現代は、これまさに主の手箱だ。手を触れるものこそ禍なれ。

ディドロ

読者諸君は、ジュリアンの生涯のちょうどこの時期について、あまり鮮明にして精確な事実を書かぬことを、作者に許していただきたい。そういう事実がありあわせぬのでなくて、むしろその反対である。だが、われらの主人公が神学校生活で経験している事がらは、作者がこの書物の中に保って行きたいと思っている穏かな色調としては、それはあまりに陰気すぎるのだ。ある種の事がらに関すると、現代人はそれで非常に苦しんでいるために、思い出すたびにはげしい嫌悪を感ずるばかりか、その嫌悪の情がほかの楽しみまで、たとえば一つの物語を読む楽しみまで、すっかり台なしにしてしまう恐れがある。

さて、ジュリアンの偽善的態度は、大して功を奏しない。彼はつくづくいやになって、まったく意気沮喪《そそう》することさえあった。どうもうまくゆかない。というのが、こういう

卑しむべき経歴においてさえそうなのだ。まだしも、少し外部的な力添えがあれば、不屈の意気込みをもちこたえても行けたであろう。ジュリアンは大洋の真直中に見離された小舟みたいに、全くの一人ぼっちであった。(たとえおれが成功したとしても、こういういやしい人間たちの間にはさまって一生を過すと思うと情けない! 食卓でガツガツ食う豚肉入りオムレツのことしか頭にない大食いどもや、どんな悪事にも辟易しないあのカスタネードといったやからだからな! 彼らはいつか権勢にありつくことだろうが、じっさい、それは何という高価な犠牲をはらってのことだ!)

(人間の意志は強い、とおれは方々の本で読んだ。だが、今おれが経験しているような嫌悪に打ち勝つためには、意志の力だけで足りるだろうか? 世の偉人たちの努力は容易だったといえる。いかに危険が大であったにしろ、彼らの眼に、その危険は美しいものであったから。それにひきかえて、今おれの周囲を取りまいているこの醜悪さは、おれの外に誰が理解してくれるか?)

この時期は、彼の生涯の中で最も試煉的であった。ブザンソン駐屯の優秀な連隊のどれかに入隊することは、非常に容易であった。ラテン語の教師になることもできただろう。どうせ衣食のためには、大した収入はいらないのだから。ただ、しかし、そういう

ふうにすると、彼の空想を喜ばせるあの栄達や将来のことも、もうおさらばだ。それは死ぬことに等しい。つぎに書くのも、やはり彼の陰鬱なその日その日の一つに起った出来事なのだが。

（おれはほかの田舎出の青年どもとは少し違う！　とそう思ってよくいい気になったりしていたが、この頃ようやく、「変っているとにくまれる」ということがわかるほど、おれも大分経験をつんだ）とある朝、彼はひとり考えた。この大きな真理をつかむことのできたのは、彼の最もにがい失敗の一つからなのだ。彼は、一週間ばかり前から、ある一人の非常に行いすましている学生のごきげんをとっていた。で、その学生とつれ立って校庭を散歩しながら、睡気のさすほど愚劣な話を、辛抱して傾聴していたものである。突然、嵐模様になってきて、雷が鳴り出した。すると、その聖者気取りの学生はジュリアンを荒々しく突っぱなして、

「いいかい。この世では誰でもわが身第一だよ。僕は雷に打たれたりするのはいやだ。不信心な君なんかは、神さまが、ヴォルテールのように雷でお打ちになりそうだからね」

ジュリアンは怒りに歯を食いしばって、稲妻の走る空をキッとにらみつけながら、

「嵐のあいだ、ぼんやり寝こんでおれば、水におぼれたって文句はいえない！　なあに、

また別のえせ学者を手に入れてやろう」と叫んだ。

カスタネード師の聖史の講義が始まる鐘が響いてきた。

おやじのつらい労働と貧乏暮しを恐れきっている少年たちを集めて、この日カスタネード師は、皆に恐れられている政府とは、神の地上における代表として、はじめて現実のかつ正当の権力をもちうるものである、というふうに教えていた。

「諸君は、清浄な生活と服従とによって、法王の御好意にそうことを心がけねばならん。『その御手の中の一本の杖』のごとくありたいものである。そうすれば、いずれ諸君は、りっぱな地位をえて、何らの制約を受けずに、長として支配できる。しかも、それは終身の地位じゃ。政府が給料の三分の一を払い、あとの三分の二は、めいめいの説教の力によって寄せ集めた信徒たちが払うてくれる」

講義が終って出がけに、カスタネード師は、今日にかぎっていつもより注意ぶかくなっている生徒たちにかこまれて、内庭に立ちどまった。

「人物相応の地位というけれども、これは僧侶についてじつに適切に言うことができる。わしの知っている、山間の教区でも臨時収入が、なまじっか都会の司祭たちより多いのだ。金も町と同じくらいにはいるし、おまけに、肥えた食用鶏、鶏卵、新鮮なバタといったあんばいに、その他ありとあらゆる楽しみがあるわけさ。しかもそこでは、僧

侶が一ばんいばれて、御馳走にはきっと招待されるし歓迎されるというのだからな」

カスタネード師が部屋へ引上げてしまうと、生徒はそれぞれ仲間に分れた。ジュリアンは、どの組にもはいらず疥癬《かいせん》にかかった牝羊(背徳者の意)のように取り残された。どこの組でも中の一人の生徒が一スー銅貨を空に投げ上げているのが見える。もしこの生徒が、この「裏か表か」の遊戯でうまく言いあてると、友達はみな彼が間もなくどこか臨時収入の多い司祭の職にありつくだろうというのだった。

それがすむと、逸話がはじまる。ある一人の僧侶は、奉職してからやっと一年たつかたたないのに、老司祭の女中に飼兎を進上したおかげで、副司祭にしてもらうことができた。それから幾月もたたぬ中に、老司祭が急になくなったので、その男はその結構な司祭職の後釜になってしまった、というような話。また一人の男はある裕福な町の司祭職をねらっていたが、中風病みの老司祭の食卓にいつもはべって、雛鳥の肉を手ぎわよく切ってあげるうちに、ついに成功したというような話。

どの方面の職業でも、青年がみんなそういうことを考えるが、神学校の生徒もやはり、こういう種類のちょっと目先の変った面白い処世的技巧の効果を、実際以上に過信しているらしいのだ。

(こういう会話にもなれて、平気でやれるようにならなければ)とジュリアンは

思った。話が腸詰だとか収入《みいり》のよい就職口のことでないと、話題はいつも教義の中で、もっとも俗世間的な部分についてである。たとえば、司教と知事とが、また町村長と司祭がどう違うか、といった話だ。ジュリアンの眼前に、第二の神の観念が現われてきた。しかも、それはもう一つの方の神よりも、さらに恐るべくさらに強力な神であった。第二の神とは法王なのである。皆は声をひそめて、ピラール師に聞かれる心配のない時に、こんなことをいっていた。法王がフランス国内の知事や市町村長の任命を親しくおやりにならぬのは、フランス国王をローマ教会の長男と呼んで、この役目をおまかせになっているからである、と。

ちょうどその頃、ジュリアンは少し周囲の尊敬をえるために、メストル氏の『法王論』を利用してもいいだろう、と思った。仲間の連中は、なるほど驚きはしたけれども、しかし、これもまた彼の失敗の一つであった。彼はみんなの言おうとするところを、彼らよりずっとうまく説明したものだから、にくまれてしまった。シェラン師は自分に対して軽率であったと同様に、ジュリアンに対してもやはり軽率であった。師はジュリアンに、物事を正しく判断し、無意味な言葉にごまかされない習慣をつけさせたが、その後で、ついでにこう言っておくことを忘れたのだ。——ただし、こういう習慣は地位の低い人間にあっては、一つの罪悪である。なぜかといえば、すべて正しい判断というも

のは反感をまねくから、と。

だから、ジュリアンの正しい物の言い方は一つまた新たな罪悪であった。学友たちはいろいろ頭をしぼって、ジュリアンから常に感じるきみわるさを、一語で表現しうる言葉を発見した。彼らはジュリアンに、マルチン・ルテルという仇名《あだな》をつけた。これはとくに、ジュリアンが得意になっているあの悪魔的な屁りくつのためにそうつけたと、彼らはいっていた。

神学生の中には、ジュリアンより顔の色艶が生きいきして、もっと美少年といっていい生徒がいることはいた。しかし、ジュリアンは白い手をしているし、ある種の、どうしても隠しきれぬ上品な潔癖をもっていた。運わるくはいってきたこの陰気な学校内では、彼のそういう長所が何の役にも立たなかった。周囲の汚ない田舎者たちは、彼は身持ちが悪いとさえいっていた。こういうふうに、作者はわれらの主人公の不幸の話ばかりで読者を疲れさせては恐縮なのだが、まあたとえば、こんなこともある。仲間の中で一ばん腕っ節の強い連中が、ジュリアンをなぐる習慣をつけようとした。ジュリアンはやむをえず鉄製のコンパスで武装して、いつでもこれを役に立てるぞという身ぶりで、示威しなければならなかった。身ぶりは、スパイに報告されても、口に出した言葉のように向うに悪用される心配がないからである。

第二十八章　聖霊発出

誰もかもの心が感激した。神さまが、信徒の手できれいに砂利をしき、一面に幕を張りまわした、狭いゴチック風の街路に天くだり給うかのようであった。

ヤング

ジュリアンは、いくら自分を小さくし、ばかにしようと骨折っても、とうていほかの者の気に入ることができなかった。彼はあまりにちがいすぎているのであった。（ここの先生方は、みんなより抜きのずるい人たちだが、なぜあの人たちはおれの謙遜な態度を喜ばないのだろう？）ただ一人、ジュリアンの何もかも信じ何もかもにだまされきっているような態度を、それをいいことにしているらしい男があった。それは大聖堂の儀式係長であるシャ・ベルナール師だった。この人は僧会員になれそうだというので、十五年間気ながく待っているのであったが、さしあたり学校では説教法を教えていた。ジ

ュリアンがまだ事情に通じなかった頃には、この人の講義にはいつも首席になったものだ。だから、シャ師は彼にいくらか好意をよせていてくれた。講義がすんだ後で、師はよく彼と腕をくんで校庭を散歩したりした。

(結局どうしようという気なんだろう?)とジュリアンは少しきみがわるかった。シャ師が幾時間もかかって、彼に大聖堂の所有になっているいろんな祭服の話をしたりするのが、不思議でたまらなかった。喪服をのぞいて別に、十七着の飾紐つきの僧袍がある。なお、老リュパンブレ裁判所長夫人に大そう望がかけられている。というわけは、この九十歳の貴婦人は七十年以来、金をちりばめたリヨン絹のすばらしい結婚衣裳を、たいせつに保存しておられるのだった。「まあ、考えてごらん」とシャ師は眼を丸くして、ピタリとそこに立止ってしまうのだ。「この衣裳はじぶんでシャンとまっすぐに立つんだよ。それくらいに、金が中にはいっているのさ。ブザンソンの確かな人たちが皆そういうんだからまちがいない。夫人の遺言で、大聖堂の宝物に、十着以上の僧袍がふえることになるだろう。なお、四つや五つは大祭日用の法衣ができることは別としてもな。だが、このわしは、まだまだそれどころのことではないと思う。(とシャ師はここでちょっと声を落した)夫人は、われわれに、八つのすばらしい金鍍金《きんめっき》した銀の燭台をのこしてくださるだろうて。それはあのブルゴーニュのシャルル豪胆公が、イタリアで買い

入れたものだと伝えられている。そして夫人の先祖の一人が、公の寵臣であったのだ」

(この男はこういう古着の話なんかして、結局どうしようという気なんだろう)とジュリアンは思っていた。(もうずいぶん長いあいだ、こんな巧妙な前哨戦がつづいているのに、まだ少しも正体を現わさない。この男はよほどおれにも気を許さぬと見える! ほかのやつらだと、せいぜい二週間もたてば、およその腹の底を見すかすことができるのだが、彼らにくらべると、この先生は少し手ぎわがいいようだ。なるほど、この男の野心が十五年以上いじめつけられてきただけのことはある!)

ある日の夕方、武術の時間のさいちゅうにジュリアンはピラール師に呼ばれた。

「明日は聖体祭《コルプス・ドミニ》だ。シャーベルナール師が、君に大聖堂の装飾を手伝ってほしいといわれる。行って言いつけどおりにしなさい」

ピラール師はそれからジュリアンを呼びとめて、やさしく、

「もしこの機会に、町を少し歩いてみたく思ったら、好きなようにするがいい」

「Incedo per ignes(わたしには、隠れた敵がありますから)」と彼はこたえた。

その翌日、朝早くからジュリアンは眼をふせて大聖堂へ出かけて行った。街路の風景と、町が少しずつ活気づいてくる様子を見るのは、爽快であった。どこの家でもその前面が、聖霊発出を迎えるために、幕でかざってある。彼が神学校で過した月日が、全部

でたった一週間であったような気がした。彼の考えは、ヴェルジーの方へ、またあのかわいいアマンダ・ビネの方へ走り勝ちだった。あのカフェは遠くないのだから、娘と出会うこともありえないことではなかった。と、彼は遠方から、シャーベルナール師がその最愛の大聖堂の前に立っている姿を見つけた。にこにこ顔の、肥えてくったくなさそうな男だ。その日、彼は得意満面にあふれた様子であった。「待っていたんだよ、君」とジュリアンの姿が眼にはいるが早いか、遠方から大きな声で呼びかけた。「よく来てくれた。今日の仕事は暇がかかって、なかなか荒仕事だぞ。まず一回目の朝飯を食って元気をつけてかかろう。いずれ十時には、大ミサのあいだに二回目の朝飯が出る」

「先生、私はちょっとの間も一人になりたくないのです。(そして頭の真上の大時計を指さしながら)私が五時一分前にやって来たことを、どうか御注意下さい」とジュリアンはまじめな顔つきでいった。

「ははん！　学校のわんぱくどもがこわいと言うのじゃな。あんな連中を気にするとは、君もなかなかかわいいところがある。両側の生け垣の中に棘《とげ》があるからといって、それで道の美しさがそこなわれるものだろうか。旅人は平気で道をつづけて、性わるの棘どもには待ちぼけをくわせるだけのことじゃないか。とにかく、仕事だ！　さあ君、仕事にかかったり！」

シャ師が荒仕事だといったのは道理であった。その前日、ここで盛大な葬儀が行われたので、何一つ準備らしいことをしておくわけにゆかなかった。だから、この日の午前中に、そこの三つの脇間を形どっているゴチック式の柱を、すっかり三十尺の高さまで、緋緞子《ひどんす》の布でつつんでしまわなければならなかった。司教の指図で、郵便馬車に送られてパリから四人の室内装飾師がきていたのだが、それだけで仕事の全部に十分まに合うわけではなかった。その上、この御連中はブザンソンの不器用な同業者達を、励ましてやるどころか、頭からばかにして相手にしないものだから、仕事はいよいよはかどらないのである。

ジュリアンは、自分が梯子《はしご》に登らなければだめだと見てとった。彼の敏捷さが役に立った。彼は、ブザンソンの装飾師を指揮する役をひきうけた。シャ師はジュリアンが梯子から梯子へと、身軽に飛びまわるのを、悦に入って眺めていた。柱が全部、緞子にくるまってしまうと、今度は大祭壇の上にかかっている天蓋に飾り羽根の束をつけに行かなければならなかった。金泥塗りの豪華な冠飾が、八本のイタリア大理石材の高い、らせん形円柱で支えられている。聖櫃《せいひつ》の天蓋の真上の中央に達するためには、古ぼけておそらくは虫食いだらけの、しかも四十尺もの高さのある、木の軒蛇腹《のきじゃばら》の上をつたって行くより方法はないのだ。

この危険な通路を見ると、いままではしゃぎまわっていた陽気なパリの装飾師たちは、すっかり意気悄沈してしまって、下から見上げて議論はするが、誰一人のぼろうとはしなかった。ジュリアンは、羽根束をにぎって、梯子を駆けのぼった。彼はそれを天蓋の中央部の王冠の形をした装飾の上に、かっこうよく取りつけた。梯子をおりてくると、シャーベルナール師は彼を両腕の中にひしと抱きしめた。

「Optime(見事だ)。このことは、猊下《げいか》に申上げておく」と、このお人好しの僧侶はいった。

十時の朝食は大へんにぎやかだった。シャ師には、今日ほど彼の大聖堂が美しく見えたことは今までになかった。

「ねえ、いいか」と彼はジュリアンに語りはじめた。「わたしの母は、この尊いお堂の中で貸椅子屋をして世渡りしていたのだ。だから、わたしは、この大建築の内で、子供の時分からずっと育ったのだ。ロベスピエールの恐怖時代がきて、わたし達はすっかり貧乏になった。その当時わたしはまだ八つであったが、もうちゃんと、信者の宅でミサのお勤めができた。そしてミサの日には、ごちそうになった。わたしは誰よりも上手に、法衣をたたむことができた。けっして飾紐を切ったりすることはなかった。その後、ナポレオンのおかげで信仰が復興された頃から、わたしは、ありがたいことにも、この尊

い御本山で万事を切りまわす地位につくようになったのだ。で、年に五度はわたしの眼は、ここがこういうみごとな装飾でかざられるのを見るのだが、今までに今日ほど目も覚めるばかりに出来上ったことはなかった。それに、緞子の布だって、今日ほどこんなにぴったり柱と寸分のすきもなく張りつけられたことは、いやけっしてなかった」

とうとう、この人は本心をおれにうち明けそうな様子だぞ、とジュリアンは心中に思った。(自分のことをしきりに話しはじめた。気持をぶちまけている)とそう思ったが、いつまでたっても、この明らかに感激しているに相違ない男の口から、少しも不用意な言葉はもれて出なかった。(この人は、よく働いた後で、すっかりきげんがいいのだが。それにブドウ酒だって、相当きこしめしたことだからな)とジュリアンは思った。(何という人だ！　何という、おれには良いお手本だ！　この人こそ、ずば抜けている)こういう下品な言い方は彼が老軍医正から教わったのだ。

大ミサの「聖なる哉《サンクトゥス》」の鐘が鳴ったので、ジュリアンは、荘厳な行列に出られる司教の後にしたがうために、法衣をつけようと思った。

「泥棒をどうするんだ。君、泥棒を！」とシャ師がどなりつけた。「君、忘れてはこまる。行列の一同がこれから出てしまうと、御堂はその間からっぽじゃないか。君とわたしとで番をするんだ。式の後で、足りない物が柱の下を巻いてある、あのりっぱな飾紐

ぐらいですむならまだ結構だがね。いや、あれだって例のリュパンブレ夫人の御寄贈によるものだ。あれは夫人の曾祖父様の有名な伯爵のお持物だったのだ。あれは君、純金だよ」と師はジュリアンの耳に口をよせて大そう興奮した調子で、「少しもまぜ物なしだよ！　君は北側を見まわってもらいたい。外へ出てはいかんよ。わしは、南側と広間を受持つことにする。懺悔所にはよく注意しなさい。あすこの辺から、泥棒の手先がわれわれのよそを向く機会を狙っていることがあるからな」

そういい終ると同時に十一時四十五分が鳴った。つづいて、大鐘の音がひびきわたった。続けざまに打つ、その荘重ないい音色は、ジュリアンの心を動かした。彼の想像は、もはや地上を離れた。

焚く香のかおりや、聖ヨハネの扮装の童子たちが、聖体の前にふりまくバラの花びらが、彼の心をすっかり俗界からひき離した。

この荘重な鐘の音も、ふだんのジュリアンには、ただそのために五十サンチームの賃銀で働かされている二十人の男と、おそらくはその手伝いをしている十五人か二十人の信徒の姿を頭に思い浮かべさせたに過ぎないであろう。それからまた、鐘楼の材木や綱が磨滅してしまっていることや、だいいち、鐘そのものが二百年に一度は落ちるという危険な代物だということ、鐘つき男どもの賃銀を値下げする方法とか、またはローマ教

会の本金庫から引出されて自分の懐中は痛まぬ贖宥《しょくゆう》とか、何かほかの恩寵で、うまく支払いをごまかすその方法、というようなことを考えていたことだろう。

しかし、この日のジュリアンの心は、そうした小利口な反省にわずらわされずに、ただもう非常に力強いいんいんと響く鐘の音に動かされて、想像の世界を飛びまわっているのだった。彼なぞは、一生けっして良い僧侶にも、良い役人にもなれないだろう。こういうふうに感激したりする魂から生まれるものは、せいぜい芸術家ぐらいなものである。ジュリアンは日ごろいかに僭越であるかが、ここでよく暴露されているわけだ。彼の仲間の神学生のうち、どの生け垣の内側にも、かならず民衆の憎悪と過激思想がひそんでいるというふうに教えこまれて、少し人生の現実味に敏感になっている約五十人の学生なら、大鐘の音を聞きながら、鐘つき男の給料のことを早速連想したに相違ない。彼らはバレーム式*の算術的な頭脳で、民衆の感激の度合いが、はたして鐘つき人夫に支払う給料に価するかどうかを、計算してみたことだろう。もし、ジュリアンなんかが大聖堂の会計を委託されたとすると、彼はいつも目的の向うまで考えすぎて、お寺の財産に四十フランの倹約をさせるつもりだったのが、かえって二十五サンチームの出費を防ぐことにすら失敗する、といったことが起るにきまっている。

さて、美しく晴れた日のブザンソンの街頭を、聖霊発出の行列がしずしず練り歩いて

いた。あちこちに、役所という役所がきそって設けている見事な休憩祭壇《ルポソワール》の前までくると、そこで一休みするのだった。一方、大聖堂は深い閑寂のうちにとり残されていた。ほの暗いそこには、気持のいい冷気がみなぎって、まだ大聖堂は花と御香とで薫じていた。

閑寂さと底しれぬ淋しさと、長い脇間の冷たさが、ジュリアンのうっとりした物思いを一そう快くした。シャ師は別の方角で用をしているし、それにさまたげられる恐れもなかった。彼の魂は、頼まれたお堂の北面をゆるゆる歩いている現《うつ》し身を、ぬけ出しかかっていた。懺悔所には敬虔な婦人がいくたりかいるばかりであったから、彼はますます安心だった。その眼は見るともなしに、ぼんやり眺めているばかりであった。

しかしその間に、彼の放心しきった眼にとまる、二人づれの身なりのよい婦人があった。一人は懺悔所の中で、も一人はすぐそばの腰掛にひざまずいていた。ジュリアンは、見るともなしに眺めていた。ただ漠然とした職務感からであったか、それともこの婦人たちの淡泊な趣味の上品な服装に感心したからであったか、ふと彼は、懺悔所に一人も僧侶のいないことに気がついた。（へんだなあ。あのきれいな婦人たちが、信心家なら、どこかの休憩祭壇の前へ礼拝に行けばよさそうなものだ。それとも上流の人なら、どこか露台のいい席に陣取って、拝めばいいものを。しかし、姿のいい身なりだなあ！　じ

つにいい姿だ！）彼は婦人たちをとっくり見ようとして歩みをゆるめた。

懺悔所の中にひざまずいていた婦人が、この静まりかえった中に響いてくるジュリアンの足音に気がついて、ちょっと頭をふり向けた。と、たちまち微かな叫び声をあげて、そのまま失神しそうになった。

まったく気を失って、そのひざまずいていた婦人はのけざまに倒れた。そばにいた女友達が助け起そうとして駆けよった。その時、ジュリアンはのけざまに倒れる女の肩のあたりを見た。彼には見おぼえのある上質の大粒真珠の頸飾りが、つよく彼の眼を射た。レナール夫人の髪を、それとわかった刹那、彼は自分がもうどうなったかわからなかった。（あのひとだ！）がっくり垂れた頭をささえて、倒れないようにしてやっている女は、デルヴィール夫人だった。ジュリアンは我を忘れて駆けよった。彼が手をかして支えなければ、この人もレナール夫人の重みに引かれて、いっしょに倒れそうだった。レナール夫人の真青になった顔が、あらゆる感情をぬきとられたようになって、肩の上にぐったりなっている。その美しい顔を、デルヴィール夫人と二人して、藁張り椅子の背にもたせかけた。彼は地に膝をついていた。

デルヴィール夫人はふり向いて、それがジュリアンだとはじめて知ると、

「あちらへ行って下さい。はやく姿をおかくしなさい。（と、それは大そうはげしい腹

立ちの声であった）あなたの姿を、この人に見せてはいけません。あなたを見たら、この人はふるえ上ってしまいますよ。あなたを知るまでは、この人はそれは幸福だったのに。あなたのやり方は、あんまりひどすぎます。あちらへいらっしゃい。まだ少しでも恥を知っていらっしゃるなら、ここを出て行って下さい」

その言葉の調子が、あまり命令的だったので、それにその時ジュリアンは非常に気が弱くなっていたので、彼はおとなしくそこを立去った。（あの女は、いつもおれをにくんでいた）と、彼はデルヴィール夫人のことを考えながら、つぶやいた。

その時ちょうど、行列の先頭にいる僧侶たちの鼻にかかった讃歌が堂内にひびいてきた。聖霊発出が帰ってきたのだ。シャーベルナール師は、幾度もジュリアンを呼んでみたが、当人にはなかなか聞えなかった。とうとう柱の影にかくれて、ジュリアンが半ば死んだようになっているのを見つけて、腕をとっつかまえた。司教に引合せようというのだ。

「気分が悪いんだな。あまり働きすぎたのだ」ジュリアンが真青になって、ほとんど歩く力もなくなっているのを見て、師は彼に腕をかしてやった。

「さあ、ここへきてわしの後にある、この御水まきの腰掛におかけ。わしが君の姿を隠してあげる。（彼ら二人はこの時、正面の扉のそばにいた）なあに、安心するがよい。

猊下がここをお通りになるまでに、まだたっぷり二十分はある。気分をなおすようにしなさい。お通りになる時には、わしが君のからだを支えて、立たせてあげよう。わしはこの年だが、力があるし頑丈だからな」

しかし、司教がそこを通った時、ジュリアンがあまりぶるぶるふるえていたので、シャ師は彼を司教にひきあわせることを断念した。

「あまり落胆しなさんな。いまにまた、いい折を見てあげるから」

その夜、シャ師は神学校内の礼拝堂へ十斤の蠟燭を、これはジュリアンがよく気をくばって早く消すようにしたから節約できたものである、といってもたせてやった。これは真赤な嘘で、かわいそうに青年は、彼自身が火の消えたように弱ってしまっていた。レナール夫人の姿を見てからというものは、何一つまとまったことが考えられなかったのだ。

第二十九章　最初の昇進

彼は彼の世紀を知った。また彼の地方を知った。かくして彼は富んだ。

先駆者

ジュリアンは、大聖堂での出来事以来しずんでいた、あの深い物思いからまださめきっていなかったが、ある朝、厳格なピラール師が彼を呼びつけた。

「シャーベルナールさんから君をほめた手紙がきている。君の行動については、大たいわしも満足だ。君は表面そうは見えないくせに、はなはだ不謹慎で、軽率でさえもある。しかしながら、今日までのところ、気立ては善良だし、けなげなところだってある。衆にすぐれた精神をもっている。つまり、わしは君の中に、見のがせない才のひらめきを認めているのだ。

十五年のあいだ勤めてきたが、わしもいよいよこの学校から出て行くことになった。

わしの悪かったことは、ここの神学生たちをあまり自由にさせて、あの君が告解の時わしに話したことのある秘密結社を保護するでもなく、そうかといって弾圧もしなかったことだ。ここを去る前に、君になにかしてやりたいと思う。ふた月も前に、これはしてやれたのだ。君にはその資格があるのだ。だが何分、例の君の部屋で発見されたアマンダ・ビネの宛名の一件があったものじゃから。ところで今、わしは君を新旧両聖書の復習教師に任命する」

ジュリアンはその好意に感激して、ひざまずいて神に感謝しようと思ったものの、もっと真実の動作に身をゆだねてしまった。彼はピラール師に近づいて、その手をとって唇にあてた。

「何のまねだ?」と校長はおこったような様子でいった。しかしジュリアンの眼は、彼の動作以上によくものをいった。

ピラール師はながい年の間、やさしい情味に接する習慣を失っていた人であるかのように、驚いてジュリアンを見つめていた。しかしその注視は校長の心中を暴露していた。声の調子が変ってきた。

「いや、わかったよ。わしは君が好きだ。それはわしの本意ではないのだが。わしは公平で、誰をだって、にくんだり、好意をもったりしてはならないはずだ。君の将来は

困難だろう。君の中には、俗人に反感を起させるものがあるようだ。嫉妬と、中傷とがいつまでも君につきまとうだろう。神意によって君がどこへ行ったとしても、仲間はきっとにくしみの眼で君を見るだろう。そしてもし彼らが、君を好いているようなふりをしたら、それはもっと確実に君を裏切るためだ。それを避ける法は一つしかない。つまりただ神さまだけを頼りにしなさい。神さまが君の不遜を罰するために、他人からにくまれるような必然をおあたえになったのだ。君の日常の行いが清浄であればよい。わしはそれが君の唯一のよりどころだとおもう。君が誠の道にさえしっかり心がけていたら、いずれ敵どもは手も足も出なくなるだろう」

ジュリアンは自分に友情をしめす声を久しいあいだ聞いたことがなかったのだから、彼の気の弱さを大目に見てやらなければなるまい。彼は泣いてしまった。ピラール師は両腕をひろげて彼を抱いた。この瞬間は、二人にとって甘美なものだった。

ジュリアンはよろこびのあまり正気でなかった。これが彼のえた最初の昇進である。その特権は大したものだった。どれくらい大したものだか、それはまる幾月もの間、たった一瞬も独りではいられず、またうるさいどころか大部分はがまんのならぬ仲間たちと、しょっちゅういっしょにいなくてはならないというような境遇にいたものでなくては、とてもわからない。その連中の声を聞くだけで、少し上品にできている人間の心を

乱すに十分であったろう。このうまいものを食って、いい着物をきている田舎者どもは、おとなしくよろこぶことを知らないで、ありったけの声をはりあげて騒がないと、そのよろこびが十分だと思えないのだった。

今ではジュリアンは、ほかの学生より一時間おくれて、ひとり静かに食事した。庭園の鍵がもらえたので、誰も人気のない時にそこを散歩することもできた。

ジュリアンはそれに気がついて驚いたのだが、以前にくらべて皆が彼をにくまないようになったようであった。むしろその反対に憎悪の倍加することを予期していたのだったが、日ごろから他人に話しかけられたくないとひそかに思っている気持、これは疑う余地もなく明白で、だからこそあんなに多くの敵をつくったのだが、これが今ではもう笑うべき気位の高さだと皆に思われなくなった。彼の周囲の粗野な人間たちの眼には、それが目上の人の威厳の気持であって、むりもないものと映じた。悪感情は目立って減少した。とりわけ、仲間のうちでも今度から彼の生徒になった年少組では、彼が非常に鄭重にあつかうものだから、とくに気うけがよかった。その中に少しずつ味方さえもできてきて、彼をマルチン・ルテルと呼ぶことは、品が悪いというまでになった。

しかし、味方だとか敵だとか、何だってそう区別してよぶ必要があるのだ？　みんなどれもこれも醜いものばかりだ。線描《デサン》が真実であるだけ、ますます醜い姿だ。だがこの

連中こそ民衆のもっている唯一の道徳生活の指導者たちではないか。こういう連中がなければ民衆はどうなることだろう。新聞が僧侶にとってかわる、そんなことがいつかありうるだろうか？

ジュリアンが今度の昇進をして以来、神学校長は彼とはけっして二人きりで話をしないように気をつけた。こうすることは師匠にとっても弟子にとっても、慎重なやり方であったのだが、とくにそこには試煉があったのだ。厳格なジャンセニストであるピラール師の不変の方針というのはこうである。（もし諸君の眼に、才能のあるように見える男があるとすれば、その男のほしがること、企てることのすべての前に障害物をおいてやるがよい。もしほんとうに才能のある男なら、障害物をひっくりかえすか、うまく、それを避けるかすることができるだろう）

その頃は狩猟の季節であった。フーケが思いついて、鹿と野猪を一頭ずつジュリアンの家からだといって学校へ送ってやった。死んだ獣が料理場と食堂との間の通路にころばせてあったものだから、食事をしに行く学生たちが誰もかれもそれを見た。非常に好奇心をそそったものだ。野猪がすっかり死んでしまっているのに、年のゆかぬ学生はこわがった。そっと牙にさわってみたりしていた。一週間というものはこの話でもちきりだった。

こんなに家からの届け物がくるくらいだから、ジュリアンの家庭は尊敬されていい身分なのだと思われるようになって、そこでいままでの悪感情にいよいよ止めが刺されてしまった。ジュリアンは富裕に裏書きされて、いよいよすぐれた人物ということになった。シャゼルやその他の秀才学生たちが争って彼に好意を示しはじめた。彼がそんなに金持の親をもちながら、今まで一言も知らせてくれず、そのためにわれわれはあやうく金銭に対して敬意を欠きそうであったと、彼らは不平をいいかねない様子だった。

そのころ、徴兵が行われたがジュリアンは神学生という資格でそれを免ぜられた。彼は感慨無量だった。(二十年昔だったら、これはおれのために英雄的な生涯のはじまろうという機会なんだ。その機会がこれでとうとう永久に逃げてしまった!)

彼がひとり校庭を散歩していると、囲いの壁の手入れをしにきていた左官たちが密談している、その話声が耳にはいった。

「しょうがねえ! 行ってこなくちゃなるまいよ。また徴兵だ」

「あの人の時には、豪気なものだったがなあ! 左官が士官になり、大将になるってなことが、じっさいあったもの」

「今じゃ、まあ見てくるがいいや。兵隊になりに行くやつは、乞食ばかりだよ。金のあるやつは、みんな国に残っていらあ」

「貧乏に生まれた者はいつまでも貧乏ってわけだ」

「ところで、あの人が死んだといううわさは、ありゃほんとうなのかい」と三番目の左官がたずねた。

「そう言いふらすのは金持のやつらだ。だってあいつらにゃ、あの人がこわかったからさ」

「なんてちがいだろうな。あの人の時世にゃ、仕事がおそろしく景気よかったもんだが！　部下の元帥連が裏切りやがったなんて！　なんと、ひどいやつらだよ！」

この談話はジュリアンを少し慰めた。その場を遠ざかりながら、溜息をついてこうくりかえした。（人民が記憶しているただ一人の王者）

試験期がきた。ジュリアンの答弁の仕方はあざやかなものだった。シャゼルまでが今度は、全力をつくして学識を発揮しようとしてがんばっているらしかった。

第一日、あの高名なフリレール副司教に任命された試験官の諸氏は、どの学課の成績表にも常に、あのピラール師の愛弟子だと聞いているジュリアン・ソレルの名前を一番か、わるくて二番の順位におかなくてはならぬ立場になって、大そうきげんが悪かった。学校内では、試験の総成績表においてジュリアンが第一位をうるだろうという賭が行われていた。そして首席の学生は司教猊下の招宴に列席する名誉を与えられることになっ

ている。ところが、教会の教父についての質問があって、試験がもう終りに近づいた頃、一人のずるい試験官がジュリアンに、聖ヒエロニムスとそのキケロに対する熱愛のことを質問した後、ホラチウスやウェルギリウスについて話しはじめ、ついで一般の俗界のラテン文人のことに話を向けて行った。ジュリアンは他の学生たちの気がつかない間に、こういう作者の文章を数多く暗記していたものだ。彼はうまくゆくので調子にのって、現在自分のいる場所を忘れてしまった。試験官に重ねて求められるままに彼は熱心にホラチウスの短詩《オード》を朗誦し、意訳した。こうして、二十分間ものあいだ彼が粗忽《そこつ》な行動で自分を害しているのをそのままにさせておいた後、試験官は突然顔色を改めた。そして彼がこういう宗教以外の研究のために時をむだづかいした上に、またそんな不必要な罪深い考えを頭にもつようになったことを、きびしく叱責した。

「先生、私は愚かものです。あなたのおっしゃることは、ごもっともです」と、先方の巧妙な策略にしてやられたことを知ったジュリアンは謙遜な態度でいった。

試験官の用いたこの策略は、神学校の内部でさえ、卑劣だと皆に思われた。しかしそれには一向平気で、フリレール師は――巧みにブザンソンに「修道会」の網を組織していて、パリへ向けて出す時々の報告で裁判官、知事を問わず、駐屯軍の将校連をさえふるえあがらせているこの狡猾な人物は――権勢のある自分の手で、ジュリアンの名前の

上に一九八番の番号をつけた。この人は、こうして、あのジャンセニストのピラール師の面目をつぶしてやるのが愉快だったのだ。

十年このかた、この人の気になっている仕事というのは、ピラール師から神学校長の職をとり上げてしまうことだった。ピラール師は、ジュリアンに教えた日常の生活規範を、自分みずからも実行している人であって、誠実で、敬虔で、野心なく、義務には忠実そのものであった。しかし、彼は元来、怒りっぽい性質にできている上に、不正や憎悪には非常に敏感であった。他人のあたえる侮辱の、一つとして、この激《げき》しやすい心にこたえないことはなかった。辞職してしまうことは、今までに幾度でもできたのだが、自分が天によってあたえられた職にいて、何か役に立つということを彼は信じていた。(おれの力でジェズイットや偶像崇拝がのさばるのをおさえることができる)とそう思っていた。

試験のはじまっていた頃には、師はもう二月ものあいだ、ジュリアンと話をしたことがなかった。ちょうどその時、一週間ばかり病気していた彼は、競争試験の結果を報告してきた公式の手紙によって、彼が学校の名誉と思っている教え子の名のわきに一九八番とつけられているのを見た。この厳格な人にとって唯一の気安めは、ジュリアンの身辺にできる限りの力をつくして監視の眼を集中することだった。師はこの青年に、少し

の怒りも、復讐の心構えも、落胆も見られないことをよろこんだ。

数週間の後、ジュリアンは一通の手紙をうけとって、思わず身ぶるいした。パリの消印がおしてあった。レナール夫人が、やっぱり約束を忘れずにいてくれたんだ、と彼は思った。ポール・ソレルと署名している、ジュリアンの親戚だという男が、五百フランの為替を送ってきたのである。それにもしジュリアンが今後もラテン文学をりっぱに研究して行くのだったら、毎年同額の金を送ってよこすと書いてあった。

（あのひとだ、あのひとの心づくしだ！）と思って彼はほろりとした。（おれを慰めてくれようというのだ。だがそれならそれで、なぜ一ことやさしい言葉をそえてはくれないのだろう？）

彼のこの手紙のとり方は間違っていた。レナール夫人は友人のデルヴィール夫人にいろいろ説かれて、今ではすっかり悔悟の底に沈んでいるところだった。心ならずも彼女はときどき、自分の生涯をすっかりくつがえしてしまった、あの変な男に出会ったことを思いうかべることはあったが、手紙を出すことなどは堅くつつしんでいたのだ。

もし、ここで神学校の用語を使っていうと、われわれはこの五百フランの送金に、一つの奇蹟を認めることができるだろう。そして、天はジュリアンにこの贈物をするために、ことさらにフリレール師その人をば用いられたということもできよう。

十二年前のことである。フリレール師は、当時の説によれば、彼の全財産がその中にはいっていたといわれる非常に小さな旅行鞄一つたずさえて、ブザンソンに到着した。今では彼は県内有数の富裕な地主の一人になっている。だんだん家の繁栄をはかって行くうちに、彼はかつて或る地所の半分を買っていた。その他の半分が相続によってラ・モール氏の手にはいった。そこで、この両人の間に大変な訴訟沙汰がもち上ったのである。

パリではでな生活をし、また宮廷でいくつかの要職をもってもいる、ラ・モール侯爵ではあったが、なにしろ知事の任免の実権をもっているという評判の副司教を向うにまわして、ブザンソンで争うのは危険だと感じた。うめ合せに何か予算面でゆるされたいい加減な名目をつけて、五万フランの賜金を要求して、それでこんなたかが五万フランというけちな訴訟なんかフリレール師にゆずっておけばよさそうなものを、侯爵はむきに腹を立ててしまったのだ。彼は自分の方に道理がある、りっぱに道理があると信じこんでいた。

ところが、こんなことを言っていいかどうかは知らないが、自分の息子か、でなければせめて甥でもいい、世の中で出世させたいと思わぬ裁判官があるだろうか？

よくよく目先のきかぬ連中の眼をひらくために、第一審に勝訴をしめて、一週間後に、

フリレール師は司教猊下の馬車に乗って、自らわざわざレジョン・ドヌール勲章を、自分の弁護士にもっていってやったのだ。相手のやりかたにちょっとどぎもを抜かれたラ・モール侯は、味方の弁護士たちが元気のないことを言うのを見て、シェラン師に相談すると、師はピラール師を紹介してくれた。

そしてちょうどこの小説の話の頃までには、こういう関係がすでに数年間つづいていたのである。ピラール師は、この事件にも、もちまえの性格どおり、熱心にはたらいたものだ。絶え間なく侯爵の代言人たちと会って、訴訟のすじ道を研究した。そして、それがいよいよ正当だということがわかってからは、公然とラ・モール侯爵の運動員として、あの権勢ならびのない副司教に楯つくことになった。副司教はこの無礼な振舞に感情を害した。しかも相手というのがとるにもたらぬジャンセニストなのだ。

「自分では、ずいぶん権勢のあるようにおもっているんだが、まああの宮廷貴族なんてものが、どういうものだか見てやるがいいよ」とフリレール師は、自分の腹心の者たちにいった。「ラ・モール侯爵は、ブザンソンの代理人に、やくざな勲章一つくれてやるじゃなし、それどころか、免職されるのを平気で知らん顔しているじゃないか。それでも、わたしが人からもらった手紙によると、あの貴族は毎週きまって司法大臣のサロンへ、誰が大臣であろうと相手かまわずに、青綬《コルドン・ブルウ》をひけらかしに行くって話だが」

ピラール師が懸命に働いてくれるし、それにまた、ラ・モール氏は司法大臣、ことにその官庁の下役たちと、非常に仲よくしているはずなのだが、全力をつくしていろいろやった六年の後、どういう結果になったかといえば、まあまあ訴訟に敗北せずにすんでいる、というだけだった。

二人ともが一所懸命になっているこの事件について、ピラール師と毎日のように手紙をやりとりしたおかげで、侯爵はこの僧侶のもっている機智をついに愛するようになった。二人の社会的地位が非常にへだたっているにもかかわらず、二人のかわす手紙は、だんだん友達らしい調子をとってきた。ピラール師は侯爵に、自分は侮辱に侮辱を重ねられて、もう現在の職にいたたまらないようにし向けられている、とうったえた。ジュリアンに対して敵方の用いた卑劣な策戦――だとピラール師は考えているんだが――で非常に腹を立てた師は、その時のついでに、この青年のことを侯爵に話しておいた。

侯爵は、非常な財産家であったが、それにもかかわらず、けっして吝嗇《りんしょく》ではなかった。いままで彼は、ピラール師に、訴訟のことでその時々に必要な郵便料を支払おうとしたが、師の方で絶対に受けとってくれなかった。そこで、彼は、師の愛弟子に五百フランを送ってやろうと、ふと思いついたのだった。

ラ・モール氏は自分から筆をとって、その送り状を書いた。こうして、師のことを少

しでも、しのびたかった。

ある日、師は、急用ですぐブザンソン郊外の、ある旅館へきてほしい、という簡単な書状をうけとったので行ってみると、ラ・モール家の執事の男がいた。

「侯爵の御命令によって、お邸の馬車で、お迎えにまいりました。この手紙をお読みくださってから、ここ四五日のうちにパリへお出かけになっていただきたい、とさよう申しておられます。日をおきめ下さいました上で、その日までの余暇に、わたくしはフランシュ-コンテの侯爵領を、ざっと一巡してきたいと思っております。でその後で、あなたの御都合のよい日に、お供してパリへたつことにいたしましょう」

手紙は、短いものだった。

『一日も早くわずらわしき地方を逃れ、パリへ来て穏かな空気を呼吸せられてはいかがですか。当方の馬車を差向け御決意まで四日間御待ち申すよう命じおきました。私も火曜まではパリにて御待ち申上げます。あなたの御承諾あらば、私はパリ近郊最良の司祭職をあなたのために御用意いたします。この手紙をさしあげるのはあなたの将来の教区民中、最も富裕なる者で、まだ拝顔の栄をえませんが、あなたに最も忠実なる者、すなわち

自分ではそうと気がつかないのだが、ピラール師は、あの敵のうようよしている、とはいえ十五年のあいだ自分が精神力をそそいだ、あの神学校を愛していた。ラ・モール氏の手紙は彼にとって、ぜひ必要な、しかし残酷な手術をするために外科医が姿を現わしたようなものだった。免職は疑いのないところである。彼は、執事の男に、三日後の日に出会う約束をした。

まる二日、昼夜ぶっつづけで、彼は熱の出るほど迷っていた。とうとう思いきって、ラ・モール氏に返事をかき、一方、司教猊下にあてて一通の書面をしたためた。これは少し長すぎはしたが、実に僧侶文学の傑作といってよかった。これ以上に、非のうちどころのない、また心からの敬意にみちた文章をかくことは困難だといってよい。しかも同時にこの手紙は、元来、フリレール師が司教猊下の面前でこまった顔をするようにと、それが目的であったから、平素うったえたいと思っていた不平の数々がありったけこまかくかいてあった。ピラール師が、いままで六年の間、隠忍をつづけてきたが、今度という今度は、ついにもちこたえられなくなって、この司教区を去らねばならないことになった原因である、卑劣な迫害のことに至るまで、細大もらさず挙げてあるのだ。たと

えば、彼の薪小屋から薪を盗んだとか、飼犬に毒を盛って殺したとか、等々。

この書面をかきおわると、もう夜の八時だから、他の学生と同じように寝床にはいっているジュリアンを呼びにやった。

「司教の邸がどこにあるか、知っているね」と師はみごとなラテン語でいった。「この手紙を猊下におとどけしてもらいたい。正直にいって、これからあんたの行くところは、狼の巣じゃ。しっかり用心してゆきなさい。嘘を答えることは禁物じゃが、しかし、相手は、あんたをいじめて楽しむ人たちじゃということを、忘れんようにな。わしは、あんたを自分のそばから手放すまえに、こういう試煉をさせてあげることができて、満足じゃ。かくすまでもない、今わしがあんたにもたせてやるのは、わしの辞表じゃ」

ジュリアンは身動きもできずに、じっとしていた。彼はピラール師が好きだった。

(この誠実な人が出て行ってしまうと、聖心派《サクレ・クール》の連中がおれをいじめて、多分学校から追いだすだろう)と、用心ぶかい心がささやくのだった。

彼はもう自分のことなんか考えていられなかった。師に対して礼を失しないように気をつけて、うまくいいたい言葉があるのだが、こまったことには、それがなかなか出てこなかった。

「おや、どうして行かないのだね」

「聞くところによりますと」とジュリアンはおずおずいった。「先生は、長いあいだ職についていらっしゃりながら、少しも貯金なさらなかったということです。わたくし、六百フランもっていますから」

涙が、それ以上につづけて言えなくした。

「それも、おぼえておく。おそくなるから、早く司教様のところへ行きなさい」と神学校の前校長は冷やかにいった。

この晩は、偶然にも、フリレール師がお役目で司教邸の客間にきていた。猊下は、知事のところへ晩餐に行っておられて、留守だった。だから、ジュリアンが書面を渡したのはフリレール師その人だった。彼はまだこの人に面識がなかったのだ。

ジュリアンは、この人が司教宛ての手紙を、恐れげもなく開封する様子を見て、どぎもを抜かれた。副司教の秀麗な顔が、しばらくすると、驚きの表情にまじって、生きいきと喜びの色にかがやいた。そして顔つきは一そう厳しくなった。手紙を読んでいる間、そのりっぱな容貌に驚きながらも、ジュリアンにはこまかにこの人を観察する暇があった。この顔は、その目鼻立ちのところどころに現われている、そしてもしこの顔の持主が十分気をつけていないと何か虚偽の感じを出しそうな、非常に怜悧なところがなかったら、もっと重々しいものになっただろうと思われる。ずっと突き出た鼻が、ただ一本

まっすぐな線を作っていたが、これが運わるく、この大そうすぐれた横顔に、狐に似た感じをあたえていた。しかし、いまピラール師の辞表を一心不乱に読んでいるこの坊さんは、趣味のいいしゃれた服装をしていて、今までこんなふうにしている僧侶を見たことのないジュリアンには、それが大へん気にいった。

ジュリアンが、フリレール師の、ほかに真似手のない技能を知ったのは、ずっと後になってからのことだ。この人は、パリの生活を恋しがってブザンソンをまるで配所のように考えている、好々爺の司教をうまくよろこばす術を知っていた。司教は非常に眼が悪くて、そして魚が大好物だった。フリレール師は、猊下の召し上る魚の骨を、いつもとってあげるのだった。

ジュリアンが、辞表を読んでいる師をだまって眺めていたとき、不意に音を立てて入口の扉があいた。りっぱな服装の従僕がとっとと通りぬけて行った。ジュリアンは扉の方をふりむく暇もないくらいだったが、そこへ胸に司教の十字架をかけた小柄の老人がはいってきた。ジュリアンはひれ伏した。司教は彼にやさしい微笑を投げかけて通りすぎた。美貌の僧侶はその後につづいた。ジュリアンはひとり客間に残されて、この部屋の敬虔な、しかし豪華な様子に見とれていた。

ブザンソンの司教、この人は聡明な人で、永い年月にわたる国外逃亡《エミグラション》*できたえられは

したが、けっして衰えてはいなかった。今ではもう七十五歳を過ぎているのだが、ここ十年の中に起りそうな事件には、これっぱかしも気にかけていない人だ。

「通りがけにちょっと見たような気がするが、あの利口そうな眼つきの神学生は誰じゃな。わしのきめた規則では、今じぶんはもう学生は寝ておるはずじゃが」

「今まいっておる男は、中々ねむそうな様子は見えませぬ。それに重要な報知をもってまいりました。当司教管区に残っている唯一人のジャンセニストの辞表でございます。あの手におえぬピラール師が、やっと物の理をさとったようでございますな」

「なるほど」と司教はずるそうな微笑をたたえて、「あの男に匹敵する者で後をおぎなうことが、あなたにできますかな。あの男の値うちをとっくりあなたに見せてあげたいから、明日、あの男を晩餐によぶことにしよう」

副司教は後継者の選択のことで、少しお耳に入れ知恵しておこうと思ったが、いま司教は事務のことに一こう興味がないらしく、

「まあ別の人間を入れる前に、出て行く男がどういう出て行き方をするのか、しらべてみよう。あの学生を通して下さい。真理は小児の口にありじゃから」

ジュリアンは呼ばれた。(二人の訊問者の前へ出て行くんだ)とおもうと、彼は今までにない勇気が出てきたように感じた。

彼が部屋にはいると、ヴァルノ氏などよりりっぱな身なりをした従僕が二人がかりで、猊下の御召物をぬがせていた。司教はピラール師のことをきく前に、ジュリアンの勉強ぶりを一応しらべてみなければ、と思った。そこでちょっと教理のことを話してみると、すっかり驚嘆した。それから、古典学のことになって、ウェルギリウス、ホラチウス、キケロが話題に上った。（こういう人物の名前を知っていたおかげで、おれは一九八番になったんだ。しかし、いまさらもう損をすることもない。一つはなばなしくやってやれ）とジュリアンは思った。彼はうまくやってのけた。自分も非常に古典に通じている司教は、大そうきげんがよかった。

知事のところでの晩餐の席上では、ちょうどこのころ評判になっている一人の少女が、マドレーヌの詩*を朗誦した、というような話から、司教はすっかり文学の話に夢中になって、やがてはこの神学生を相手に、ホラチウスが金持であったか、貧乏だったかを論争するために、ピラール師のことやほかの事務上のことをすっかり忘れてしまった。司教は短詩《オード》を二三引用したが、ときどき記憶が思うようにはたらいてくれないで行きづまったりすると、ジュリアンがそうえらぶった顔もせず、即座に全詩を暗誦した。司教の驚いたのは、ジュリアンの調子が全く日常会話とかわらないことであった。彼は、まるで神学校内の出来事を話すような調子で、ラテン語の詩を二三十ばかり暗誦した。ウェ

ルギリウスやキケロのことを長く話した。司教もかぶとをぬいで、この若い神学生に賞讃の辞をあたえずにはおられなかった。

「それ以上に勉強をすることは不可能じゃ」

「猊下、神学校には私などよりは、ずっとおほめの言葉をいただくにふさわしい者が百九十七名おるはずでございます」

「それは、どうしたことじゃな」と、その数字にがてんのいかぬ司教はたずねた。

「わたくしは、公の審査にもとづきまして猊下に申上げるのでございます。神学校の学年試験におきまして、わたくしは、ただいま猊下からかたじけないおほめの言葉をいただきました、あの事がらについて、今とまったく同じように答えましたが、その結果は百九十八番の成績をもらったのでございます」

「ははん、これがピラール師の秘蔵っ子だな」と司教はフリレール師をかえりみて笑いながらいった。「いや、うっかりしていたわい。だが、相手もなかなか手ごわいところを見せるのう。（そこで、ジュリアンにむかって）ねえ、あんたは寝ていたところを起されてきたのじゃろうな」

「さようでございます。わたくしが学校の外に出ましたのはただ一回きりで、それは、聖体祭の日にシャーベルナール様をお手伝いして、大聖堂のお飾りに行ったときだけで

ございます」

「Optime(よし)。それでは、天蓋の上に羽根飾りをつけるというので、大そう勇敢な働きをしたのは、あんたのことじゃな。毎年、あれを見るたびに、わしは身ぶるいするほどじゃ。誰かあれのために、あたら命を落しはせんかと心配してな。いや、あんたはえらいものになれるだろうよ。そうじゃ、あんたを飢え死させて、あたらりっぱな生涯をここで棒にふらせては大へんじゃ」

そこで、司教の命によって、ビスケットとマラガ酒が運ばれてきた。ジュリアンはごちそうになった。フリレール師も、司教が他人の楽しそうにうまそうに食っているさまを見ることがお好きなのを知っているだけに、おとらず飲み食いした。

司教は夜のふけるにしたがっていよいよきげんがよくなって、ちょっと聖職史について語りだしたが、ジュリアンはこの方面では何一つ知っていなかった。司教の談は、それからコンスタンティヌス時代の諸皇帝の治下におけるローマ帝国の精神的背景のことにうつった。あの異端国の末路に影さしていたあの不安と懐疑の状態は、ちょうどこの十九世紀の陰鬱な倦怠しきっている人々を悩ましているそれと、同じものなのである。猊下は、ジュリアンがタキトゥスの名さえ知らないでいることに気がつかれた。

ジュリアンは、司教が驚いたほどに無邪気な調子で、この作者は学校の図書室に見あ

たらない、と答えた。

「そうか、それは非常によかった」と司教は愉快そうにこたえた。「今までこまっていたことがあったのだが、それを聞いて、安心した。いやじつはさっきから、あんたのおかげでおもいがけない愉快な一夕をおくれたことを、どういうふうに感謝すればよいかと、しきりに考えていたのじゃ。神学校の学生のうちに博学の士を見いだそうとは、じつに意外であったよ。あまりお寺の規律には合わぬ贈物じゃが、わしはあんたに、タキトゥスを一部あげたいとおもう」

司教は、見事に装幀した八巻の書物を持ってこさせた。そうして、その第一巻の表題の上に、自ら筆をとってジュリアン・ソレルのために、ラテン語で讃辞を書こうといった。司教は、ラテン語のりっぱなのが自慢だったのだ。いよいよ最後に、今までの会話とすっかりちがった、まじめな調子にひらき直って、

「いいかな、若い人。もし、あんたがおとなしくすれば、行くゆくは、わしの司教館からそう遠くない場所で、この司教管区の一番よい司祭の位につかせてあげる。だが、いいかい、おとなしくしなければいかん」

ジュリアンは、心の中では驚きながら、書物をかかえて司教の邸を出た。ちょうど夜中の十二時が鳴っていた。

猊下は、ピラール師については一言もいわなかった。ジュリアンはとくに、あの司教の鄭重な態度に感心していた。自然とそなわっている威厳に、あのような都会的な優雅さがとけこんでいる様子は、いまだかつて彼の思いもよらなかったことだ。いらいらしながら彼を待っていたピラール師の、くすんだ姿を見たときには、彼は、大へんな相違だなあ、と思わずにはいられなかった。

「Quid tibi dixerunt(彼らは、お前に何といったか?)」と、師はジュリアンの姿を見かけるが早いか、大きな声でどなった。

ジュリアンは、司教の言葉をラテン語に反訳するのに、すこしまごついた。

「フランス語でいいなさい。猊下のいわれた通り、一語も加えずへらさず、そのままくりかえしていってごらん」と前校長は、もちまえのきつい言葉の調子に、非常に優雅でない身振りを加えていった。

それから、ジュリアンのもらってきたりっぱなタキトゥスの全集をはぐってみながら、その金縁を見るのがぞっとするというこなしで、いった。「司教が若い神学生にあたえるものとして、これは何というかわった贈物だ!」

いろいろ詳細にわたっての報告を聞いてから、彼がやっとその愛弟子に部屋へ帰ることを許したのは、もう二時の打つ頃だった。

「司教猊下の讃辞の書いてあるタキトゥスの第一巻を、わしの所へおいて行きなさい。この一行のラテン語が、わしの去った後、お前のために避雷針になってくれるだろう」

Erit tibi, fili mi, successor meus tanquam leo quaerens quem devoret.

(わが子よ、余が後継者は兇暴なる獅子の如く、汝を屠《ほふ》らんとするが故に)

翌朝になると、ジュリアンは同輩連中の自分に対する口のきき方が、どうも今までとちがうようだ、と気がついた。彼はよけいにだまりがちにした。(ピラールさんの辞職の効果が、もうそろそろ現われだしたぞ。辞職のことは皆が知ってるんだし、おれは平生から、あの人の愛弟子だと思われているからな) この様子の変った態度の中には、きっと侮辱的なものがあると思ったのだが、彼の眼には一向そんなものは見えなかった。それどころか、寝所の廊下で行きずりに出会う学生たちの眼の中には、今までのような憎悪の色がなくなってさえいるのだ。(これはどうしたことだ? きっと罠《わな》をかけているんだろう。こっちも抜け目なくやってやろう) とうとう、例のヴェリエールから来ている一少年が、笑いながら彼に Cornelii Taciti opera omnia(タキトゥス全集)といった。

この言葉が聞えると、皆はジュリアンに、彼が猊下からもらった豪勢な贈物のことばかりでなく、彼が二時間にもわたって、猊下のお話のお相手をしたことについても、あらそって祝辞をのべた。あの晩の出来事のもっとも些細なことまでが、知れわたってい

た。もう彼をねたむものはなかった。ジュリアンのごきげんをとるやつがたくさんいた。昨日まで、彼に対しては極端に傲慢だったカスタネード師が、彼のそばへきて腕をとって、昼飯をいっしょに食べないかと誘ってくれた。

ジュリアンは、こういう野卑な連中の傲慢さに、かねがねつらい思いをしてはいたが、しかしもって生まれた性格として、彼らの卑屈な態度には、嫌悪を感じるばかりで、うれしい気はちっともしなかった。

正午ちかくなって、ピラール師は学生たちに厳格な訓示演説をした後、校門を去った。(諸君、諸君は世間の栄誉をねがい、社会的に高い地位をえたいと望み、または人の長となって法を無視し、罰をうけぬをよいことにして、したい放題をやってみたい、と思われるか。それとも、永遠の救いをねがう気であるか。諸君の中の最も学問の足らぬ者でも、この二つの道を見わけるためには、ただ両眼をひらけばよいのだ)

師が出て行くとすぐその後で、耶蘇聖心会《サクレ・クール・ド・ジェズュ》の信者たちは、謝恩《テ・デウム》の聖歌を合唱しに、礼拝堂へ出かけた。前校長の訓示を本気で聞いたものは、一人として学校内にいなかった。(あの人は免職できげんが悪いぞ)と方々でいっているのが耳にはいった。出入りの大商人たちと結託して何でもできる、ああいう地位を、自分から辞職するなんてことを、そのままあっさり信用する学生は一人だってなかったのだ。

ピラール師は、ブザンソンでは一ばんりっぱな旅館に身を落着けて、そして、実際はないのに、用件を口実に二日間そこにいようとした。

彼は司教から招待をうけていた。その席では、司教はフリレール師をからかうつもりで、わざとピラール師を引立てようと骨を折った。もう食後のデセールになっていた時、パリから、ピラール師を首府から四里のN……という所のすばらしい司祭職に任命するという、不思議な報知がとどいて来た。人のよい司教は、心から祝辞をいってくれた。司教はピラール師がうまくやったと思うと、大そうきげんをよくして、それにこのことで師をますます傑物だと思ってくれた。彼は師に、りっぱなラテン文の証明書を書いてあたえ、それに小言をいおうとしたフリレール師には口をきかせなかった。

その夜、猊下はリュパンプレ侯爵夫人の家へ行って、師のことをほめちぎった。このことは、ブザンソンの上流社会で大へんな評判になった。こういう滅多にない面目をほどこしたピラール師について、いろんな勝手なあて推量がおこなわれた。もうすぐ司教になるんだ、などとうわさをした。目先のきく連中は、ラ・モール氏が大臣になることと思い、フリレール師が社交場裡でえらそうなふうをしているのを、この日にかぎって、あざ笑ったりしたものだ。

その翌朝、ピラール師が侯爵の用件で判事のところへ行こうとして、通りを歩いてい

ると、あとからぞろぞろ人がつけてくる、というほどだ。商人は店先に出て、彼の通る姿を見物した。判事のところでは、はじめて鄭重な迎え方をした。謹厳一方のジャンセニストは、このていたらくに愛想をつかして、ラ・モール侯爵のために選定しておいた弁護士相手にひと通りの仕事をすますと、さっさとパリに向って出発した。彼を見送りにきて、四輪馬車のりっぱな紋章に見ほれて感心している二三人の学校仲間に、彼は、自分は十五年間神学校で働いた後、わずか五百二十フランの貯金をもってブザンソンを去るのだ、とついいってしまった。友達は涙を流して彼を抱擁した。そしておたがいにかげ口した。(あの男も、あんな嘘をいわなければよいのにねえ、だって、あんまりおかしいもの)

金銭欲に目がくらんでいる俗人たちには、ピラール師がただ一人孤立して、マリ・アラコック*や聖心《サクレ・クール》派や、ジェズイット派や司教を相手にたたかうために必要な力としてたのみとしたのは、ただ自分の誠意のみだったということがわからないのだ。

第三十章　野心をもつ男

貴族はただ一つ、公爵の称号があるきりだ。侯爵は笑わせる。
公爵と聞くと人がふりかえるが。

『エディンバラ評論』

ピラール師は、侯爵の上品な物腰や、ほとんど快活といってよい物いいに驚いた。ところでこの未来の大臣は、お大名風の小うるさい礼儀をすっぱりすてて、師を迎えた。礼儀もけっこうだが、それをよく知っているものには、うるさいだけだ。そんなことは時間つぶしになるだけだ。そして今、侯爵は時間つぶしなんかとてもできないほど、重要な事件にとっつかまっていた。

半年も前から、彼はある一つの内閣を成立させようとして国王に対しまた国民に対して、しきりに工作していた。その内閣が感謝の意味で、彼を公爵にのぼせてくれるという魂胆である。

侯爵は、幾年も以前から、ブザンソンの弁護士に、例のフランシューコンテの訴訟事

件に関する明快な報告書を作るようにといいつけてあったが、それが中々出来上らないのだった。いったい、自分にもよくわからないことを、どうしてその有名な弁護士といえども、侯爵に説明することができようか？

ピラール師が四角な小さい紙片を彼にわたすと、それでもう一さい何もかも明瞭にわかった。せいぜい五分間たらずのうちに、紋切型の挨拶と、一身上についてのいろいろの問い合せをすましてしまって、さて侯爵はいった。

「わたしは、いわゆる景気のよい生活をしているものですが、そのために、二つごく些細な、とはいえかなり重要な事がらに気をくばる暇がないのです。それは、家庭とわたしの事務とです。わたしは、家の財産には、念入りに気をつけています。これはまだふやせる余地があるのです。それから、わたしはまた、自分の快楽ということにもよく気をつかっている、とにかく、これが一番たいせつですからな、少くともわたしの思うところでは」と、彼はピラール師の眼つきの中に、あきれたような色を、ちらと見ながらいった。

師は、物わかりのいい人だったけれども、年よりの男がこんなにあっさり自分の快楽のことを言ってのけたには、驚いてしまった。

「仕事のできる人は、なるほど、パリにもいることはいる。しかし、そういう人はみ

な六階住いをしているのだ。わたしが、そういうのを一人見つけて雇おうとすると、すぐもう先生は三階へ引越してりっぱな部屋を一揃い借る、細君がお客をするというふうで、そうなるともう仕事どころじゃない。上流人になるために、またはそう化けようというので、それにうき身をやつして、ほかのことに手がつかない。パンをえられるようになると、やつらはきっとそうなんですからね。

わたしの訴訟の方のことは、正確にいってそれぞれの訴訟に命をすててかかってくれる弁護士があるのです。一昨日も一人、胸の病気で死んだのですがね。ところで、一般事務の方では、じつはわたしは、せめて私の用件で手紙をかく間くらいは、自分のしていることに少しは慎重に気をつけてくれる、そういう男をほしいとは思っているのだが、もう三年の間さがすことを断念していたんですよ。まあ、これはほんの前おきにすぎんが。

わたしは、あなたには尊敬をはらっている。なお、こういってもよろしければ、まだ始めてお目にかかったばかりだが、あなたを好いています。わたしの秘書になってくれませんか。手当は八千フラン、なんならその倍でもけっこうです。それでもわたしは損にはならないのです、確かに。わたしたちの気が合わなくなった折の用意に、わたしは、あなたの司祭職をひとに取られないように、尽力しましょう」

師はことわった。しかし、話の終り頃になって、侯爵がじっさいとほうにくれているのを見て、ふと一つの考えが頭にうかんだ。

「わたしは、神学校に一人かわいそうな若者を残してきました」と師は侯爵にいった。「この学生は、多分、いまにひどい迫害をされるだろうと思います。あれが、ただの神学生だったら、今ごろはもう地下牢《イン・パケ》に入れられてしまっているでしょう。

この青年は、いままでのところでは、ただラテン語と聖書の知識をもっているだけですが、将来いつかは、布教においてか、魂の指導においてか、必ずりっぱな腕を見せるにちがいありません。どういうことをやるか、わたしにはわかりませんが、その青年は一種おかしがたい情熱をもっております。えらいものになれそうに思われます。わたしは、人物や仕事をあなたのような見方で見るような司教がこられたら、その男を進上しようと思っていました」

「その青年はどこからやって来たのですか」

「わたしの地方のずっと山国のある製板所の息子だということですが、わたしは、むしろ誰か富豪の落しだねであろうと思うのです。いつか、あの男のところへ、匿名だったか偽名だったかで、五百フランの為替を送ってきたことがありました」

「ああ、それはジュリアン・ソレルだ」と侯爵がいった。

「どうしてその名を御ぞんじです？」とピラール師はびっくりして聞きかえしたが、自分の問いを少しはじていう様子なので侯爵は、

「いや、それはいいますまい」と答えた。

「ええいずれでも。それで、あなたはその青年を秘書に使って御覧になりましたらいかがなものでしょう。精力もあり、分別もある男です。ちょっと試みにお使いになるのもよろしかろうと思いますが」

「けっこうですね。だが、その書生は、警視総監に抱きこまれたり、誰かほかの男の手先につかわれて、私の家の様子を探ったりするような男ではないでしょうね。それさえ大丈夫なら、ほかに異論はありません」

ピラール師が青年に好意のある保証をしてくれたので、侯爵は千フランの手形を一枚とって、

「これを旅費としてジュリアン・ソレルに送って下さい。そうして私のところへくるようにとそうおっしゃって下さい」

「侯爵、あなたはパリに住んでおいでだから、そう簡単に考えておしまいになれるのです。あなたは、われわれ地方の者、ことにジェズイット派から敵視されている僧侶が、どんな暴圧の下に苦しんでいるか、御ぞんじありますまい。あなたは、高い社会的地位

においでじゃから。奴らはジュリアン・ソレルをなかなか手放してくれますまい。うまく口実をつかって、あれはいま病気中だとか、手紙が途中で紛失したらしいとか、いろいろ勝手なことを申すでしょう」

「わたしは、近いうちに、大臣から司教あての手紙を書いてもらいましょう」

「一つ申上げておくことを忘れました。というのは、その青年は非常に卑しい身分に生まれましたが、気位の高い心をもっております。自尊心を傷つけたりすると、まるでもうお役に立たないようになるかもしれません。正気を失ったようになってしまいますから」

「それは、気にいった。それじゃ、うちのせがれの学友ということにしましょう。それならいいでしょうか」

それからしばらくして、ジュリアンは誰の筆蹟とも見おぼえのない、シャロンの消印のついた手紙をうけとった。その封筒の中にブザンソンのある商人宛ての手形がはいっており、一刻も早くパリへ行くようにとすすめてあった。手紙の署名は偽名であったが、それを開いたときにジュリアンは思わず、身ぶるいした。十三字目の真中どころに、大きなインキのしみができていた。これが、彼とピラール師との間にしめし合された暗号だったのである。

一時間もたたないうちに、ジュリアンのところへ司教からこいといってきた。彼は非常に親切な、父が子に世話するような待遇をうけた。猊下は、ホラチウスの句を引用して、パリに行けば、そこで彼を待っているすばらしい運勢のことを、祝ってくれた。この巧妙なおせじは、それのお礼として、事の成行きを説明してほしかったのだ。しかしジュリアンは、だいいち自分にもさっぱりわからないことだから、だまっているよりしかたがなかった。猊下は、彼の態度に大そう尊敬をはらわれた。司教管区内の身分の低い一人の僧侶が、市長に手紙を出すと、市長はあわてて、自分で署名入りの旅券をもってきた。それには旅行者の名前が書き入れずに残してあった。

その晩、真夜中まえにジュリアンはフーケの家に着いた。つつしみぶかいたちのフーケは、友人のこれから進もうとする将来について、喜ぶよりも驚いた。

「そういう行き方をすると」とこの自由主義者の選挙人はいうのだった。「結局は政府から何かの役につけてもらうことになるだろう。そしてそういう役についてりゃあ、いつかは新聞の上で恥さらしをするようなことを、やらなくちゃならないようになるぜ。おや、あいつあんな悪いことをしやがった、と思うたんびに、僕が君の近状を知るということになるんだ。いいかい、たとえ経済的にいってもだ、自分が主人公でやっているという材木あきないで百ルイもうけている方が、政府から四千フランもらうよりは、ずっとい

い。たとえ相手がソロモン王の政府だとしてもだ」

ジュリアンは、こんなことをいうのはどうせ、田舎町人の胆《きも》っ玉の小さいせいだと思った。彼はいま、やっと檜舞台をふもうとしているのだ。確実性は少くとも、大きな機会をむしろえらぶ彼だ。彼の心の中には、もはや飢え死をおそれる気はみじんもなかった。陰謀家で偽善者で、しかしブザンソンの司教やアグドの司教のようにいんぎんな、才人が群っているように思われる、あのパリへ行けるという幸福で、彼の眼には何も見えなくなっていた。しかし、彼は友達のまえでは、ピラール師から手紙をもらって、自分の意志ではどうにもできないことだ、というようなつつましやかな顔をしておいた。

その明けの日の正午ちかく、ヴェリエールに、この世で最も幸福な男が到着した。彼はレナールの奥さんに会うつもりであった。がまず最初、以前の保護者であるあの善良なシェラン師の家へ行った。師はきびしい顔をして迎えた。

「わしに義理があるとおもうのかな」と師は彼の挨拶に答えようともせずに、いった。「わしとこれからいっしょに飯を食べなさい。そのあいだに別の馬を借りてこさせる。そうして、誰にも会わずにさっさとヴェリエールを出て行くのだ」

「お言葉を聞くことは、したがうことです」とジュリアンは神学生らしくこたえた。その後は、ただ神学とラテン語の話だけになった。

彼は馬に乗って一里をきたが、そこで一つの森を見かけて誰もあたりに見るもののないことを見定めると、とっととその中へ駒をすすめて行った。日が沈む頃、彼は百姓男にたのんで、馬をそこから一ばん近い町の城門へ送りかえした。しばらくして彼は、ブドウ作りの家にはいって、梯子を一つ売ってもらい、それをこの男にかつがせて、ヴェリエールの「忠誠散歩道」の上にある樹立のところまでついてこさせた。

「おめえさんは、徴兵忌避をしたか、それとも密輸入者だな」とその男はわかれぎわにいった。「だが、なあに、かまわねえ。梯子の代はうんともらったし、それにこのおれだって、昔は少々キビキビしたこともやらなかったわけじゃねえし」

夜はすっかり暗かった。夜中の一時ごろ、ジュリアンは梯子をかついでヴェリエールの町にはいった。彼は大急ぎで、レナール氏の家の庭を二尺の深さで横切って流れている、両岸を石でたたんだ急流の川底へ下りた。ジュリアンは、梯子を使ってやすやすと上に登って行った。（番犬どもがどういうそぶりをするだろう。そいつが肝腎の問題だ）と考えた。犬はほえ立てて、彼に向って突進してきた。しかし彼が静かに口笛を吹くと、そばにきて彼にじゃれついた。

そこで高台《テラス》を一つずつ登って行くと、鉄柵は残らずしめてあったけれども、レナール夫人の寝室の窓の下まで行きつくのは、造作もないことだった。その窓は庭の側だと地

面から僅か八九尺の高さであった。

鎧戸《よろいど》の一ところに、ハート形の小さな孔のあるのを、ジュリアンはよく知っていた。しかし残念なことに、この小孔からは、内側の豆ランプの光がもれていなかった。

(しまった！　今晩、奥さんはこの部屋に寝ちゃいないのだ。どこで寝ているのだろう。犬がいた以上、家族はヴェリエールに来ているはずだ。だが、燈《あかり》のない部屋へうっかりはいって行ったら、レナール氏にぶっつかるか、それとも知らないよその男に出会うか、しれたもんじゃない。そんなことをしたら、大騒ぎだ！)

この際もっとも慎重なのは引き返すことに相違なかったが、しかしジュリアンはそんなことは嫌だった。(もし、よその男だったら、梯子も捨てていだてん走りに逃げてやろう。もし、あのひとだったら、どういうふうに迎えてくれるかしらん。あのひとは、すっかり後悔して敬虔な気持になりきっている、これはもうあらそえぬことだが。だけど、なんといったって、おれのこともまだ少しは思い出してくれるだろう。あんな手紙をくれたりなんかしたんだから)こう考えて彼は決心した。

胸を鼓動におどらせながら、夫人の顔を見るか、でなければここで命をすてるかだと心にかたくきめた彼は、小石を拾って鎧戸に投げつけた。なんの答えもない。彼は梯子を窓のそばにもたせかけて、今度は自分の手で、はじめはごく静かに、やがても少し強

くコツコツとたたいた。(いくら真暗の闇でも、鉄砲でおれを打つことはできる)とジュリアンはおもった。こう思うと、今までは狂気じみたくわだてと考えていたのが、これこそ勇気の見せどころという気になった。

(今夜はこの部屋に誰も寝ていないのかもしれん。でなければたとえ誰が内にいようと、もう眼をさましている筈だ。眼をさましている以上、いまさら慎重にやる必要はないわけだ。ただしかし、ほかの部屋に寝ている連中に音を聞かれないようにしなければならない)

彼はいったん下りて、梯子を鎧戸の一つにもたせかけておいて、それからまた登りだした。ハート形の孔のところへ手をのばすと、しあわせと、戸を閉じている小鉤《かぎ》につ いた針金がすぐ見つかった。その針金をひっぱった。何というれしいことだろう、この戸は掛金でとめてないことがわかったのだ。押すとすぐ開いた。(少しずつ開いて、おれの声をわからせなくちゃならない)そして、頭のはいるだけに戸を開くと、声をひくめて、(わ、た、し、で、す、よ)とくりかえして呼んだ。

耳をそばだてて聞くと、部屋の中はしんと深く静まりかえって、カタリともしない。それに煖炉の上には半消えの灯火さえない真の闇だ。これは悪いしるしだった。

(鉄砲に用心しろ!)彼はちょっと考えなおしたが、やがて思いきって指先で窓ガラ

スをたたきだした。何のこたえもない。前より力をいれてたたいた。(たとえガラスをわらなくちゃならないとしても、やりとげるんだ)うんとつよくたたくと、暗闇の中を何か白い影のようなものが、すうっと横ぎってくるのが見える気がした。ついに、もう疑う余地もない、しずしずと一つの影がこちらへ進んでくるのが眼にうつった。突然ジュリアンが眼をおしつけている窓ガラスの向うがわに、片頬がぴったりよりそった。

彼は身ぶるいして、すこしからだを遠のけた。しかし夜は非常な暗さで、こんなに近くで見ながらも、それがレナール夫人であるかどうか見わけることができなかった。彼はアッと最初の驚き声をあげられてはと心配した。梯子の下には犬が集ってきて、半ばうなりながらうろついているのだった。(ねえ、わたしですよ)とかなり高い声でいってみたが、やはり答はなかった。白い亡霊は姿を消してしまった。(どうか開けて下さい。お話しなければならないことがあるのです。わたしは今とてもみじめなんですから!)そういって、ガラスも割れるばかりに叩いた。

キーッというかすかな音がして、窓の掛金がはずれた。彼はガラス窓をおしあけて、部屋の内にひらりと飛び下りた。

真白な幻は後じさりした。彼は腕をつかんだ。それは女だった。いままでの勇ましい考えが、にわかにどっかへ消えてしまった。(もしこれが奥さんだったら、何というだ

ろう?）小さい叫び声を聞いて、それがレナール夫人だということがわかった刹那、彼の気持はどうだったろう！　彼は夫人を両腕に抱きすくめた。夫人はわなわなふるえて、おしのける力さえないほどであった。

「まあ、あなたという人は！　何ということをなさるの?」

声がひきつって、はっきり言葉がいえないのだ。ジュリアンは、非常におこっているんだな、とおもった。

「わたしは、一年二ヵ月もお目にかからないつらさに、お顔が見たくてやってきたのです」

「出ていってください。すぐもう出ていってちょうだい。ああ、シェランさま、あたしがなぜこの人に手紙を書いてはいけなかったのでしょう?　こんな恐ろしいことをしないように、手紙で止めましたのに」夫人は、まったく平生にない力で彼をおしのけた。そして、とぎれとぎれの声で、くりかえした。「あたしは、あたしの罪を悔んでいます。神さまが、あたしに眼をあけて下さいました。出ていってちょうだい！　早く出て行って！」

「一年あまりも苦しい思いをしてきたんですから、わたしはあなたにお話してからでないと、決してここを出て行きません。あなたが今日までどうしていらしたか、すっか

りわたしに聞かせてください。それくらいのことをしてくださってもいいでしょう。だって、こんなにわたしはあなたのことを思いつめていたんですから……さあ、聞かせてください」

レナール夫人の決心にもかかわらず、ジュリアンの命令するような調子は、彼女の心につよくひびいた。

ジュリアンは熱情をこめて夫人をしっかと抱きながら、もがいて逃れようとする力をおさえつけていたが、このとき両腕の力をすこしゆるめた。それでレナール夫人はすこし気を落着けた。

「梯子を引き上げておきましょう。物音に眼ださめて、下男でも見まわりに来るとあぶないから」

「そんなことはしないで、早く出て行ってください。(と声はほんとうに怒った調子であった) 人間のことはどうでもいいのです。神さまが、このいまわしい私たちの姿をごらんになって、罰をお下しになるのです。あなたは、私が以前にちょっとあなたに対して抱いたことのある気持に、卑怯に附けこもうとなさるのよ。いまでは、ええ、もう決してそんな気持はもってはいません。おわかりになって、ジュリアンさん」

彼は、音をたてないように、きわめて徐々に梯子をひき上げた。

「旦那さまは家にいるんですか」と、これは夫人にさからう気ではなしに、以前の習慣からこうきいたのであった。

「そういう口のきき方をしちゃいけません。ね、おねがいだから。でなきゃ、あたし、うちの人をよびますよ。どんなことになろうと、あなたを追いだしちまわないで、こうしていることがもう、大へんいけないことなんですもの。あたし、あなたをお気の毒だと思うから」と彼女は、大そう敏感なことをよく知っているジュリアンの自尊心を傷つけるつもりでいった。

こういうすげないものの言いっぷり、あんなにこまやかだった、いまでも彼がたのみにしている二人の仲を、急に断ち切るような仕向け方、これがジュリアンを恋情で無我夢中にしてしまった。

「なんですって！　あなたがわたしをもう愛してくれないって、そんなことが！」そういうジュリアンの声は、ひややかな気持では聞いていられない、あの肺腑からしぼり出した調子をおびていた。

夫人は返事をしなかった。彼ははげしく泣いた。

じっさい、彼はもうものをいう元気さえなかったのだ。

「これでわたしは、わたしを愛してくれた、たった一人のひとから、まったく忘れら

れてしまったんだ。もうこれからは、生きて何のかいがあろう」

だれか男に出くわしはせぬか、という心配がなくなってしまうと、彼の勇気がばったりおとろえてしまった。恋をのぞいて、ほかのものいっさい、彼の心から消え去ってしまった。

彼は、ものも言わず、ながいあいだ泣いた。彼女は、そのすすり泣きをじっと聞いていた。彼が手をとろうとすると、彼女はそれをひっこめようとした。けれども、しばらくは痙攣《けいれん》したような動作をしたが、彼女は手を男にまかした。まったく真の闇だった。二人はレナール夫人の寝台のはしに、ならんで腰をかけていた。

(一年まえと何という変りかただろう)そう思うと、ジュリアンの頬にますます涙が流れてきた。(遠くはなれていると、きっとこうして、人の心から以前の気持が消えて行くんだ。もう帰った方がいい)

「どうか、その後のことを聞かせて下さいな」と、悲しみにおろおろ声になってジュリアンがやっと口をきいた。

「たしかに」とレナール夫人は、どこか情味のない、ジュリアンをとがめるような調子の、残酷な声でこたえるのだった。「あなたのおたちになった時には、あたしのまちがいのことは、町中に知れわたっていたのです。あなたのやり口ったら、ずいぶん無鉄

砲だったのですもの！　それからしばらくたって、あたしがもう、思いあまってどうしようかとおもっていた時に、あのシェランさまがあたしにあいにきてくださいました。あの方はあたしに正直なことを打明けさせようとなすったけれど、あたしは言いませんでした。ある日、あの方は、思いついて、あたしが子供のときに初の聖体拝受をしたディジョンのお堂へ、あたしをつれて行ってくださったのです。そのお堂で、あの方が話を切り出され……(夫人の声は涙でとぎれた)あたし、どんなに恥かしい思いをしたことでしょう。何もかも白状してしまいましたの。あの方はとてもおやさしくって、あたしをそう責めたてたりなんかなさらずに、あたしの苦しみを共にしてくださいました。その時分、あたしはあなたに毎日毎日手紙ばかり書いては、それを送る決心はつかないで、誰にも見られないところにたいせつにかくしておきました。そうして、あんまり悲しくてたまらないときがあると、自分の部屋にひとり閉じこもって、その手紙をとり出しては読んでいましたわ。

とうとうシェランさまが、その手紙を自分にわたせとおっしゃって……その中で少しは心をしずめて書いたのをよって、二つ三つ、あなたに宛てて送ってくださいました。あなたは返事一つしてくださらなかったけれど」

「わたしは、誓ってもいい、神学校にいるあいだ、一度だってあなたの手紙をうけと

ったことはありません」

「まあ！　それじゃ、誰がそれを横どりしちまったのでしょう？」

「わたしは、あなたの姿を大聖堂で見るまでは、あなたが生きてるんだか、死んでるんだか、それさえ知らなかったんだ。そのつらさを察してください」

「神さまの御恩寵によって、あたしは、神に対し、子供たちや夫に対して、どんなに自分が罪深い女だったかということを知りました。夫は、あたしがあなたに愛されていると思っていたあの頃のあなたほど、あたしを愛してくれたことは一度だってありません」

ジュリアンは、こうしようというあてもなしに、ただぼおっとして夫人の腕の中に飛びこんだ。しかしレナール夫人は彼をつきのけて、やはりしっかりした調子でつづけるのであった。

「シェランさまは、あたしが現在の夫と結婚した以上、あたしは自分のすべての愛情を、いままでかつておぼえなかった、そうしてあのあなたとのことがなかったら、あたしが死ぬまで知らずにすぎたと思われるああいう愛情も、それはすっかり夫にささげなければならぬものだということを、悟らせて下さったのです……それで、あたしがあんなにたいせつにおもっていた手紙をとり上げられてしまってからというものは、あたし

の日夜は、幸福とはいえなくとも、まあまあおだやかに過ぎているのです。そのおだやかな生活をみださないでちょうだい。あたしの、お友達になってくださいな……一ばんいいお友達に」ジュリアンは夫人の両手を接吻でおおった。彼女は彼がまだ泣いているのがわかった。「泣いちゃあ、いや。あたしも、悲しくなるんだもの。今度はあなたの方で、その後の様子をきかせてちょうだい。(ジュリアンはものがいえなかった) 神学校では毎日どういうことをするんだか、ねえ、それをあたしききたいわ。そのお話をしてから、帰ってくださいな」

何をしゃべっているか自分ではよく考えずに、ジュリアンは、その当初よく経験した皆の奸策や嫉妬のことから、その後、復習教師になってからの少しは落着いた生活のことを、話してきかせた。

「そうして、ながいあいだ手紙一つくださらないで、ええ、それは今日はよくわたしにわかったけれども、それはきっと、あなたがあたしをもう少しも愛していてはくださらないこと、わたしなんかあなたにとっちゃどうでもよくなったんだってことを、わたしにわからせるためにそうしたんでしょうが……(夫人はぎゅっと手に力をいれた) ちょうどわたしがそういう思いをしていた時に、あなたは五百フランのお金を送ってくださったのです」

「そんなこと、あたし、したおぼえありませんわ」

「その手紙は、パリの消印がおしてあって、それに人目をくらますためにポール・ソレルと署名してありましたよ」

その手紙はじゃどこからきたか、それでちょっとした口論がはじまった。気持がいつの間にか変っていた。知らずしらずレナール夫人もジュリアンも、さっきのかたっくるしい調子を捨ててしまって、心を許しあった同士のやさしい調子になっていた。おたがいに顔が見えない、それほど真暗だったけれども、声の調子がすべてを語っていた。ジュリアンは片腕を、恋人の腰にまわしかけた。この動作はかなり危険なものなのだ。彼女はジュリアンの腕をおしのけようとしたが、彼はすかさずちょうど今している物語の中に興味の深い話を織りこんで、夫人の注意力をその方へひきつけてしまった。で、この腕は忘れられたかたちで、もとの場所にとどまっていた。

五百フランの手紙の出所について、あれかこれかといろいろ当て推量をしあぐんだ後、ジュリアンはまた自分の身辺物語をしだした。いまここにこうしている彼にとっては、じつに面白くもない過去の身上話をしていると、少しずつ気が落着いてきた。彼がいま注意力を傾けて考えていることは、どういうふうにこの訪問の結末をつけるかということだった。やはりいまだに、(もうすぐ出て行くのよ)というそっけない声が、時々ささ

やかれていた。

（もしこのままていよく追っぱらわれたりしたら、何という不面目なことだろう！おれの一生を苦しめる後悔の種になるに違いない。もうこのひとは手紙もくれないにきまってる。おれが二度とこの国へ帰ってくるのは、いつのことかわからないのだ！）こう思った瞬間から、ジュリアンの純真な気持がすっかり心から消えてしまった。自分の熱愛する女のそばにいて、以前に彼があんなに幸福な目にあったその同じ部屋の中で、その女を両腕に抱きしめるばかりにしていながら、そして暗闇とはいえ、今しがたから女の涙を流していることはよくわかり、そのすすり泣く様子が、すりよせている胸の動きから伝ってよく感じられるのに、彼は、不幸にも、このとき一人の冷やかな策謀家になっていた。ちょうどそれは、神学校の校庭で自分より強い学生仲間の一人に、たちの悪い悪戯をされかかったときと同じように、用心ぶかく冷静であった。ジュリアンは話をつづけて、ヴェリエールを去ってからの悲惨な生活をものがたるのだった。（それでは、何一つおたがいの思い出になるような形見もなく、わかれわかれになっていた一年の後、あたしはこの人を忘れようとしていたのに、この人はヴェルジーで過した楽しい日のことばかり考えていてくれたんだ）とそう思うと、夫人のすすり泣きがますます強くなった。ジュリアンは話のききめのあったことを知って、いよいよ奥の手を用いると

きだ、と思った。そこで、藪から棒に彼がパリからうけとった手紙のことを話した。

「司教猊下にもおいとまごいしてきたのです」

「なんですって、あなたはブザンソンへ帰らないのだって！　じゃ、あたしたちとは永久にお別れだとおっしゃるの？」

「ええ」とジュリアンははっきりした調子で答えた。「ええ、私は、わたしが生まれてから一ばん好きだった人にも忘れられた国を出て行くのです。そして、もうけっして帰ってこないつもりです。パリへ行くんです」

「あんたが、パリへ行くって！」とレナール夫人はかなり大きな声をあげてしまった。

彼女の声は、ほとんど涙にむせんでいた。それはもう見るからに、懊悩の極だった。ジュリアンは、自分をはげますためにこういう姿を見たかったのだ。彼はひょっとすると自分にとってすっかり不利になるかもしれないことを試みようとしていたので、夫人の嘆声を聞くまでは、いったい自分の言葉がどういう効果をおさめるかということは、まったく知らなかった。もうちゅうちょはできぬ。後になっての心の呵責を思うと、しっかり自分を制御する力ができた。彼は立ち上りながら、冷然と言葉をつけそえた。

「そうです。これが最後のおわかれですよ。おしあわせに暮してください。さよなら」

彼は窓に向って二三歩あるいた。すでに、窓を開こうとしていた。レナール夫人は彼

に飛びかかって行った。彼は自分の肩のところに夫人の頭がふれたかとおもうと、夫人が頬ずりしながら、力いっぱいに彼を抱きしめるのがわかった。

こうして三時間にわたる対話の後に、ジュリアンははじめ二時間のあいだ情熱に身をこがして望んでいたものを、やっと手に入れた。もっと早くレナール夫人の良心の呵責が消えて、二人の和解ができていたら、それこそたとえようもない幸福であったのだが、こういう具合に技巧でえられたのでは、それはただ勝利というだけであった。ジュリアンは、恋人がしきりにとめるのに、どうしてもあかりをつけたがった。

「それじゃ、あなたの顔を見ていつまでも心にとめておきたいと思うのが、いけないっていうのですか？　あなたのかわいい眼の中に光っているに相違ない恋のしるし、それからこのきれいな白い手を、私に見せてはくれないつもり？　だってまあ考えてごらんなさいな。私は、これから多分ながいことあなたに会うことができないんじゃないの」

（まあ、あたしはずかしい！）と心には思ったけれども、レナール夫人はもうこれが最後のわかれだと思えば、涙が先に立つばかりで、何一つ男にこばむ力がなかった。夜が白々と明けてきて、ヴェリエールの東にあたる山の上にモミの木の輪郭がくっきりとあざやかに浮かび出た。帰るどころか、逸楽に身も魂も酔っているジュリアンは、レナー

いった。


ル夫人に、この日一日じゅう夫人の部屋にかくれていて、夜がふけてから出発したいと
「ええ、いいわ」と夫人はこたえた。「二度とまたこんなことになっちゃったんだもの、あたしもう自分を信用できないのよ。一生もう台なしになったと、あきらめていますわ」そういって、自分の胸に男を、夢中になってしめつけるのだった。

「うちの人はもう以前のようじゃなくなって、大そう疑ぐり深くなってますの。そして、あたしが今度のことで、あの人をばかにしたと思って、大へん怒っている様子なのよ。もしちょっとでも物音が聞えたら、あたしはもうだめ。あの人はあたしを、いたずら女みたいに家から追んだしちゃうでしょう」

「ああ、それはシェランさんの言った文句だ。私が神学校へ行かない前には、あなたはそういうものの言い方をしやしなかったもの。あのじぶんはまだ、あなたは私を愛していてくれたっけ！」

ジュリアンがその言葉の中にふくめた冷やかな調子は、すぐ効果をあらわした。彼の恋人は一瞬のうちに、ジュリアンが自分の愛情を疑いはせぬかというずっと大きな危険を思うあまり、夫がそばにいるという危険を忘れてしまった。日がとっとと射してきて、今では部屋の中を、はっきり照らしていた。自分がこの人だけと思っているかわいい女

が、おのれの両腕の中に、ほとんど足許にひざまずかんばかりの姿をしているのを再びここに見て、ジュリアンの自尊心は、すっかり快感を味わうことができた。たったいましがたまで、あんなに神を恐れ、自分の義務に熱心だったその女なのだ。一年の間おこたらずにきたえた決心も、彼の勇気の前には、力がなかったわけだ。

間もなく、家の内がざわめきだした。レナール夫人には、今まで思いもかけなかった一つのことが心配になってきた。

「あのいじわるのエリザが、もすこしするとこの部屋にはいってくるんだけど、あの大きな梯子をどうしたらいいかしら？　どこへかくしましょう。あたし、納屋へかついで行くわ」と彼女は、突然はしゃいだようにいった。

「ああ、それでこそ、もとのあなただ！（とジュリアンはうれしそうに）でも、下男部屋を通らなくっちゃならんでしょう」

「梯子をちょっと廊下へおいて、下男を呼んで何か用をいいつけますわ」

「下男が廊下を通りがけに、梯子を見つけたりするかもしれんから、何か言いぬけの言葉を考えておくんですよ」

「よくってよ、かわいい人、（とレナール夫人は彼に接吻しながら）あなたはあなたで、あたしの留守の間にエリザがはいってきたら、早く寝台の下にかくれることを考えてお

くのよ」

ジュリアンは、この突然の快活さに驚いた。（こういうふうに、実際の危険が目前にせまってくると、心配するどころかかえって陽気になる、というのはつまり、良心のかしゃくを忘れるからなんだ。まったくすばらしい女だなあ！　こういう女の心を思うままに支配することこそ、肩身がひろいというもんだ）ジュリアンはすっかりうれしかった。

レナール夫人は梯子を手にとったが、彼女の力には、正直のところ重すぎた。ジュリアンは手つだいに行こうとした。そして彼が、夫人のきゃしゃな、とても力なんか出そうにおもわれない腰かっこうに見とれていると、突然、人手も借りずにその梯子をつかみ、椅子でもはこぶように軽々と持ち上げてしまった。彼女は大急ぎでそれを四階の廊下まで、運んでその壁のそばに横にねかした。それから下男を呼んで、下男が着物をきる間を鳩舎にのぼって行った。五分ほどして廊下にきてみると、梯子がどこへ行ったか見あたらなかった。どうしたんだろう？　ジュリアンが家の中にいるのでなかったら、これくらいの危険に彼女はそう驚きもしなかったろうが、しかし今、夫があの梯子を見たら、どうだろう！　そんなことになったら、それこそ堪えられぬことのような気がした。レナール夫人はあちらこちら駆けまわった。とうとう、梯子は屋根裏で見つかった。

下男がはこんできて、実際かくしておいたのだ。これはすこし変だ。以前の彼女ならびくッとしたかもしれなかった。

(かまうものか、ジュリアンが明日出て行くまで大丈夫であれば、あとはどうなったって。どっちみち、あたしはそのじぶん、後悔とそらおそろしさとで苦しんでいるんだろうから)

彼女は、漠然と、死ななければならないような気がしていた。かまうものか！　もう永のお別れだと思った恋人がかえってきてくれたのだ。も一度顔が見られたのだ。しかも、ここまでやってくるための苦心が、なみなみでない情愛を語っているではないか！

梯子の出来事をジュリアンに話しながら、

「下男がうちの人に、あの梯子を見つけたことをいったら、あたしどういおうかしら」

彼女はしばらく物思いに沈んだ。「あなたに梯子を売った男を見つけようとすれば、まる一日はかかるわねえ」夫人はジュリアンの胸に飛びついて、ぶるぶる身をふるわせながら彼を抱きしめた。そうして、「ああ、こうして死ねたら、死ねたら！」と叫びつつ、ジュリアンに接吻をあびせかけた。それから急に笑って、「だけど、あなたを飢え死させちゃあ大へんだわ」

「こちらへいらっしゃい。一まず、あなたをデルヴィールさんの部屋へかくしといてあげますわ。あの部屋はいつも鍵がおろしてあるんだから」彼女は廊下の端へ行って見はりをした。ジュリアンは駆けて通った。部屋に鍵をかけながら、「誰かが扉をたたいても開けちゃだめよ。きっとそれは、子供たちが遊びながらいたずらするんですからね」

「小さい人たちを、庭のこの窓の下へこさしてください。ぜひあの子たちを見たいんだから。何か口をきくところを見せてください」

「ええ、よくってよ」そうこたえて、夫人はそこを去った。

間もなく彼女は、オレンジ、ビスケット、それにマラガ酒を一本もってひっかえしてきた。パンは盗みだそうと思っても、どうしてもできないといった。

「だんなさまは何をしています?」

「小作人相手の取引の見積りを書いていますわ」

だがもう八時が打ってしまっているのだ。家の中は非常に騒々しくなってきた。レナール夫人の姿が見えなければ、皆が方々さがしまわるだろう。どうしても部屋を出て行かなければならなかった。だが、すぐまた大胆にも、もどってきた。コーヒを一杯もってきたのだった。彼女はジュリアンがひもじい目をしないかと、びくびくしていた。朝

飯の後で、夫人はうまくさそって子供たちをデルヴィール夫人の部屋の窓の下につれてきた。みんな非常に大きくなったように見えた。しかし子供たちは何だか、つまらない様子になってしまったような気がした。もっともこれはジュリアンの考え方がかわったせいかもしれなかった。

レナール夫人は子供たちにジュリアンの話をした。一ばん上の子は、以前の家庭教師を懐かしげに、親しみをもって返事をしたが、下の方の二人は、彼のことをほとんど忘れてしまっていた。

その朝、レナール氏は外出しないで、家の階段をたえまもなく昇降していた。百姓たちに馬鈴薯の収穫を売るのだが、その取引のことで夢中だった。昼飯のときまで、レナール夫人はちょっとの間も、彼女の囚人のところへ行ってやることができなかった。昼飯の鐘が鳴って、食卓の用意ができると、彼女は彼のために熱いスープを一皿盗んでやろうと思いついた。彼のはいっている部屋の入口まで足音をしのばせて、その皿を用心ぶかく運んでくると、今朝、梯子をかくしたあの下男と、バッタリ出会い頭に行きあたってしまった。下男の方でも廊下を足音をたてないように、耳をそばだてるようにしてやってきたらしいのだ。たぶん、ジュリアンが軽率に歩いて音を立てたのだろう。下男はちょっとばつの悪い顔をして引きさがって行った。レナール夫人は敢然とジュリアン

のところへはいった。この出会いをきいてジュリアンがぞッとすると、

「あなた、こわいのね！　あたしは世の中のどんな危険だって、眉の根一つ動かさずにおかしてみせるわ。あたしのこわいと思うことは、たった一つ、それはあなたが帰った後で一人きりになる時よ」そういい捨てて走って出て行った。

ジュリアンは感激した。（ああ、あのひとの恐れている危険というのは、良心のかしゃくだけなんだ！）

とうとう夜になって、レナール氏はクラブへ出かけて行った。

彼の細君はひどい頭痛がするといって、自分の部屋に寝にひっこみ、いそいでエリザをさがらせてしまうと、すぐまた起き上ってジュリアンの部屋をあけに行った。

彼はほんとに飢え死しそうにしているところだった。レナール夫人は台所へパンを探しに行った。と、ジュリアンの耳に大きな叫び声が聞えた。レナール夫人がもどってきていうには、あかりのない台所にはいって、パンのしまってある食器棚に近づきながら手を伸ばすと、女の腕にさわった。それはエリザで、ジュリアンが聞いたのは、エリザのあげた叫び声だったのである。

「あの女は、何をしていたんですか」

「お菓子を盗みぐいしていたのか、それともあたしたちの様子をうかがっていたんで

しょう」とレナール夫人はまったく無造作にいった。「さいわい、パテと大きなパンが一つありましたよ」

「そこにはいってるのはなに？」とジュリアンが、夫人の前掛のポケットを指さしてたずねた。レナール夫人は、昼飯の時から、そのポケットにパンをこっそりつめておいたのを、すっかり忘れていたのだ。

ジュリアンはありったけの情熱をこめて夫人を両腕にだきしめた。このときほど彼女が美しく見えたことは、いままでになかった。（パリへ行ったって、こんなりっぱな人に出会うことはできないだろう）とそんなことを彼は夢見心地で思っていた。夫人は、こんな事がらになれぬ女らしいおどおどした態度をぬけきらなかったが、それと同時に、ただ別の世界のすっかり違った意味で恐ろしい危険だけしか恐れない、ほんとうの勇気をもっていた。

ジュリアンががつがつして食べているあいだ、夫人はまじめな話をするのがいやさに、食事のおそまつなことにじょうだんをいっていた。と、その時、部屋の扉を突然力いっぱいにゆすぶる者があった。レナール氏だった。

「どうして鍵をかけとくんだ」とどなっていた。

ジュリアンは、かろうじて長椅子《キャナペ》の下へもぐりこんだ。

「こりゃどうだ！　あんたはまだ部屋着にきかえちゃいないんだね。（とレナール氏ははいってきながら）夜食をするのに部屋に鍵をかけとくなんて！」

夫婦間の情愛の無さまる出しの、こういう口のきき方は、平生ならばレナール夫人に悲しい思いをさせたかもしれないが、いま彼女は、夫がちょっと身をかがめたら、すぐもうジュリアンが見つかってしまうことを思って、気が気でないのだ。というのは、レナール氏がたったいままでジュリアンがかけていた椅子の上に、長椅子とは真向いに、どっかと腰をおろしてしまったからである。

頭痛が、何もかも言いわけの口実になってくれた。夫は夫で、クラブの玉突きで勝って、（もうけてきた賭けのことを、くどくどとしゃべり出して、（それがおまえ、十九フランの賭金さ！）というようなことをいっていたが、その時、夫人の眼に、三歩ばかり離れたところにある椅子の上に、ジュリアンの帽子のあるのが映った。彼女はウンと落着きはらった。そして、着物を脱ぎはじめたとおもうと、折をねらって、すばやく夫のうしろを通りぬけて、上衣を椅子の帽子の上に投げかけた。

レナール氏はやっと腰を上げて出て行った。彼女はジュリアンに、神学校での生活の話をまたしてくれるようにと頼むのだった。「だって、昨日はあたし、ちっとも聞いていなかったんですもの。あなたが話してるあいだ、あたしはうわのそらで、どうしたら

あなたをここから出て行かせる勇気が自分に出るだろうか、とそのことばかり考えてたんだから」

彼女は、すっかりつつしみを忘れていた。二人は大きな声で話をした。ちょうどあけがたの二時頃であったろう、扉をはげしく叩く音で話をじゃまされた。また、レナール氏だ。

「早く開けてくれ。家の内に泥棒がいるんだ！　サン-ジャンが今朝、やつらの梯子を見つけたってんだ」

「いよいよ何もかもおしまいよ」そう叫んで、レナール夫人はジュリアンの胸に抱きついた。「あの人はきっと、あたしたち二人とも殺してしまうでしょうよ。泥棒がはいったなどとは思っちゃいないんだから。あたし、こうしてあなたの腕の中で死にますわ。死んだって、その方が生きていたあいだよりずっと幸福よ」彼女は、怒っている夫には返事もせずに、はげしくジュリアンに接吻するのだった。

「スタニスラスの母をお救いなさい」と彼は命令するような眼ざしでいった。「わたしは化粧室の窓から飛び下りて、庭の方に逃げて行きます。犬は僕をよく覚えていたから大丈夫だ。わたしの着物を一包みにして、できるだけ早く、庭へ投げてください。そのあいだ、扉をおし破る気なら、破らしておきなさい。それにいいですか、けっして白状

しちゃいけませんよ。いくら疑っていようと、まだその方が、真相をつかまれるよりましですから」

「飛びおりちゃひどいけがをするわ！」これが彼女の唯一の答であり、不安であった。彼女は彼について化粧室にはいった。それから、急いで彼の着物をかくしてしまった。やっと扉をあけると、夫は湯気の立つほど怒っていた。彼は部屋の内と、化粧室を見わたしてそれから一言もいわずに出て行った。ジュリアンの着物は投げおろされた。彼はそれをひっつかむが早いか、ドゥー川寄りの庭の低みをめがけて、いちもくさんに走りだした。

走っていると、鉄砲弾のひゅうッと風を切る音だして、すぐつづいて銃声がきこえた。（レナール氏じゃないな。あの人にしちゃ拙すぎる）と彼は思った。犬が彼のそばをだまってついて走っていたが、二発目がその中の一匹の足に命中したんだろう、犬は悲しげな声をあげはじめた。ジュリアンは、一つの高台の壁から飛び下りると、五十歩ばかりの距離を腹ばいになって進んだ。それからまた立ち上って、別の方向に駆けだした。たがいに呼ばわりあっている声が彼の耳に聞えて、はっきり、彼の敵である下男が発砲している姿が見えた。庭の反対側からは、一人の小作人が、やはり乱射をつづけていた。しかし、この時すでにジュリアンは、ドゥー川の岸にたどりついていて、彼はそこで着

物をきた。
一時間後、彼はヴェリエールから一里はなれた、ジュネーヴに向う道にかかっていた。
(もし、嫌疑《けんぎ》をかけたら、追手はパリへ行く道の方へ向うだろう)と彼は考えた。

訳　註

頁

一七　一八三〇年年代記――初版には「十九世紀年代記」とある。

一九　七月の大事件――一八三〇年、いわゆる七月革命をいう。

二一　フランシュ-コンテ――フランスの古い州の一つで、ほぼいまのオート-ソーヌ、ジュラ、ドゥーの三県の地域を占めている。東はジュラ山脈を越えてスイスに接し、西はブルゴーニュ、北はロレーヌにつらなる。ドゥー川が中部を貫流しており、ブザンソンはその首都である。ヴェリエールは、最後に著者自らいっているように、空想の町である。もともとながくスペイン領であったのを、一六七八年ルイ十四世がフランス領とした。

二三　ミュルーズ――フランスで最初に更紗《さらさ》の製造をはじめた、その名産地。

二四　鉄の取引――王政復古期には鉄は重要な産業とみなされた。スタンダールは一八二五年『工業家に対する新しき陰謀』というパンフレット中でそのことを揶揄している。また後に『漫遊客の手記』では自ら鉄取引業者になって旅行している。

二七　バルナーヴ――(1761―1793) ドフィネの三部会によりフランス大革命の烽火をあげた、グルノーブル出身の政治家。スタンダールの尊敬していた人物。

二八　サン-ジェルマン-アン-レ――ヴェルサイユから十四キロにある宮殿。大造園家ル・ノート

ル設計の有名なテラスがある。

三八　ブオナパルテ――ナポレオン－ボナパルトをイタリア人風に発音した蔑称。

四二　モンテッソン夫人――(1737―1806)　オルレアン公のおもいもの。一七七三年に秘密結婚をした。

四二　ジャンリス夫人――(1746―1830)　前記オルレアン公の王子の伝育官。女流小説家で教育に関する著作もある。

四二　パレ－ロワイヤール――一六二九年リシュリュのために建てられた宮殿。のち王室のものとなり、代々オルレアン公のすまいとなった。デュクレは時のオルレアン公に進言して、この宮殿を増築したのである。

四六　セント－ヘレナ日記――ナポレオンが流謫地において、ラス・カーズ伯に口授した覚え書。

五二　ジョゼフ－マリ－ド－メストル伯爵――(1753―1821)　フランスの政治家、哲学者、文筆家。伝統主義者であって、『法王論』(1819)は、フランス革命の精神を否定し、神と法王と国王の権威を復活せしめんとしたものである。

五六　竜騎兵第六連隊――スタンダール自身この連隊に少尉として(1800―1802)勤務したことがある。

五六　ロディ橋(一七九六年五月)、アルコーレ(同年十一月)、リヴォーリ(一七九七年一月)――いずれもナポレオンがイタリア侵入の際、オーストリア軍を撃破した古戦場。

五七　修道会――(Congrégation)　一八〇一年宗教振興の目的をもって組織された宗教団体である

が、極右党のヴィレール宰相の利用するところとなり、ついに教育、政治の方面にまでも関与し、王政復古時代に大いに勢力をふるった。後、シャルル十世の没落(1830)とともに解散された。スタンダールはつねにこの宗教団体を敵視していた。

五七　立憲新聞――(Le Constitutionnel)　一八一五年創刊の自由主義新聞で、シャルル十世の極右的政府に反抗した。

六〇　Louis Jenrel と Julien Sorel.

六三　このジュリアンとレナール夫人の初対面の美しい場面は、ルソーの『告白』の中のルソーとワラン夫人のそれの描写からヒントをえているといわれる。

八九　ピエル・ヴィクトール・ブザンヴァール男爵――(1722―1791)　スイスの軍人でフランスに仕えた。その『回想録』は大革命時代を知るのに極めて興味あるもので、スタンダール自身の種本の一つであった。

九二　日日新聞――(La Quotidienne)　一七九二年創刊の正統ブルボン王党派(Légitimistes)の機関紙。

一〇六　ガブリエール――十三世紀の物語詩の女主人公。彼女はヴェルジーの女城主であった。彼女は一人の騎士を愛人にしていたが、やはりこの男に心を寄せていたブルゴーニュ公の夫人が、己れの思いが叶わぬのを怨んで、ガブリエールに騎士の心がよそへ移ったと中傷する。ガブリエールはそれを信じて自殺し、騎士もまた自ら心臓を刺してあとを追う。ブルゴーニュ公は夫人を殺して、自らはタンプリエの修道騎士団にはいるという筋。一八二九年その近代フ

ランス語訳が出た。

一〇七 ゴダール氏の名著――ジャン＝バチスト・ゴダール（1775―1823）著『フランス鱗翅類誌』（未完成）。

一一〇 モーツァルトの音楽――モーツァルトの音楽はスタンダールがもっとも愛したものの一つで、彼の書くものには美しい景色や恋愛感情の連想でたびたび引合いに出される。

一一三 ピェル＝ナルシス・ゲラン男爵――（1774―1833）フランスの歴史画家。『ディドンとエネエ』はその傑作の一つ。ストロンベックはスタンダールの友人。

一一七 シャルル豪胆公――（1433―1477）最後のブルゴーニュ公。兇暴にして戦を好み、フランス王ルイ十一世をしばしば苦しめた。

一三五 簒奪者――そのころ王党の連中は、ナポレオンを卑しんで「簒奪者」と呼んだ。

一五三 ヘラクレス――彼が壮年に達して、自己の将来を考えたとき、美徳（ミネルヴァ）と逸楽（ヴィナス）の化身の二人の女が現われて、彼を誘ったが、彼は美徳に従った。

一六四 ポリドーリ――バイロン卿の侍医。

一七三 聖ペテロ――ルカ伝第二十二章。

一九二 フォントノワ――ベルギーの一村落。一七四五年ルイ十五世麾下のフランス軍がイギリス・オーストリア連合軍を撃破したところ。

二二四 空色の綬章――聖エスプリ勲章佩用者たることを示す青綬章（コルドン・ブルウ）。

二二四 シャペル・アルダント――棺をのせるべき葬龕のまわりにともす灯火。

二一七　フィリップ善良公――(1396―1464)　シャルル豪胆公の父。

二二〇　富籤事務所長――当時は(一八三六年まで)国家が富籤を経営していた。

二八八　グロ――作者少年の頃の崇拝の的であったグルノーブルの幾何学者の名。

三〇四　飛ぶのは鳩さ――「飛ぶのは鳩」という子供の遊びがある。日本で「飛んだ飛んだ、××が飛んだ」という、あの遊びと同じ。ここではそれに、「盗む」も「飛ぶ」も共にフランス語ではVoler(ヴォレ)であることを引っかけた駄洒落。

三〇五　九十五氏――マルセイユの法官メラドールのこと。彼は、九十五をフランス語でふつうquatre-vingt-quinze(カトルヴァン・キャンズ)というべきところを、いつも古風にnonante-cinq(ノナント・サンク)というので、人からばかにされて、こんなあだ名がついていた。

三二七　一六七四年の包囲戦――スペインの支配下にあったブザンソンはこの年ルイ十四世のフランス軍によって包囲され完全にその有に帰した。

三三三　新エロイーズ――ジャン-ジャック・ルソーの恋愛小説(1761)。スタンダールの愛読書の一つ。

三五八　エマヌュエル-ジョゼフ・シエーズ――(1748―1836)　僧侶出身の政治家、大革命時代に第三階級の指導者として活躍し、執政官時代にはその三執政官の一人であり、帝政となっては貴族院議員であった。

三五八　アンリ・グレゴワール――(1750―1831)　僧侶にして政治家、帝政時代には貴族院議員であった。

三六四　シクストス五世――(1521―1598)　一五八五年から一五九〇年まで法王。グレゴワール十三世の後継者として彼を法王に選んだ枢機員たちは、彼がいつも松葉杖にすがり腰をかがめて歩いているので、法王の位に登っても病身で恐るるに足らぬと思っていた。ところが選挙が終るや否や彼は杖をなげうち、そりかえって大声にテ・デウムを高唱して、一同を驚かしたと言われている。以後、彼は鋭意教会の改善に努力して功績をあげた。

三六七　ル・ゲルシャン――(1591―1666)　イタリア、ボローニアの画家。色彩の美と速筆をもって有名であった。

三九〇　ベルトラン・フランソワ・バレーム――(1640―1703)　フランスの算術家。『計算早見表』の著がある。

四一三　国外逃亡――フランス大革命のとき貴族や僧侶が難を国外に避けたこと。

四一四　マドレーヌの詩――デルフィーヌ・ゲー(1804―1855)、すなわち後のジラルダン夫人の詩。

四二三　マリ・アラコック――(1647―1698)　フランスの聖母訪問会派の修道女。聖心の奇蹟にふれたといい、その伝道につとめた。のち聖者の列に加えられた。

赤《あか》　と　黒《くろ》　(上)〔全2冊〕
スタンダール作

1958年 6 月25日　第 1 刷発行
2007年10月 4 日　第69刷改版発行
2024年 4 月 5 日　第80刷発行

訳　者　桑原武夫《くわばらたけお》　生島遼一《いくしまりょういち》

発行者　坂本政謙

発行所　株式会社　岩波書店
〒101-8002 東京都千代田区一ツ橋 2-5-5

案内 03-5210-4000　営業部 03-5210-4111
文庫編集部 03-5210-4051
https://www.iwanami.co.jp/

印刷・精興社　製本・中永製本

ISBN 978-4-00-325263-5　　Printed in Japan

読書子に寄す

——岩波文庫発刊に際して——

岩波茂雄

真理は万人によって求められることを自ら欲し、芸術は万人によって愛されることを自ら望む。かつては民を愚昧ならしめるために学芸が最も狭き堂宇に閉鎖されたことがあった。今や知識と美とを特権階級の独占より奪い返すことはつねに進取的なる民衆の切実なる要求である。岩波文庫はこの要求に応じそれに励まされて生まれた。それは生命ある不朽の書を少数者の書斎と研究室とより解放して街頭にくまなく立たしめ民衆に伍せしめるであろう。近時大量生産予約出版の流行を見る。その広告宣伝の狂態はしばらくおくも、後代にのこすと誇称する全集がその編集に万全の用意をなしたるか。千古の典籍の翻訳企図に敬虔の態度を欠かざりしか。さらに分売を許さず読者を繫縛して数十冊を強うるがごとき、はたしてその揚言する学芸解放のゆえんなりや。吾人は天下の名士の声に和してこれを推挙するに躊躇するものである。このときにあたって、岩波書店は自己の責務のいよいよ重大なるを思い、従来の方針の徹底を期するため、すでに十数年以前より志して来た計画を慎重審議この際断然実行することにした。吾人は範をかのレクラム文庫にとり、古今東西にわたって文芸・哲学・社会科学・自然科学等種類のいかんを問わず、いやしくも万人の必読すべき真に古典的価値ある書をきわめて簡易なる形式において逐次刊行し、あらゆる人間に須要なる生活向上の資料、生活批判の原理を提供せんと欲する。この文庫は予約出版の方法を排したるがゆえに、読者は自己の欲する時に自己の欲する書物を各個に自由に選択することができる。携帯に便にして価格の低きを最主とするがゆえに、外観を顧みざるも内容に至っては厳選最も力を尽くし、従来の岩波出版物の特色をますます発揮せしめようとする。この計画たるや世間の一時の投機的なるものと異なり、永遠の事業として吾人は微力を傾倒し、あらゆる犠牲を忍んで今後永久に継続発展せしめ、もって文庫の使命を遺憾なく果たさしめることを期する。芸術を愛し知識を求むる士の自ら進んでこの挙に参加し、希望と忠言とを寄せられることは吾人の熱望するところである。その性質上経済的には最も困難多きこの事業にあえて当たらんとする吾人の志を諒として、その達成のため世の読書子とのうるわしき共同を期待する。

昭和二年七月

《ドイツ文学》〔赤〕

ニーベルンゲンの歌 全二冊　相良守峯訳
若きウェルテルの悩み　ゲーテ　竹山道雄訳
ヴィルヘルム・マイスターの修業時代 全三冊　ゲーテ　山崎章甫訳
イタリア紀行 全三冊　ゲーテ　相良守峯訳
ファウスト 全二冊　ゲーテ　相良守峯訳
ゲーテとの対話 全三冊　エッカーマン　山下肇訳
スペインの太子 ドン・カルロス　シルレル　佐藤通次訳
ヒュペーリオン ―希臘の世捨人　ヘルデルリーン　渡辺格司訳
青い花　ノヴァーリス　青山隆夫訳
夜の讃歌・サイスの弟子たち 他一篇　ノヴァーリス　今泉文子訳
完訳 グリム童話集 全五冊　金田鬼一訳
黄金の壺　ホフマン　神品芳夫訳
ホフマン短篇集　池内紀編訳
影をなくした男　シャミッソー　池内紀訳
流刑の神々・精霊物語　ハイネ　小沢俊夫訳
ブリギッタ・森の泉 他一篇　シュティフター　宇多五郎・高安国世訳

みずうみ 他四篇　シュトルム　関泰祐訳
村のロメオとユリア　ケラー　草間平作訳
沈鐘　ハウプトマン　阿部六郎訳
地霊・パンドラの箱 ルル二部作　F・ヴェデキント　岩淵達治訳
春のめざめ　F・ヴェデキント　酒寄進一訳
花・死人に口なし 他七篇　シュニッツラー　番匠谷英一・山本有三訳
ゲオルゲ詩集　手塚富雄訳
リルケ詩集　高安国世訳
ドゥイノの悲歌　リルケ　手塚富雄訳
ブッデンブローク家の人びと 全三冊　トーマス・マン　望月市恵訳
トオマス・マン短篇集　実吉捷郎訳
魔の山 全二冊　トーマス・マン　関泰祐・望月市恵訳
トニオ・クレエゲル　トオマス・マン　実吉捷郎訳
ヴェニスに死す　トオマス・マン　実吉捷郎訳
講演集 ドイツとドイツ人 他五篇　トーマス・マン　青木順三訳
講演集 リヒァルト・ヴァーグナーの苦悩と偉大 他一篇　トーマス・マン　青木順三訳
車輪の下　ヘルマン・ヘッセ　実吉捷郎訳

デミアン　ヘルマン・ヘッセ　実吉捷郎訳
シッダルタ　ヘッセ　手塚富雄訳
ルーマニア日記　カロッサ　高橋健二訳
幼年時代　カロッサ　斎藤栄治訳
ジョゼフ・フーシェ ―ある政治的人間の肖像　シュテファン・ツワイク　高橋禎二・秋山英夫訳
変身・断食芸人　カフカ　山下肇・山下萬里訳
審判　カフカ　辻瑆訳
カフカ短篇集　池内紀編訳
カフカ寓話集　池内紀編訳
ドイツ炉辺ばなし集 ―カレンダーゲシヒテン　ヘーベル　木下康光編訳
ウィーン世紀末文学選　池内紀編訳
チャンドス卿の手紙 他十篇　ホフマンスタール　檜山哲彦訳
ホフマンスタール詩集　川村二郎訳
ドイツ名詩選　生野幸吉・檜山哲彦編
聖なる酔っぱらいの伝説 他四篇　ヨーゼフ・ロート　池内紀訳
暴力批判論 他十篇 ―ベンヤミンの仕事1　ベンヤミン　野村修編訳
ボードレール 他五篇 ―ベンヤミンの仕事2　ベンヤミン　野村修編訳

パサージュ論 全五冊　ヴァルター・ベンヤミン　今村仁司・三島憲一・大貫敦子・高橋順一・塚原史・細見和之・村岡晋一・山本尤・横張誠・與謝野文子・吉村和明 訳
ジャクリーヌと日本人　ヤーコプ　相良守峯 訳
ヴォイツェク ダントンの死 レンツ　ビューヒナー　岩淵達治 訳
人生処方詩集　エーリヒ・ケストナー　小松太郎 訳
終戦日記一九四五　エーリヒ・ケストナー　酒寄進一 訳
第七の十字架 全二冊　アンナ・ゼーガース　山下肇・新村浩 訳

《フランス文学》〔赤〕

ラブレー第一之書 ガルガンチュワ物語　渡辺一夫 訳
ラブレー第二之書 パンタグリュエル物語　渡辺一夫 訳
ラブレー第三之書 パンタグリュエル物語　渡辺一夫 訳
ラブレー第四之書 パンタグリュエル物語　渡辺一夫 訳
ラブレー第五之書 パンタグリュエル物語　渡辺一夫 訳
ピエール・パトラン先生　渡辺一夫 訳
エセー 全六冊　モンテーニュ　原二郎 訳
ラ・ロシュフコー箴言集　二宮フサ 訳
ブリタニキュス ベレニス　ラシーヌ　渡辺守章 訳
ドン・ジュアン —石像の宴　モリエール　鈴木力衛 訳
いやいやながら医者にされ　モリエール　鈴木力衛 訳
守銭奴　モリエール　鈴木力衛 訳
完訳 ペロー童話集　新倉朗子 訳
ラ・フォンテーヌ 寓話 全二冊　ラ・フォンテーヌ　今野一雄 訳
カンディード 他五篇　ヴォルテール　植田祐次 訳
ルイ十四世の世紀 全四冊　ヴォルテール　丸山熊雄 訳
美味礼讃 全二冊　ブリア＝サヴァラン　関根秀雄・戸部松実 訳
近代人の自由と古代人の自由・征服の精神と簒奪 他一篇　コンスタン　堤林剣・堤林恵 訳
恋愛論 全二冊　スタンダール　杉本圭子 訳
赤と黒 全二冊　スタンダール　桑原武夫・生島遼一 訳
ゴプセック・毬打つ猫の店　バルザック　芳川泰久 訳
艶笑滑稽譚 全三冊　バルザック　石井晴一 訳
レ・ミゼラブル 全四冊　ユーゴー　豊島与志雄 訳
ライン河幻想紀行　ユーゴー　榊原晃三 編訳
ノートル＝ダム・ド・パリ 全二冊　ユーゴー　辻昶・松下和則 訳
モンテ・クリスト伯 全七冊　アレクサンドル・デュマ　山内義雄 訳
三銃士 全二冊　デュマ　生島遼一 訳
カルメン　メリメ　杉捷夫 訳
愛の妖精（プチット・ファデット）　ジョルジュ・サンド　宮崎嶺雄 訳
ボオドレール 悪の華　鈴木信太郎 訳
感情教育 全二冊　フローベール　生島遼一 訳
紋切型辞典　フローベール　小倉孝誠 訳
サラムボー 全二冊　フローベール　中條屋進 訳

未来のイヴ 全二冊　ヴィリエ・ド・リラダン　渡辺一夫訳
風車小屋だより　ドーデー　桜田佐訳
サフォ　パリ風俗　ドーデー　朝倉季雄訳
プチ・ショーズ　—ある少年の物語　ドーデー　原千代海訳
少年少女　アナトール・フランス　三好達治訳
テレーズ・ラカン 全二冊　エミール・ゾラ　小林正訳
ジェルミナール 全三冊　エミール・ゾラ　安士正夫訳
獣人 全二冊　エミール・ゾラ　川口篤訳
氷島の漁夫　ピエール・ロチ　吉氷清訳
マラルメ詩集　渡辺守章訳
脂肪のかたまり　モーパッサン　高山鉄男訳
メゾンテリエ 他三篇　モーパッサン　河盛好蔵訳
モーパッサン短篇選　高山鉄男編訳
わたしたちの心　モーパッサン　笠間直穂子訳
地獄の季節　ランボオ　小林秀雄訳
対訳ランボー詩集　—フランス詩人選(1)　中地義和編
にんじん　ルナアル　岸田国士訳

ジャン・クリストフ 全四冊　ロマン・ローラン　豊島与志雄訳
ベートーヴェンの生涯　ロマン・ロラン　片山敏彦訳
ミレー　ロマン・ロラン　蛯原徳夫訳
フランシス・ジャム詩集　手塚伸一訳
三人の乙女たち　フランシス・ジャム　手塚伸一訳
狭き門　アンドレ・ジイド　川口篤訳
法王庁の抜け穴　アンドレ・ジイド　石川淳訳
モンテーニュ論　アンドレ・ジイド　渡辺一夫訳
ムッシュー・テスト　ポール・ヴァレリー　清水徹訳
精神の危機 他十五篇　ポール・ヴァレリー　恒川邦夫訳
ドガ ダンス デッサン　ポール・ヴァレリー　塚本昌則訳
シラノ・ド・ベルジュラック　ロスタン　辰野隆・鈴木信太郎訳
地底旅行　ジュール・ヴェルヌ　朝比奈弘治訳
八十日間世界一周　ジュール・ヴェルヌ　鈴木啓二訳
海底二万里 全二冊　ジュール・ヴェルヌ　朝比奈美知子訳
死霊の恋・ポンペイ夜話 他三篇　ゴーチエ　田辺貞之助訳
火の娘たち　ネルヴァル　野崎歓訳

パリの夜　—革命下の民衆　レチフ・ド・ラ・ブルトンヌ　植田祐次編訳
シェリ　コレット　工藤庸子訳
シェリの最後　コレット　工藤庸子訳
生きている過去　レニエ　窪田般彌訳
ノディエ幻想短篇集　篠田知和基編訳
フランス短篇傑作選　山田稔編訳
シュルレアリスム宣言・溶ける魚　アンドレ・ブルトン　巌谷國士訳
ナジャ　アンドレ・ブルトン　巌谷國士訳
ジュスチーヌまたは美徳の不幸　サド　植田祐次訳
とどめの一撃　ユルスナール　岩崎力訳
フランス名詩選　安藤元雄・入沢康夫・渋沢孝輔編
繻子の靴 全二冊　ポール・クローデル　渡辺守章訳
A・O・バルナブース全集 全二冊　ヴァレリー・ラルボー　岩崎力訳
心変わり　ミシェル・ビュトール　清水徹訳
悪魔祓い　ル・クレジオ　高山鉄男訳
失われた時を求めて 全十四冊　プルースト　吉川一義訳
シルトの岸辺　ジュリアン・グラック　安藤元雄訳

星の王子さま　サン＝テグジュペリ　内藤濯訳

プレヴェール詩集　小笠原豊樹訳

ペスト　カミュ　三野博司訳

サラゴサ手稿　全三冊　ヤン・ポトツキ　畑浩一郎訳

《別冊》

増補　フランス文学案内　渡辺一夫　鈴木力衛

増補　ドイツ文学案内　手塚富雄　神品芳夫

ことばの花束　―岩波文庫の名句365　岩波文庫編集部編

ことばの贈物　―岩波文庫の名句365　岩波文庫編集部編

愛のことば　―岩波文庫から―　岩波文庫編集部編

世界文学のすすめ　大岡信　奥本大三郎　川村二郎　小池滋　沼野充義編

近代日本文学のすすめ　大岡信　加賀乙彦　菅野昭正　曾根博義　十川信介編

近代日本思想案内　鹿野政直

近代日本文学案内　十川信介

ポケットアンソロジー　この愛のゆくえ　中村邦生編

スペイン文学案内　佐竹謙一

一日一文　英知のことば　木田元編

声でたのしむ美しい日本の詩　大岡信　谷川俊太郎編

《イギリス文学》〔赤〕

ユートピア　トマス・モア／平井正穂訳
完訳カンタベリー物語　全三冊　チョーサー／桝井迪夫訳
ヴェニスの商人　シェイクスピア／中野好夫訳
十二夜　シェイクスピア／小津次郎訳
ハムレット　シェイクスピア／野島秀勝訳
オセロウ　シェイクスピア／菅泰男訳
リア王　シェイクスピア／野島秀勝訳
マクベス　シェイクスピア／木下順二訳
ソネット集　シェイクスピア／高松雄一訳
ロミオとジューリエット　シェイクスピア／平井正穂訳
リチャード三世　シェイクスピア／木下順二訳
対訳シェイクスピア詩集　―イギリス詩人選(1)　柴田稔彦編
から騒ぎ　シェイクスピア／喜志哲雄訳
冬物語　シェイクスピア／桒山智成訳
言論・出版の自由　―アレオパジティカ　他一篇　ミルトン／原田純訳
失楽園　全二冊　ミルトン／平井正穂訳

奴婢訓　他一篇　スウィフト／深町弘三訳
ガリヴァー旅行記　スウィフト／平井正穂訳
ジョウゼフ・アンドルーズ　全二冊　フィールディング／朱牟田夏雄訳
トリストラム・シャンディ　全三冊　ロレンス・スターン／朱牟田夏雄訳
ウェイクフィールドの牧師　―むだばなし　ゴールドスミス／小野寺健訳
幸福の探求　―アビシニアの王子ラセラスの物語　サミュエル・ジョンソン／朱牟田夏雄訳
対訳ブレイク詩集　―イギリス詩人選(4)　松島正一編
対訳ワーズワス詩集　―イギリス詩人選(3)　山内久明編
湖の麗人　スコット／入江直祐訳
キプリング短篇集　橋本槇矩編訳
高慢と偏見　全二冊　ジェーン・オースティン／富田彬訳
ジェイン・オースティンの手紙　新井潤美編訳
マンスフィールド・パーク　全二冊　ジェイン・オースティン／新井潤美・宮丸裕二訳
エリア随筆抄　チャールズ・ラム／南條竹則編訳
デイヴィッド・コパフィールド　全五冊　ディケンズ／石塚裕子訳
炉辺のこほろぎ　ディケンズ／本多顕彰訳
ボズのスケッチ　短篇小説篇　全二冊　ディケンズ／藤岡啓介訳

アメリカ紀行　全二冊　ディケンズ／伊藤弘之・下笠徳次・隈元貞広訳
イタリアのおもかげ　ディケンズ／伊藤弘之・下笠徳次・隈元貞広訳
大いなる遺産　全二冊　ディケンズ／石塚裕子訳
荒涼館　全四冊　ディケンズ／佐々木徹訳
ジェイン・エア　全二冊　シャーロット・ブロンテ／河島弘美訳
サイラス・マーナー　ジョージ・エリオット／土井治訳
嵐が丘　全二冊　エミリー・ブロンテ／河島弘美訳
アルプス登攀記　全二冊　ウィンパー／浦松佐美太郎訳
アンデス登攀記　全二冊　ウィンパー／大貫良夫訳
ジーキル博士とハイド氏　スティーヴンスン／海保眞夫訳
南海千一夜物語　スティーヴンスン／中村徳三郎訳
若い人々のために　他十一篇　スティーヴンスン／岩田良吉訳
怪談　―不思議なことの物語と研究　ラフカディオ・ハーン／平井呈一訳
ドリアン・グレイの肖像　オスカー・ワイルド／富士川義之訳
サロメ　ワイルド／福田恆存訳
嘘から出た誠　ワイルド／岸本一郎訳
童話集幸福な王子　他八篇　オスカー・ワイルド／富士川義之訳

分らぬもんですよ　バァナード・ショウ　市川又彦訳
ヘンリ・ライクロフトの私記　ギッシング　平井正穂訳
南イタリア周遊記　ギッシング　小池滋訳
闇の奥　コンラッド　中野好夫訳
密偵　コンラッド　土岐恒二訳
対訳 イエイツ詩集　高松雄一編
月と六ペンス　モーム　行方昭夫訳
人間の絆 全三冊　モーム　行方昭夫訳
サミング・アップ　モーム　行方昭夫訳
モーム短篇選 全二冊　行方昭夫編訳
アシェンデン —英国情報部員のファイル　モーム　中島賢二・岡田久雄訳
お菓子とビール　モーム　行方昭夫訳
ダブリンの市民　ジョイス　結城英雄訳
荒地　T・S・エリオット　岩崎宗治訳
悪口学校　シェリダン　菅泰男訳
サキ傑作集　河田智雄訳
オーウェル評論集　小野寺健編訳

パリ・ロンドン放浪記　ジョージ・オーウェル　小野寺健訳
動物農場 —おとぎばなし　ジョージ・オーウェル　川端康雄訳
対訳 キーツ詩集 —イギリス詩人選(10)　宮崎雄行編
キーツ詩集　中村健二訳
阿片常用者の告白　ド・クインシー　野島秀勝訳
オルノーコ 美しい浮気女　アフラ・ベイン　土井治訳
解放された世界　H・G・ウェルズ　浜野輝訳
大転落　イヴリン・ウォー　富山太佳夫訳
回想のブライズヘッド 全二冊　イーヴリン・ウォー　小野寺健訳
愛されたもの　イーヴリン・ウォー　中村健二・出淵博訳
対訳 ジョン・ダン詩集 —イギリス詩人選(2)　湯浅信之編
フォースター評論集　小野寺健編訳
白衣の女 全三冊　ウィルキー・コリンズ　中島賢二訳
アイルランド短篇選　橋本槇矩編訳
灯台へ　ヴァージニア・ウルフ　御輿哲也訳
狐になった奥様　ガーネット　安藤貞雄訳
フランク・オコナー短篇集　阿部公彦訳

たいした問題じゃないが —イギリス・コラム傑作選　行方昭夫編訳
英国ルネサンス恋愛ソネット集　岩崎宗治編訳
文学とは何か —現代批評理論への招待 全二冊　テリー・イーグルトン　大橋洋一訳
D・G・ロセッティ作品集　南條竹則・松村伸一編訳
真夜中の子供たち 全二冊　サルマン・ラシュディ　寺門泰彦訳

《アメリカ文学》〔赤〕

- ギリシア・ローマ神話 付インド・北欧神話 — ブルフィンチ　野上弥生子訳
- 中世騎士物語 — ブルフィンチ　野上弥生子訳
- フランクリン自伝 — 松本慎一　西川正身訳
- フランクリンの手紙 — 蕗沢忠枝編訳
- スケッチ・ブック 全二冊 — アーヴィング　齊藤昇訳
- アルハンブラ物語 全二冊 — アーヴィング　平沼孝之訳
- ウォルター・スコット邸訪問記 — アーヴィング　齊藤昇訳
- 完訳 緋文字 — ホーソーン　八木敏雄訳
- 哀詩 エヴァンジェリン — ロングフェロー　斎藤悦子訳
- 黒猫・モルグ街の殺人事件 他五篇 — ポオ　中野好夫訳
- 対訳 ポー詩集 —アメリカ詩人選(1) — 加島祥造編
- ユリイカ — ポオ　八木敏雄訳
- ポオ評論集 — 八木敏雄編訳
- 森の生活 (ウォールデン) 全二冊 — ソロー　飯田実訳
- 白鯨 全三冊 — メルヴィル　八木敏雄訳
- ビリー・バッド — メルヴィル　坂下昇訳

- ホイットマン自選日記 全二冊 — 杉木喬訳
- 対訳 ホイットマン詩集 —アメリカ詩人選(2) — 木島始編
- 対訳 ディキンソン詩集 —アメリカ詩人選(3) — 亀井俊介編
- 不思議な少年 — マーク・トウェイン　中野好夫訳
- 王子と乞食 — マーク・トウェーン　村岡花子訳
- 人間とは何か — マーク・トウェイン　中野好夫訳
- ハックルベリー・フィンの冒険 全二冊 — マーク・トウェイン　西田実訳
- いのちの半ばに — ビアス　西川正身訳
- 新編 悪魔の辞典 — ビアス　西川正身編訳
- ねじの回転 デイジー・ミラー — ヘンリー・ジェイムズ　行方昭夫訳
- 荒野の呼び声 — ジャック・ロンドン　海保眞夫訳
- ノリス 死の谷 マクティーグ 全二冊 — 石田英二　井上宗次訳
- シスター・キャリー 全三冊 — ドライサー　村山淳彦訳
- 響きと怒り 全二冊 — フォークナー　平石貴樹　新納卓也訳
- アブサロム、アブサロム! 全二冊 — フォークナー　藤平育子訳
- 八月の光 全二冊 — フォークナー　諏訪部浩一訳
- 武器よさらば 全二冊 — ヘミングウェイ　谷口陸男訳

- オー・ヘンリー傑作選 — 大津栄一郎訳
- 黒人のたましい — W・E・B・デュボイス　木島始　鮫島重俊　黄寅秀訳
- フィッツジェラルド短篇集 — 佐伯泰樹編訳
- アメリカ名詩選 — 亀井俊介　川本皓嗣編
- 青白い炎 — ナボコフ　富士川義之訳
- 風と共に去りぬ 全六冊 — マーガレット・ミッチェル　荒このみ訳
- 対訳 フロスト詩集 —アメリカ詩人選(4) — 川本皓嗣編
- とんがりモミの木の郷 他五篇 — セアラ・オーン・ジュエット　河島弘美訳

《東洋文学》〔赤〕

- 楚辞　小南一郎訳注
- 杜甫詩選　黒川洋一編
- 李白詩選　松浦友久編訳
- 唐詩選 全三冊　前野直彬注解
- 完訳 三国志 全八冊　小川環樹・金田純一郎訳
- 西遊記 全十冊　中野美代子訳
- 菜根譚　洪自誠／今井宇三郎訳注
- 阿Q正伝・狂人日記 他十二篇（吶喊）　魯迅／竹内好訳
- 魯迅評論集　竹内好編訳
- 歴史小品　郭沫若／平岡武夫訳
- 家 全二冊　巴金／飯塚朗訳
- 新編 中国名詩選 全三冊　川合康三編訳
- 唐宋伝奇集 全二冊　今村与志雄訳
- 聊斎志異 全二冊　蒲松齢／立間祥介編訳
- 李商隠詩選　川合康三選訳
- 白楽天詩選 全二冊　川合康三訳注
- 文選 全六冊　川合康三・富永一登・釜谷武志・和田英信・浅見洋二・緑川英樹訳注
- 曹操・曹丕・曹植詩文選　川合康三編訳
- ケサル王物語 ―チベットの英雄叙事詩　アレクサンドラ・ダヴィッド＝ネール／アプル・ユンテン／富樫瓔子訳
- バガヴァッド・ギーター　上村勝彦訳
- ダライ・ラマ六世恋愛詩集　今枝由郎・海老原志穂編訳
- 朝鮮童謡選　金素雲訳編
- 朝鮮短篇小説選 全二冊　大村益夫・長璋吉・三枝壽勝編訳
- 尹東柱詩集 空と風と星と詩　金時鐘編訳
- アイヌ神謡集　知里幸惠編訳
- アイヌ民譚集 付 えぞおばけ列伝　知里真志保編訳
- アイヌ叙事詩 ユーカラ　金田一京助採集並ニ訳

《ギリシア・ラテン文学》〔赤〕

- ホメロス イリアス 全二冊　松平千秋訳
- ホメロス オデュッセイア 全二冊　松平千秋訳
- イソップ寓話集　中務哲郎訳
- アイスキュロス アガメムノーン　久保正彰訳
- アイスキュロス 縛られたプロメーテウス　呉茂一訳
- アンティゴネー　ソポクレース／中務哲郎訳
- ソポクレス オイディプス王　藤沢令夫訳
- ソポクレス コロノスのオイディプス　高津春繁訳
- バッカイ ―バッコスに憑かれた女たち　エウリーピデース／逸身喜一郎訳
- ヘシオドス 神統記　廣川洋一訳
- 女の議会　アリストパネース／村川堅太郎訳
- アポロドーロス ギリシア神話　高津春繁訳
- ダフニスとクロエー　ロンゴス／松平千秋訳
- ギリシア・ローマ抒情詩選 ―花冠　呉茂一訳
- オウィディウス 変身物語 全二冊　中村善也訳
- ギリシア・ローマ神話 付 インド・北欧神話　ブルフィンチ／野上弥生子訳
- ギリシア・ローマ名言集　柳沼重剛編

《南北ヨーロッパ他文学》〔赤〕

- ダンテ 新生 山川丙三郎訳
- 夢のなかの夢 タブッキ 和田忠彦訳
- カヴァレリーア・ルスティカーナ 他十一篇 G・ヴェルガ 河島英昭訳
- カルヴィーノ イタリア民話集 全二冊 河島英昭編訳
- むずかしい愛 カルヴィーノ 和田忠彦訳
- パロマー カルヴィーノ 和田忠彦訳
- カルヴィーノ アメリカ講義 ―新たな千年紀のための六つのメモ 米川良夫 和田忠彦訳
- まっぷたつの子爵 カルヴィーノ 河島英昭訳
- 魔法の庭・空を見上げる部族 他十四篇 カルヴィーノ 和田忠彦訳
- ペトラルカ ルネサンス書簡集 近藤恒一編訳
- ペトラルカ 無知について 近藤恒一訳
- 美しい夏 パヴェーゼ 河島英昭訳
- 流刑 パヴェーゼ 河島英昭訳
- 祭の夜 パヴェーゼ 河島英昭訳
- 月と篝火 パヴェーゼ 河島英昭訳
- ウンベルト・エーコ 小説の森散策 和田忠彦訳

- バウドリーノ 全二冊 ウンベルト・エーコ 堤康徳訳
- タタール人の砂漠 ブッツァーティ 脇功訳
- ラサリーリョ・デ・トルメスの生涯 会田由訳
- ドン・キホーテ 前篇 全三冊 セルバンテス 牛島信明訳
- ドン・キホーテ 後篇 全三冊 セルバンテス 牛島信明訳
- 娘たちの空返事 他一篇 モラティン 佐竹謙一訳
- プラテーロとわたし J・R・ヒメーネス 長南実訳
- オルメードの騎士 ロペ・デ・ベガ 長南実訳
- セビーリャの色事師と石の招客 他一篇 ティルソ・デ・モリーナ 佐竹謙一訳
- ティラン・ロ・ブラン 全四冊 J・マルトゥレイ M・J・ダ・ガルバ 田澤耕訳
- ダイヤモンド広場 マルセー・ルドゥレダ 田澤耕訳
- 完訳 アンデルセン童話集 全七冊 大畑末吉訳
- 即興詩人 全二冊 アンデルセン 大畑末吉訳
- アンデルセン自伝 大畑末吉訳
- ここに薔薇ありせば 他五篇 ヤコブセン 矢崎源九郎訳
- フィンランド叙事詩 カレワラ 全二冊 リョンロット編 小泉保訳
- 王の没落 イェンセン 長島要一訳

- イプセン 人形の家 原千代海訳
- イプセン 野鴨 原千代海訳
- 令嬢ユリェ ストリントベルク 茅野蕭々訳
- アミエルの日記 全四冊 河野与一訳
- クオ・ワディス 全三冊 シェンキェーヴィチ 木村彰一訳
- 山椒魚戦争 カレル・チャペック 栗栖継訳
- ロボット (R・U・R) チャペック 千野栄一訳
- 白い病 カレル・チャペック 阿部賢一訳
- マクロプロスの処方箋 カレル・チャペック 阿部賢一訳
- 灰とダイヤモンド 全二冊 アンジェイエフスキ 川上洸訳
- 牛乳屋テヴィエ ショレム・アレイヘム 西成彦訳
- 完訳 千一夜物語 全十三冊 豊島与志雄 渡辺一夫 佐藤正彰 岡部正孝訳
- ルバイヤート オマル・ハイヤーム 小川亮作訳
- ゴレスターン サァディー 沢英三訳
- 王書 ―古代ペルシャの神話・伝説 フェルドウスィー 岡田恵美子訳
- 中世騎士物語 ブルフィンチ 野上弥生子訳
- コルタサル短篇集 悪魔の涎・追い求める男 他八篇 木村榮一訳

遊戯の終わり　コルタサル　木村榮一訳
秘密の武器　コルタサル　木村榮一訳
ペドロ・パラモ　ファン・ルルフォ　杉山晃・増田義郎訳
燃える平原　ファン・ルルフォ　杉山晃訳
伝奇集　J.L.ボルヘス　鼓直訳
創造者　J.L.ボルヘス　鼓直訳
続審問　J.L.ボルヘス　中村健二訳
七つの夜　J.L.ボルヘス　野谷文昭訳
詩という仕事について　J.L.ボルヘス　鼓直訳
汚辱の世界史　J.L.ボルヘス　中村健二訳
ブロディーの報告書　J.L.ボルヘス　鼓直訳
アレフ　J.L.ボルヘス　鼓直訳
語るボルヘス　―書物・不死性・時間ほか　J.L.ボルヘス　木村榮一訳
20世紀ラテンアメリカ短篇選　野谷文昭編訳
フエンテス短篇集　アウラ・純な魂　他四篇　木村榮一訳
アルテミオ・クルスの死　フエンテス　木村榮一訳
緑の家　全二冊　バルガス＝リョサ　木村榮一訳

密林の語り部　バルガス＝リョサ　西村英一郎訳
ラ・カテドラルでの対話　バルガス＝リョサ　旦敬介訳
弓と竪琴　オクタビオ・パス　牛島信明訳
ラテンアメリカ民話集　三原幸久編訳
やし酒飲み　エイモス・チュツオーラ　土屋哲訳
薬草まじない　エイモス・チュツオーラ　土屋哲訳
マイケル・K　J.M.クッツェー　くぼたのぞみ訳
ミゲル・ストリート　V.S.ナイポール　小沢自然・小野正嗣訳
キリストはエボリで止まった　カルロ・レーヴィ　竹山博英訳
クァジーモド全詩集　河島英昭訳
ウンガレッティ全詩集　河島英昭訳
クオーレ　デ・アミーチス　和田忠彦訳
ゼーノの意識　全二冊　ズヴェーヴォ　堤康徳訳
冗談　ミラン・クンデラ　西永良成訳
小説の技法　ミラン・クンデラ　西永良成訳
世界イディッシュ短篇選　西成彦編訳
シェフチェンコ詩集　藤井悦子編訳

《ロシア文学》〔赤〕

オネーギン　プーシキン　池田健太郎訳
スペードの女王・ベールキン物語　プーシキン　神西清訳
狂人日記 他二篇　ゴーゴリ　横田瑞穂訳
外套・鼻　ゴーゴリ　平井肇訳
日本渡航記 —フレガート「パルラダ」号より　ゴンチャロフ　井上満訳
貧しき人々　ドストイェフスキイ　原久一郎訳
二重人格　ドストエフスキー　小沼文彦訳
罪と罰 全三冊　ドストエフスキー　江川卓訳
白痴 全二冊　ドストエーフスキイ　米川正夫訳
カラマーゾフの兄弟 全四冊　ドストエーフスキイ　米川正夫訳
幼年時代　トルストイ　藤沼貴訳
戦争と平和 全六冊　トルストイ　藤沼貴訳
トルストイ民話集 人はなんで生きるか 他四篇　中村白葉訳
トルストイ民話集 イワンのばか 他八篇　中村白葉訳
イワン・イリッチの死　トルストイ　米川正夫訳
復活 全二冊　トルストイ　藤沼貴訳

人生論　トルストイ　中村融訳
かもめ　チェーホフ　浦雅春訳
ワーニャおじさん　チェーホフ　小野理子訳
桜の園　チェーホフ　小野理子訳
チェーホフ妻への手紙 全二冊　湯浅芳子訳
ゴーリキー短篇集　上田進・横田瑞穂訳編
どん底　ゴーリキイ　中村白葉訳
ソルジェニーツィン短篇集　木村浩編訳
アファナーシエフロシア民話集 全二冊　中村喜和編訳
われら　ザミャーチン　川端香男里訳
プラトーノフ作品集　原卓也訳
悪魔物語・運命の卵　ブルガーコフ　水野忠夫訳
巨匠とマルガリータ 全二冊　ブルガーコフ　水野忠夫訳

《歴史・地理》〔青〕

- 新訂 魏志倭人伝・後漢書倭伝・宋書倭国伝・隋書倭国伝 —中国正史日本伝1 — 石原道博編訳
- 新訂 旧唐書倭国日本伝・宋史日本伝・元史日本伝 —中国正史日本伝2 — 石原道博編訳
- ヘロドトス 歴史 全三冊 — 松平千秋訳
- トゥーキュディデース 戦史 全三冊 — 久保正彰訳
- ガリア戦記 — カエサル 近山金次訳
- ランケ 世界史概観 —近世史の諸時代 — 鈴木成高 相原信作訳
- ランケ自伝 — 林健太郎訳
- 歴史とは何ぞや — ベルンハイム 坂口昂 小野鉄二訳
- 歴史における個人の役割 — プレハーノフ 木原正雄訳
- 古代への情熱 —シュリーマン自伝 — シュリーマン 村田数之亮訳
- アーネスト・サトウ 一外交官の見た明治維新 全二冊 — 坂田精一訳
- ベルツの日記 全二冊 — トク・ベルツ編 菅沼竜太郎訳
- 武家の女性 — 山川菊栄
- インディアスの破壊についての簡潔な報告 — ラス・カサス 染田秀藤訳
- ラス・カサス インディアス史 全七冊 — 長南実訳 石原保徳編
- コロンブス 全航海の報告 — 林屋永吉訳

- 戊辰物語 — 東京日日新聞社会部編
- 大森貝塚 —付 関連史料 — E・S・モース 近藤義郎 佐原真編訳
- ナポレオン言行録 — オクターヴ・オブリ編 大塚幸男訳
- 中世的世界の形成 — 石母田正
- 日本の古代国家 — 石母田正
- 平家物語 他六篇 — 石母田正 高橋昌明編
- クリオの顔 歴史随想集 — E・H・ノーマン 大窪愿二編訳
- 日本における近代国家の成立 — E・H・ノーマン 大窪愿二訳
- 旧事諮問録 —江戸幕府役人の証言 全二冊 — 旧事諮問会編 進士慶幹校注
- 朝鮮・琉球航海記 —一八一六年アマースト使節団とともに — ベイジル・ホール 春名徹訳
- アリランの歌 —ある朝鮮人革命家の生涯 — ニム・ウェールズ キム・サン 松平いを子訳
- さまよえる湖 全二冊 — ヘディン 福田宏年訳
- 老松堂日本行録 —朝鮮使節の見た中世日本 — 宋希璟 村井章介校注
- 十八世紀パリ生活誌 —タブロー・ド・パリ 全二冊 — メルシエ 原宏編訳
- 北槎聞略 —大黒屋光太夫ロシア漂流記 — 桂川甫周 亀井高孝校訂
- ヨーロッパ文化と日本文化 — ルイス・フロイス 岡田章雄訳注
- ギリシア案内記 全二冊 — パウサニアス 馬場恵二訳

- 西遊草 — 清河八郎 小山松勝一郎校注
- オデュッセウスの世界 — フィンリー 下田立行訳
- 東京に暮す —一九二八～一九三六 — キャサリン・サンソム 大久保美春訳
- ミカド —日本の内なる力 — W・E・グリフィス 亀井俊介訳
- 増補 幕末百話 — 篠田鉱造
- 幕末明治 女百話 全二冊 — 篠田鉱造
- トゥバ紀行 — メンヒェン＝ヘルフェン 田中克彦訳
- 徳川時代の宗教 — R・N・ベラー 池田昭訳
- ある出稼石工の回想 — マルタン・ナド 喜安朗訳
- 植物巡礼 —プラント・ハンターの回想 — F・キングドン－ウォード 塚谷裕一訳
- モンゴルの歴史と文化 — ハイシッヒ 田中克彦訳
- ダンピア 最新世界周航記 全二冊 — 平野敬一訳
- ローマ建国史 全三冊(既刊上巻) — リーウィウス 鈴木一州訳
- 元治夢物語 —幕末同時代史 — 馬場文英 徳田武校注
- フランス・プロテスタントの反乱 —カミザール戦争の記録 — カヴァリエ 二宮フサ訳
- ニコライの日記 —ロシア人宣教師が生きた明治日本 全三冊 — 中村健之介編訳
- 徳川制度 全三冊・補遺 — 加藤貴校注

岩波文庫の最新刊

ゲルツェン著／長縄光男訳

ロシアの革命思想
—その歴史的展開—

ロシア初の政治的亡命者、ゲルツェン（一八一二—一八七〇）。人間の尊厳と言論の自由を守る革命思想を文化史とともにたどり、農奴制と専制の非人間性を告発する書。〔青N六一〇-一〕定価一〇七八円

ラス・カサス著／染田秀藤訳

インディアスの破壊をめぐる賠償義務論
—十二の疑問に答える—

新大陸で略奪行為を働いたすべてのスペイン人を糾弾し、先住民に対する賠償義務を数多の神学・法学理論に拠り説き明かし、その履行をつよく訴える。最晩年の論策。〔青四二七-九〕定価一一五五円

岩田文昭編

嘉村礒多集

嘉村礒多（一八九七—一九三三）は山口県仁保生れの作家。小説、随想、書簡から選んだ。己の業苦の生を文学に刻んだ、苦しむ者の光源となる同朋の全貌。〔緑七四-二〕定価一〇〇一円

網野善彦著

日本中世の非農業民と天皇（下）

海民、鵜飼、桂女、鋳物師ら、山野河海に生きた中世の「職人」と天皇の結びつきから日本社会の特質を問う、著者の代表的著作。（全二冊、解説＝高橋典幸）〔青N四〇二-三〕定価一四三〇円

ヘルダー著／嶋田洋一郎訳

人類歴史哲学考（三）

第二部第十巻—第三部第十三巻を収録。人間史の起源を考察し、風土に基づいてアジア、中東、ギリシアの文化や国家などを論じる。（全五冊）〔青N六〇八-三〕定価一二七六円

……今月の重版再開……

池上洵一編

今昔物語集 天竺・震旦部

定価一四三〇円〔黄一九-一〕

清水三男著／大山喬平・馬田綾子校注

日本中世の村落

定価一三五三円〔青四七〇-一〕

定価は消費税10％込です　2024.3